T0089405

UNA BUENA CHICA

UNA BUENA CHICA

MARY KUBICA

HarperCollins Español

Publicado por HarperCollins Español® en Nashville, Tennessee, Estados Unidos de América.
HarperCollins Español es una marca registrada de HarperCollins Christian Publishing.

Título en inglés: *The Good Girl*

Publicado por HarperCollins Publishers.

ISBN: 978-0-71809-219-1

Impreso en Estados Unidos de América

HB 06.27.2017

Para A y A

EVE

ANTES

Estoy sentada en el rincón del desayuno, tomando una taza de cacao, cuando suena el teléfono. Miro absorta por la ventana de atrás la pradera de césped, que, acosada por un otoño prematuro, está cubierta de hojas. Están casi todas muertas pero algunas aún se aferran sin vida a los árboles. Es por la tarde. El cielo está nublado, la temperatura ha caído en picado hasta los diez grados o menos. No estoy lista para esto, pienso, preguntándome dónde diablos ha ido a parar el tiempo. Da la impresión de que fue ayer cuando dimos la bienvenida a la primavera y luego, instantes después, al verano.

El sonido del teléfono me sobresalta. Estoy segura de que es una teleoperadora, así que al principio no me molesto en levantarme. Disfruto de las últimas horas de silencio antes de que James irrumpa en la casa e invada mi mundo, y lo último que me apetece es malgastar unos minutos preciosos escuchando alguna oferta comercial que sin duda voy a rechazar.

El ruido exasperante del teléfono se detiene y comienza otra vez. Contesto aunque solo sea para que deje de sonar.

—¿Sí? —digo en tono molesto, de pie en el centro de la cocina, con la cadera apoyada contra la isleta.

—¿Señora Dennett? —pregunta la mujer.

Me planteo por un momento decirle que se ha equivocado, o atajar su discurso diciéndole simplemente que no me interesa.

—Sí, soy yo.

—Señora Dennett, soy Ayanna Jackson.

Yo conozco ese nombre. Nunca hemos coincidido en persona, pero Ayanna Jackson es desde hace más de un año una presencia constante en la vida de Mia. ¿Cuántas veces la he oído decir su nombre? «Ayanna y yo hemos hecho esto o aquello». Me explica que conoce a Mia, que las dos dan clases en el instituto alternativo de la ciudad.

—Espero no pillarla en mal momento —dice.

Contengo la respiración.

—No, no, Ayanna, acababa de entrar por la puerta —miento.

Mia cumplirá veinticinco años dentro de un mes, el 31 de octubre. Nació en Halloween, así que deduzco que Ayanna llama por eso. Quiere organizar una fiesta –¿una fiesta sorpresa?– para mi hija.

—Señora Dennett, Mia no ha venido hoy a trabajar —dice.

No es eso lo que esperaba oír. Tardo un momento en reaccionar.

—Bueno, estará enferma —respondo.

Lo primero que se me ocurre es tapar a mi hija: debe de haber una explicación razonable para que no haya ido a trabajar ni haya llamado para justificar su ausencia. Mi hija es un espíritu libre, sí, pero también es muy formal.

—¿No sabe qué le ha pasado?

—No —contesto, pero eso no es tan raro.

Pasamos días, a veces incluso semanas sin hablar. Desde que se inventó el correo electrónico, reenviarnos mensajes triviales se ha convertido en nuestra principal forma de comunicación.

—La he llamado a casa pero no contesta.

—¿Has dejado un mensaje?

—Varios.

—¿Y no te ha llamado?

—No.

Escucho desganadamente a la mujer del otro lado de la línea.

Miro por la ventana, observando cómo los hijos de los vecinos sacuden un arbolillo escuálido para que las pocas hojas que quedan caigan sobre ellos. Los niños son mi reloj: cuando aparecen en el jardín de atrás sé que ya es por la tarde y que el colegio ha terminado. Cuando vuelven a entrar en casa, sé que es hora de empezar a hacer la cena.

—¿Has probado a llamarla a su móvil?

—Salta directamente el buzón de voz.

—¿Has…?

—He dejado un mensaje, sí.

—¿Estás segura de que no ha llamado para avisar?

—En administración no saben nada de ella.

Me preocupa que Mia se meta en un lío. Me preocupa que la despidan. Todavía no se me ha pasado por la cabeza la posibilidad de que ya pueda estar en apuros.

—Espero que esto no haya causado muchos inconvenientes.

Ayanna me explica que los alumnos de la clase que Mia tenía a primera hora no informaron de la ausencia de la profesora y que no fue hasta la segunda hora cuando por fin se corrió la voz de que la señorita Dennett no había ido a trabajar y no había sustituto para ella. El director bajó a imponer orden hasta que llegara un sustituto, y encontró las paredes llenas de pintadas hechas con los carísimos materiales de dibujo que había comprado Mia de su bolsillo cuando la administración del centro se negó a hacerlo.

—Señora Dennett, ¿no le parece extraño? —pregunta Ayanna—. Esto no es propio de Mia.

—Bueno, Ayanna, estoy segura de que habrá una justificación.

—¿Cuál, por ejemplo? —insiste.

—Voy a llamar a los hospitales. Hay varios en su zona…

—Ya lo he hecho yo.

—Entonces, a sus amigas —añado, pero no conozco a las amigas de Mia. He oído nombres de pasada, como Ayanna y Lauren, y sé que hay una zimbabuense con visado de estudiante que está a punto de ser deportada y que Mia opina que es una absoluta injusticia, pero no las conozco, y será difícil averiguar sus nombres completos y sus datos de contacto.

—También las he llamado ya.

—Aparecerá, Ayanna. Seguro que es todo un malentendido. Podría haber miles de razones para explicarlo.

—Señora Dennett —dice Ayanna, y es entonces cuando lo entiendo: sucede algo malo.

Lo noto como un golpe en el estómago, y lo primero que pienso es en mí embarazada de seis o siete meses, cuando Mia me daba patadas y puñetazos tan fuertes dentro del vientre que la forma de sus manitas y sus pies diminutos se dibujaba en mi piel. Retiro un taburete y me siento a la isleta de la cocina, y pienso para mis adentros que dentro de nada Mia tendrá veinticinco años y que yo aún no he pensado qué voy a regalarle. No he propuesto que organicemos una fiesta o que vayamos los cuatro –James, Grace, Mia y yo– a cenar a un restaurante elegante de la ciudad.

—¿Qué sugieres que hagamos, entonces? —pregunto.

Oigo un suspiro al otro lado de la línea.

—Confiaba en que me dijera que Mia estaba con usted —responde.

GABE

ANTES

Ha oscurecido cuando paro delante de la casa. La luz de la casa estilo Tudor sale a chorros por las ventanas y se derrama sobre la calle bordeada de árboles. Veo a un grupo de gente deambulando dentro, esperándome. Está el juez, que se pasea de un lado a otro, y la señora Dennett sentada al borde de una silla tapizada, bebiendo a sorbitos de una copa que parece contener alguna bebida alcohólica. Hay policías uniformados y otra mujer, una morena, que se asoma por la ventana delantera cuando me detengo lentamente en la calle, retrasando mi entrada triunfal.

Los Dennett son como cualquier otra familia de la Orilla Norte de Chicago, una sucesión de urbanizaciones que flanquea el lago Michigan al norte de la ciudad. Son asquerosamente ricos. Con razón me quedo allí, sentado en el coche, posponiendo el momento de entrar, cuando debería dirigirme de inmediato a aquella enorme casa haciendo gala de la flema que, según dicen, me caracteriza.

Pienso en las palabras del sargento antes de asignarme el caso: «Esta vez, no la cagues».

Observo la imponente casona desde la seguridad y el calor de mi coche destartalado. Por fuera no es tan colosal como imagino que debe de ser el interior. Posee el encanto del viejo mundo propio del estilo Tudor: vigas de madera vista en la fachada, estrechos ventanales y un empinado tejado a dos aguas. Me recuerda a un castillo medieval.

Aunque me han advertido de que lo mantenga en estricto secreto, se supone que tengo que sentirme privilegiado porque el sargento me haya asignado este caso tan notorio. Y sin embargo, por alguna razón, no es eso lo que siento.

Me dirijo hacia la puerta principal: cruzo el césped, llego a la acera, subo los dos escalones y toco a la puerta. Hace frío. Me meto las manos en los bolsillos para mantenerlas calientes mientras aguardo. Me siento ridículamente mal vestido con mi ropa de paisano –pantalones chinos y un polo que escondo bajo una chaqueta de cuero– cuando sale a recibirme uno de los jueces de paz más influyentes del condado.

—Juez Dennett —digo al entrar.

Me conduzco con más autoridad de la que creo tener en ese instante, desplegando un aplomo que debo de tener almacenado en algún lugar, a buen recaudo, para momentos como este. El juez Dennett es un hombre imponente, tanto en estatura como en influencia. Si esta vez la cago, me quedaré sin trabajo. Eso, en el mejor de los casos. La señora Dennett se levanta de la silla. Le digo en mi tono más cortés «Por favor, no se levante» y la otra mujer –Grace Dennett, deduzco por mis averiguaciones preliminares: una mujer más joven, de unos veintitantos o treinta y pocos años– sale a nuestro encuentro en el punto en el que acaba el vestíbulo y empieza el cuarto de estar.

—Detective Gabe Hoffman —digo sin los convencionalismos que cabría esperar de una presentación formal. No sonrío, ni le tiendo la mano.

En efecto, la chica dice ser Grace. Sé por mis pesquisas previas que es una de las socias principales del bufete de abogados Dalton y Meyers, pero me basta con mi intuición para darme cuenta desde el principio de que no me cae bien: se envuelve en un aire de superioridad, mira con desdén mi ropa de trabajador y su voz desprende un cinismo que me pone los pelos de punta.

La señora Dennett dice algo, su voz tiene aún un fuerte acento británico aunque sé, porque me he informado previamente, que vive en Estados Unidos desde los dieciocho años. Parece angustiada. Es mi primera impresión. Su voz suena aguda, sus dedos toquetean con nerviosismo cualquier cosa que se ponga a su alcance.

—Mi hija ha desaparecido, detective —balbucea—. Sus amigos no la han visto. No han hablado con ella. Yo he estado llamando a su móvil, le he dejado mensajes. —Se atraganta al hablar, intentando frenéticamente no echarse a llorar—. Fui a su apartamento para ver si estaba allí —añade, y luego reconoce—: Fui hasta allí en coche y el casero no me dejó entrar.

La señora Dennett es una mujer impresionante. No puedo evitar mirar fijamente su larga melena rubia, que cae en desorden sobre el conspicuo canalillo que asoma por el cuello de su blusa, cuyo botón de arriba está sin abrochar. Ya había visto fotos suyas acompañando a su marido en la escalinata del juzgado. Pero eso no es nada comparado con ver a Eve Dennett en carne y hueso.

—¿Cuándo fue la última vez que hablaron con ella? —pregunto.

—La semana pasada —contesta el juez.

—La semana pasada no, James —dice Eve. Hace una pausa, consciente de que su marido parece molesto por su interrupción. Luego añade—: Hace dos semanas. Puede incluso que haga tres. Así es nuestra relación con Mia: a veces pasamos semanas enteras sin hablar.

—Entonces, ¿esto no es tan inusual? —pregunto—. ¿Que no tengan noticias suyas durante un tiempo?

—No —admite la señora Dennett.

—¿Y usted, Grace?

—Hablamos la semana pasada. Fue una llamada rápida. El miércoles, creo. Puede que el jueves. Sí, fue el jueves porque me llamó cuando yo estaba entrando en el juzgado para una vista sobre una solicitud de supresión de pruebas.

Introduce ese dato para informarme de que es abogada, como si su chaqueta de raya diplomática y el maletín de piel que tiene a sus pies no fueran indicios suficientes.

—¿Algo fuera de lo corriente?

—Solo cosas de Mia.

—¿Qué quiere decir con eso?

—Gabe... —intercede el juez.

—Detective Hoffman —respondo en tono autoritario. Si yo tengo que llamarlo «juez», él también puede llamarme «detective».

—Mia es muy independiente. Baila al son que ella misma marca, por decirlo así.

—Entonces, ¿su hija lleva presuntamente desaparecida desde el jueves?

—Una amiga habló con ella ayer. La vio en el trabajo.

—¿A qué hora?

—No sé... A las tres de la tarde.

Miro mi reloj.

—Entonces, ¿lleva veinticuatro horas desaparecida?

—¿Es cierto que no se la puede considerar desaparecida hasta que pasen cuarenta y ocho horas? —pregunta la señora Dennett.

—Por supuesto que no, Eve —contesta su marido en tono desdeñoso.

—No, señora —digo yo. Procuro ser extremadamente cordial. No me gusta cómo la trata su marido—. De hecho, las primeras veinticuatro horas son a menudo esenciales en un caso de desaparición.

El juez se apresura a intervenir:

—Mi hija no ha desaparecido. Se ha *extraviado*. Esto es una irresponsabilidad por su parte, una negligencia, se ha precipitado. Pero no ha *desaparecido*.

—Entonces, señoría, ¿quién fue la última persona que vio a su hija antes de que... —como soy un listillo, tengo que decirlo— *se extraviara*?

Es la señora Dennett quien responde:

—Una mujer llamada Ayanna Jackson. Es compañera de trabajo de Mia.

—¿Tienen su número de contacto?

—Está escrito en una hoja de papel, en la cocina.

Hago una indicación con la cabeza a uno de los agentes, que entra en la cocina en busca del papel.

—¿Mia ha hecho esto en alguna otra ocasión?

—No, rotundamente no.

Pero el lenguaje corporal del juez y de Grace Dennett parece decir lo contrario.

—Eso no es cierto, mamá —contesta Grace. La miro expectante. A los abogados les encanta oírse hablar—. Mia ha desaparecido de casa cinco o seis veces. Pasaba la noche haciendo Dios sabe qué con vete tú a saber quién.

Sí, pienso para mí, Grace Dennett es una arpía. Tiene el pelo oscuro como su padre. Es de la misma altura que su madre pero tiene la figura del juez. Mala combinación. Hay quien diría que tiene silueta de reloj de arena. Puede que hasta yo lo dijera si me cayera bien. Pero, en cambio, prefiero llamarla rechoncha.

—Eso es completamente distinto. Estaba en el instituto. Era un poco ingenua y traviesa, pero…

—Eve, no saques las cosas de quicio —dice el juez Dennett.

—¿Mia bebe? —pregunto.

—No mucho —contesta la señora Dennett.

—¿Qué sabes tú de lo que hace Mia, Eve? Casi nunca habláis.

Ella se lleva la mano a la cara para secarse la nariz mocosa y por un momento me sorprende tanto el tamaño del pedrusco que lleva en el dedo que no oigo a James Dennett reprocharle a su mujer que haya llamado a Eddie (rectifico: en ese punto caigo en la cuenta de que el juez no solo se tutea con mi jefe, sino que hasta le llama por su diminutivo) antes de que él llegara a casa. Parece convencido de que su hija se ha ido de juerga y de que no había necesidad de avisar a nadie.

—¿No cree que sea necesaria la intervención de la policía? —le pregunto.

—Desde luego que no. Este asunto solo concierne a la familia.

—¿Cómo se porta Mia en el trabajo?

—¿Cómo dice? —replica el juez arrugando la frente, y al instante se alisa las arrugas pasándose por ellas la mano con gesto ofendido.

—Que cómo actúa en el trabajo. ¿Tiene un buen historial laboral? ¿Alguna vez ha faltado al trabajo? ¿Llama a menudo para excusarse, diciendo que está enferma cuando no lo está?

—No lo sé. Trabaja, le pagan, se mantiene por sus medios. No hago preguntas.

—¿Señora Dennett?

—Le encanta su trabajo. Le encanta. Siempre ha querido dedicarse a la enseñanza.

Mia es profesora de plástica. En un instituto. Tomo nota de ello para acordarme.

El juez quiere saber si creo que es importante.

—Podría serlo —contesto.

—¿Y eso por qué?

—Señoría, solo trato de comprender a su hija. De comprender quién es. Nada más.

La señora Dennett está al borde de las lágrimas. Sus ojos azules comienzan a hincharse y a enrojecerse mientras intenta patéticamente contener sus minúsculas lagrimitas.

—¿Cree que le ha ocurrido algo a Mia?

Pienso para mí: ¿no es por eso por lo que me han llamado? Es *usted* quien piensa que le ha pasado algo. Pero en lugar de eso contesto:

—Creo que es conveniente que actuemos de inmediato y que más tarde, cuando todo esto resulte ser un gran malentendido, demos gracias a Dios. Estoy seguro de que su hija se encuentra bien, pero no quisiera pasar por alto este asunto sin hacer al menos algunas averiguaciones.

Me daré de bofetadas a mí mismo si al final resulta que hay algo fuera de lo normal en este asunto.

—¿Cuánto tiempo llevaba Mia viviendo sola? —pregunto.

—Dentro de un mes hará siete años —contesta rotundamente la señora Dennett.

Eso me sorprende.

—¿Lleva usted la cuenta? ¿Día por día?

—Fue en su dieciocho cumpleaños. Estaba deseando salir de aquí.

—No tengo intención de hurgar en ese asunto —digo, pero lo cierto es que no me hace falta: yo también estoy deseando largarme de allí—. ¿Dónde vive ahora?

Es el juez quien contesta:

—En un apartamento en la ciudad. Cerca de Clark y Addison.

Soy un gran fan de los Chicago Cubs, así que me llevo una alegría. Con solo oír las palabras «Clark y Addison», levanto las orejas como un perrillo hambriento.

—Wrigleyville. Un buen barrio. Muy seguro.

—Le daré la dirección —se ofrece la señora Dennett.

—Me gustaría ir a echar un vistazo si no les importa. Ver si hay alguna ventana rota, o algún indicio de que hayan forzado la entrada.

A la señora Dennett le tiembla la voz al preguntar:

—¿Cree que puede haber entrado alguien en el apartamento de Mia?

—Solo quiero echar un vistazo —contesto tratando de tranquilizarla—. ¿Hay portero en el edificio, señor Dennett?

—No.

—¿Y sistema de seguridad? ¿Cámaras?

—¿Cómo quiere que sepamos eso? —gruñe el juez.

—¿Nunca la visitan? —pregunto antes de que me dé tiempo a refrenarme.

Espero su respuesta, pero no llega.

EVE

DESPUÉS

Le subo la cremallera y le pongo la capucha, y salimos las dos al viento inclemente de Chicago.

—Ahora tenemos que darnos prisa —digo, y ella asiente aunque no sabe por qué.

Las ráfagas de viento están a punto de tumbarnos mientras caminamos hacia el todoterreno de James, aparcado a escasos metros de allí, y cuando la agarro del codo de lo único de lo que estoy segura es de que, si una de las dos se cae, la otra también irá al suelo. Cuatro días después de Navidad, el aparcamiento es una lámina de hielo. Hago lo posible por protegerla del frío y del viento cruel, apretándola contra mí y pasándole el brazo por la cintura para darle calor, aunque soy más bajita que ella y estoy segura de que mis esfuerzos fracasan estrepitosamente.

—Volveremos la semana que viene —le digo a Mia cuando sube al asiento del copiloto, alzando la voz para hacerme oír por encima del ruido de las puertas al cerrarse y de los cinturones al ser abrochados.

La radio nos grita, el motor del coche está al borde de la muerte aquel día cruel. Mia da un respingo y yo le pido a James que por favor apague la radio. En el asiento trasero, Mia está callada, mirando los coches por la ventanilla. Hay tres: sus conductores, fisgones voraces, nos rodean como una jauría de tiburones hambrientos. Uno se acerca la cámara al ojo y el *flash* casi nos deslumbra.

—¿Dónde diablos se mete la policía cuando se la necesita? —pregunta James sin dirigirse a nadie en particular, y hace sonar el claxon hasta que Mia levanta las manos para taparse los oídos contra aquel ruido espantoso.

Las cámaras vuelven a disparar. Los coches siguen parados con el motor al ralentí. Sus tubos de escape vomitan al día gris un humo espeso.

Mia levanta la vista y me ve observándola.

—¿Me has oído, Mia? —pregunto con voz amable.

Sacude la cabeza y yo prácticamente oigo la insidiosa idea que pasa por su cabeza: «Chloe. Me llamo Chloe». Sus ojos azules están pegados a los míos. Los tengo rojos y húmedos de tanto contener las lágrimas, algo que se ha vuelto normal desde el regreso de Mia, aunque, como siempre, James está ahí para recordarme que me calle. Intento con todas mis fuerzas verle la lógica a todo esto, compongo una sonrisa, forzada y sin embargo completamente sincera, y unas palabras que no llego a decir desfilan por mi cabeza: «No puedo creer que estés en casa». Procuro dejarle espacio a Mia. No estoy segura de hasta qué punto lo necesita, pero sé que no quiero agobiarla. Veo su sufrimiento en cada gesto y cada expresión, en su porte, que ya no rebosa confianza en sí misma como el de la Mia de antes. Sé que le ha pasado algo horrible.

Me pregunto, sin embargo, si ella tiene alguna noción de que a mí también me ha pasado algo.

Aparta la mirada.

—Vendremos otra vez la semana que viene a ver a la doctora Rhodes —digo, y ella responde inclinando la cabeza—. El martes.

—¿A qué hora? —pregunta James.

—A la una.

Consulta su *smartphone* con una mano y luego me dice que tendré que traer a Mia yo sola. Dice que tiene un juicio que no puede perderse. Y además –dice– está seguro de que puedo arreglármelas yo sola. Le digo que claro que puedo *arreglármelas*, pero me inclino y le susurro al oído:

—Ella te necesita. Eres su padre.

Le recuerdo que ya hemos hablado de esto, que convinimos en que lo haríamos así y que me dio su palabra. Dice que verá qué puede hacer, pero su duda me pesa en el ánimo: sé que cree que su inamovible horario laboral no le deja tiempo para crisis familiares como esta.

En el asiento de atrás, Mia ve pasar el mundo por la ventanilla cuando tomamos la I-94 y salimos de la ciudad. Son casi las tres y media de la tarde de un viernes, el fin de semana de Año Nuevo, y hay un tráfico espantoso. Nos paramos y esperamos, y luego avanzamos palmo a palmo a ritmo de caracol, a menos de cincuenta kilómetros por hora en la autopista. James no tiene paciencia para estas cosas. Mira por el retrovisor, esperando que reaparezcan los *paparazzi*.

—Bueno, Mia —dice, intentando pasar el rato—. Esa loquera dice que tienes amnesia.

—Ay, James —le suplico—, por favor, ahora no.

Mi marido no está dispuesto a esperar. Quiere llegar al fondo de esto. Hace apenas una semana que Mia está en casa, viviendo con James y conmigo porque no está en condiciones de vivir sola. Pienso en el día de Navidad, cuando el desvencijado coche marrón se detuvo perezosamente en el camino de entrada, con Mia en la parte de atrás. Recuerdo cómo James, casi siempre tan distante, tan frío, salió por la puerta empujándome y fue el primero en saludarla, en abrazar a aquella joven famélica en el camino de entrada cubierto de nieve, como si fuera él, y no yo, quien había pasado todos esos largos y angustiosos meses llorando su desaparición.

Pero desde entonces he visto cómo aquella alegría momentánea se marchitaba y cómo Mia, en su olvido, se cansaba de James, para el que a fin de cuentas no se trata de nuestra *hija*, sino de uno más de sus muchos casos, cuyo número no deja de crecer.

—¿Cuándo, entonces?

—Después, por favor. Y, además, esa mujer es una profesional, James —insisto—. Una psiquiatra, no una *loquera*.

—Muy bien, entonces, Mia, esa *psiquiatra* dice que tienes amnesia —repite él, pero Mia no responde.

James la mira por el retrovisor, esos ojos marrones oscuros que la tienen apresada. Durante un instante fugaz se esfuerza por sostenerle la mirada, pero luego se mira las manos y se queda absorta mirando una pequeña costra.

—¿Quieres comentar algo? —pregunta su padre.

—Es lo mismo que me ha dicho ella —dice Mia, y yo me acuerdo de las palabras de la doctora cuando se sentó delante de James y de mí en su inhóspito despacho (a Mia la había mandado a la sala de espera a hojear revistas de moda atrasadas) y nos recitó, palabra por palabra, la definición de manual del trastorno de estrés postraumático, y a mí me dio por pensar en esos pobres veteranos de la guerra de Vietnam.

James suspira. Noto que le parece inverosímil que sus recuerdos puedan haberse esfumado así, sin más.

—Entonces, ¿cómo funciona? Te acuerdas de que soy tu padre y de que esta es tu madre, pero crees que te llamas Chloe. Sabes cuántos años tienes y dónde vives y que tienes una hermana, pero ¿no tienes ni idea de quién es Colin Thatcher? ¿De veras no sabes dónde has estado estos últimos tres meses?

Me apresuro a defender a Mia y digo:

—Se llama amnesia *selectiva*, James.

—¿Me estás diciendo que escoge las cosas que quiere recordar?

—No es que las escoja ella. Es su subconsciente, o su inconsciente, o algo así. Guarda los recuerdos dolorosos donde no pueda encontrarlos. No es algo que ella haya *decidido*. Es la forma en que su cuerpo la ayuda a superarlo.

—¿A superar qué?

—Todo, James. Todo lo que ha pasado.

James quiere saber cómo arreglarlo. No estoy segura de cómo hacerlo, pero contesto:

—Es cuestión de tiempo, supongo. Terapia, fármacos, hipnosis.

Resopla al oír esto. La hipnosis le parece tan ridícula como la amnesia.

—¿Qué clase de fármacos?

—Antidepresivos, James —respondo. Me doy la vuelta y, dándole una palmadita en la mano a Mia, añado—: Puede que no recupere nunca la memoria, y aun así no importará.

La contemplo un momento: es mi vivo retrato, aunque sea más alta y más joven que yo y aún le falten muchos años para tener arrugas y mechones de pelo blanco como los que empiezan a aparecer en mi melena rubia ceniza.

—¿Cómo van a ayudarla a recordar los antidepresivos?

—Harán que se sienta mejor.

James es siempre tan franco… Es uno de sus defectos.

—Pero, vamos a ver, Eve, si no recuerda nada ¿por qué tiene que sentirse mal? —pregunta, y nuestros ojos se pierden por las ventanillas siguiendo el tráfico que pasa.

Damos por zanjada la conversación.

GABE

ANTES

El instituto en el que da clases Mia Dennett está al noroeste de Chicago, en una zona conocida como North Center. Es un barrio relativamente bueno, cerca de su casa, de población mayoritariamente blanca con ingresos medios superiores a mil dólares al mes. Todo lo cual pinta muy bien para Mia Dennett. Si trabajara en Englewood, no las tendría todas conmigo. El propósito del centro es procurar una educación a alumnos que abandonaron el instituto antes de tiempo. Ofrecen formación profesional, conocimientos de informática, cultura general, etcétera, en grupos pequeños. A ello hay que sumarle a Mia Dennett, la profesora de plástica, cuyo fin es añadir ese toque bohemio que ha sido eliminado de los institutos convencionales, donde se dedica más tiempo a las matemáticas y las ciencias y a matar de aburrimiento a inadaptados sociales a los que todo eso les importa un carajo.

Ayanna Jackson viene a buscarme al despacho. Tarda quince minutos largos porque está en plena clase, así que encajo mi cuerpo en una de esas sillitas escolares de plástico pensadas para la emasculación y me dispongo a esperar. No me resulta fácil hacerlo, desde luego. Hace tiempo que dejé de tener los abdominales bien marcados, aunque me gusta pensar que llevo muy dignamente mis kilos de más. La secretaria no me quita ojo, como si fuera un alumno al que han mandado a hablar con el director. Es una escena a la que por desgracia estoy acostumbrado: en mis tiempos en el instituto me vi muchas veces en ese brete.

—Está intentando encontrar a Mia —dice cuando me presento como el detective Gabe Hoffman.

Le digo que sí. Hace casi cuatro días que nadie la ha visto ni ha hablado con ella, de modo que se la considera oficialmente desaparecida, para fastidio del juez. Ha salido en los periódicos, en las noticias, y todas las mañanas, al levantarme de la cama, me digo que hoy será el día en que encuentre a Mia Dennett y me convierta en un héroe.

—¿Cuándo fue la última vez que vio a Mia?

—El martes.

—¿Dónde?

—Aquí.

Entramos en el aula y Ayanna —me ruega que no la llame señora Jackson— me invita a sentarme en una de esas sillas de plástico unidas a un pupitre roto y pintarrajeado.

—¿Cuánto tiempo hace que conoce a Mia?

Se sienta a su mesa, en una cómoda silla de piel, y yo me siento como un niño, aunque en realidad le saco más de treinta centímetros. Cruza las largas piernas y la raja de su falda negra se abre, dejando al descubierto la piel.

—Tres años. Desde que se dedica a la enseñanza.

—¿Mia se lleva bien con todo el mundo? ¿Con los alumnos, con el personal?

Está muy seria.

—No hay nadie con quien no se lleve bien.

Sigue hablándome de Mia. De cómo y cuándo llegó por primera vez a aquel colegio alternativo, de su simpatía natural, de cómo empatizaba con los alumnos y se comportaba como si ella también se hubiera criado en las calles de Chicago. Y de cómo organizaba campañas de recaudación de fondos para que el centro pudiera pagar el material escolar de los alumnos con pocos recursos.

—Nadie habría pensado que era una Dennett.

Según la señora Jackson, la mayoría de los profesores novatos no dura mucho en ese tipo de centros. Con los tiempos que corren, a veces solo se encuentra trabajo en un centro alternativo, y los recién licenciados aceptan el puesto a la espera de que surja algo mejor. Pero no fue así en el caso de Mia.

—Ella quería estar aquí. Permítame que le enseñe una cosa —añade, y saca un montón de papeles de una bandeja que tiene encima de la mesa. Se acerca y se sienta en un pupitre, a mi lado. Deja los papeles delante de mí y lo primero que veo es una letra garabateada, peor aún que la mía—. Esta mañana los alumnos han estado trabajando en la entrada de su diario de esta semana —me explica, y al echar un vistazo a la redacción veo tantas veces el nombre *señorita Dennett* que no puedo contarlas.

—Escriben una entrada de diario cada semana —añade Ayanna Jackson—. Esta semana tenían que contarme lo que querían hacer con su vida cuando acabaran el instituto.

Rumio aquella información durante un minuto mientras veo que en la mayoría de las hojas aparecen, dispersas aquí y allá, las palabras *señorita Dennett.*

—Pero el noventa y nueve por ciento de los alumnos solo piensa en Mia —concluye, y noto por su tono de desánimo que ella tampoco se quita de la cabeza a Mia.

—¿Tenía Mia problemas con algún estudiante? —pregunto para estar seguro, pero sé cuál va a ser su respuesta antes de que niegue con la cabeza—. ¿Sabe usted si tenía novio?

—Supongo que sí —responde—, si es que puede llamárselo así. Jason no sé qué. No sé su apellido. Nada serio. Solo llevaban saliendo unas semanas, puede que un mes, como mucho.

Tomo nota. Los Dennett no mencionaron ningún novio. ¿Es posible que no lo sepan? Claro que es posible. Tratándose de la familia Dennett, empiezo a creer que todo es posible.

—¿Sabe cómo puedo ponerme en contacto con él?

—Es arquitecto —dice—. Trabaja en no sé qué empresa, en

Wabash. Mia va a verlo allí los viernes por la noche, a la hora feliz. Wabash esquina con… No sé, puede que esquina con Wacker. En algún sitio frente al río.

Eso me suena a buscar una aguja en un pajar, pero estoy dispuesto a intentarlo. Anoto los datos en mi libreta.

Es una gran noticia que Mia Dennett tenga un novio escurridizo. En casos como este, el culpable siempre es el novio. Estoy seguro de que si encuentro a Jason encontraré también a Mia, o lo que quede de ella. Teniendo en cuenta que lleva cuatro días en paradero desconocido, empiezo a pensar que esta historia podría tener un final desgraciado. Jason trabaja junto al río Chicago: mal asunto. Sabe Dios cuántos cadáveres se sacan de ese río al cabo del año. Es arquitecto, y por lo tanto listo, se le dará bien resolver problemas. Cómo deshacerse de un cuerpo de cincuenta y cinco kilos, por ejemplo, sin que nadie lo note.

—Si Mia estaba saliendo con ese tal Jason —pregunto—, ¿no es un poco raro que él no la esté buscando?

—¿Cree que puede estar implicado?

Me encojo de hombros.

—Sé que si yo tuviera una novia e hiciera cuatro días que no sé nada de ella, estaría un poco preocupado.

—Supongo que sí —conviene Ayanna Jackson. Se levanta de la mesa y empieza a borrar la pizarra. Tiene la falda negra manchada de minúsculas partículas de polvo—. ¿No llamó a los Dennett?

—El señor y la señora Dennett no tienen ni idea de que hubiera un novio de por medio. Por lo que a ellos respecta, Mia no tiene pareja.

—Mia no está muy unida a sus padres. Tienen… diferencias ideológicas.

—Ya lo he notado.

—No creo que Mia les cuente esas cosas.

Nos estamos desviando del tema, así que procuro que Ayanna retome el hilo de la conversación:

—Pero usted y Mia sí están muy unidas. —Ella asiente—. ¿Diría usted que Mia se lo cuenta todo?

—Que yo sepa, sí.

—¿Qué le dice sobre Jason?

Vuelve a sentarse, esta vez al borde de su mesa. Echa una ojeada al reloj de la pared, se sacude el polvo de las manos. Sopesa mi pregunta.

—Que no iba a durar —contesta, tratando de encontrar las palabras idóneas para explicarlo—. Mia no suele implicarse mucho en una relación, nunca se las toma muy en serio. No le gusta estar atada. Comprometerse. Es extremadamente independiente, quizá demasiado.

—¿Y Jason es… posesivo? ¿Ansioso?

Niega con la cabeza.

—No, no es eso, eso solo que no es su hombre ideal. No se le iluminaba la cara cuando hablaba de él. No contaba confidencias como hacemos las chicas cuando conocemos a nuestra media naranja. Siempre tenía que obligarla a hablarme de él y, cuando lo hacía, era como escuchar un documental: fuimos a cenar, vimos una película… Además, sé que tenía un horario horroroso y que eso irritaba a Mia: siempre la dejaba plantada o llegaba tarde. Mia no soportaba estar sujeta a su horario. Si dos personas tienen tantos problemas el primer mes que salen juntas, lo suyo no puede durar.

—Entonces, ¿cabe la posibilidad de que Mia estuviera pensando en romper con él?

—No lo sé.

—Pero no estaba del todo contenta.

—Yo no diría que no estaba *contenta* —responde Ayanna—. Pero sí creo que Jason le daba igual.

—Que usted sepa, ¿Jason sentía lo mismo?

Contesta que no lo sabe. Mia era muy escueta cuando hablaba de él. Sus explicaciones eran parcas en detalles: un listado de cosas que habían hecho ese día y algunos datos acerca de las características físicas de su novio: altura, peso, color de pelo y de ojos. Curiosamente, nunca había mencionado su apellido. Tampoco decía nunca si se habían besado, ni si notaba ese hormigueo en la boca del estómago (palabras de Ayanna, no mías) que se siente cuando conoces al hombre de tus sueños. Parecía enfadada cuando Jason la dejaba plantada –lo que, según Ayanna, sucedía con frecuencia– y sin embargo no parecía especialmente ilusionada las noches que quedaban en verse junto al río Chicago.

—¿Diría usted que había falta de interés por su parte? —insisto—. ¿En Jason, en la relación, en todo ese asunto en general?

—Mia estaba pasando el rato hasta que surgiera algo mejor.

—¿Se peleaban?

—No, que yo sepa.

—Pero, si hubiera algún problema, Mia se lo habría contado —sugiero.

—Quiero pensar que sí —responde ella, y sus ojos oscuros se vuelven tristes.

Suena un timbre a lo lejos, seguido por el estruendo de pasos en el pasillo. Ayanna Jackson se levanta, y yo me lo tomo como una señal de que debo marcharme. Le digo que estaremos en contacto y le dejo mi tarjeta, pidiéndole que me llame si se acuerda de algo más.

EVE

DESPUÉS

Estoy bajando las escaleras cuando los veo: una unidad móvil de televisión en la acera, delante de nuestra casa. Están de pie, tiritando, con cámaras y micrófonos. Tammy Palmer, de la televisión local, con una gabardina marrón oscura y botas hasta la rodilla, en el césped de mi casa. Me da la espalda, un hombre va contando con los dedos *–tres… dos…–* y, cuando señala a Tammy, prácticamente la oigo empezar a hablar. *Me encuentro frente a la casa de Mia Dennett…*

No es la primera vez que vienen. Cada vez son menos. Por lo visto ahora se interesan por otros asuntos: las leyes del matrimonio homosexual y el estado deplorable de la economía. Pero durante los días posteriores al regreso de Mia acamparon fuera, ansiosos por captar una imagen de la damnificada, una migaja de información que pudieran convertir en titular. Nos seguían por toda la ciudad en sus coches, hasta que prácticamente encerramos a Mia en casa.

Había coches misteriosos aparcados en la calle, fotógrafos de esas revistas de mala muerte asomándose por las ventanillas con sus teleobjetivos preparados, intentando convertir a Mia en la gallina de los huevos de oro. Yo corría las cortinas.

Veo a Mia sentada a la mesa de la cocina. Acabo de bajar las escaleras en silencio, contemplo a mi hija absorta en su mundo antes de irrumpir en él. Lleva puestos unos vaqueros rajados y un jersey de cuello alto azul marino, muy ceñido, que me apostaría algo a que realza el color de sus ojos. Se ha duchado y todavía tiene el pelo húmedo: se le va secando en ondas sobre la espalda. Me extrañan los gruesos calcetines de lana que envuelven sus pies, y la taza de café que rodea con las manos.

Me oye acercarme y se vuelve para mirarme. Sí, pienso para mí, se le ven unos ojos preciosos con ese jersey.

—Estás tomando café —comento, y al ver la vaga expresión de su cara me doy cuenta de que he metido la pata.

—¿No bebo café?

Llevo más de una semana andando con pies de plomo, procurando decir siempre lo correcto, desviviéndome –ridículamente, a veces– para que se sienta a gusto en casa. Intentaba compensar el desinterés de James y la confusión de Mia. Y luego, cuando menos me lo espero, una conversación aparentemente inofensiva y meto la pata.

Mia no toma café. Nunca prueba la cafeína. La pone nerviosa. Sin embargo, la veo beber un sorbito de la taza, completamente apática y pasiva, y pienso –o deseo– que tal vez le siente bien un poco de cafeína. ¿Quién es esta mujer inerme que tengo ante mí?, me pregunto. Reconozco su cara pero no sus gestos, ni su tono de voz, ni el silencio inquietante que la envuelve como una burbuja.

Hay un millón de cosas que quisiera preguntarle. Pero no lo hago. He prometido dejarla tranquila. James ya ha intentado sonsacarla por los dos. El interrogatorio prefiero dejárselo a los profesionales, a la doctora Rhodes y al detective Hoffman, y a los que nunca saben cuándo parar, como James. Es mi hija, pero no es mi hija. Es Mia, pero no es Mia. Parece ella, pero lleva calcetines y toma café, y se despierta sollozando en mitad de la noche. Contesta antes si la llamo Chloe que si la llamo por su nombre. Parece hueca por dentro, dormida cuando está despierta, despierta cuando debería dormir. Anoche, cuando puse en marcha el triturador de basuras, se levantó de un salto de su silla, se apartó casi un metro y luego se retiró a su habitación. Estuvimos horas sin verla y, cuando le pregunté qué había hecho en ese tiempo, se limitó a decir «No lo sé». La Mia que yo conozco no puede estarse quieta tanto tiempo.

—Parece que hace buen día —digo, pero no responde.

Hace buen día, en efecto: ha salido el sol. Pero el sol de enero es engañoso y estoy segura de que la tierra no se calentará más allá de los cinco o seis grados.

—Quiero enseñarte una cosa —le digo, y la llevo desde la cocina al comedor contiguo, donde en noviembre, cuando creía que estaba muerta, colgué una reproducción de uno de sus cuadros. Representa un pueblecito pintoresco de la Toscana que copió en tizas pastel tomando como modelo una fotografía, después de un viaje que hicimos hace años. Superpuso los tonos en capas, creando una representación muy expresiva del pueblo: un instante atrapado detrás de la lámina de cristal. La veo observar el cuadro y pienso para mis adentros: si todo pudiera preservarse así…

—Lo hiciste tú —digo.

Pero ya lo sabe. De eso se acuerda. Recuerda el día en que se sentó a la mesa del comedor con sus tizas pastel y la fotografía. Le había suplicado a su padre que le comprara el papel especial y él había accedido, aunque estaba seguro de que su nueva pasión por el arte era solo una fase pasajera. Cuando acabó nos quedamos todos boquiabiertos, y luego el cuadro estuvo guardado en alguna parte, junto con los viejos disfraces de Halloween y los patines, hasta que volvió a aparecer mientras buscaba fotografías de Mia porque el detective nos las había pedido.

—¿Recuerdas cuando fuimos de viaje a la Toscana? —pregunto.

Da un paso adelante para pasar sus preciosos dedos por la pintura. Es unos centímetros más alta que yo, pero en el comedor es una niña pequeña: una polluela que aún no se siente segura sobre sus patas.

—Llovió —responde sin apartar los ojos del dibujo.

Asiento con la cabeza.

—Sí, llovió —digo, contenta de que se acuerde. Pero solo llovió un día y el resto de las vacaciones hizo un tiempo maravilloso.

Quiero decirle que colgué el cuadro porque sufría por ella.

Estaba aterrorizada. Pasaba las noches dándole vueltas a la cabeza, sin pegar ojo durante meses. ¿Y si...? ¿Y si le había pasado algo malo? ¿Y si estaba bien pero nunca la encontráramos? ¿Y si había muerto y nunca llegábamos a descubrirlo? ¿Y si estaba muerta y lo descubríamos, y el detective nos pedía que identificáramos sus restos mortales?

Quiero decirle que colgué su calcetín de Navidad por si acaso, y que le compré regalos y los envolví, y los puse bajo el árbol. Quiero que sepa que todas las noches dejaba la luz del porche encendida y que debí de llamar a su móvil mil veces, solo por si acaso. Por si acaso algún día no saltaba el buzón de voz. Escuchaba el mensaje una y otra vez, siempre las mismas palabras, siempre el mismo tono, «Hola, soy Mia, por favor deja tu mensaje», solo por el placer de oír su voz durante un rato. Me preguntaba ¿y si esas son las últimas palabras que oiré de mi hija? ¿Y si...?

Sus ojos permanecen inexpresivos, su cara no se inmuta. Tiene posiblemente el cutis más perfecto, terso y sonrosado que he visto nunca, pero su color de melocotón parece haber desaparecido y ahora es todo blanco, pálido como un fantasma. No me mira cuando hablamos: mira más allá de mí o a través de mí, pero nunca a mí. La mayoría del tiempo baja la vista, se mira los pies, las manos, cualquier cosa con tal de evitar la mirada del otro.

Y entonces, mientras está allí parada, en el comedor, su cara pierde hasta el último rastro de color. Sucede en un instante. La luz que entra por las cortinas descorridas resalta su forma de estirarse bruscamente hacia arriba para luego dejar caer los hombros y encorvarse. Aparta rápidamente la mano del cuadro de la Toscana y se la lleva al vientre. Apoya la barbilla en el pecho, su respiración se vuelve ronca. Apoyo la mano en su espalda flaca –demasiado flaca: le noto los huesos– y en su cintura, y espero. Pero no demasiado: estoy impaciente.

—Mia, cariño —digo, pero enseguida me dice que está bien, que no pasa nada.

Me convenzo de que es por el café.

—¿Qué pasa?

Se encoge de hombros. Sigue con la mano pegada al abdomen y comprendo que no se encuentra bien. Su cuerpo ha empezado a retirarse del comedor.

—Estoy cansada, nada más. Solo necesito echarme —dice, y tomo nota mentalmente de que debo deshacerme de toda la cafeína que haya en casa antes de que despierte de su siesta.

GABE

ANTES

—No es usted un hombre fácil de encontrar —le digo cuando me recibe en su lugar de trabajo.

Es más un cubículo que un despacho, pero con tabiques más altos de lo normal y un mínimo de privacidad. Solo hay una silla –la suya–, así que me quedo de pie a la entrada, apoyado en el tabique.

—No sabía que alguien estuviera buscándome.

Mi primera impresión es que se trata de un capullo que se da muchos aires, igual que yo hace años, antes de darme cuenta de que estaba demasiado pagado de mí mismo. Es un tipo grandullón, fornido, aunque no del todo alto. Estoy seguro de que hace ejercicio, de que bebe batidos de proteínas, y hasta puede que tome esteroides. Tomo buena nota de ello pero de momento confío en que no se dé cuenta de mis sospechas, o podría patearme el trasero.

—¿Conoce a Mia Dennett? —pregunto.

—Eso depende. —Se vuelve en su silla giratoria y termina de escribir un *e-mail* dándome la espalda.

—¿De qué?

—De quién quiera saberlo.

No tengo ganas de seguirle el juego.

—Quiero saberlo yo —contesto, guardándome mi triunfo para más adelante.

—¿Y usted es…?

—Alguien que busca a Mia Dennett —respondo.

Me veo a mí mismo en este tipo, aunque no puede tener más allá de veinticuatro o veinticinco años, recién salido de la facultad. Todavía se cree que el mundo gira a su alrededor.

—Si usted lo dice.

Yo, en cambio, estoy a punto de cumplir los cincuenta, y esta misma mañana me he visto las primeras canas. No me cabe duda de que debo agradecérselo al juez Dennett.

Sigue con su *e-mail*. Qué demonios, pienso. Le importa un carajo que yo esté aquí, esperando para hablar con él. Miro por encima de su hombro para echarle un vistazo al *e-mail*. Trata de fútbol universitario, y el destinatario usa el apodo *macarroni82*. Mi madre es italiana –de ahí que tenga este pelo y estos ojos oscuros, que sin duda fascinan a las mujeres–, así que me tomo ese nombre peyorativo como una ofensa contra mi gente, aunque nunca haya estado en Italia y no sepa ni una palabra de italiano. Solo busco un motivo más para que me repatee este tipo.

—Debe de estar muy liado —comento, y parece molesto por que haya leído su *e-mail*.

Minimiza la pantalla.

—¿Se puede saber quién es usted? —pregunta.

Me meto la mano en el bolsillo de atrás y saco la insignia reluciente que tanto me gusta.

—Detective Gabe Hoffman.

Se le bajan un poco los humos. Sonrío. Dios, cómo me gusta mi trabajo.

Se hace el tonto.

—¿Mia tiene algún problema?

—Sí, supongo que podría decirse así.

Espera a que continúe. Yo no digo nada, solo para fastidiarlo.

—¿Qué ha hecho?

—¿Cuándo fue la última vez que la vio?

—Hace tiempo. Una semana o así.

—¿Y la última vez que habló con ella?

—No sé. La semana pasada. El martes por la noche, creo.

—¿Cree? —pregunto. Consulta su calendario. Sí, fue el martes por la noche—. Pero ¿no la vio el martes?

—No. Se suponía que íbamos a vernos, pero tuve que cancelar la cita. Trabajo, ya sabe.

—Claro.

—¿Qué le ha pasado a Mia?

—Entonces, ¿no ha hablado con ella desde el martes?

—No.

—¿Eso es normal? ¿Que pasen casi una semana sin hablar?

—La llamé —confiesa—. El miércoles, puede que el jueves. No me devolvió la llamada. Suponía que estaba cabreada.

—¿Y eso por qué? ¿Tenía motivos para estar *cabreada*?

Se encoge de hombros. Agarra una botella de agua que hay sobre la mesa y bebe un trago.

—Cancelé nuestra cita del martes por la noche. Tenía que trabajar. Me cortó enseguida cuando hablamos por teléfono, ¿sabe? Noté que estaba enfadada. Pero tenía que trabajar. Así que pensé que seguía molesta conmigo y que por eso no me devolvía las llamadas. No sé.

—¿Qué planes tenían?

—¿El martes por la noche?

—Sí.

—Habíamos quedado en un bar de Uptown. Mia ya estaba allí cuando la llamé. Era tarde. Le dije que no iba a poder ir.

—¿Y se enfadó?

—No parecía muy contenta.

—Entonces, ¿estuvo aquí, trabajando, el martes por la noche?

—Hasta las tres de la madrugada.

—¿Hay alguien que pueda corroborarlo?

—Eh, sí. Mi jefa. Debíamos acabar unos planos para un cliente con el que teníamos que reunirnos el jueves. Nos vimos varias veces esa noche. ¿Estoy metido en un lío?

—Ya llegaremos a eso —contesto inexpresivamente mientras

transcribo la conversación en mi taquigrafía particular, que solo yo puedo descifrar—. ¿Dónde fue cuando salió de trabajar?

—A casa, hombre. Era de madrugada.

—¿Tiene una coartada?

—¿Una coartada? —Empieza a estar incómodo, se remueve en la silla—. No sé. Tomé un taxi para ir a casa.

—¿Tiene el recibo?

—No.

—¿Hay portero en su edificio? ¿Alguien que pueda confirmar que llegó a casa?

—Cámaras —contesta, y luego pregunta—: ¿Dónde cojones está Mia?

Pedí el registro de llamadas del teléfono de Mia después de mi conversación con Ayanna Jackson. Descubrí llamadas casi diarias a un tal Jason Becker, al que le seguí la pista hasta un estudio de arquitectura del Loop de Chicago. He ido a verlo para ver qué sabe sobre la desaparición de la chica, y he visto la prueba palmaria en su cara al pronunciar su nombre.

—Sí, conozco a Mia —ha dicho mientras me conducía a su cubículo.

Me he dado cuenta al primer vistazo: celos. Estaba convencido de que yo era «el otro».

—Ha desaparecido —digo, intentando interpretar su reacción.

—¿Que ha desaparecido?

—Sí. Se ha esfumado. Nadie la ha visto desde el martes.

—¿Y cree que yo tengo algo que ver?

Me irrita que le preocupe más su culpabilidad que la vida de Mia.

—Sí —miento—, creo que tal vez tenga algo que ver.

Aunque la verdad es que si su coartada es tan irrefutable como parece, vuelvo al punto de partida.

—¿Necesito un abogado?

—¿Cree usted que lo necesita?

—Ya le he dicho que estuve trabajando. No vi a Mia el martes por la noche. Pregúntele a mi jefa.

—Lo haré —le aseguro, aunque su mirada me suplica que no lo haga.

Sus compañeros de trabajo escuchan a hurtadillas el interrogatorio. Aflojan el paso cuando pasan junto al cubículo. Remolonean fuera y fingen seguir con sus conversaciones. A mí me da igual. A él no. Le está sacando de quicio. Le preocupa su reputación. Me gusta verlo retorcerse en su silla, cada vez más angustiado.

—¿Necesita algo más? —pregunta para aligerar las cosas. Quiere que lo deje en paz.

—Necesito saber qué planes tenían para el martes por la noche. Dónde estaba Mia cuando la llamó. Qué hora era. Comprobar el registro de sus llamadas telefónicas. Necesito hablar con su jefa para cerciorarme de que estuvo usted aquí y comprobar a qué hora se marchó. Y también voy a necesitar las grabaciones de las cámaras de seguridad de su edificio para comprobar que llegó a casa sano y salvo. Si le incomoda proporcionarme esta información, no tenemos nada más que hablar. Si prefiere que pida una orden judicial…

—¿Me está amenazando?

—No —miento—, le estoy informando sobre sus alternativas.

Accede a proporcionarme la información que necesito, incluyendo presentarme a su jefa (una mujer de mediana edad cuyo despacho es ridículamente más grande que el suyo, con ventanales que llegan del suelo al techo, con vistas al río Chicago) antes de marcharme.

—Jason —declaro después de que su jefa me asegure que estuvo trabajando como un descosido toda la noche—, vamos a hacer todo lo posible por encontrar a Mia.

Pero solo lo digo para ver su expresión de desinterés antes de irme.

COLIN

ANTES

No hace falta mucho esfuerzo. Pago a un tío para que se quede trabajando un par de horas más de lo que le gustaría. La sigo hasta el bar y me siento donde pueda observarla sin que me vea. Espero a que llegue la llamada y, cuando se entera de que la han dejado plantada, le entro.

No sé mucho de ella. He visto una instantánea, una foto borrosa de ella saliendo del andén del metro, hecha desde un coche aparcado a unos cuatro metros de distancia. Hay unas diez personas entre el fotógrafo y la chica: por eso su cara está rodeada por un círculo rojo. En el dorso de la fotografía está escrito *Mia Dennett* y una dirección. Me la dieron hace una semana, más o menos. Nunca había hecho nada así. Robar, sí. Acosar, también. Secuestrar a alguien, no. Pero necesito el dinero.

He estado siguiéndola estos últimos días. Sé dónde hace la compra, a qué tintorería lleva su ropa, dónde trabaja. Nunca he hablado con ella. No reconocería el sonido de su voz. No sé de qué color son sus ojos, ni qué aspecto tienen cuando se asusta. Pero lo sabré.

Llevo una cerveza en la mano, pero no me la bebo. No puedo correr el riesgo de emborracharme. Esta noche no. Pero tampoco quiero llamar la atención, así que pido la cerveza para tener las manos ocupadas. Ella parece fastidiada cuando la llaman al móvil. Sale a la calle a contestar y, cuando vuelve, está cabreada. Piensa en marcharse, pero decide acabarse la copa. Busca un lápiz en su bolso y se pone a dibujar algo en una servilleta de papel mientras escucha al gilipollas que lee poesía en el escenario.

Intento no pensar en ello. Intento no pensar en que es guapa. Pienso en el dinero. Necesito el dinero. No puede ser tan difícil. Dentro de un par de horas habrá acabado todo.

—Es bueno —digo, señalando con la cabeza la servilleta. Es lo mejor que se me ocurre. No sé nada de pintura.

Al principio, cuando me acerco, pasa olímpicamente de mí. No quiere nada conmigo. Así es más fácil. Casi ni levanta los ojos de la servilleta, ni siquiera cuando le digo que me gusta la vela que ha dibujado. Quiere que la deje en paz.

—Gracias. —No me mira.

—Un poco abstracto.

Por lo visto he metido la pata.

—¿Te parece una mierda?

Otro se reiría. Diría que era una broma y le lanzaría una lluvia de halagos. Pero yo no. Siendo ella, no.

Me siento en el banco corrido. Cualquier otro día, con cualquier otra chica, me habría largado. Cualquier otro día ni siquiera me habría acercado a su mesa: a la mesa de una chica con pinta de ser un mal bicho y estar cabreada. La cháchara, el flirteo y todo ese rollo se lo dejo a otros.

—No he dicho que me pareciera una mierda.

Apoya la mano sobre su abrigo.

—Estaba a punto de irme —dice. Se bebe de un trago lo que le queda de la copa y la deja sobre la mesa—. El asiento es todo tuyo.

—Como Monet —digo—. Monet hacía cosas abstractas, ¿no?

Lo digo a propósito.

Me mira. Estoy seguro de que es la primera vez. Sonrío. Me pregunto si lo que ve bastará para que levante la mano del abrigo. Su tono se ablanda, se da cuenta de que ha sido brusca. Puede que no sea un mal bicho, después de todo. Puede que solo esté mosqueada.

—Monet es un pintor impresionista —dice—. Picasso, eso sí es pintura abstracta. Kandinsky. Jackson Pollock.

Nunca he oído hablar de ellos. Ella sigue pensando en marcharse. No me preocupa. Si decide irse, la seguiré hasta casa. Sé dónde vive. Y tengo tiempo de sobra.

Pero lo intento de todos modos.

Agarro la servilleta que ha arrugado y dejado en un cenicero. Le quito la ceniza y la despliego.

—A mí no me parece una mierda —le digo al doblarla y guardármela en el bolsillo de atrás de los vaqueros.

Con eso basta para que recorra el bar con la mirada buscando a la camarera: está pensando en tomarse otra copa.

—¿Vas a quedártelo? —pregunta.

—Sí.

Se ríe.

—¿Por si acaso algún día soy famosa?

A la gente le gusta sentirse importante. Y ella no iba a ser menos.

Me dice que se llama Mia. Yo le digo que me llamo Owen. Cuando me pregunta mi nombre, tardo tanto en contestar que me dice «No sabía que fuera una pregunta tan difícil». Le digo que mis padres viven en Toledo y que soy cajero en un banco. Es todo mentira. De sí misma no cuenta gran cosa. Las cosas de las que hablamos no tienen nada de personal: un accidente de coche que ha habido en la Dan Ryan, del descarrilamiento de un tren de mercancías, de los próximos Mundiales. Propone que hablemos de algo que no sea deprimente. No es cosa fácil. Pide una copa y luego otra. Cuanto más bebe, más se abre. Me confiesa que su novio la ha dejado plantada. Me habla de él, dice que llevan saliendo desde finales de agosto y que podría contar con una mano las veces que no ha faltado a una cita. Busca que me compadezca de ella, pero no lo hago. No me sale.

En cierto momento me acerco a ella en el asiento. A veces nos tocamos, nuestras piernas se rozan sin querer por debajo de la mesa.

Intento no pensar en ello. En lo de después. Intento no pensar en que voy a obligarla a subirse al coche y a entregársela a Dalmar. La oigo hablar y hablar, no sé muy bien de qué porque estoy pensando en el dinero. En lo que podré hacer con toda esa pasta. Esto –sentarme con una chica en un bar en el que me apostaría la vida a que nunca habría entrado, tomar rehenes para pedir rescate– no es lo mío. Pero sonrío cuando me mira, y cuando su mano toca la mía no la retiro, porque de una cosa estoy seguro: esta chica podría cambiarme la vida.

EVE

DESPUÉS

Estoy mirando el álbum de bebé de Mia cuando me doy cuenta de una cosa: en segundo, tuvo una amiga imaginaria llamada Chloe.

Está ahí, escrito en las páginas amarillas del álbum con mi letra, en tinta azul, a lo largo del margen, entre el primer hueso roto y un acceso de gripe por el que tuvimos que llevarla a urgencias. Su foto de tercer curso tapa parte del nombre –Chloe–, pero aun así lo distingo.

Miro la foto de tercero, este retrato de una niña feliz a la que aún le quedaban muchos años por delante para tener aparato, acné y conocer a Colin Thatcher. Enseña su sonrisa mellada, con una mata de pelo trigueño que le envuelve la cabeza como una llamarada. Está salpicada de pecas –eso desapareció con el tiempo–, y su pelo es varios tonos más claro de lo que lo tendría después. Lleva el cuello de la camisa abierto y estoy segura de que tenía las piernas delgaduchas enfundadas en unas mallas de color fucsia, seguramente heredadas de Grace.

Las páginas del álbum están forradas de fotografías: la mañana de Navidad cuando Mia tenía dos años y Grace siete, las dos con sus pijamas a juego, y James con el pelo grasiento de punta. Los primeros días de colegio. Las fiestas de cumpleaños.

Estoy sentada en el rincón del desayuno con el álbum abierto delante de mí, mirando pañales de tela y biberones y deseando recuperar todo eso. Llamo a la doctora Rhodes. Para mi sorpresa, contesta.

Cuando le hablo de la amiga imaginaria, se lanza a hacer un análisis psicológico.

—A menudo, señora Dennett, los niños inventan amigos imaginarios para compensar su soledad o su falta de verdaderos amigos. Con frecuencia los dotan de características que desearían poseer ellos mismos: los hacen extravertidos si son tímidos, por ejemplo, o grandes atletas si son torpes. Tener un amigo imaginario no es necesariamente un problema psicológico, siempre y cuando el *amigo* desaparezca cuando el niño madura.

—Doctora Rhodes —respondo yo—, la amiga imaginaria de mi hija se llama Chloe.

Se queda callada.

—Eso es interesante —dice, y yo me aturdo.

Empiezo a obsesionarme con el nombre de Chloe. Paso la mañana buscando en Internet, intentando averiguar todo lo posible sobre ese nombre. Es un nombre griego que significa «florecimiento»... o «floración», «florido» o «retoñar», dependiendo de la página web que consulte, pero en todo caso son sinónimos entre sí. Este año es uno de los nombres más populares, pero en 1990 ocupaba el puesto 212 entre los nombres de niña preferidos por los estadounidenses, entre Alejandra y Marie. Ahora mismo hay aproximadamente unas 10.500 personas en los Estados Unidos que se llaman así. A veces se escribe con diéresis en la *e* (paso casi veinte minutos tratando de encontrar el significado de esos dos puntitos sobre la vocal, y cuando lo encuentro descubro que sirven simplemente para diferenciar entre los sonidos *o* y *e* al final del nombre, y me doy cuenta de que ha sido una pérdida de tiempo), y otras no. Me pregunto cómo lo escribe Mia, aunque no me atrevo a preguntárselo. ¿De dónde habrá sacado un nombre como Chloe? Puede que estuviera en el certificado de nacimiento de una de sus queridas muñecas repollo, llegada por vía aérea del Hospital General de Bebelandia. Me sorprende descubrir que las muñecas de este año tienen distintos tonos de piel –marrón oscuro y café con leche–, pero que no hay ninguna referencia a una muñeca llamada Chloe. Puede que otra niña de su clase de segundo…

Busco a gente famosa que se llame Chloe. Tanto Candice Bergen como Olivia Newton-John le pusieron ese nombre a sus hijas. Es el verdadero nombre de la escritora Toni Morrison, aunque dudo mucho que Mia hubiera leído *Beloved* en segundo curso. Están Chloë Sevigney (con diéresis) y Chloe Webb (sin ella), aunque estoy segura de que la primera es demasiado joven y la segunda demasiado mayor para que Mia le prestara atención a los ocho años.

Podría preguntarle. Podría subir las escaleras y llamar a la puerta de su cuarto y preguntarle. Es lo que haría James. Llegar al fondo de este asunto. Yo también quiero llegar al fondo, pero no quiero traicionar la confianza de Mia. Hace años, habría buscado el consejo de James, le habría pedido ayuda. Pero eso habría sido hace años.

Levanto el teléfono, marco los números. La voz que me saluda es amable, informal.

—Eve —dice, y siento que me relajo.

—Hola, Gabe.

COLIN
ANTES

La llevo a una torre de apartamentos de la avenida Kenmore. Tomamos el ascensor hasta el sexto piso. Mientras avanzamos por la moqueta manchada de pis hasta una puerta al fondo del pasillo, una música estruendosa sale de otro apartamento. Abro la puerta mientras ella espera. El piso está a oscuras. La única luz encendida es la de la placa de la cocina. Cruzo el suelo de parqué y enciendo una lámpara junto al sofá. Desaparecen las sombras, sustituidas por los vestigios de mi parca existencia: ejemplares de *Sports Illustrated*, un surtido de zapatos bloqueando la puerta del armario, un bollo a medio comer en un plato de papel sobre la mesa baja. Observo en silencio mientras ella me juzga. Todo está en calma. Esta noche, un vecino ha hecho comida india y el olor a curry satura su olfato hasta ahogarla.

—¿Estás bien? —pregunta porque no soporta el incómodo silencio. Seguramente está pensando que ha sido todo un error, que debería marcharse.

Me acerco a ella y paso una mano por su melena, agarro sus mechones a la altura de la nuca. La miro fijamente, poniéndola sobre un pedestal, y veo en sus ojos cuánto desea quedarse allí aunque sea solo un momento. Es un lugar en el que hace tiempo que no se hallaba. Había olvidado lo que es que alguien la mire así. Me besa y se olvida por completo de marcharse.

Aprieto mis labios contra los suyos de una manera al mismo

tiempo nueva y reconocible. Mis caricias son firmes. He hecho esto mil veces. Eso la tranquiliza. Si me mostrara torpe, si me resistiera a tomar la iniciativa, tendría tiempo para pensárselo. Pero todo sucede demasiado deprisa.

Y entonces, con la misma rapidez con que ha empezado, termina. Cambio de idea, me aparto y ella pregunta casi sin aliento «¿Qué?». «¿Qué pasa?», dice en tono suplicante, intentando atraerme hacia ella. Baja las manos a mi cintura, sus dedos beodos tiran torpemente de mi cinturón.

—Es mala idea —digo, apartándome de ella.

—¿Por qué? —suplica. Me agarra de la camisa desesperada.

Yo me alejo de su alcance. Y entonces, poco a poco, lo comprende: el rechazo. Está avergonzada. Se lleva las manos a la cara como si estuviera acalorada, pegajosa.

Se deja caer sobre el brazo de un sillón e intenta recuperar el aliento. La habitación le da vueltas. Se lo noto en la cara: no está acostumbrada a que le digan no. Se alisa la camisa arrugada, se pasa las manos sudorosas por el pelo, humillada.

No sé cuánto tiempo seguimos así.

—Es solo que es mala idea —digo entonces, y de pronto siento el impulso de recoger mis zapatos. Los arrojo dentro del armario, un par tras otro. Golpean contra la pared del fondo. Caen en un montón desordenado detrás de la puerta. Después cierro la puerta, tapando a la vista el desorden.

Entonces el rencor vuelve a aflorar y pregunta:

—¿Por qué me has traído aquí? ¿A qué he venido? ¿A que me humilles?

Nos veo a los dos en el bar. Me imagino mis ojos ansiosos cuando hace un rato me incliné hacia ella y le propuse:

—Salgamos de aquí.

Le he dicho que mi apartamento estaba en la misma calle que el bar. Hemos venido casi corriendo.

La miro fijamente.

—No es buena idea —repito.

Se levanta y echa mano de su bolso. Pasa gente por el pasillo, sus risas chirrían como un millar de cuchillos. Intenta caminar, pierde el equilibrio.

—¿Adónde vas? —pregunto, bloqueando la puerta.

Ahora no puede marcharse.

—A casa —dice.

—Estás borracha.

—¿Y? —contesta en tono desafiante. Se agarra a la silla para sostenerse en pie.

—No puedes irte —insisto. «No, teniéndote tan a tiro», pienso, pero digo—: Así, no.

Sonríe y dice que soy un encanto. Cree que estoy preocupado por ella. Qué ingenua.

No podría importarme menos.

GABE

DESPUÉS

Grace y Mia Dennett están sentadas frente a mi mesa cuando llego, de espaldas a mí. A Grace se la nota incómoda a más no poder. Agarra un boli de mi mesa y le quita la capucha mordisqueada cubriéndose la mano con la manga de la camisa. Me aliso la corbata con estampados de cachemira y, al acercarme a ellas, la oigo mascullar «pinta de guarro», «zarrapastroso» y «piel de lija». Supongo que se refiere a mí, y entonces la oigo decir que los rizos de Mia hace semanas que no ven un secador. Mia tiene bolsas de agotamiento bajo los ojos. La ropa arrugada que lleva puesta parece más propia de un adolescente. De un chaval impúber, incluso. No sonríe.

—Tiene gracia, ¿no? —dice Grace—. ¡Cómo me gustaría que te cabrearas conmigo, que me llamaras bruja, o narcisista, o alguna de esas cosas desagradables que me llamabas antes de que apareciera Colin Thatcher!

Pero Mia se limita a mirarla.

—Buenos días —digo, y Grace me interrumpe en tono cortante diciendo:

—¿Cree que podemos empezar de una vez? Tengo cosas que hacer hoy.

—Por supuesto —respondo, y me pongo a vaciar sobrecitos de azúcar en mi café con la mayor lentitud posible—. Confiaba en poder hablar con Mia, para ver si podía darme algún dato más.

—No veo cómo puede ayudarlo —replica Grace. Me recuerda que tiene amnesia—. No recuerda lo que pasó.

Le he pedido a Mia que venga esta mañana para ver si conseguimos estimular su memoria, descubrir si Colin Thatcher le dijo algo dentro de aquella cabaña que pueda ser de utilidad para la investigación en curso. Como su madre no se encontraba bien, ha mandado a Grace en su lugar como carabina de Mia, y noto en la mirada de Grace que preferiría estar en el dentista a estar sentada aquí, con su hermana y conmigo.

—Me gustaría intentar estimular su memoria. Enseñarles unas fotografías, a ver si eso ayuda.

Grace pone los ojos en blanco y responde:

—Por Dios santo, detective, ¿fotografías de delincuentes? Todos sabemos qué aspecto tiene Colin Thatcher. Hemos visto las fotografías. Mia también. ¿Cree que no va a identificarlo?

—No son fotografías de delincuentes —le aseguro, y hurgo en un cajón de la mesa para sacar algo de debajo de un montón de libretas.

Grace se asoma por un lado de la mesa para ver qué saco y se queda muda al ver el bloc de dibujo de 27 por 35. Es un cuaderno de espiral. Lo recorre con la mirada buscando alguna pista, pero las palabras *papel reciclado* no le dicen nada. Mia, en cambio, parece darse cuenta de algo: de qué, ni ella ni yo lo sabemos, pero algo le pasa por dentro: una oleada de recuerdos que se esfuma con la misma rapidez con que llegó. Lo noto por su lenguaje corporal: se endereza, se inclina hacia delante, extiende mecánicamente las manos hacia el cuaderno atrayéndolo hacia sí.

—¿Reconoce esto? —pregunto, dando voz a lo que Grace tenía en la punta de la lengua.

Mia sujeta el cuaderno. No lo abre, pero pasa una mano por su tapa rugosa. No dice nada y luego, pasado un minuto, sacude la cabeza. El recuerdo se ha ido. Se recuesta en la silla y sus dedos sueltan el bloc, dejándolo caer sobre su regazo.

Grace se lo arranca. Lo abre y un torrente de dibujos de Mia sale a su encuentro. Eve me dijo una vez que Mia lleva un cuaderno de dibujo allá donde va y que dibuja de todo, desde indigentes en el metro a un coche aparcado en la estación. Es su forma de llevar un diario: sitios a los que ha ido, cosas que ha visto. Este bloc de papel reciclado, por ejemplo: árboles a montones; un lago rodeado de bosque; una desangelada cabañita que, cómo no, todos hemos visto en fotografía; un gatito atigrado y escuálido durmiendo en un retazo de sol. Nada de esto parece sorprender a Grace hasta que llega al retrato de Colin Thatcher, que salta casi literalmente de la página para saludarla, inserto en medio del cuaderno de dibujo, entre árboles y la cabaña cubierta de nieve. Tiene un aspecto desaliñado, con el pelo rizado completamente revuelto. El vello facial, los vaqueros andrajosos y la sudadera con capucha superan lo *grunge* para entrar directamente en lo sórdido. Mia dibujó a un hombre alto y corpulento. Se esmeró especialmente en los ojos, dándoles sombras y matices y oscureciendo su contorno de tal modo que, como faros hundidos y llenos de malicia, casi obligan a Grace a apartar la mirada de la página.

—Esto lo dibujaste tú, ¿sabes? —afirma, obligando a Mia a mirar la hoja.

Le pone el cuaderno en las manos para que lo vea. Colin aparece sentado en el suelo con las piernas cruzadas delante de una estufa de leña, de espaldas a las llamas. Mia pasa la mano por la hoja y emborrona un poco el dibujo hecho a lápiz. Se mira las yemas de los dedos y, al ver los restos de grafito, se frota el índice y el pulgar.

—¿Le suena de algo? —pregunto antes de beber un sorbo de café.

—¿Este es… —Mia titubea— él?

—Si con «él» te refieres al tarado que te secuestró, entonces sí —responde Grace—, es él.

Suspiro.

—Es Colin Thatcher.

Le muestro una fotografía. No una fotografía policial como las que está acostumbrada a ver, sino una foto bonita de Thatcher vestido de domingo. Los ojos de Mia se desplazan de un lado a otro, intentando ver el parecido. El pelo rizado. La complexión recia. Los ojos oscuros. La piel tostada y velluda. Su forma de cruzar los brazos por delante, esa cara deseosa de hacer lo que sea con tal de ocultar una sonrisa.

—Eres toda una artista —comento.

—¿Y esto lo dibujé yo? —pregunta Mia.

Digo que sí con la cabeza.

—Encontraron el cuaderno de dibujo en la cabaña junto con tus cosas y las de Colin. Doy por hecho que es tuyo.

—¿Te lo llevaste a Minnesota? —pregunta Grace.

Mia se encoge de hombros. Tiene los ojos fijos en los retratos de Colin Thatcher. Naturalmente, no lo sabe. Grace sabe que no lo sabe, pero de todos modos se lo pregunta. Está pensando lo mismo que yo: aquel tarado se la lleva secuestrada a una cabaña abandonada en medio de Minnesota ¿y ella se acuerda de coger su cuaderno de dibujo, nada menos?

—¿Qué más llevaste?

—No lo sé —contesta con voz casi inaudible.

—Pues ¿qué más *encontraron*? —me pregunta Grace.

Observo a Mia, fijándome en sus gestos: el modo en que estira los dedos para tocar las imágenes que tiene delante, la frustración que, lenta y sigilosamente, comienza a apoderarse de ella. Cada vez que intenta darse por vencida y apartar los retratos, vuelve a ellos como si le suplicara a su mente: «piensa, piensa».

—Nada fuera de lo normal.

Grace se enfada.

—¿Qué significa eso? ¿Ropa, comida, armas, pistolas, bombas, cuchillos, un caballete y un estuche de acuarelas? Que yo sepa —dice, arrancándole el cuaderno de las manos— esto no es normal. Los secuestradores no suelen permitir que sus víctimas les dibujen en un cuaderno barato de papel reciclado. —Se vuelve hacia Mia y añade lo obvio—: Si estuvo posando tanto tiempo,

Mia, el tiempo necesario para que dibujaras esto, ¿por qué no escapaste?

Mia se queda mirándola con el semblante rígido. Grace suspira completamente exasperada y mira a su hermana como si pensara que debería estar encerrada en un manicomio. Como si ya no tuviera noción de la realidad, ni de dónde está ni por qué razón está aquí. Como si tuviera ganas de golpearla con un objeto contundente para hacerla entrar en razón.

Salgo en su defensa y digo:

—Puede que estuviera asustada. O puede que no hubiera ningún sitio al que escapar. La cabaña estaba en medio de un bosque enorme, y el norte de Minnesota en invierno es como una ciudad fantasma. No habría ningún sitio al que ir. Él podía encontrarla, cogerla ¿y entonces qué? ¿Qué habría pasado en ese caso?

Sentada en su silla, Grace se enfurruña y pasa las páginas del bloc observando los árboles desnudos y la nieve infinita, ese lago pintoresco rodeado de densos bosques y… Casi lo pasa por alto. Luego vuelve atrás, arrancando un poco la hoja de la espiral.

—¿Eso es *un árbol de Navidad*? —implora, mirando pasmada el nostálgico dibujo de la esquina interior de una hoja.

Mia da un respingo al oír rasgarse el papel.

La veo sobresaltarse y apoyo un momento mi mano sobre la suya para tranquilizarla.

—Pues sí —digo riendo, aunque sin ganas—. Sí, supongo que eso podría considerarse algo fuera de lo normal, ¿no? Encontramos un árbol de Navidad. Realmente encantador, en mi opinión.

COLIN

ANTES

Está luchando con el deseo de quedarse dormida cuando llega la llamada. Ha dicho como un millón de veces que tiene que marcharse. Yo le he asegurado que no.

Me costó todo mi autocontrol apartarme de ella. Dar la espalda a sus ojos suplicantes y obligarme a dejarlo. No está bien tirarse a la chica a la que uno está a punto de secuestrar.

Pero de una manera o de otra la convencí para que se quedara. Cree que es por su bien. Cuando estés sobria, le he dicho, te acompañaré a coger un taxi. Por lo visto se lo ha tragado.

Suena el teléfono. No se asusta. Me mira como dándome a entender que debe de ser una chica. ¿Quién, si no, llamaría en plena noche? Son casi las dos de la madrugada y, cuando entro en la cocina para contestar, veo que se levanta del sofá. Intenta sacudirse el sopor que se ha apoderado de ella.

—¿Todo arreglado? —quiere saber Dalmar.

No sé nada de Dalmar, excepto que se bajó de un barco de un salto y que es lo más negro que he visto nunca. He hecho trabajos para él otras veces: robo y acoso. Nunca secuestro.

—Ajá.

Miro a la chica, que está de pie en el cuarto de estar, tambaleándose. Está esperando a que termine de hablar. Luego se largará. Me muevo, me alejo de ella todo lo que puedo. Saco con cuidado una semiautomática del cajón.

—Dos y cuarto —dice Dalmar.

Sé dónde debemos encontrarnos: en una oscura esquina del metro por la que a estas horas de la noche solo rondan indigentes. Miro mi reloj. Se supone que tengo que parar detrás de una furgoneta gris. Agarran a la chica y dejan la pasta. Así de fácil. Ni siquiera tengo que bajarme del coche.

—Dos y cuarto —repito.

La Dennett no pesa más de cincuenta y cinco kilos. Está borracha, desorientada y le estalla la cabeza. Será pan comido.

Ya está diciendo que tiene que irse cuando vuelvo al cuarto de estar. Se dirige hacia la puerta. La paro pasándole el brazo por la cintura. La aparto de la puerta, mi brazo toca su carne.

—No vas a ir a ninguna parte.

—No, en serio —dice—. Mañana tengo que ir a trabajar.

Se ríe. Como si esto tuviera gracia. Como si fuera algún tipo de broma.

Pero está la pistola. La ve. Y en ese momento las cosas cambian. En ese instante se da cuenta de lo que ocurre, su mente registra la presencia de la pistola y empieza a preguntarse qué cojones va a ocurrir. Abre la boca y dice:

—Ah. —Y es casi como si, al ver el arma, la asaltara otra idea, y entonces pregunta—: ¿Qué vas a hacer con eso? —Retrocede apartándose de mí y choca con el sofá.

—Tienes que venir conmigo. —Me acerco, acortando la distancia.

—¿Adónde? —pregunta.

Se aparta bruscamente cuando bajo las manos para tocarla. La obligo a descruzar los brazos y tiro de ella.

—No compliques las cosas.

—¿Qué haces con esa pistola? —me espeta.

Está más tranquila de lo que esperaba. Está preocupada, pero no grita. No llora. Tiene los ojos fijos en la pistola.

—Solo tienes que venir conmigo.

La agarro del brazo. Está temblando. Se aparta pero la sujeto con fuerza retorciéndole el brazo. Grita de dolor. Me lanza una mirada asesina: dolida y asombrada. Me dice que la suelte, que le quite las manos de encima. Su voz tiene un tono de superioridad que me cabrea. Como si fuera ella la que dirige el cotarro.

Intenta soltarse, pero descubre que no puede. No voy a soltarla.

—Cállate —le digo. Con más autoridad.

La hago retroceder hacia la pared, choca con una lámpara. La lámpara cae al suelo y se estrella contra el parqué con un ruido sordo y feo. La bombilla se hace añicos. Pero la lámpara no se rompe.

La sujeto. Le digo que se calle. Se lo digo una y otra vez. Cállate de una puta vez.

No dice ni una palabra. Pone cara de póquer, aunque por dentro debe de estar rabiando.

—Está bien —dice entonces, como si fuera decisión suya. Como si pudiera elegir. Asiento con la cabeza desdeñosamente. Va a venir conmigo. Tiene una mirada firme. Cansada, pero firme. Bonita, pienso. Tiene unos ojos azules muy bonitos. Pero me obligo a olvidarme de eso. No puedo pensar en esas chorradas. Ahora no. No antes de entregársela a Dalmar. Tengo que acabar el trabajo. Acabar de una vez, antes de que empiece a dudar.

Apuntándole con la pistola a la cabeza, le digo lo que vamos a hacer. Va a venir conmigo. Si grita, aprieto el gatillo. Es así de fácil.

Pero no va a gritar. Hasta yo puedo verlo.

—Mi bolso —dice cuando pasamos por encima del bolso que dejó en el suelo cuando entramos en el apartamento, hace horas, tirándonos de la ropa el uno al otro.

—Olvídate del puto bolso —gruño. La saco a rastras al pasillo, cierro la puerta de golpe.

Fuera hace frío. El viento que viene del lago le revuelve el pelo alrededor de la cara. Está helada. La sujeto con fuerza por el torso con el brazo. No para darle calor. Me importa una mierda que tenga frío. No quiero que se me escape. La aprieto tan fuerte que su costado izquierdo roza mi costado derecho y a veces nuestros pies chocan y tropezamos. Caminamos deprisa hacia el coche aparcado en Ainslie.

—Date prisa —digo más de una vez, aunque los dos sabemos que soy yo quien nos retrasa.

Miro hacia atrás, me aseguro de que no nos siguen. Ella va mirando el suelo, tratando de protegerse del viento cortante. Su abrigo se ha quedado en el apartamento. Tiene la carne de gallina. Su fina camisa no impide que pase el aire frío de principios de octubre. Esta noche no hay nadie en la calle, más que nosotros.

Le abro la puerta y sube al coche. No pierdo el tiempo abrochándome el cinturón de seguridad. Enciendo el motor y arranco, doy la vuelta en Ainslie y avanzo en sentido contrario por una calle de una sola dirección.

Las calles están prácticamente desiertas. Conduzco muy deprisa aunque sé que no debería. Pero quiero que esto se acabe. Ella está callada. Respira regularmente. Está extrañamente tranquila, aunque por el rabillo del ojo la veo temblar: de frío, de miedo. Me pregunto qué estará pensando. No me suplica. Se acurruca en el asiento del copiloto de la camioneta y contempla la ciudad.

Falta poco para que aparquemos detrás de una furgoneta y los hombres de Dalmar la saquen de la camioneta con sus sucias manos. Dalmar tiene mal genio. No sé qué tienen pensado para la chica. Pedir rescate. Es lo único que sé. Retenerla, pedir rescate y que su padre afloje la pasta que debe. No sé qué harán con ella cuando la deuda esté saldada. ¿Matarla? ¿Mandarla a su casa? Lo dudo. Y, si lo hacen, solo será después de haberse divertido con ella, Dalmar y sus hombres: no van a desaprovechar esa oportunidad.

Mi mente empieza a correr en un millón de direcciones distintas. Y de pronto me pongo a pensar en qué me pasará a mí si me cogen. No habrá valido de nada. La pena por secuestro es de treinta años. Lo sé. Lo he mirado. Lo he pensado más de una vez después de que me contratara Dalmar. Pero una cosa es pensarlo y otra pasar por eso. Y ahora aquí estoy, con la chica en el coche, pensando en pasar treinta años en el talego.

Ella no me mira. Yo la miro al pararme en un semáforo. Tiene la vista fija adelante y sé que puede verme. Sé que nota mis ojos fijos en ella. Contiene la respiración. Se contiene para no llorar. Conduzco con una mano y con la otra sujeto la pistola sobre mis muslos.

No es que me importe mucho la chica. No me importa. Es que me estoy preguntando qué va a pasar cuando se corra la voz de lo que he hecho. Cuando se relacione mi nombre con un secuestro/asesinato. Y seguro que va a ser así. Dalmar no va a ponerle su nombre a esto. Me tenderá una trampa. Si las cosas se tuercen, el cabeza de turco, el chivo expiatorio seré yo; será a mí a quien pongan en la picota.

El semáforo se pone en verde. Me desvío al llegar a la avenida Michigan. En la esquina hay una pandilla de críos borrachos esperando el autobús. Hacen el indio, tontean. Uno de ellos se tambalea y se cae del bordillo. Doy un volantazo y lo esquivo por los pelos.

—Idiota —mascullo en voz baja.

El chico me manda a hacer puñetas con el dedo.

Sopeso mi plan de emergencia. Siempre tengo un plan de emergencia, para cuando las cosas se tuercen. Solo que nunca he tenido que ponerlo en práctica. Miro el contador de la gasolina. Hay suficiente para salir de la ciudad, como mínimo.

Debería desviarme en Wacker. Los números rojos del salpicadero de la camioneta marcan las 2:12. Dalmar y sus chicos estarán ya esperándome. Podría hacerlo él solo, pero no quiere. Dalmar nunca quiere ensuciarse las manos. Busca a alguien, a algún paria como yo para que le haga el trabajo sucio y él pueda sentarse tranquilamente a mirar. Así, cuando las cosas salen mal, él está limpio, nunca ha hecho nada. Sus huellas no están en la escena del crimen, su cara no aparece en las fotografías policiales. Deja que seamos los demás –sus «operativos», nos llama, como si fuéramos de la puta CIA– los que caigamos con todo el equipo.

Habrá seguramente cuatro en la furgoneta, cuatro matones

esperando para apoderarse de esta chica que sigue sentada a mi lado cuando podría estar luchando por su vida.

Mis manos resbalan sobre el volante. Estoy sudando como un cerdo. Me las limpio en los vaqueros y luego doy un puñetazo al volante y la chica suelta un gritito ahogado.

Debería desviarme en Wacker pero no lo hago. Sigo conduciendo.

Sé que es una estupidez. Sé que puede salir muy mal. Pero lo hago de todos modos. Miro por el retrovisor, me aseguro de que no me están siguiendo. Y entonces piso a fondo el acelerador. Enfilo Michigan hacia la calle Ontario y antes de que el reloj marque las dos y cuarto voy a más de ciento cuarenta.

No le digo nada a la chica porque no va a creer nada de lo que diga.

No estoy seguro de en qué momento sucede. Es en algún punto mientras nos alejamos de la ciudad, cuando el perfil de los rascacielos comienza a desaparecer en la oscuridad, cuando la distancia engulle los edificios. Ella se revuelve en su asiento, su aplomo empieza a desaparecer. Sus ojos se mueven: miran por la ventanilla lateral, giran y miran por la ventanilla trasera mientras la ciudad se desvanece a lo lejos. Como si alguien hubiera pulsado por fin un interruptor: *ahora* se da cuenta de qué demonios está pasando.

—¿Adónde vamos? —pregunta con voz casi histérica.

La cara de póquer ha dado paso a unos ojos desorbitados, a una piel enrojecida. Lo veo al resplandor de las farolas mientras pasamos a toda velocidad. Iluminan su cara cada cinco segundos, más o menos.

Durante una fracción de segundo me ruega que la deje marchar. Le digo que se calle. No quiero oírla. Se ha puesto a llorar. Le ha entrado el llanto y ha empezado a balbucear, a suplicarme que la suelte. Pregunta otra vez:

—¿Adónde vamos?

Y yo agarro la pistola. No soporto el sonido de su voz, agudo y ensordecedor. Necesito que se calle. La apunto con la pistola y le digo que se calle de una puta vez. Y obedece. Se queda callada pero sigue llorando, limpiándose la nariz con la manga demasiado corta mientras nos alejamos de la ciudad a toda prisa y nos adentramos en el extrarradio, los árboles ocupan el lugar de los rascacielos y la Línea Azul del tren serpentea por la mediana de la carretera.

EVE

DESPUÉS

Mia está sentada a la mesa de la cocina, sujetando un sobre grande de color marrón con su nombre escrito por delante con letra muy masculina, todo en mayúsculas.

Preparo la cena para ella y para mí. La tele está puesta en la habitación de al lado para que haya ruido de fondo, y su sonido llega hasta la cocina, compensando el silencio que reina entre nosotras. Mia no parece darse cuenta, pero a mí últimamente me saca de quicio y, con tal de disipar el silencio, me pongo a hablar de cualquier cosa.

—¿Quieres pechuga de pollo con la ensalada? —le pregunto, y se encoge de hombros—. ¿Pan integral o blanco? —pregunto, pero no responde—. Voy a hacer el pollo —insisto—. A tu padre le apetecerá.

Pero las dos sabemos que James no va a comer en casa.

—¿Qué es eso? —pregunto, señalando lo que tiene en las manos.

—¿Qué es qué? —pregunta.

—El sobre.

—Ah —dice—. Esto.

Pongo una sartén al fuego, dando un golpe sin querer. Se sobresalta y yo corro a disculparme, llena de vergüenza.

—Ay, Mia, cariño, no quería asustarte —digo, y tarda un momento en calmarse, en atribuir el latido acelerado de su corazón y sus sudores al ruido de la sartén.

Dice que no sabe por qué se siente así.

Dice que antes le gustaba el anochecer, cuando el mundo de fuera cambiaba. Me describe el modo en que titilaban las farolas y las luces de los edificios en el cielo nocturno. Dice que le gustaba el anonimato asociado a la noche, y todas las posibilidades que surgían cuando el sol se iba a dormir. Ahora, en cambio, le aterroriza la oscuridad, todas las cosas sin nombre que hay más allá de las cortinas de seda.

Antes no se asustaba por nada. Caminaba por las calles de la ciudad mucho después del anochecer y se sentía perfectamente a salvo. Me confiesa que a menudo encontraba consuelo en el tráfico ensordecedor, en los cláxones y las sirenas cuyo bramido se oía a todas horas de la noche. Ahora, en cambio, el ruido de una sartén le pone los nervios de punta.

Le pido mil perdones y me dice que no pasa nada. Escucha la tele de la habitación de al lado. Las noticias de la tarde han dado paso a la teleserie de las siete.

—¿Mia? —digo, y se vuelve hacia mí.

—¿Qué? —pregunta.

—El sobre. —Lo señalo, y entonces se acuerda.

Le da la vuelta.

—Me lo dio ese policía —dice.

Yo estoy cortando un tomate en rodajas.

—¿El detective Hoffman?

—Sí.

Normalmente, solo baja cuando no está James. El resto del tiempo se esconde. Estoy segura de que esta habitación tiene que recordarle a su niñez. Lleva así doce años o más: la misma pintura de color mantequilla, la misma iluminación. Hay velas encendidas. Las luces del techo dan una luz tenue. La mesa es oscura y redonda, con patas torneadas y sillas tapizadas a juego. De pequeña pasó mucho tiempo en ella, bajo el microscopio. Estoy segura de que se siente como una niña a la que no se puede dejar sola, a la que hay que hacerle la comida y vigilarla constantemente. Su independencia se ha esfumado.

Ayer preguntó cuándo podría irse a casa, a su apartamento, y solo pude contestarle que «con el tiempo».

James y yo no dejamos que salga de casa a no ser que vayamos a ver a la doctora Rhodes, o a la comisaría. Salir a hacer recados está descartado. Durante días, el timbre sonaba sin parar, de la mañana a la noche. Hombres y mujeres armados con micrófonos y cámaras nos esperaban en el umbral. «Mia Dennett, quisiéramos hacerle unas preguntas», decían poniéndole delante el micrófono, hasta que le dije que no abriera la puerta y empecé a hacer caso omiso del timbre. El teléfono también sonaba incansablemente, y las pocas veces que contestaba me limitaba a decir: «Sin comentarios». Pasados un día o dos, empecé a dejar que saltara el contestador y luego, cuando el ruido se hizo insoportable, desenchufé el teléfono de la pared.

—Bueno, ¿no vas a abrirlo? —le recuerdo a Mia.

Pasa un dedo por debajo de la solapa y la levanta. Dentro hay una sola hoja de papel. La saca con cuidado del sobre y le echa un vistazo. Yo dejo el cuchillo sobre la tabla de cortar y me acerco a la mesa, a su lado, fingiendo un leve interés a pesar de que estoy segura de que, de las dos, soy yo la que está más alerta.

Es una fotocopia, un dibujo sacado de un bloc, con círculos en la parte de arriba, donde el original ha sido arrancado de la espiral del cuaderno. Es un retrato de una persona, de una mujer, deduzco por su pelo más bien largo.

—Lo dibujé yo —me dice Mia, pero le quito el dibujo de las manos.

—¿Puedo? —pregunto dejándome caer en una silla, a su lado—. ¿Por qué dices que lo dibujaste tú?

Empiezan a temblarme las manos, mi estómago da saltos mortales. Mia dibuja desde que yo puedo recordar. Tiene talento para la pintura. Una vez le pregunté por qué le gustaba tanto dibujar, por qué le apasionaba tanto. Me dijo que dibujaba porque era su único modo de cambiar las cosas. Podía convertir gansos en cisnes o un día nublado en un día de sol. En sus dibujos, la realidad no tenía por qué existir.

Este retrato, en cambio, es algo completamente distinto. Los ojos son totalmente circulares, la sonrisa es como las que aprendió a dibujar en primaria. Las pestañas son rayitas apuntando hacia arriba. La cara es deforme.

—Es del mismo cuaderno, del que tiene el detective Hoffman. El de mis dibujos.

—Esto no lo has dibujado tú —afirmo yo con absoluta rotundidad—. Podrías haberlo dibujado hace diez años, cuando estabas aprendiendo. Pero ahora no. Es demasiado *corriente* para ser tuyo. Es mediocre, como mucho.

Suena el timbre de un temporizador y me pongo en pie. Mia toma la hoja y le echa otro vistazo.

—Entonces, ¿por qué me lo dio el policía? —pregunta dándole la vuelta al sobre.

Le digo que no lo sé.

Estoy poniendo panecillos integrales en una bandeja para meterlos al horno cuando pregunta:

—¿Quién fue, entonces? ¿Quién dibujó esto?

El pollo se dora al fuego.

Meto la bandeja en el horno, doy la vuelta al pollo y empiezo a cortar un pepino en rodajas como si lo que tengo delante de mí, en la tabla, fuera Colin Thatcher en persona.

Me encojo de hombros.

—Ese retrato —digo haciendo esfuerzos por no llorar.

Mia sigue sentada a la mesa, examinando el dibujo, y entonces lo veo con toda claridad: el pelo largo, los ojos circulares, la sonrisa en forma de U.

—Ese retrato —repito—, eres tú.

COLIN
ANTES

No me molesto en poner la calefacción hasta que llegamos a la autopista Kennedy. En algún punto de Wisconsin enciendo la radio. El ruido de las interferencias atruena desde los altavoces traseros. La chica va mirando por la ventanilla. No dice nada. Estoy seguro de que unos faros nos han venido siguiendo desde que tomamos la Interestatal 90, pero desaparecen justo a las afueras de Janesville, Wisconsin.

Salgo de la interestatal. La carretera está oscura y desierta, y parece no llevar a ninguna parte. Paro en una gasolinera. No hay nadie que atienda. Apago el motor y salgo para llenar el depósito, llevándome la pistola.

No le quito ojo a la chica, y entonces veo un resplandor dentro de la camioneta, la luz de un móvil al encenderse. ¿Cómo he podido ser tan idiota? Abro la puerta de golpe, le doy un susto de muerte. Da un brinco, intenta esconder el teléfono debajo de la camisa.

—Dame el teléfono —le suelto, cabreado por haber olvidado quitárselo antes de salir.

La luz de la gasolinera llena la camioneta. Ella está hecha un asco: el maquillaje corrido por toda la cara, el pelo revuelto.

—¿Por qué? —pregunta.

Sé que no es tan tonta.

—Dámelo.

—¿Por qué?

—Que me lo des.

—No lo tengo —miente.

—Dame el puto teléfono —le grito, y alargo el brazo y se lo saco de un tirón de debajo de la camisa.

Me dice que le quite las manos de encima. Echo una ojeada al teléfono. Le ha dado tiempo a abrir la lista de contactos, nada más. Mientras lleno el depósito, me aseguro de que está apagado y lo tiro a la basura. Aunque la policía encuentre la señal, cuando lleguen ya estaremos muy lejos.

Busco algo en la parte de atrás de la camioneta: cuerda, un cable, un puto trozo de cordel. Le ato las manos tan fuerte que da un grito de dolor.

—Inténtalo otra vez —le digo cuando me subo a la camioneta— y te mato.

Cierro de un portazo y pongo en marcha el motor.

Solo hay una cosa de la que estoy seguro: al ver que no me he presentado con la chica, Dalmar habrá mandado a buscarnos a toda la gente que conoce. A estas horas ya habrán destrozado mi apartamento. Habrán puesto precio a nuestras cabezas. No puedo volver, ni loco. Y si la chica es tan tonta como para intentarlo, acabará muerta. Pero no voy a permitir que eso pase. Les dirá dónde estoy antes de que la maten, pero, antes de que eso ocurra, la mato yo. Ya he hecho suficientes buenas acciones.

Sigo conduciendo a oscuras. Ella cierra los ojos solo un par de segundos, luego los abre de golpe otra vez y recorre la furgoneta con la mirada para asegurarse de que no es una pesadilla. Es todo real: yo, la camioneta sucia, los asientos de vinilo rajados, el relleno de espuma que se sale, las interferencias de la radio, los campos infinitos y el cielo oscuro. La pistola descansa sobre mi regazo (sé que no tiene valor para intentar quitármela) y yo agarro con fuerza el volante, pero conduzco más despacio ahora que sé que no nos vienen siguiendo.

Pregunta una vez por qué estoy haciendo esto. Le tiembla la voz al hablar.

—¿Por qué me haces esto? —pregunta.

Estamos cerca de Madison. Ha estado callada todo este tiempo, escuchando discursear sobre el pecado original a un cura católico cuya voz se entrecorta cada tres o cuatro palabras. Y entonces, de repente, dice: «¿Por qué me haces esto?», y es ese «me» el que me saca de mis casillas. Se cree que solo se trata de ella. No tiene nada que ver con ella. Es un peón, un títere, un cordero sacrificial.

—No te preocupes por eso —le digo.

Mi respuesta no parece gustarle.

—Ni siquiera me conoces —dice en tono condescendiente.

—Te conozco —digo mirándola un momento.

Está oscuro en el coche. No veo más que una silueta oscurecida por la negrura de más allá de la ventanilla.

—¿Qué te he hecho? ¿Qué te he hecho yo? —pregunta en tono suplicante.

No me ha hecho nada. Lo sé. Y ella también lo sabe. Pero de todos modos le digo que cierre la puta boca.

—Vale ya. —Pero, como no se calla, se lo repito—: Cállate de una puta vez. —A la tercera grito—: ¡Que te calles, joder! —Agarro la pistola y la apunto con ella.

Doy un volantazo y piso el freno. Salgo de la camioneta mientras grita que la deje en paz.

Busco en la parte de atrás un rollo de cinta aislante, arranco un trozo con los dientes. El aire viene frío, de vez en cuando se oye un camión pasar por la carretera en plena noche.

—¿Qué vas a hacer? —pregunta, y se pone a patalear en cuanto abro la puerta. Patalea con rabia y me da en la tripa. Se resiste bien, lo reconozco, pero lo único que consigue es cabrearme aún más.

Me meto a la fuerza en la camioneta, le tapo la boca con la cinta aislante y digo:

—Te he dicho que te callaras.

Y se calla.

Vuelvo a montar en la camioneta y cierro la puerta, me reincorporo a ciegas a la carretera y las ruedas levantan grava del arcén.

Así que no me extraña que pasen sus buenos ciento cincuenta kilómetros antes de que me diga que tiene que hacer pis, antes de que reúna valor para llamar mi atención poniéndome una mano en el brazo.

—¿Qué? —le suelto apartando el brazo de su mano.

Falta poco para que amanezca. Se remueve en su asiento. Tiene una mirada ansiosa. Le arranco la cinta aislante y suelta un gemido. Le ha dolido. Le ha dolido mogollón.

Bueno, pienso. Así aprenderá a mantener la boca cerrada cuando se lo digo.

—Tengo que ir al servicio —farfulla asustada.

Paro en el aparcamiento de tierra de una parada de camiones a las afueras de Eau Claire. Está empezando a salir el sol por el este, por encima de una vaquería. Un rebaño de frisonas pasta a lo largo de la carretera. Va a hacer un día soleado, pero hace un frío de cojones. Estamos en octubre. Los árboles están cambiando de color.

En el aparcamiento, dudo. Está prácticamente vacío, hay un solo coche, una ranchera vieja y oxidada con pegatinas con mensajes políticos en el parachoques y uno de los faros de atrás sujeto con cinta de embalar. Se me acelera el corazón. Me meto la pistola en la cinturilla, por detrás. No es que no haya pensando en esto desde que salimos. Sabía que iba a tener que hacerlo en algún momento. A estas horas la chica tendría que estar con Dalmar y yo intentando olvidarme de lo que había hecho. No lo tenía planeado. Pero si quiero que salga bien vamos a necesitar ciertas cosas. Dinero, por ejemplo. Llevo algo encima, pero no el suficiente. Vacié la cartera de la chica antes de salir. Las tarjetas de crédito están descartadas. Saco una navaja de la guantera. Antes de cortarle las ataduras le digo:

—No te apartes de mí. Y nada de tonterías.

Le digo que puede usar el servicio cuando yo se lo diga, solo cuando yo se lo diga. Corto la cuerda. Luego corto un trozo de cuerda de unos sesenta centímetros y me lo guardo en el bolsillo de la chaqueta.

Tiene un aspecto ridículo cuando sale de la camioneta con la camisa arrugada. Las mangas ni siquiera le llegan a las muñecas. Cruza los brazos y hace un nudo con ellos. Tiembla de frío. El pelo le cae sobre la cara. Mantiene la cabeza agachada, los ojos fijos en la gravilla. Tiene unas magulladuras justo encima del absurdo tatuaje chino que tiene en la parte interior del antebrazo.

Solo hay una señora trabajando, ni un solo cliente. Como imaginaba. Rodeo a la chica con el brazo y la atraigo hacia mí, intento que parezca que somos novios. Sus pies vacilan y pierden la sincronía con los míos. Tropieza pero la detengo antes de que se caiga. Le ordeno con una mirada que se comporte. El contacto de mis manos sobre su cuerpo no es una muestra de intimidad, sino de violencia. Ella lo sabe, pero la señora de la caja no.

Recorremos los pasillos, me aseguro de que no hay nadie más en el local. Agarro una caja de sobres. Echo un vistazo a los aseos para comprobar que están vacíos. Me aseguro de que no hay ninguna ventana por la que pueda escapar la chica, y le digo que haga pis. La señora de la caja me mira extrañada. Pongo cara de fastidio y le digo que la chica se ha pasado con la bebida. Por lo visto se lo traga. La chica tarda un siglo en mear y, cuando me asomo dentro, la veo de pie delante del espejo, echándose agua en la cara. Se queda un buen rato con la vista fija en su reflejo.

—Vamos —digo pasado un minuto.

Y entonces nos dirigimos a la caja para pagar los sobres. Pero no los pagamos. La señora está distraída viendo una reposición de los años setenta en una tele de doce pulgadas. Miro alrededor, me aseguro de que no hay cámaras.

Y entonces me pongo detrás de ella, saco la pistola que llevo en la parte de atrás de los pantalones y le digo que vacíe la puta caja.

No sé quién se asusta más. La chica se queda paralizada, con la cara llena de miedo. Aquí estoy yo, con el cañón de la pistola pegado al pelo gris de una señora de mediana edad, y ella es testigo presencial. O cómplice. Empieza a preguntar qué estoy haciendo. Una y otra vez.

—¿Qué haces? —gimotea.

Le digo que se calle.

La señora me suplica que no la mate.

—Por favor, no me haga daño. Por favor, deje que me vaya.

La empujo hacia delante, le digo otra vez que vacíe la caja. La abre y empieza a meter montones de billetes en una bolsa de plástico con una cara sonriente y la leyenda *Que pase un buen día*. Le digo a la chica que mire por el escaparate. Que me avise si viene alguien. Asiente con la cabeza obedientemente, como una niña.

—No —dice entre lágrimas—. No viene nadie. —Y entonces pregunta—: ¿Qué estás haciendo?

Presiono aún más con la pistola, le digo a la señora que se dé prisa.

—Por favor, por favor, no me haga daño.

—Las monedas también —le digo. Hay varios mazos de monedas—. ¿Tiene sellos? —pregunto. Acerca las manos a un cajón, pero le grito—: No toque nada. Solo conteste. ¿Tiene sellos?

Porque podría tener una semiautomática en el cajón.

Gimotea al oír cómo suena mi voz.

—En el cajón —dice—. Por favor, no me haga daño —suplica.

Me habla de sus nietos. Tiene dos, un niño y una niña. Solo me quedo con un nombre: Zelda. ¿Qué clase de nombre es ese? Meto la mano en el cajón, encuentro un libro de sellos y lo meto en la bolsa, se la arranco de las manos y se la paso a la chica.

—Sujétala —le digo—. Quédate ahí y sujeta la bolsa.

La apunto con la pistola una fracción de segundo para que se dé cuenta de que no estoy de broma. Suelta un gemido y agacha la cabeza como si fuera de verdad a pegarle un tiro.

Ato a la señora a una silla con la cuerda que llevo en el bolsillo. Luego le pego un tiro al teléfono para asegurarme. Gritan las dos.

No puedo permitir que llame enseguida a la policía.

Junto a la puerta de entrada hay un montón de sudaderas dobladas. Agarro una y le digo a la chica que se la ponga. Estoy harto de verla temblar, no puedo más. Se la pone por la cabeza y la electricidad estática se apodera de su pelo. Es la sudadera más fea que he visto nunca. *L'étoile du Nord.* A saber qué querrá decir eso.

Agarro dos sudaderas más, un par de pantalones –calzoncillos largos– y unos calcetines. Y un par de dónuts rancios para el camino.

Y luego nos vamos.

En la camioneta, vuelvo a atarle las manos a la chica. Sigue llorando. Le digo que o encuentra la manera de cerrar la boca o se la cierro yo. Mira el rollo de cinta aislante del salpicadero y se queda callada. Sabe que no estoy de broma.

Cojo un sobre y pongo la dirección. Meto todo el dinero que puedo dentro y pego un sello en la esquina. Me guardo el resto del dinero en el bolsillo. Seguimos conduciendo hasta que encuentro un gran buzón azul y echo el sobre dentro. La chica me mira preguntándose qué demonios estoy haciendo, pero no pregunta y yo no se lo digo. Cuando mi mirada se cruza con la suya le digo:

—No te preocupes por esto. —Y luego pienso: «No es asunto tuyo, joder».

No es lo ideal. Ni mucho menos. Pero de momento tendrá que servir.

EVE

DESPUÉS

Me he acostumbrado a ver coches de policía parados delante de mi casa. Hay dos, día y noche: cuatro agentes uniformados vigilando a Mia. Se sientan en los asientos delanteros y beben café y comen sándwiches que van a comprar, por turnos, a la tienda de comestibles. Miro desde las ventanas del dormitorio, asomada entre las lamas de la persiana que he separado con una mano. Me parecen unos críos, son más jóvenes que mis hijas pero llevan armas de fuego y porras y me miran con sus prismáticos, fijamente. Me convenzo de que no pueden verme cuando, noche tras noche, bajo las luces para ponerme el pijama de franela, pero la verdad es que no estoy segura.

Mia se sienta todos los días en el porche delantero. Hace un frío espantoso, pero parece que le da igual. Se queda mirando la nieve que rodea nuestra casa como el foso de un castillo. Observa cómo el viento sacude los árboles aletargados. Pero no se fija en los coches de policía, en los cuatro hombres que la vigilan a todas horas. Le he suplicado que no salga del porche y ha accedido, aunque a veces cruza la nieve y sale a la acera, y pasea junto a las casas del señor y la señora Pewter y de la familia Donaldson. Uno de los coches avanza lentamente detrás de ella y del otro sale un agente que viene a buscarme, y yo salgo corriendo por la puerta, descalza, para alcanzar a mi hija extraviada.

—Mia, cariño, ¿adónde vas? —me he oído preguntar un sinfín de veces al agarrarla por la manga y tirar de ella.

Nunca se abriga y tiene las manos heladas. Nunca sabe dónde va, pero me sigue hasta casa y doy las gracias a los agentes al pasar por su lado, de vuelta a la cocina para tomar un vaso de leche templada. Mia tirita mientras se bebe la leche y, cuando acaba, dice que se va a la cama. No se encuentra bien desde hace una semana y siempre está deseando ir a acostarse.

Pero hoy, no sé por qué razón, se fija en los coches de policía. Saco el coche del garaje y salgo a la calle camino de la consulta de la doctora Rhodes para su primera sesión de hipnosis. Mira por la ventanilla y pregunta «¿Qué hacen aquí?» como si acabaran de llegar en ese preciso momento, durante ese instante de lucidez pasajera.

—Protegernos —digo diplomáticamente.

«Protegerte», quiero decir, pero no quiero que se asuste pensando que corre peligro.

—¿De qué? —pregunta girando la cabeza para mirar a los policías por la luna trasera.

Uno de los coches arranca y nos sigue por la calle. El otro se queda atrás para vigilar la casa en nuestra ausencia.

—No hay nada que temer —digo en vez de contestar a su pregunta, y por suerte acepta mi respuesta, se vuelve para mirar por la luna delantera y se olvida por completo de que nos están siguiendo.

Avanzamos por la calle. Está todo tranquilo. Los niños han vuelto a clase después de las dos semanas de vacaciones de invierno y ya no corretean por los jardines haciendo muñecos de nieve y lanzándose bolas entre risas agudas y chillidos, ruidos desconocidos en nuestro hogar taciturno. Las casas siguen adornadas con las luces de Navidad, pero los Papá Noel hinchables, desenchufados, yacen como muertos en los montículos de nieve. Este año James no se molestó en decorar la fachada, pero por dentro yo eché el resto, por si acaso. Por si acaso Mia volvía a casa y teníamos algo que celebrar.

Mia ha accedido a que la hipnoticen. No hizo falta insistir demasiado. Últimamente dice que sí a casi todo. James está en contra:

dice que la hipnosis es una ciencia espuria, equiparable a la quiromancia o la astrología. Yo no sé qué creer, pero que me maten si por lo menos no lo intento. Si ayuda a Mia a recordar una fracción de segundo de esos meses olvidados, habrán valido la pena el precio exorbitante que cuesta y el tiempo pasado en la sala de espera de la doctora Avery Rhodes.

Hace una semana, lo que sabía de la hipnosis era casi nada. Una noche, después de levantarme para buscar información en Internet, se me hizo la luz. La hipnosis, tal y como la entiendo ahora, es un estado de trance muy relajado, similar a la ensoñación. Hará que Mia se desinhiba y desconecte de todo lo exterior para, con ayuda de la doctora, hacer aflorar los recuerdos que ha perdido. El sujeto sometido a hipnosis se vuelve más sugestionable y es capaz de recordar información que la mente guarda en una cámara acorazada. Al hipnotizar a Mia, la doctora Rhodes estará tratando directamente con su subconsciente, con esa parte del cerebro que le ha hurtado sus recuerdos. El objetivo es conseguir que Mia caiga en un estado de relajación profunda para que su mente consciente quede más o menos dormida y la doctora Rhodes pueda trabajar con su subconsciente. Por su bien, la meta es recuperar todos o gran parte de los recuerdos del tiempo que pasó en la cabaña –incluso detalles nimios– para que, mediante terapia, pueda asimilar su secuestro y restablecerse. El detective Hoffman, por su parte, está ansioso por conseguir cualquier dato que ayude a la investigación, cualquier detalle o pista que Colin Thatcher pudiera airear en la cabaña y que ayude a la policía a encontrar al hombre que le hizo esto a Mia.

Cuando llegamos a la consulta de la doctora Rhodes, se me permite entrar con Mia por insistencia de James. Quiere que vigile a la *loquera*, como la llama él, por si acaso intenta *hurgar* en la cabeza de Mia. Me siento en un sillón apartado mientras Mia se tumba delicadamente en el sofá. Las estanterías que ocupan la pared del lado sur rebosan libros de texto. Hay una ventana que da al aparcamiento. La doctora Rhodes mantiene las contraventanas cerradas y solo deja pasar un poco de luz para que reine una atmósfera íntima. La sala es oscura y discreta: la pintura burdeos y el friso de roble se encargan de absorber los secretos que se revelan dentro de sus cuatro paredes. Hay corriente. Me ciño la chaqueta de punto y cruzo los brazos mientras la mente consciente de Mia empieza a adormecerse. La doctora dice:

—Vamos a empezar por cosas sencillas, con lo que sabemos con seguridad, a ver adónde nos lleva.

Los recuerdos no afloran cronológicamente. Ni siquiera afloran de manera lógica y para mí siguen siendo un rompecabezas mucho después de que salgamos de nuevo al frío penetrante del invierno. Había imaginado que la hipnosis podría abrir la cámara acorazada y que en ese mismo instante los recuerdos caerían de golpe sobre la falsa alfombra persa para que Mia, la doctora y yo nos inclináramos sobre ellos y pudiéramos diseccionarlos. Pero no es eso lo que sucede, en absoluto. Durante el rato que Mia está hipnotizada –unos veinte minutos, como mucho–, la puerta permanece abierta y la doctora Rhodes, con su voz amable y armoniosa, intenta quitar el recubrimiento de la galleta, capa a capa, hasta llegar al relleno de crema. Los recuerdos caen en migajas: el aspecto rústico de la cabaña con su recubrimiento de madera de pino veteada y sus vigas vistas, el ruido de interferencias en la radio de un coche, el sonido de *Für Elise* de Beethoven, el avistamiento de un alce.

—¿Quién va en el coche, Mia?

—No estoy segura.

—¿Tú estás en él?

—Sí

—¿Conduces tú?

—No.

—¿Quién conduce?

—No lo sé. Está oscuro.

—¿Qué hora es?

—Por la mañana temprano. Está empezando a salir el sol.

—¿Ves algo por la ventanilla?

—Sí.

—¿Ves estrellas?

—Sí.

—¿Y la luna?

—Sí.

—¿La luna llena?

—No. —Niega con la cabeza—. Una media luna.

—¿Sabes dónde estás?

—En una carretera. Es una carretera pequeña, de dos carriles, rodeada de árboles.

—¿Hay otros coches?

—No.

—¿Ves alguna señal?

—No.

—¿Oyes algo?

—El ruido de la radio. Hay un hombre hablando, pero su voz… Hay interferencias.

Mia está tumbada en el sofá con los tobillos cruzados. Es la primera vez que la veo relajada en las últimas dos semanas. Tiene los brazos cruzados sobre la cintura desnuda –el grueso jersey de color crema se le ha subido unos centímetros al echarse–, como si estuviera tumbada en un ataúd.

—¿Oyes lo que dice el hombre? —pregunta la doctora Rhodes, sentada en una butaca granate, al lado de Mia. Es la personificación misma de la compostura: no tiene ni una arruga en la ropa, ni un pelo fuera de su sitio. El sonido de su voz es monótono. Hasta yo podría dormirme.

—Temperaturas en torno a los cinco grados, sol en abundancia…

—¿El parte meteorológico?

—Es un *disc-jockey*… El ruido viene de la radio. Pero las interferencias… Los altavoces delanteros no funcionan. La voz viene del asiento de atrás.

—¿Hay alguien en el asiento de atrás, Mia?

—No. Solo estamos nosotros.

—¿Nosotros?

—Veo sus manos en la oscuridad. Conduce con las dos manos, sujetando el volante con mucha fuerza.

—¿Qué más puedes decirme de él?

Mia menea la cabeza.

—¿Ves qué ropa lleva?

—No.

—Pero ¿le ves las manos?

—Sí.

—¿Tiene algo en ellas? ¿Un anillo, un reloj? ¿Algo?

—No sé.

—¿Qué puedes decirme de sus manos?

—Que son bastas.

—¿Eso lo ves? ¿Ves que sus manos son bastas?

Me deslizo hasta el borde del asiento, pendiente de cada palabra que masculla Mia. Sé que mi hija –la Mia de antes, la previa a Colin Thatcher– no habría querido que yo oyera esta conversación.

A esa pregunta no contesta.

—¿Te está haciendo daño?

Mia se remueve en el sofá, aleja de sí la pregunta. La doctora Rhodes insiste:

—¿Te hizo daño, Mia? ¿Allí, en el coche, o antes quizá?

No hay respuesta.

La doctora continúa:

—¿Qué más puedes decirme del coche?

Pero Mia dice:

—Se suponía que esto no… que esto no tenía que pasar.

—¿Qué, Mia? —pregunta la doctora Rhodes—. ¿Qué es lo que no tenía que pasar?

—Está todo mal —contesta Mia. Está desorientada: las visiones se amontonan sin orden, los recuerdos deslavazados flotan a la deriva dentro de su mente.

—¿Qué es lo que está mal? —No hay respuesta—. Mia, ¿qué es lo que está mal? ¿El coche? ¿Pasa algo en el coche?

Pero Mia no dice nada. Al principio no, al menos. Luego aspira violentamente y dice:

—Es culpa mía. Es todo culpa mía.

Y a mí me cuesta toda mi fuerza de voluntad no saltar de mi asiento y abrazar a mi hija. Quiero decirle que no, que no es así. Que no es culpa suya. Veo cómo sufre, cómo se crispa su cara, cómo se cierran sus manos estiradas.

—Fui yo —dice.

—No es culpa tuya, Mia —afirma la doctora Rhodes. Su voz suena reflexiva, tranquilizadora. Me agarro a los brazos del sillón en el que estoy sentada y me obligo a mantener la calma—. No es culpa tuya —repite, y más tarde, cuando acaba la sesión, me explica en privado que las víctimas casi siempre se sienten culpables.

Dice que suele ser así en el caso de víctimas de agresiones sexuales, que por eso casi el cincuenta por ciento de las violaciones no se denuncian, porque la víctima está convencida de que es culpa suya: si no hubiera ido a tal bar, si no hubiera hablado con ese individuo, si no se hubiera puesto una ropa tan provocativa... Mia, me explica, está experimentando un proceso natural que los psicólogos y sociólogos llevan años estudiando: el sentimiento de culpa.

—El sentimiento de culpa puede ser muy destructivo, desde luego —me dice después, mientras Mia aguarda en la sala de espera a que yo salga—, si se lleva al extremo, pero también puede impedir que la víctima se exponga en el futuro.

Como si eso fuera a servirme de consuelo.

—Mia, ¿qué más ves? —pregunta la doctora cuando Mia se ha calmado.

Al principio no dice nada. La doctora insiste:

—¿Qué más ves, Mia?

Esta vez, responde:

—Una casa.

—Háblame de la casa.

—Es pequeña.

—¿Qué más?

—Un porche. Un porche pequeño con escalones que bajan al bosque. Es una cabaña de madera. De madera oscura. Hay tantos árboles que casi no se ve. Es vieja. Todo lo que hay en ella es viejo: los muebles, los electrodomésticos.

—Háblame de los muebles.

—Están medio rotos. El sofá es de cuadros. De cuadros azules y blancos. La casa no es nada cómoda. Hay una mecedora de madera vieja, lámparas que casi no dan luz. Una mesita a la que se le mueven las patas y un hule de cuadros de esos para hacer pícnics. La tarima del suelo cruje. Hace frío. Huele mal.

—¿A qué?

—A bolas de naftalina.

Más tarde, esa noche, mientras estamos en la cocina después de la cena, James me pregunta qué demonios importa que oliera a naftalina. Le digo que es un avance, aunque sea lento. Que es un comienzo. Que ayer Mia no se acordaba de eso. Yo también esperaba un vuelco espectacular: que Mia quedara curada con una sola sesión de hipnosis. La doctora Rhodes ha intuido mi decepción cuando nos íbamos de la consulta y me ha dicho que debemos ser pacientes, que estas cosas llevan tiempo y que meter prisa a Mia sería perjudicial. James no se lo traga: está seguro de que no es más que un truco para sacarnos más dinero. Lo veo sacar una cerveza de la nevera y marcharse a su despacho a trabajar mientras yo recojo los platos de la cena, y me fijo por tercera vez esta semana en que Mia apenas ha tocado su plato. Miro los espaguetis que se van endureciendo en los platos de cerámica y me acuerdo de que son la comida favorita de Mia.

Empiezo una lista y voy anotando cosas, una por una: las manos bastas, por ejemplo, o el pronóstico del tiempo. Paso la noche conectada a Internet, brujuleando en busca de algún dato útil. La última vez que la temperatura en el norte de Minnesota estuvo en torno a los cinco grados fue la última semana de noviembre, aunque las temperaturas estuvieron entre los cero y los cinco grados desde el día de la desaparición de Mia y hasta después de Acción de Gracias. Después cayeron en picado hasta los seis bajo cero y menos, y es probable que tarden todavía un tiempo en volver a subir hasta los cinco grados. La luna estuvo en cuarto creciente el 30 de septiembre, el 14 de octubre y otra vez el 29, el 12 de noviembre y el 28, aunque Mia no puede estar segura de en qué fase estaba la luna exactamente, de modo que las fechas solo son aproximadas. Los alces son comunes en Minnesota, sobre todo en invierno. Beethoven escribió *Für Elise* en torno a 1810, aunque se supone que Elise era en realidad Therese, una mujer con la que iba a casarse ese mismo año.

Antes de irme a la cama paso por la habitación en la que duerme Mia. Abro la puerta sin hacer ruido y me quedo allí, mirándola, cruzada en la cama. En algún momento de la noche ha apartado la manta, que ahora descansa amontonada en el suelo. La luna se cuela en el cuarto por las lamas de la persiana, pintando con franjas de luz la cara de Mia y su pijama de color berenjena, cuya pernera derecha está subida hasta la rodilla y apoyada sobre un almohadón. Solo así, mientras duerme, parece tranquila. Cruzo la habitación para arroparla y siento que mi cuerpo se sienta al borde de la cama. Tiene una expresión serena, su espíritu parece en calma, y aunque es una mujer yo sigo viendo a mi niñita feliz, a la que era mucho antes de que me la arrebataran. Que Mia esté aquí sigue pareciéndome demasiado maravilloso para ser verdad. Me pasaría toda la noche aquí sentada si pudiera, para convencerme de que no estoy soñando, de que cuando me despierte por la mañana Mia –o Chloe– seguirá estando aquí.

Cuando me meto en la cama junto al cuerpo abrasador de James –el pesado edredón de plumas le hace sudar–, me pregunto para qué me sirve esa información (la previsión del tiempo y las fases de la luna) que he guardado en una carpeta junto a un montón de significados del nombre de Chloe. No estoy segura de por qué la guardo, pero me digo a mí misma que cualquier detalle que sea lo bastante significativo para que Mia hable de él bajo hipnosis es importante para mí: cualquier retazo de información que pueda aclararme qué le sucedió a mi hija entre las paredes de madera de esa cabaña rural, en Minnesota.

COLIN

ANTES

Hay árboles, y a montones. Pinos, piceas, abetos. Se aferran con fuerza a sus agujas verdes. A su alrededor, las hojas de los robles y los olmos se marchitan y caen al suelo. Es miércoles. La noche ha llegado y se ha ido. Dejamos la autovía y circulamos a toda velocidad por una carretera de dos carriles. Ella se agarra al asiento en cada curva. Podría aflojar la marcha pero no lo hago: estoy deseando llegar. No hay casi nadie en la carretera. De vez en cuando adelantamos a otro coche, algún turista que circula despacio para disfrutar de las vistas. No hay gasolineras. Ni 7-Elevens. Solo algún colmado de mala muerte. La chica mira por la ventanilla mientras avanzamos. Seguro que cree que estamos en Tombuctú. No se molesta en preguntar. Puede que lo sepa. O puede que le dé igual.

Seguimos hacia el norte, adentrándonos en los rincones más oscuros y remotos de Minnesota. El tráfico sigue menguando más allá de Two Harbors, donde las hojas y las pinochas casi engullen la camioneta. La carretera está llena de baches. Nos hacen brincar, y yo maldigo cada uno de ellos. Lo único que nos falta es que se nos pinche una rueda.

No es la primera vez que vengo aquí. Conocía al dueño de la casa, una cabañita cutre en medio de la nada. Está perdida entre los árboles, en un terreno cubierto de una crujiente capa de hojas muertas. Los árboles son poco más que ramas yermas.

Miro la cabaña y es tal y como la recordaba, igual que cuando era niño. Una casita de troncos con vistas al lago. El lago parece muy frío. Estoy seguro de que lo está. Hay unas sillas de plástico en el porche y una parrilla pequeña. Los contornos están desolados, no hay ni un alma en muchos kilómetros a la redonda.

Justo lo que necesitamos.

Paro la camioneta y salimos. Saco una palanca de la parte de atrás y subimos por la cuesta hacia la vieja casa. Parece abandonada, como me imaginaba, pero de todos modos busco alguna señal de que esté habitada: un coche aparcado detrás, sombras oscuras en las ventanas. Nada.

Ella se queda parada cerca de la camioneta.

—Vamos —le digo.

Por fin sube los doce escalones que llevan al porche. Se detiene para recuperar el aliento.

—Date prisa —le digo.

Podrían estar vigilándonos, que yo sepa. Llamo primero a la puerta solo para asegurarme de que no hay nadie. Y entonces le digo a la chica que se calle y aguzo el oído. No se oye nada.

Utilizo la palanca para forzar la entrada. Rompo la puerta. Le digo que ya la arreglaré más tarde. Coloco una mesita delante de la puerta para mantenerla cerrada. La chica está de pie, con la espalda pegada a una pared hecha de troncos de pino rojo. Mira a su alrededor. La habitación es pequeña. Hay un sofá azul hundido, una fea silla de plástico rojo y, en el rincón, una estufa de leña que no desprende ni un ápice de calor. Hay fotos de la cabaña cuando la estaban construyendo, instantáneas en blanco y negro hechas con una cámara antigua, y me acuerdo de que el dueño me contó de niño que la gente que construyó la casa hace cien años eligió este lugar no por las vistas, sino por la hila de pinos que hay justo al este de la cabaña, que la protege del viento en invierno. Como si supiera lo que se le pasó por la cabeza a la gente, ya muerta, que construyó la casa. Me recuerdo mirando su pelo grasiento y escaso y su piel picada y pensando «qué gilipollez».

Está la cocina, con sus electrodomésticos de color mostaza y su suelo de linóleo y una mesa tapada con un hule. Todo lo que se ve está cubierto de polvo. Hay telarañas y una capa de mariquitas muertas en las repisas de las ventanas. Huele mal.

—Ve acostumbrándote —digo.

Veo su mirada de asco. Estoy seguro de que la casa del juez nunca tendría este aspecto.

Pulso el interruptor de la luz y pruebo a abrir el grifo. Nada. El dueño cortó los suministros antes de marcharse a pasar fuera el invierno. Ya no hablamos, pero de todos modos le sigo la pista. Sé que su matrimonio volvió a hundirse, sé que lo detuvieron hace un año o así por conducir bebido. Sé que hace un par de semanas, como hace todos los otoños, recogió sus bártulos y volvió a Winona, donde trabaja para el Departamento de Transportes quitando el hielo y la nieve de las carreteras.

Arranco el teléfono de su roseta, saco unas tijeras de un cajón de la cocina y corto el cable. Miro a la chica, que no se ha movido de la puerta. Tiene la vista fija en el hule de cuadros de la mesa. Es feo, lo sé. Salgo a mear. Vuelvo un minuto después. Sigue mirando el puñetero hule.

—¿Por qué no haces algo de provecho y enciendes el fuego? —le digo.

Pone los brazos en jarras y se queda mirándome, con esa sudadera horrorosa de la gasolinera.

—¿Por qué no lo haces tú? —replica, pero le tiembla la voz, le tiemblan las manos, y me doy cuenta de que no está tan tranquila como quiere aparentar.

Salgo, traigo tres leños y los dejo caer a sus pies. Da un brinco. Le paso unas cerillas que ella deja caer, la caja se abre y las cerillas se esparcen por el suelo. Le digo que las recoja. Me ignora.

Tiene que entender que soy yo quien maneja el volante, no ella. Ella puede acompañarme con tal de que mantenga cerrado el pico y haga lo que le digo. Me saco la pistola del bolsillo y coloco el cargador. La apunto con ella. Apunto esos bonitos ojos azules, que ya no parecen tan altaneros cuando me susurra:

—Todo esto es un error.

Yo amartillo la pistola, le digo que recoja las cerillas y que encienda el fuego. Y me pregunto si en efecto es un error, si no debería habérsela entregado a Dalmar. No sé qué esperaba de ella, pero seguro que esto no. No creía que fuera a ser tan ingrata. Me mira fijamente. Con desafío. A ver si tengo agallas para matarla.

Doy un paso hacia ella y le acerco la pistola a la cabeza.

Y entonces cede. Se agacha y recoge las cerillas con las manos temblorosas. Una por una. Y las mete en la cajita de cartón.

Y yo me quedo allí, apuntándola con la pistola mientras enciende una cerilla y luego otra, raspándolas contra la lija de la caja. La llama le quema los dedos antes de que le dé tiempo a encender el fuego. Se chupa el dedo y lo intenta otra vez. Y otra. Y otra. Sabe que la estoy vigilando. Le tiemblan tanto las manos que ya ni puede encender las dichosas cerillas.

—Deja, ya lo hago yo —digo situándome rápidamente detrás de ella.

Da un respingo. Enciendo el fuego sin problema y paso rozando a la chica cuando entro en la cocina en busca de algo que comer. No hay nada, ni siquiera una caja de galletas rancias.

—¿Y ahora qué? —pregunta, pero no le hago caso—. ¿Qué hacemos *aquí*?

Doy una vuelta por la cabaña, solo para asegurarme. No hay agua. Han cerrado todo para el invierno. No es que no pueda arreglarlo, pero resulta tranquilizador. Si dejó la casa preparada para el invierno es que no piensa volver hasta la primavera, la época del año en que desaparece y vive como un ermitaño durante seis meses.

La oigo caminar de acá para allá, esperando a que alguien o algo irrumpa por la puerta y la mate. Le digo que se esté quieta. Que se siente. Se queda de pie mucho rato, hasta que por fin coloca una silla de plástico contra la pared, enfrente de la puerta, y se deja caer en el asiento. Espera. Es tremendo verla ahí sentada, con la vista clavada en la puerta, esperando a que llegue el fin.

La noche viene y se va. Ninguno de los dos duerme.

Hará frío en la cabaña en invierno. No está preparada para vivir en ella más allá del 1 de noviembre. La única fuente de calor es la estufa de leña. Hay anticongelante en el cuarto de baño.

La luz estaba cortada. Eso lo solventé anoche. Encontré el interruptor principal y volví a darla. Oí literalmente a la chica dar gracias a Dios por la luz de 25 vatios que despide una fea lámpara de mesa. Di una vuelta por fuera de la cabaña. Eché un vistazo al cobertizo que hay detrás, está lleno de cachivaches inservibles pero encontré una par de cosas que pueden venirnos bien. Como una caja de herramientas.

Ayer le dije a la chica que tendría que mear fuera. Estaba demasiado cansado para ocuparme de la fontanería. La vi bajar los escalones como si se dirigiera al cadalso. Se escondió detrás de un árbol y se bajó los pantalones. Se agachó donde creía que no podía verla y luego, como no se atrevía a limpiarse con una hoja, optó por dejar que el aire le secara el trasero. Solo meó una vez.

Hoy busco la llave del agua y la abro despacio. Al principio sale a borbotones, luego empieza a fluir con normalidad. Tiro de la cadena y abro los grifos del lavabo para eliminar el anticongelante. Tomo nota de las cosas que necesitamos: aislante y más cinta americana para las cañerías, papel higiénico y comida.

Es una pretenciosa. Arrogante y soberbia, una diva. Me ignora porque está cabreada y asustada, pero también porque se cree superior a mí. Se sienta en la fea silla roja y se queda mirando por la ventana. ¿Qué mira? Nada. Solo mira. No ha dicho más de dos palabras desde esta mañana.

—Vamos —digo.

Le ordeno volver a subir al coche. Vamos a dar una vuelta.

—¿Adónde? —No quiere ir a ninguna parte. Prefiere quedarse mirando por la ventana y contar las hojas que caen de los árboles.

—Ya lo verás.

Tiene miedo. No le gusta la incertidumbre. No se mueve pero me vigila aparentando coraje, con aire retador, aunque sé que está muerta de miedo.

—Quieres comer, ¿no?

Por lo visto sí.

Así que salimos. Volvemos a la camioneta y ponemos rumbo a Grand Marais.

Trazo un plan de cabeza: salir del país, y pronto. A la chica la dejaré aquí. No quiero que me retrase. Tomaré un avión a Zimbabue o a Arabia Saudí, a algún sitio donde no puedan extraditarme. Pronto, me digo. Lo haré pronto. La dejaré atada en la cabaña y saldré pitando a Minneapolis a tomar un avión antes de que tengan tiempo de difundir mi cara por toda Interpol.

Le digo que no puedo llamarla Mia. En público, no. Pronto se correrá la voz de que ha desaparecido. Debería dejarla en el coche, pero no puedo. Se escaparía. Así que se pone una gorra de béisbol y le digo que agache la cabeza, que no mire a nadie a la cara. Seguramente no hace falta que se lo diga. Conoce el suelo mejor que yo. Le pregunto cómo quiere que la llame. Duda tanto rato que empiezo a cabrearme, pero por fin dice que Chloe.

A nadie le importa una mierda que yo haya desaparecido. Cuando no me presente en el trabajo, pensarán que soy un vago. Y no es que tenga amigos.

Dejo que elija sopa de pollo con tallarines para comer. Me repugna, pero de todos modos le digo que está bien. Tengo hambre. Compramos unas veinte latas. Pollo con tallarines, sopa de tomate, mandarinas, crema de maíz. Comida típica de un kit de supervivencia. La chica se da cuenta y dice:

—A lo mejor no piensas matarme enseguida.

Y yo le digo que no, que no pienso matarla hasta que nos hayamos comido la crema de maíz.

Por la tarde intento dormir. Últimamente no me resulta fácil. Duermo una hora aquí, otra allá, pero la mayor parte del tiempo no pego ojo pensando que Dalmar va a venir a por mí o que la policía va a presentarse en la puerta. Estoy todo el tiempo alerta, mirando por las ventanas cada vez que paso por una. Ando siempre vigilándome las espaldas. Atranco la puerta antes de irme a dormir, y me alegro al ver que algún imbécil ha sellado las ventanas con pintura. Creía que no tendía que preocuparme porque la chica intentara escapar. Pensaba que no tenía valor. Pero bajé la guardia, dejé las llaves de la camioneta a la vista y no necesitó más.

Así que estoy profundamente dormido en el sofá, con la pistola agarrada, cuando oigo que la puerta se cierra de golpe. Me pongo en pie. Tardo un momento en orientarme. Cuando por fin lo consigo veo a la chica bajando por los escalones que llevan al camino de grava. Salgo corriendo por la puerta, gritando, furioso. Va cojeando. La puerta de la camioneta está abierta. Sube e intenta arrancar. No encuentra la llave correcta. La veo por la ventanilla del conductor. La veo dar un puñetazo al volante. Me acerco a la camioneta. Está frenética. Se desplaza por el asiento delantero y sale por la puerta del copiloto. Echa a correr hacia el bosque. Es rápida, pero yo lo soy más. Las ramas de los árboles se estiran raspándole los brazos y las piernas. Tropieza con una piedra y cae de boca sobre un montón de hojas. Se levanta y sigue corriendo. Se está cansando, pierde velocidad. Va llorando, me suplica que la deje en paz.

Pero estoy cabreado.

La agarro por el pelo. Sus pies siguen corriendo pero su cabeza se tuerce violentamente hacia atrás. Cae sobre la tierra dura. No le da tiempo a gritar antes de que me abalance sobre ella, aplastando su cuerpecillo con mis noventa y tantos kilos. Gime, me suplica que pare. Pero yo no paro. Estoy enfadado. Llora como una loca. Las lágrimas le corren por la cara, mezcladas con sangre y barro, y con mi saliva. Se retuerce. Me escupe. Estoy seguro de que ve toda su vida pasar flotando ante sus ojos. Le digo que es una idiota. Y luego le acerco la pistola a la cabeza y la amartillo.

Deja de moverse, se queda paralizada.

Aprieto con fuerza la pistola, hasta que el cañón le deja una marca en la piel. Podría hacerlo. Podría acabar con su vida.

Es una idiota, una puta imbécil. Me cuesta un esfuerzo no apretar el gatillo. He hecho esto por ella. Le he salvado la vida. ¿De quién narices cree que tiene que huir? Aprieto más fuerte con la pistola, le clavo el cañón en el cráneo. Suelta un grito.

—Duele, ¿eh? —digo.

—Por favor… —me suplica, pero no la escucho. Debería haberla entregado cuando tuve oportunidad.

Me levanto, la agarro por el pelo. Grita.

—Cállate —le digo. Tiro de ella agarrándola por el pelo, entre los árboles. La empujo para que vaya delante y le digo que se mueva—. Date prisa. —Es como si no le respondieran las piernas. Se tropieza, se cae—. Levántate —le suelto.

¿Tiene idea de lo que me hará Dalmar si me encuentra? Un balazo en la cabeza sería lo más fácil: una muerte rápida y limpia. Pero a mí me crucificaría. Me torturaría.

La hago subir los escalones a empujones y entrar en la cabaña. Cierro la puerta de golpe, pero rebota y vuelve a abrirse. La cierro de una patada y la atranco con la mesa. Meto a la chica en el dormitorio y le digo que, si la oigo respirar, no volverá a ver la luz del día.

GABE

ANTES

Vuelvo otra vez al centro, la cuarta en una semana. Pienso montar una buena bronca si no me pagan por los kilómetros que estoy haciendo con el coche. Solo son unos dieciséis kilómetros de ida y otros dieciséis de vuelta, pero con el puñetero tráfico se tarda casi media hora. Si no vivo en la ciudad es por algo. Tengo que apoquinar otros quince dólares por aparcar (un robo, en mi opinión), porque he pasado por el cruce de Lawrence y Broadway más de diez veces y no consigo encontrar un hueco libre.

Faltan un par de horas para que abra el bar. Cómo no, con la suerte que tengo, pienso mientras llamo a la luna para llamar la atención del camarero. Está reaprovisionando la barra y sé que me oye, pero no se menea. Vuelvo a llamar y esta vez, cuando mira hacia mí, le enseño mi insignia.

Abre la puerta.

En el bar reina la calma. Hay poca luz, son pocos los rayos de sol que consiguen colarse por las lunas mugrientas. El local está lleno de polvo y huele a humo de tabaco rancio, cosas que no se notan necesariamente cuando suena música de *jazz* y la luz de las velas crea cierto ambiente.

—Abrimos a las siete —me dice.

—¿Quién es el encargado? —pregunto.

—Yo mismo. —Da media vuelta y empieza a alejarse hacia la barra.

Lo sigo y me encaramo en uno de los taburetes de vinilo rotos. Saco del bolsillo la foto de Mia Dennett. Es una foto fascinante. Me la prestó Eve Dennett la semana pasada. Le prometí que no la perdería ni la estropearía, y me sabe mal que tenga ya una esquina arrugada por llevarla en el bolsillo. Para la señora Dennett, en esta foto Mia está tal cual es, o eso afirma ella: una joven decidida, con el pelo rubio ceniza demasiado largo, ojos azules y una sonrisa franca y sincera. Está delante de la fuente Buckingham, cuyos chorros se disparan al azar y, empujados por el viento de Chicago, salpican a la mujer, que ríe como una niña.

—¿Ha visto alguna vez a esta mujer? —pregunto deslizando la foto por la barra.

La agarra para echarle un vistazo. Le digo que tenga cuidado. Noto enseguida que la reconoce. Sabe quién es.

—Viene mucho por aquí. Se sienta en ese banco de allí —responde, señalando con la cabeza un banco que hay detrás de mí.

—¿Ha hablado con ella alguna vez?

—Sí. Cuando quiere una copa.

—¿Nada más?

—Sí, nada más. ¿De qué va esto?

—¿Estuvo aquí el martes pasado por la noche? ¿A eso de las ocho?

—¿El martes pasado? Tronco, casi no me acuerdo de lo que desayuné esta mañana. Viene por aquí, es lo único que sé. —Me devuelve la foto. Odio que me haya llamado «tronco». Es denigrante.

—Detective —digo.

—¿Qué?

—Soy el detective Hoffman. No «tronco». —Luego pregunto—: ¿Puede decirme quién estaba trabajando el martes pasado por la noche?

—Pero ¿de qué va esto? —pregunta otra vez.

Le digo que no se preocupe por eso. Le pregunto otra vez quién estaba trabajando el martes por la noche, esta vez en tono beligerante, pero el muy zoquete ni se entera. Le gusta demasiado tocarme las narices. Sabe que podría echarme a patadas si quisiera. El único problema es que llevo una pistola.

Aun así, se mete en un cuartito trasero. Vuelve con las manos vacías.

—Sarah —dice.

—¿Sarah?

—Es con ella con quien tiene que hablar. Fue la que se encargó de servir esa mesa —dice, señalando un reservado mugriento al fondo del local—. El martes por la noche. Estará aquí dentro de una hora.

Me quedo un rato sentado a la barra, viéndolo reponer botellas de licor. Lo veo rellenar las hieleras y contar el dinero de la caja. Intento hacerle charlar para despistarlo mientras cuenta miles de centavos, o esa es la impresión que me da. Pierdo la cuenta al llegar a los cuarenta y nueve. Me pongo a pasear.

Sarah Rorhig llega al cabo de una hora, entra por la puerta con un delantal en las manos. Su jefe habla con ella un momento en voz baja y ella me mira. Tiene una expresión preocupada, una sonrisa forzada. Yo estoy en la mesa, finjo buscar pistas a mi alrededor cuando en realidad no hay nada que ver, como no sea el asiento corrido forrado de vinilo y una plancha de madera que hace las veces de mesa. Eso y una velita verde muy mona que quizá me lleve a casa.

—¿Sarah? —pregunto, y dice que sí, que es ella. Me presento y le pido que se siente. Le paso la foto de Mia—. ¿Ha visto alguna vez a esta mujer?

—Sí —reconoce.

—¿Recuerda si estuvo aquí el martes pasado, sobre las ocho de la tarde?

Debe de ser mi día de suerte. Sarah Rorhig es auxiliar médico a jornada completa y solo trabaja en el bar los martes por la noche para sacar algún dinerillo extra. Hace un semana que no venía por aquí, así que tiene muy fresco el recuerdo de Mia. Afirma rotundamente que Mia estuvo en el bar el martes pasado. Dice que viene siempre los martes. A veces sola, otras con un hombre.

—¿Por qué los martes?

—Porque los recitales de poesía son los martes por la noche —contesta—. Bueno, supongo que viene por eso, aunque no estoy del todo segura de que de verdad preste atención. Siempre parece distraída.

—¿Distraída?

—Como soñando despierta.

Le pregunto qué rayos es eso de los recitales de poesía. Nunca he oído hablar de ellos. Me imagino las obras de Whitman y Yeats arrastradas por el fango, pero no se trata de eso. Aunque la idea de escuchar a gente recitando sus propios poemas sobre el escenario me deja aún más perplejo. ¿Quién demonios querría escuchar eso? Por lo visto tengo mucho que aprender sobre Mia Dennett.

—¿La semana pasada estuvo sola?

—No.

—¿Quién estaba con ella?

Sarah se queda pensando un momento.

—Un tipo. Lo he visto por aquí otras veces.

—¿Con Mia? —pregunto.

—¿Se llama así? ¿Mia?

Le digo que sí. Dice que era amable (el uso del pasado me impacta con la violencia de un tren de mercancías), siempre muy simpática. Y que dejaba buenas propinas. Confía en que esté bien. Nota por mi interrogatorio que seguramente no es así, pero no pregunta qué le ha pasado y yo no se lo digo.

—Ese hombre con el que estaba Mia el martes por la noche... ¿Habían venido juntos alguna vez antes?

Dice que no. Que era la primera vez que los veía juntos. Él suele quedarse en la barra, solo. Se había fijado en él porque por lo visto es mono, tiene un aire enigmático. (Tomo nota: tendré que buscar esa palabra en el diccionario). Mia siempre se sienta en esta mesa, a veces sola, a veces no. Pero el martes por la noche se sentaron juntos y se marcharon juntos con muchas prisas. No sabe cómo se llama él, pero cuando le pregunto si puede describirlo dice: alto, fornido, con una buena mata de pelo revuelto y ojos oscuros. Acepta reunirse más adelante con un dibujante para ver si consiguen hacer su retrato.

—¿Está segura de que se marcharon juntos? —insisto—. Es un detalle muy importante.

—Sí.

—¿Los vio marcharse?

—Sí. Bueno, más o menos. Les traje la cuenta y cuando volví se habían marchado.

—¿Le dio la impresión de que ella se marchaba por propia voluntad?

—Me dio la impresión de que no veía el momento de salir de aquí.

Le pregunto si llegaron juntos al bar. Dice que no, que no cree. ¿Cómo es que él acabó sentándose en la mesa de Mia? No lo sabe. ¿Sabe cómo se llama él?, le pregunto de nuevo. No. ¿Sabrá alguien su nombre? Seguramente no. Mia y él pagaron en efectivo. Dejaron un billete de cincuenta en la mesa. Todavía se acuerda porque, por cinco o seis cervezas que habían bebido, era una propina estupenda. Mucho más de lo que suelen dejarle los clientes. Recuerda que esa noche alardeó de ello y les enseñó la cara de Ulysses S. Grant a todos sus compañeros de trabajo.

Cuando salgo del bar echo un vistazo a ambos lados de Broadway por si hay cámaras de seguridad en la fachada de los restaurantes, los bancos, el estudio de yoga... Cualquier cosa que pueda decirme con quién estuvo Mia Dennett la noche en que desapareció.

COLIN

ANTES

Se niega a comer. Le he ofrecido comida cuatro veces, le he dejado un cuenco lleno en el suelo de la habitación. Como si fuera su maldito chef. Está tumbada en la cama, de lado, de espaldas a la puerta. No se mueve cuando entro pero la veo respirar. Sé que está viva. Pero si sigue así mucho más tiempo, se morirá de hambre. Y eso sí que sería una ironía.

Sale del dormitorio como una zombi, con el pelo –un nido de ratas enmarañado– ocultándole la cara. Va al baño, hace sus cosas, vuelve a la habitación. Yo la ignoro y ella me ignora a mí. Le dije que dejara la puerta del dormitorio abierta. Quería asegurarme de que no estaba tramando nada raro, pero lo único que hacía era dormir. Hasta esta tarde.

He estado fuera, cortando leña. Estaba sudando. Me faltaba la respiración. Entré de golpe en la cabaña, pensando solo en una cosa: beber agua.

Y allí estaba ella, en medio del cuarto de estar, en sujetador y bragas de encaje. Podría haber estado muerta. Tenía la piel completamente descolorida, el pelo revuelto, un moratón del tamaño de un huevo de ganso en el muslo, el labio partido, un ojo morado y diversos arañazos de cuando intentó huir por el bosque. Tenía los ojos enrojecidos e hinchados. Se le saltaban las lágrimas, le corrían por la piel albina. Su cuerpo se convulsionaba, vi que tenía la carne de gallina por todas partes. Caminaba renqueando, se acercó a mí. Me dijo:

—¿Esto es lo que quieres?

Me quedé mirándola. Miré su pelo, que caía desordenadamente sobre sus hombros de marfil; su piel pálida y ajada; los cráteres de su clavícula y su ombligo perfecto; sus bragas de talle alto y sus piernas largas; su tobillo, tan hinchado que podía tener un esguince; las lágrimas que caían al suelo delante de sus pies descalzos. Al lado de sus uñas pintadas de rojo rubí. Junto a aquellas piernas que temblaban tanto al caminar que pensé que iban a ceder. Miré los mocos que le goteaban de la nariz. Su llanto era incontenible cuando alargó el brazo, tocó con mano temblorosa mi cinturón y empezó a desabrochar la hebilla.

—¿Esto es lo que quieres? —repitió, y dejé que, de momento, agarrara mi cinturón con las dos manos.

Dejé que me lo quitara y que lo tirara al suelo. Dejé que me desabrochara el botón de los pantalones y que me bajara la cremallera. No podía decirle que no era eso lo que quería. Apestaba, igual que yo. Tenía las manos heladas cuando me tocó. Pero no se trataba de eso. No fue eso lo que me detuvo.

La aparté suavemente.

—Para —le susurré.

—Déjame —me suplicó. Creía que serviría de algo. Que cambiaría las cosas.

—Vístete —le dije. Cerré los ojos. No podía mirarla. Estaba de pie delante de mí—. No…

Me obligó a tocarla.

—Para.

No me creía.

—Para —repetí en voz más alta, más potente. Y añadí—: Para de una vez.

Y la aparté de mí de un empujón. Le dije que se vistiera de una puta vez.

Salí a toda prisa de la cabaña, agarré el hacha y me puse a cortar leña frenéticamente, como un loco. Me olvidé por completo del agua.

EVE

ANTES

Es de madrugada y no puedo dormir. Llevo así una semana. Los recuerdos de Mia me asaltan a todas horas del día y de la noche: una imagen de Mia con un año, con un pelele de color verde oliva por el que asomaban sus muslos regordetes mientras intentaba, sin éxito, caminar; las uñas pintadas de fucsia de sus preciosos piececitos de tres años; el sonido de su llanto cuando le perforaron las orejas, y luego, cuando se pasó horas admirando los ópalos de sus pendientes en el espejo del cuarto de baño.

Estoy en la despensa de nuestra casa, a oscuras. El reloj de encima de la placa marca las 3:12 de la mañana. Busco a tientas la manzanilla en las estanterías. Sé que tengo escondida una caja en alguna parte, y sé también que hará falta mucho más que una manzanilla para ayudarme a dormir. Veo a Mia haciendo la primera comunión, veo su cara de asco cuando se puso por primera vez el Cuerpo de Cristo en la punta de la lengua; la oigo reírse después, solas yo y ella en su cuarto, reírse de lo que le costó masticar y tragar, de que estuvo a punto de atragantarse con el vino.

Y entonces me golpea como un mazazo, me aplasta de pronto la idea de que mi niña podría estar muerta, y allí, en medio de la despensa, en plena noche, me echo a llorar. Me siento en el suelo, me tapo la cara con el borde del pijama para amortiguar el ruido. La veo con aquel pelele de color verde oliva: enseña una sonrisa desdentada y, agarrada al borde de la mesa baja, avanza trabajosamente hacia mis manos tendidas.

Mi niña podría estar muerta.

Estoy haciendo todo lo que puedo para ayudar en la investigación, y aun así me parece absolutamente absurdo y trivial porque Mia no está en casa. Me pasé un día entero en su barrio, repartiendo hojas volanderas con su foto a todo el que pasaba. Las pegué en los postes de las farolas y en los escaparates de las tiendas. Una foto de Mia en papel fucsia: imposible no verlo. Quedé con su amiga Ayanna para comer y juntas repasamos lo que se sabe del último día de Mia, ansiosas por encontrar alguna incoherencia que explique su desaparición, pero no había ninguna. Fui a la ciudad en coche con el detective Hoffman cuando consiguió una llave del apartamento de Mia y se aseguró de que no estaba precintado, y juntos inspeccionamos los efectos personales de mi hija, los indicios materiales de su rutina diaria (su horario de clases, su agenda, sus listas de la compra y de cosas por hacer), en busca de una pista. No encontramos ninguna.

El detective Hoffman me llama una vez al día, a veces dos. Casi no pasa un día sin que hablemos. Su voz, su talante suave, me tranquilizan, y siempre se muestra amable, incluso cuando James lo pone nervioso.

James dice que es idiota.

El detective da la impresión de que soy la primera en enterarse de cada dato que pasa por su mesa, pero estoy segura de que no es así. Antes de ofrecerme cualquier migaja de información la edita cuidadosamente, poniendo el énfasis en las cosas positivas. Pero por la mente de una madre cruzan mil posibilidades, y eso no puede impedirlo.

Me acuerdo de la desaparición de mi hija cada vez que respiro. Cuando veo a madres llevando de la mano a sus hijos. Cuando veo a niños subiendo al autobús escolar. Cuando veo carteles de gatos extraviados pegados en las farolas, o escucho a una madre llamar a su hija por su nombre.

El detective Hoffman quiere saber todo lo que pueda sobre Mia. Rebusco entre las fotografías viejas del sótano. Encuentro antiguos disfraces de Halloween, ropa de la talla cuatro, patines y muñecas Barbie. Sé que hay otros *casos,* otras chicas desaparecidas como Mia. Me imagino a sus madres. Sé que hay chicas que nunca vuelven a casa.

El detective me recuerda que es bueno no tener noticias. A veces me llama y no me cuenta nada nuevo, ni una sola información, por si acaso me estoy preguntando (y siempre es así) si hay alguna novedad. Me sigue la corriente. Me promete hacer todo lo que esté en su mano para encontrar a Mia. Lo noto en sus ojos cuando me mira o cuando se queda un momento más de lo que debe, para asegurarse de que no estoy a punto de derrumbarme.

Pero pienso en ello constantemente, en lo duro que resulta ponerse en pie y caminar, en lo imposible que se está volviendo desenvolverse y vivir en un mundo que sigue pensando en la política y el entretenimiento, en los deportes y la economía, cuando yo solo puedo pensar en Mia.

No fui la mejor madre, desde luego. Ni que decir tiene. Pero tampoco me propuse ser mala madre. Simplemente fue así. Resultó que ser una mala madre era un juego de niños comparado con ser una buena madre, que era una lucha incesante, un tira y afloja que duraba veinticuatro horas al día. Mucho después de que las niñas se fueran a la cama, el tormento de lo que había hecho o dejado de hacer durante esas horas en las que estábamos atrapadas, juntas, me laceraba el alma. ¿Por qué permitía que Grace hiciera llorar a Mia? ¿Por qué le gritaba a Mia que parara solo para acallar el ruido? ¿Por qué me escabullía a algún lugar tranquilo cada vez que podía? ¿Por qué deseaba que el día pasara cuanto antes, a toda prisa, para poder estar sola? Otras madres llevaban a sus hijas a museos, a parques, a la playa. Yo procuraba mantener a las mías en casa siempre que podía para que no montáramos una escena.

De noche me quedo despierta preguntándome ¿y si ya no tengo

oportunidad de compensar a Mia por lo que hice? ¿Y si no puedo demostrarle la clase de madre que siempre quise ser? Una madre de las que juegan al escondite durante horas, de las que cuchichean con sus hijas junto a la cama sobre los chicos más *monos* del instituto. Siempre fantaseé con ser amiga de mis hijas. Me imaginaba que íbamos juntas de compras y que compartíamos secretos, en lugar de la relación obligatoria y formal que tenemos ahora. Hago de cabeza una lista de las cosas que le diría a Mia si pudiera. Que elegí el nombre de Mia por mi bisabuela Amelia, vetando el que proponía James: Abigail. Que la Navidad que cumplió cuatro años James estuvo levantado hasta las tres de la madrugada montando la casa de muñecas de sus sueños. Que aunque los recuerdos que tiene de su padre estén llenos de malestar, también hubo momentos buenos: James enseñándola a nadar, o ayudándola a preparar un examen de lengua de cuarto curso. Que lamento todas las veces que me negué a leerle otro cuento antes de dormir, y que ahora daría cualquier cosa por pasar cinco minutos más riéndome con ella de *Harry, el perrito sucio*. Que fui a la librería y compré un ejemplar después de registrar el sótano de arriba abajo y no encontrar el suyo. Que me siento en el suelo de su antiguo cuarto y lo leo una vez y otra, y otra. Que la quiero. Que lo siento.

COLIN

ANTES

Pasa todo el día escondida en el dormitorio. No quiere salir. No le dejo cerrar la puerta, así que se sienta en la cama. Se sienta y piensa. Sobre qué, no tengo ni idea. Me importa una mierda.

Llora, seguramente las lágrimas se extienden por la funda de almohada hasta dejarla empapada. Cuando sale a mear tiene la cara roja e hinchada. Intenta no hacer ruido, como si pensara que no puedo oírla. Pero la cabaña es pequeña y de madera. No hay nada que absorba el sonido.

Le duele el cuerpo. Lo noto por cómo camina. No puede apoyar el peso en la pierna izquierda, la tiene magullada desde que se cayó por los escalones de la cabaña y echó a correr por el bosque. Cojea, se agarra a la pared cuando va al baño. En el baño, se pasa el dedo por un hematoma inflamado y negro.

Me oye en la otra habitación. Paseo de un lado a otro. Corto leña, la suficiente para calentarnos en invierno. Aunque en realidad nunca hace calor. Estoy seguro de que tiene frío todo el tiempo, aunque lleve los calzoncillos largos y se meta debajo de la manta. El calor de la estufa no llega al dormitorio. Pero se niega a salir aquí, donde se está más caliente.

Imagino que el ruido de mis pasos hace que se cague de miedo. Solo escucha los pasos, esperando a que llegue lo peor.

Procuro mantenerme ocupado. Limpio la cabaña. Quito las telarañas y recojo las mariquitas muertas. Las tiro a la basura. Guardo las cosas que compramos en el pueblo: las latas de comida y el café, la ropa, el jabón y la cinta aislante. Arreglo la puerta. Limpio la encimera con papel de cocina y agua. Solo por matar el tiempo. Recojo su ropa del suelo del cuarto de baño. Estoy a punto de gritarle que es una cerda por dejar la ropa sucia por ahí tirada. Pero entonces la oigo llorar.

Lleno de agua la bañera. Lavo la camisa y los pantalones con la pastilla de jabón y los cuelgo fuera para que se sequen. No podemos seguir así indefinidamente. Lo de la cabaña es temporal. Me estrujo el cerebro pensando qué voy a hacer ahora, y lamento no habérmelo pensado mejor antes de decidir largarme con la chica.

Pasa a mi lado arrastrando los pies para usar el baño. Sigue magullada y cojeando. No suelo sentirme culpable pero sé que soy yo quien se lo hizo, ahí fuera, en el bosque, cuando intentó escapar. Me digo a mí mismo que ella se lo buscó. Que por lo menos ahora está más tranquila, menos segura de sí misma.

Ahora ya sabe quién manda aquí. Yo.

Bebo café porque el agua del grifo sabe a mierda. Le he ofrecido un poco. Le he ofrecido agua, pero no ha querido. Sigue negándose a comer. Dentro de poco tendré que sujetarla y meterle la dichosa comida en la boca a la fuerza. No voy a dejar que se muera de hambre. No, después de la que he armado.

A la mañana siguiente entro en el dormitorio.

—¿Qué quieres desayunar? —le pregunto.

Está tumbada en la cama, de espaldas a la puerta. Parece medio dormida cuando me oye entrar. El sonido inesperado de mis pies, la explosión de mi voz en medio del silencio, la obligan a levantarse de la cama.

«Ya está, ya ha llegado el momento», piensa, demasiado desorientada para escuchar lo que le digo.

Se le enredan las piernas en las sábanas. Su cuerpo huye instintivamente del ruido, pero se hace un lío con los pies. Cae al suelo de tarima. Patalea para librarse de la sábana y apoyar los pies en el suelo. Se aparta de mí bruscamente todo lo que puede. Se pega a la pared, agarrándose a las sábanas con mano temblorosa.

Estoy de pie en la puerta, vestido con la misma ropa que llevo desde hace casi una semana.

Me mira con pánico en los ojos dilatados, las cejas levantadas y la boca abierta. Me mira como si fuera un monstruo, un caníbal deseoso de comérmela para desayunar.

—¿Qué quieres? —chilla.

—Es hora de comer.

Traga saliva con dificultad.

—No tengo hambre —dice.

—Pues peor para ti.

Le digo que no tiene elección.

Me sigue a la otra habitación y me ve echar huevos en la sartén (dicen que son huevos pero parecen mierda salida de una caja, y huelen igual). Los veo dorarse. Solo el olor me da arcadas.

Ella odia todo lo que tiene que ver conmigo. Lo sé. Se lo noto en los ojos. Odia mi forma de moverme. Odia mi pelo sucio y la barba que ahora cubre mi barbilla. Odia mis manos mientras me ve remover los huevos en la sartén. Odia cómo la miro. Odia el tono de mi voz y la forma en que mi boca articula las palabras.

Pero sobre todo odia ver la pistola en mi bolsillo. Continuamente, para asegurarme de que se comporta.

Le digo que a partir de ahora solo puede entrar en el dormitorio para dormir. Nada más. El resto del día tiene que quedarse aquí fuera, donde yo pueda vigilarla. Asegurarme de que come, bebe y orina. Es como si estuviera cuidando a un puto bebé.

Come casi igual que un bebé: unos bocados aquí y allá. Dice que no tiene hambre, pero come lo suficiente para sobrevivir. Eso es lo que importa.

La vigilo para que no intente escapar como la última vez. Cuando nos vamos a dormir, coloco una mesa más pesada delante de la puerta para oírla si trata de huir. Tengo el sueño ligero. Duermo con la pistola a mi lado. Registré los cajones de la cocina para asegurarme de que no había cuchillos. Solo está mi navaja de bolsillo, y la llevo siempre encima.

Ella no tiene nada que decirme, y yo no hago intento de hablar. ¿Para qué voy a molestarme? No puedo quedarme aquí para siempre. En primavera habrá turistas. Tendremos que irnos pronto. Que le den a la chica, pienso. Pronto tendré que irme *yo*. Pasaré de ella, me subiré a un avión y me largaré. Antes de que me encuentre la policía. Antes de que Dalmar dé conmigo. Tengo que irme.

Pero hay algo que me retiene, claro, algo que me impide subirme a ese avión y marcharme.

GABE

ANTES

Estoy de pie, en medio de la cocina de los Dennett. La señora Dennett está inclinada sobre el fregadero, restregando los restos de la carne de cerdo de la cena. Veo el plato del juez, tan limpio como si lo hubiera lamido, y el suyo, todavía con partes del solomillo y un montón de guisantes. La mujer se está marchitando a ojos vista. El agua sale muy caliente y el vaho invade la cocina, pero tiene las manos sumergidas y no parece notar el calor. Restriega la porcelana con una saña con la que nunca he visto lavar los platos.

Estamos delante de la isleta del centro de la cocina. Nadie me invita a sentarme. Es una cocina pija, con armarios de nogal y encimeras de granito. Todos los electrodomésticos son de acero inoxidable, incluidos los *dos* hornos, por los que mi madre, que es italiana, daría un brazo y una pierna. Me imagino cómo sería Acción de Gracias sin el dramón de tener que mantenerlo todo caliente hasta la hora de la cena y sin lágrimas cuando mi padre dijera que las patatas están un pelín frías.

Sobre la isleta, delante del juez y de mí, hay un retrato de un hombre. Es un retrato robot hecho por nuestro dibujante con ayuda de la camarera.

—Entonces, ¿es este? ¿Este es el hombre que tiene a mi hija?

Hasta Dennett ha llorado cuando he sacado el dibujo de una carpeta de papel de estraza. Ella ya estaba llorando. Se ha desentendido de la conversación y ha intentando abstraerse fregando los platos mientras lloraba en voz baja, entre el ruido del agua corriente.

—Mia fue vista el martes pasado con este hombre —respondo, aunque a esas alturas ella ya me estaba dando la espalda.

La imagen que tenemos ante nosotros es la de un hombre tosco. Sus rasgos le hacen parecen grosero y tosco, pero aun así no se parece a esos tipos enmascarados de las películas de terror. Simplemente, no está a la altura de los Dennett. Igual que yo.

—¿Y? —pregunta el juez en tono implorante.

—Y creemos que puede estar implicado en su desaparición.

Se levanta al otro lado de la isleta, vestido con un traje que costará lo que yo gano en dos o tres meses. Lleva la corbata desatada y echada sobre el hombro.

—¿Hay alguna prueba de que Mia no se marchara con él por propia voluntad?

—Bueno —contesto—, no.

El juez ya está bebiendo. Esta noche ha elegido whisky escocés con hielo. Creo que quizá esté borracho. Se le traba un poco la lengua al hablar y tiene hipo.

—Supongamos que Mia está por ahí con este tipo, haciendo locuras. ¿Qué pasa entonces?

Me habla como si fuera idiota. Pero me recuerdo a mí mismo que soy yo quien tiene la sartén por el mango. Soy yo el que lleva la insignia brillante. Soy yo quien dirige esta investigación. No él.

—Juez Dennett, hace ocho días que dio comienzo esta investigación —afirmo—. Nueve desde que se vio a Mia por última vez. Según sus compañeros, rara vez faltaba al trabajo. Según *su* esposa, ese comportamiento, esa irresponsabilidad, esa falta de formalidad no son propios del carácter de Mia.

Bebe otro trago y deja la copa con demasiada brusquedad sobre la encimera. Eve se sobresalta al oír el ruido.

—Si no tenemos en cuenta, naturalmente, la alteración del orden público, el vandalismo y el allanamiento de propiedad privada, o la posesión de marihuana —dice y luego, para fastidiarme, añade—: Por poner solo algunos ejemplos. —Tiene una expresión complaciente y soberbia.

Me quedo mirándolo, incapaz de decir nada. Su jactancia me repugna.

—He revisado los archivos policiales —digo—. No hay nada contra Mia.

De hecho, su historial estaba limpio a más no poder. Ni siquiera una multa por exceso de velocidad.

—Bueno, es lógico, ¿no cree? —pregunta, y entonces lo entiendo: él ha hecho desaparecer sus antecedentes.

Se excusa el tiempo justo para ir a servirse otra copa. La señora Dennett sigue fregando los platos. Me acerco al fregadero y muevo la llave del grifo hacia el lado del agua fría para que deje de escaldarse las manos.

Me mira sorprendida, como si acabara de notar que huele ligeramente a carne quemada, y susurra:

—Debería habérselo dicho. —Sus ojos se llenan de tristeza.

«Sí», pienso, «deberías habérmelo dicho», pero me muerdo la lengua cuando continúa:

—Ojalá pudiera decir que mi marido se niega a aceptar los hechos. Ojalá pudiera decir que está tan abrumado por la pena que se resiste a creer que Mia ha desaparecido de verdad.

El juez Dennett regresa a tiempo de oír las últimas palabras de la confesión de su esposa. Se hace el silencio en la cocina y durante una fracción de segundo me preparo para encarar la ira de Dios. Pero no pasa nada: no llega.

—Esta conducta de Mia no es tan inesperada como has hecho creer al detective, ¿verdad que no, Eve? —pregunta.

—Ay, James —solloza ella. Se está secando las manos con un paño cuando dice—: Eso fue hace años. Estaba en el instituto. Cometió muchos errores. Pero fue hace *años*.

—¿Y qué sabes tú de la Mia *de ahora*, Eve? Hace años que no tenemos relación con nuestra hija. Ya casi no la conocemos.

—¿Y usted, Señoría? —pregunto para echarle un cable a la

señora Dennett. Detesto cómo la mira, haciéndola sentirse estúpida—. ¿Qué sabe usted de la Mia de ahora? ¿Ha habido que eliminar alguna falta de su historial últimamente? ¿Alguna citación de tráfico? ¿Prostitución? ¿Escándalo público? —No me cabe ninguna duda de por qué desaparecieron de los archivos sus pecadillos de juventud—. Eso no dejaría en muy buen lugar el nombre de los Dennett, ¿verdad que no? Y todo este asunto… *Si* al final de la investigación se descubre que Mia está por ahí divirtiéndose, si está perfectamente a salvo y solo se ha ido a pasárselo bien, tampoco estaría muy bien visto, ¿no es así?

Veo las noticias. Estoy más o menos al tanto de la política. Este noviembre, el juez Dennett se presenta a la reelección.

Y aun así me descubro preguntándome si la mala conducta de Mia se limita únicamente a sus años de juventud o si hay algo más.

—Más vale que se ande con ojo —me advierte el juez, pero de fondo se oye gemir a Eve:

—¿Prostitución, James?

Yo, sin embargo, solo lo he dicho a modo de hipótesis.

Él hace oídos sordos. Igual que yo, supongo.

—Solo estoy intentando encontrar a su hija —afirmo—. Porque puede que esté por ahí haciendo alguna estupidez. Pero considere por un momento la posibilidad de que no sea así. Piénselo. ¿Qué pasará, entonces? Estoy seguro de que no dudaría usted en pedir que me expulsaran del cuerpo si su hija apareciera muerta.

—James —sisea su mujer. Casi se ha echado a llorar al oírme emplear las palabras «hija» y «muerta» en la misma frase.

—Permítame aclararle una cosa, Hoffman —me dice el juez—. Usted encuentre a mi hija y tráigala a casa, viva. Pero tenga mucho cuidado con lo que hace, porque Mia no es lo que parece —concluye, y con esas agarra su whisky y sale de la cocina.

COLIN

ANTES

La pillo mirándose en el espejo del baño. No reconoce su reflejo: el pelo crespo y la piel apagada, los hematomas que empiezan a difuminarse. Ahora son amarillos, con grietas en medio, en vez de morados y prominentes.

Cuando sale del cuarto de baño la estoy esperando apoyado contra el quicio de la puerta. Sale y se tropieza conmigo, me mira como si fuera una bestia que la acecha, que le roba el aire.

—No iba a pegarte —digo leyéndole el pensamiento, pero no contesta.

Paso una mano fría por su mejilla. Da un respingo y se aparta de mi contacto.

—Están mejor —afirmo refiriéndome a los moratones.

Pasa a mi lado y se aleja.

No sé cuántos días llevamos así. He perdido la cuenta. Traté de recordar cuándo era lunes y cuándo martes. Pasado un tiempo, los días empezaron a emborronarse. Son todos iguales. Ella se queda tumbada en la cama hasta que la obligo a levantarse. Nos obligamos a desayunar. Luego se sienta en una silla que acerca a la ventana. Se queda mirando el exterior. Piensa. Sueña despierta. Anhela estar en cualquier parte, menos aquí.

Yo pienso constantemente en cómo voy a salir de aquí. Tengo dinero suficiente para tomar un avión y desaparecer. Pero no he traído el pasaporte, claro, así que no puedo ir más allá de Tecate o

Calexico, California. El único modo que tengo de salir del país es contratar a un *coyote* o cruzar a nado el río Grande. Pero salir del país es solo parte del problema. Lo que no consigo resolver es todo lo demás. Me paseo por la cabaña preguntándome cómo demonios voy a salir de este lío. Sé que aquí estoy a salvo de momento, pero cuanto más tiempo pasemos escondidos, cuanto más tiempo *pase* escondido, peor será.

Tenemos normas, expresas y tácitas. Ella no puede tocar mis cosas. Solo usamos un cuadrado de papel higiénico cada vez. Siempre que sea posible, nos secamos al aire. Usamos la menor cantidad de jabón posible para no apestar a sudor. No podemos dejar que se estropeen las cosas. No abrimos las ventanas. De todo modos, no podemos abrirlas. Si nos encontramos a alguien por los alrededores, ella se llama Chloe, le digo. Nunca Mia. De hecho, haría bien en olvidarse de que ese es su nombre.

Le viene el periodo y descubrimos lo que significa literalmente «estar pingando como un trapo». Veo la sangre en la bolsa de basura y pregunto:

—¿Qué cojones es esto?

Me arrepiento de haber preguntado. Metemos la basura en unas bolsas de plástico que había en la casa. De vez en cuando vamos en coche a tirarlas a un contenedor que hay detrás de un albergue, de noche, cuando sabemos que no va a vernos nadie. Ella pregunta por qué no las dejamos fuera sin más. Le respondo que si quiere que se la coma un puto oso.

Entra frío por la ventana, pero el fuego de la estufa nos ayuda a mantenernos calientes. Los días son más cortos. Se hace de noche cada vez más pronto, hasta que la oscuridad se apodera de la cabaña. Hay electricidad, pero no quiero que llamemos la atención. Solo enciendo una lamparita por las noches. El dormitorio se queda completamente a oscuras. De noche, ella se tiende y escucha el silencio. Espera a que yo salga de las sombras y acabe con su vida.

Pero de día se sienta junto a la ventana por la que se cuela la corriente. Mira caer las hojas al suelo. Fuera, la tierra está cubierta de hojarasca. No queda nada que impida ver el lago. El otoño casi ha terminado. Estamos tan al norte que casi tocamos Canadá. Estamos perdidos en un mundo deshabitado, rodeados de monte, nada más. Ella lo sabe tan bien como yo. Por eso la he traído aquí. Ahora mismo, lo único que me preocupa son los osos. Claro que los osos hibernan en invierno. Pronto estarán todos dormidos. Y entonces lo único que me preocupará será que muramos congelados.

No hablamos mucho. Solo lo necesario: «la comida está lista; voy a darme un baño; ¿adónde vas?; me voy a la cama». Nunca charlamos. Todo está en silencio. A falta de conversación, oímos cada ruido: una tos, un gruñido de nuestras tripas, un tragar saliva, el viento aullando fuera de la cabaña de noche, los ciervos pasando entre las hojas. Y luego están los sonidos imaginarios: neumáticos sobre la grava, pasos en los peldaños que conducen a la cabaña, voces.

Seguramente ella desea que esos ruidos sean reales para no tener que seguir esperando. Está claro que el miedo va a matarla.

EVE

ANTES

La primera vez que vi a James yo tenía dieciocho años y estaba en Estados Unidos con unas amigas. Era joven e ingenua, y me fascinaba la enormidad de Chicago, la sensación de libertad que se me metió bajo la piel en cuanto montamos en el avión. Éramos chicas de campo, acostumbradas a pueblecitos de un par de miles de habitantes, a un estilo de vida agrario, a una sociedad que era, por lo general, estrecha de miras y convencional. Y de pronto allí estábamos, transportadas a un nuevo mundo, dejadas en medio de una bulliciosa metrópoli de la que me enamoré a primera vista. Caí rendida de amor.

Fue Chicago lo que primero me sedujo, todas las promesas que ofrecía. Esos edificios inmensos, sus millones de personas, el aplomo con que caminaban, la expresión decidida de sus caras al cruzar con paso firme las calles bulliciosas. Era 1969. El mundo tal y como lo conocíamos estaba cambiando, pero eso a mí, la verdad, me importaba un comino. No me afectaba. Estaba absorta en mi propia existencia, como es de esperar cuando una tiene dieciocho años: el modo en que me miraban los hombres, cómo me sentía con mi minifalda, mucho más corta de lo que habría querido mi madre… Era terriblemente ingenua y estaba ansiosa por dejar de ser una niña y convertirme en una mujer adulta.

Lo que me esperaba en casa, en la Inglaterra rural, estaba decidido desde que nací: me casaría con un chico al que conocería de toda la vida, uno de esos chicos que en el colegio me tiraban del pelo o me lanzaban insultos. No era ningún secreto que Oliver Hill quería casarse conmigo. Llevaba pidiéndomelo desde que tenía doce años. Su padre era párroco de la Iglesia anglicana. Su madre, una de esas amas de casa que yo había jurado no ser: de las que obedecían a su marido como si sus órdenes fueran palabra de Dios.

James era mayor que yo, y eso era emocionante. Era cosmopolita y brillante. Hablaba apasionadamente, y la gente permanecía atenta a cada palabra que salía de su boca, daba igual que estuviera hablando de política o del tiempo. Era verano cuando lo vi por primera vez en un restaurante del Loop, sentado a una gran mesa circular con un grupo de amigos. Su voz retumbaba por encima del ruido del restaurante: era imposible no escucharlo. Te atraía con su aplomo y su descaro, con su tono vehemente. A su alrededor, todas las miradas aguardaban expectantes el golpe final de sus chistes, y todos –amigos y desconocidos por igual– se reían hasta que se les saltaban las lágrimas. Unos cuantos rompían a aplaudir. Todos parecían conocer su nombre: los que cenaban en otras mesas y el personal del restaurante. Desde el otro lado del local, el barman gritó:

—¿Otra ronda, James?

Y al cabo de unos minutos las jarras de cerveza llenaban de nuevo la mesa.

Yo no podía evitar mirarlo embelesada.

No estaba sola. Mis amigas también lo miraban con deseo. Las mujeres que ocupaban su mesa no dudaban en tocarlo cuando podían: un abrazo, una palmada en el hombro. Una en particular, morena con el pelo hasta la cintura, se inclinó hacia él para contarle algo al oído: cualquier cosa con tal de estar cerca de él. Yo nunca había visto a un hombre tan seguro de sí mismo.

En aquel momento él estudiaba Derecho. Eso lo supe después, a la mañana siguiente, cuando desperté a su lado en la cama. Mis amigas y yo no teníamos edad para beber alcohol, de modo que solo puedo atribuir al enamoramiento mi irresponsabilidad de esa noche: de pronto me hallé sentada a su lado en la mesa redonda; la mujer del pelo largo lo miró con codicia cuando él me pasó el brazo por el hombro; James estaba entusiasmado con mi acento británico, lo alababa como si fuera lo mejor que se había inventado desde el pan de molde.

En aquel entonces era distinto, no se parecía al que sería después. Sus defectos eran mucho más enternecedores; su soberbia, encantadora en vez de desagradable, como lo sería con el tiempo. Mucho antes de que sus palabras se volvieran feas e insultantes, era un maestro de la adulación. Hubo un periodo de nuestras vidas en que fuimos felices: estábamos completamente hechizados el uno con el otro, no podíamos parar de tocarnos. Pero ese hombre, el hombre con el que me casé, ha desaparecido por completo.

Llamo al detective Hoffman a primera hora de la mañana, cuando James ya se ha ido a trabajar. Como siempre, he esperado para levantarme hasta que he oído que se cerraba la puerta del garaje y que su todoterreno recorría el camino de entrada. Después, me he quedado en medio de nuestra cocina con la taza de café en la mano y la cara del hombre que tiene a Mia grabada en la memoria. Miraba el reloj fijamente, observando cómo el minutero giraba lentamente, y cuando las 8:59 han dado paso a las 9:00, he marcado ese número que cada día que pasa me resulta más familiar.

Contesta al teléfono en tono autoritario y profesional.

—Detective Hoffman —anuncia.

Me lo imagino en la jefatura de policía. Oigo de fondo el ajetreo de la gente, decenas de agentes intentando resolver problemas ajenos.

Tardo un momento en rehacerme y le digo:

—Detective, soy Eve Dennett.

Su voz se suaviza cuando dice mi nombre:

—Señora Dennett, buenos días.

—Buenos días.

Vuelvo a verlo de pie en nuestra cocina, anoche. Veo el rictus inexpresivo de su rostro bondadoso cuando James le habló del pasado de Mia. Se marchó apresuradamente. Lo oigo cerrar de golpe la puerta de la calle una y otra vez dentro de mi cabeza. No era mi intención ocultarle nada sobre Mia. Para mí, con toda franqueza, su conducta pasada no tenía ninguna importancia. Pero no quiero que desconfíe de mí: es lo que me faltaba. El detective Hoffman es mi único vínculo con Mia.

—Tenía que llamarlo —digo—. Necesitaba darle una explicación.

—¿Por lo de anoche? —pregunta, y digo que sí—. No es necesario.

Pero se la doy de todos modos.

Mia tuvo una adolescencia como poco difícil. Deseaba ansiosamente encajar. Quería ser independiente. Era impulsiva, se dejaba llevar por el deseo y le faltaba sentido común. Con sus amigos se sentía aceptada. Con su familia, en cambio, no. Entre sus iguales era muy querida, estaba muy *solicitada*, y eso, como es lógico, era embriagador para una chica como ella. Sus amigos la hacían sentir que estaba en la cima del mundo. Habría hecho cualquier cosa por ellos.

—Puede que Mia se equivocara al elegir a sus amigos —digo—. Quizá yo debería haber estado más atenta, haberme preocupado más por las compañías que frecuentaba. Me di cuenta de que sus notas pasaban del notable alto al aprobado raspado y de que ya no estudiaba en la mesa de la cocina después de clase, sino que se metía en su cuarto y cerraba la puerta con llave.

Mia estaba atravesando una crisis de identidad. Ansiaba en parte, desesperadamente, alcanzar la edad adulta, pero en buena medida seguía siendo una cría, incapaz de pensar y razonar como lo haría más tarde. A menudo se sentía frustrada y tenía muy mala opinión de sí misma. La insensibilidad de James solo empeoraba las cosas. La comparaba continuamente con Grace, que por entonces tenía más de veinte años y estaba estudiando fuera –en la misma universidad que él, por supuesto–. Le decía que su hermana iba a licenciarse *magna cum laude*, que estaba yendo a clases de latín y de oratoria para prepararse para la facultad de Derecho, en la que ya la habían admitido.

Al principio, su mala conducta se limitó a las típicas travesuras adolescentes: hablaba en clase, no hacía los deberes. Rara vez invitaba a sus amigos a venir a casa. Cuando algún amigo o amiga iba a recogerla, ella salía a su encuentro en el camino de entrada y, cuando yo hacía amago de asomarme a la ventana para echar un vistazo, me paraba en seco. *¿Qué?*, me preguntaba con una aspereza que antes solo había sido propia de Grace.

Tenía quince años cuando la pillamos saliendo a escondidas de casa en plena noche. Fue la primera de muchas escapadas. Olvidó apagar la alarma y, cuando estaba a punto de escabullirse, la casa comenzó a chillar.

—Es una delincuente juvenil —dijo James.

—Es una adolescente —puntualicé yo viéndola subir a un coche aparcado al final del camino de entrada a nuestra casa, sin molestarse en mirar atrás mientras la alarma berreaba y James maldecía el maldito chisme intentando recordar la contraseña para apagarla.

Para James, la imagen lo era todo. Siempre ha sido así. Siempre le ha preocupado su reputación, lo que la gente dijera o pensara de él. Su esposa tenía que ser como un trofeo que exhibir. Me lo dijo antes de que nos casáramos, y de un modo perverso yo me sentí feliz de asumir ese papel. No le pregunté cómo debía interpretar que dejara de invitarme a las cenas de trabajo, que sus hijas ya no tuvieran que asistir a las fiestas de Navidad de la empresa. Cuando se hizo juez, fue como si hubiéramos dejado de existir.

Así que es fácil imaginar cómo se sintió cuando la policía local trajo a rastras a casa a una chica de dieciséis años, borracha y sucia, después de una fiesta. De pie en la puerta de casa, con la bata puesta, prácticamente suplicó a los agentes que echaran tierra sobre el asunto.

A Mia le gritó a pesar de que estaba tan mareada que a duras penas conseguía mantener la cabeza erguida por encima del váter mientras vomitaba. Se puso a despotricar sobre cómo iba a encantarles aquello a los insaciables periodistas: la hija adolescente del juez Dennett, citada a comparecer por beber siendo menor de edad.

Naturalmente, la noticia no apareció en la prensa. James se encargó de ello. Le costó un ojo de la cara asegurarse de que el nombre de Mia no aparecía en las páginas del periódico local, ni esa vez ni las siguientes. Ni cuando ella y sus díscolos amigos intentaron robar una botella de tequila en la licorería del barrio, ni cuando la sorprendieron en compañía de esos mismos amigos fumando marihuana en un coche aparcado detrás de una zona comercial de Green Bay Road.

—Es una adolescente —le dije a James—. Siempre hacen estas cosas.

Pero ni siquiera yo estaba segura de que fuera cierto. Grace, a pesar de lo difícil que se pusiera, nunca tuvo roces con la ley. A mí nunca me habían puesto ni una multa por exceso de velocidad, y sin embargo allí estaba Mia, encerrada en una celda de la comisaría local mientras James rogaba y sobornaba a la policía para que no la denunciara o para que borrara sus antecedentes. Pagaba a los otros padres para que no mencionaran los desmanes que cometía Mia con sus hijos, igual de desobedientes que ella.

Nunca le preocuparon Mia ni su insatisfacción vital, ni, por tanto, su mal comportamiento. Solo le preocupaba cómo podía afectarlo *a él* su conducta.

No se le ocurrió pensar que, si dejaba que pagara los platos rotos, que asumiera la consecuencias de sus actos como cualquier niña *normal*, Mia dejaría de portarse así. Al final, resultó que podía hacer todo lo que se le antojara sin sufrir las consecuencias. Sus fechorías irritaban a su padre más que nada en el mundo. Por primera vez en su vida, James le prestaba atención.

—Oía a escondidas conversaciones telefónicas de Mia con sus amigas, hablando de los pendientes que habían robado en el centro comercial, como si no pudiéramos pagarlos. Mi coche olía a tabaco después de que se lo prestara para esto o aquello, pero, naturalmente, *mi* Mia no fumaba. No fumaba ni bebía, ni...

—Señora Dennett —me interrumpe el detective Hoffman—, los adolescentes, por definición, pertenecen a una categoría propia. Ceden a la presión de sus iguales. Desafían a sus padres. Contestan mal y experimentan con todo lo que cae en sus manos. El objetivo, tratándose de adolescentes, es simplemente que sobrevivan a esa fase sin daños permanentes. Su descripción del comportamiento de Mia no se aparta mucho de lo normal —reconoce.

Siento, sin embargo, que diría cualquier cosa con tal de animarme.

—No se imagina usted cuántas tonterías hice yo cuando tenía dieciséis o diecisiete años —añade. Y luego las enumera rápidamente: beber, abollar el coche, hacer trampa en los exámenes, fumar *marihuana*, susurra al teléfono—. Hasta las buenas chicas sienten la tentación de robar unos pendientes en el centro comercial. Los adolescentes se creen invencibles: nada malo puede sucederles. Solo después se dan cuenta de que de verdad suceden cosas terribles. Los chavales que no tienen ningún defecto —añade—, esos son los que me preocupan.

Le aseguro que Mia ha cambiado desde que tenía diecisiete años, ansiosa para que no vea a mi hija como una delincuente juvenil.

—Ha madurado.

Pero no se trata solo de eso. Mia se ha convertido en una joven preciosa. En la clase de mujer que, cuando era niña, yo esperaba que fuera algún día.

—No me cabe duda —responde, pero no puedo dejarlo así.

—Fueron dos o tres años de absoluta imprudencia, y luego cambió por completo. Vio la luz al final del túnel: iba a cumplir dieciocho años y podría librarse de nosotros de una vez por todas. Sabía lo que quería. Empezó a hacer planes. Una casa propia, libertad. Y quería ayudar a la gente.

—A adolescentes —dice él, y me quedo callada porque, sin haberla conocido, siento que conoce a mi hija mejor que yo—. A chicos problemáticos que se sintieran incomprendidos, igual que ella.

—Sí —susurro.

Pero a mí Mia nunca me lo explicó. Nunca se sentó conmigo para decirme que se identificaba con esos chicos, que conocía mejor que nadie las dificultades que afrontan los adolescentes, todas esas emociones mezcladas, lo duro que es para ellos nadar hasta la superficie para poder respirar. Nunca lo entendí. Para mí era todo mucho más simple y superficial. No me explicaba cómo podía Mia comunicarse con *esos* chavales. Pero no se trataba de blancos y negros, de ricos y pobres. Se trataba de la naturaleza humana.

—James nunca se ha quitado esa imagen de la cabeza: su hija en la celda de la comisaría local. Sigue estancado en esos años, cuando se esforzaba para que el nombre de Mia no saliera en los periódicos. Lo sacaba de quicio la decepción que había supuesto para él. Que no lo escuchara. El colmo fue que se negara a estudiar Derecho. Para él, Mia era una carga. Eso nunca lo ha superado: nunca ha aceptado que ahora es una mujer fuerte e independiente. A su modo de ver…

—Es una fracasada —comenta el detective Hoffman, y agradezco que esas palabras salgan de su boca y no de la mía.

—Sí.

Pienso en mí a los dieciocho años, en cómo las emociones se impusieron al sentido común. ¿Qué habría sido de mí, me pregunto, si no hubiera estado en ese pequeño *pub* irlandés del Loop aquella noche de julio de 1969? ¿Y si James no hubiera estado allí, si no hubiera lanzado su perorata sobre la ley antitrust, si yo no hubiera estado pendiente de cada una de sus palabras? ¿Si, cuando posó sus ojos en mí, no hubiera estado tan fascinada no solo por cómo hablaba de la Comisión Federal de Comercio y las fusiones y las adquisiciones, sino por el hecho de que fuera capaz de hacer que algo tan prosaico sonara emocionante, por cómo bailoteaban sus ojos de color caoba cuando se encontraban con los míos?

Si el instinto materno no me hubiera aconsejado lo contrario, podría, en parte, haber compartido la opinión de James.

Pero jamás lo admitiría.

Mi intuición, sin embargo, me dice que algo le ha sucedido a mi hija. Algo malo. Me lo dice a gritos, me despierta en plena noche: a Mia le ha pasado algo.

COLIN

ANTES

Le digo que vamos a salir. Es la primera vez que la dejo salir de la cabaña.

—Necesitamos ramas —digo—, para el fuego.

Falta poco para que empiece a nevar. Luego, estarán todas sepultadas.

—Tenemos leña —dice.

Está sentada en la silla junto a la ventana, con las piernas cruzadas, mirando hacia fuera, hacia las sofocantes nubes de granito que se alzan justo por encima de las copas de los árboles.

No la miro.

—Necesitamos más. Para el invierno.

Se levanta lentamente, estirándose.

—¿Piensas tenerme aquí tanto tiempo? —pregunta.

Se pasa por la cabeza esa sudadera granate tan fea. No le doy la satisfacción de contestar. Voy pegado a sus talones cuando salimos. Dejo que la mosquitera se cierre de golpe.

Baja los escalones. Empieza a recoger ramas del suelo. Las hay a montones, una tormenta las arrancó de los árboles. Están mojadas. Se pegan al suelo fangoso y las hojas podridas que cubren la tierra. Las deja en un montón, al pie de la escalera. Se limpia las manos en las perneras de los pantalones.

Nuestra colada cuelga de la barandilla del porche. Lavamos la ropa en la bañera y la tendemos fuera para que se seque. Usamos una pastilla de jabón. Es mejor que nada. La ropa está fría y rígida cuando nos la ponemos, y a veces sigue húmeda.

Una niebla espesa pende sobre el lago y se desliza hacia la cabaña. Hace un día deprimente. El cielo está lleno de nubarrones. Pronto empezará a llover. Le digo que se dé prisa. Me pregunto cuánto nos durarán estas ramas. Ya hay un muro de leña bordeando la cabaña. He salido un día tras otro con el hacha, a cortar árboles caídos y ramas. Pero aun así recogemos madera para no aburrirnos. Para que yo no me aburra. Ella no va a quejarse de eso. Corre un aire fresco, y lo disfruta al máximo. No sabe si tendrá otra oportunidad de hacerlo.

La observo recogiendo ramas. Las lleva en un brazo mientras se inclina para recoger más con el otro. Un movimiento grácil y rápido. Lleva el pelo echado sobre un hombro para que no se le meta en los ojos. Sigue recogiendo ramas hasta que ya no puede llevar más y entonces se detiene para tomar aliento. Arquea la espalda para estirarse. Luego se inclina otra vez. Cuando ha completado su brazada, trae las ramas a la cabaña. Se niega a mirarme a la cara, aunque estoy seguro de que sabe que estoy observándola. Con cada carga de leña se aventura más y más lejos, los ojos azules fijos en el lago. En la libertad.

Empieza a llover. Es un chaparrón torrencial: no llueve y de pronto, un segundo después, estamos empapados. La chica viene corriendo desde el fondo de la finca, con un montón de ramas en los brazos. Se ha alejado todo lo que le he permitido. No le he quitado ojo ni un momento: quería estar seguro de que podía alcanzarla si era necesario. Pero no creo que vuelva a hacer esa estupidez. Otra vez no.

Ya he empezado a subir las ramas y a meterlas en la cabaña. Las dejo en un montón, junto a la estufa. Ella me sigue adentro, deja en el suelo su carga y vuelve a bajar los escalones. No esperaba tanta cooperación. Se mueve más despacio que yo. Sigue teniendo el tobillo mal. Solo hace un día o dos que no la veo cojear. Nos rozamos al cruzarnos en los escalones y, sin pensarlo, me oigo decir «lo siento». No contesta.

Se cambia y cuelga la ropa mojada en una barra de cortina del cuarto de estar. Yo ya he entrado la ropa de fuera y la he colgado por toda la cabaña. Con el tiempo, el fuego ayudará a que se seque. Se nota humedad en la cabaña. Fuera, la temperatura ha bajado hasta los diez grados bajo cero. Hemos dejado la cabaña llena de huellas mojadas. Las ramas forman un charco en el suelo de madera. Le digo que vaya a buscar una toalla al baño y que seque lo que pueda. Lo demás se secará tarde o temprano.

Estoy preparando la cena. Ella se acerca en silencio a su silla y se queda mirando la lluvia por la ventana. Repiquetea en el tejado de la cabaña, un ra-ta-tá constante. Un pantalón mío que cuelga de la barra de la cortina le estorba la vista. La incertidumbre se apodera de la tierra, la niebla sofoca el mundo.

Se me cae un cacharro y se sobresalta, me mira con reproche. Hago mucho ruido, lo sé. No intento lo contrario. Los cacharros chocan con la encimera, los armarios se cierran de golpe. Mis pies aporrean el suelo. Las cucharas se me caen de las manos y resuenan al chocar con la encimera de color naranja oscuro. La cazuela puesta al fuego empieza a hervir, vertiendo agua sobre los fogones.

Cae la noche. Cenamos en silencio, agradecidos por el ruido de la lluvia. Miro por la ventana mientras la noche se apodera del cielo. Enciendo la lamparita y empiezo a echar ramas al fuego. Ella me observa por el rabillo del ojo, y yo me pregunto qué ve.

De pronto oigo un estrépito fuera y me pongo de pie de un salto.

—Shhh —siseo.

Pero ella no ha dicho ni una palabra. Echo mano de la pistola y la agarro con fuerza.

Me asomo a la ventana, veo que se ha volado la parrilla y respiro aliviado.

Se queda mirándome, observa cómo aparto las cortinas y miro hacia la explanada, por si acaso. Por si acaso hay alguien fuera. Dejo que se cierren las cortinas y vuelvo a sentarme. Ella sigue mirándome, contempla la mancha que llevo desde hace dos días en la sudadera, el vello oscuro del dorso de mis manos, la tranquilidad con que manejo la pistola, como si no sirviera para segar una vida.

La miro y pregunto:

—¿Qué?

Está arrellanada en esa silla, junto a la ventana. Tiene el pelo largo, ondulado. Las heridas de su cara están curando, pero todavía tiene una expresión de dolor en la mirada. Todavía siente la presión de la pistola contra su cabeza y sabe, mientras me mira desde tres metros de distancia, que solo es cuestión de tiempo que vuelva a amenazarla.

—¿Qué estamos haciendo aquí? —pregunta.

Es una pregunta forzada, llena de intención. Por fin ha reunido valor para preguntarlo. Ha querido saberlo desde el momento que llegamos aquí.

Suelto un suspiro largo y exasperado.

—No te preocupes por eso —digo pasado un rato. Una respuesta cualquiera para que se calle.

—¿Qué quieres de mí? —insiste.

Pongo cara de palo. No quiero nada de ella.

—Nada —contesto.

Atizo la leña del fuego. No la miro.

—Entonces deja que me marche.

—No puedo.

Me quito la sudadera y la dejo junto a la pistola, en el suelo, a mis pies. El fuego mantiene la cabaña caliente, por lo menos aquí. En el dormitorio hace frío. Ella duerme forrada, con calzoncillos largos, sudadera y calcetines, y aun así sigue tiritando mucho después de quedarse dormida.

Lo sé porque la he visto.

Pregunta otra vez qué quiero de ella. Porque está claro que *algo* quiero, dice. ¿Por qué, si no, iba a sacarla de mi apartamento para traerla aquí?

—Me contrataron para hacer un trabajo. Tenía que llevarte a

Lower Wacker. Dejarte allí, nada más. Se suponía que tenía que entregarte y desaparecer.

Lower Wacker Drive es la parte más baja de una calle con dos niveles en el Loop, un túnel que llega no sé hasta dónde.

Lo veo en su ojos: está confusa. Desvía los ojos, mira la noche oscura a través de la ventana.

Hay palabras que no entiende: *un trabajo*, *entregarte y desaparecer*. Le resultaba mucho más fácil creer que había sido al azar. Que un loco había decidido secuestrarla porque sí.

Dice que lo único que sabe de Lower Wacker es que a su hermana y a ella les encantaba pasar en coche por allí cuando eran pequeñas, cuando el túnel estaba iluminado por fluorescentes verdes. Es la primera cosa personal que me cuenta.

—No entiendo —dice, ansiosa por conseguir una respuesta.

—No conozco todos los detalles. Querían pedir rescate —digo.

Estoy empezando a cabrearme. No quiero hablar de eso.

—Entonces, ¿qué hacemos *aquí*? —Sus ojos me suplican una explicación. Me mira con una mezcla de completo desconcierto, altanería y frustración.

Es una buena pregunta, una pregunta de puta madre, pienso.

Antes de ir a por ella, la busqué en Internet. Sé unas cuantas cosas sobre ella, aunque piense que no sé una mierda. He visto fotos de su familia pija, con su ropa de diseño, con ese aspecto al mismo tiempo de ricos y de estirados. Sé cuándo nombraron juez a su padre. Sé que va a presentarse a la reelección, he visto noticias sobre él en Internet. Sé que es un capullo.

De tal palo, tal astilla.

Quiero decirle que se olvide de ese asunto. Que cierre la boca. Pero le digo:

—Cambié de idea. Nadie sabe que estamos aquí. Si lo supieran, nos matarían. A ti y a mí.

Se levanta y empieza a pasearse por la habitación. Sus pies pisan el suelo con ligereza, se rodea el cuerpo con los brazos.

—¿Quién? —pregunta en tono suplicante.

Esas palabras –«matarnos, a ti y a mí»– la dejan sin respiración. La lluvia arrecia más aún, si cabe. Se inclina para oír mi voz. Estoy mirando las planchas de madera del suelo de la cabaña. Evito sus ojos expectantes.

—No te preocupes por eso —respondo.

—¿Quién? —pregunta otra vez.

Así que le hablo de Dalmar. Más que nada para que se calle. Le hablo del día en que fue a buscarme y me dio una foto suya. Dijo que tenía que encontrarla y entregársela.

Me da la espalda y pregunta en tono acusatorio:

—*Entonces, ¿por qué no lo hiciste?*

Veo cómo el odio la cubre de la cabeza a los pies y pienso que debería haberlo hecho. Debería habérsela entregado a Dalmar y haber acabado de una vez. Ahora estaría en casa, con dinero suficiente para comprar comida y pagar las facturas y la hipoteca. No tendría que estar preocupándome por lo que he dejado atrás, preguntándome cómo irán las cosas en casa, cómo va a sobrevivir, cómo voy a arreglármelas con ella antes de marcharme. Me descubro pensando en eso continuamente. Me mantiene en vela por las noches. Cuando no estoy preocupándome por Dalmar o por la policía, estoy pensando en ella, en esa vieja casona, completamente sola. Si la hubiera entregado como tenía que hacer, todo esto habría acabado ya y solo tendría que preocuparme de que no me atrapara la policía. Pero, naturalmente, eso no es nada nuevo.

No respondo a su pregunta estúpida. No hace falta que lo sepa. No hace falta que sepa por qué cambié de idea, por qué la traje aquí.

Le digo, en cambio, lo que sé sobre Dalmar. No sé por qué lo hago. Supongo que es para que se dé cuenta de que esto va en serio. Para que se asuste. Para que vea que estar aquí, conmigo, es la mejor alternativa, la única alternativa.

Gran parte de lo que sé de Dalmar lo sé de oídas. Rumores acerca de que, según se cree, era uno de esos niños soldados africanos a los que lavan el cerebro y obligan a matar. Cuentan que dio una paliza a un empresario en una nave abandonada del lado oeste de la ciudad porque no podía pagar una deuda. Y que mató a un niño de nueve o diez años porque sus padres no pudieron pagar el rescate y que el propio Dalmar le pegó un tiro y mandó fotos a los padres para jactarse de ello.

—Estás mintiendo —dice, pero sus ojos se llenan de terror. Sabe que estoy diciendo la verdad.

—¿Cómo puedes estar tan segura? —pregunto—. ¿Tienes idea de lo que habría hecho ese tipo si te hubiera echado el guante?

Violarla y torturarla, por ejemplo. Tiene un escondite en Lawndale, una casa en South Homan en la que he estado una o dos veces. Supongo que es allí donde pensaba llevar a la chica. Una casa de ladrillo a cuya puerta se llega subiendo unos escalones rotos. Una moqueta manchada. Electrodomésticos arrancados de la pared cuando al último dueño lo desahuciaron. Manchas de humedad y moho en el techo y las paredes. Ventanas rotas cubiertas con papel film. Y ella en medio de una habitación, en una silla plegable, atada y amordazada. Esperando. Solo esperando. Mientras Dalmar y sus chicos se divierten un poco. Y supongo que, aunque el juez hubiera pagado el rescate, Dalmar habría ordenado a uno de sus muchachos que le pegara un tiro. Para librarse de las pruebas. Que la tirara a un contenedor en cualquier parte, o al río, quizá. Se lo digo y añado:

—Cuando te metes en uno de estos líos, ya no hay salida.

No dice nada. No habla de Dalmar, aunque sé que está pensando en él. Sé que tiene grabada en la mente la imagen de Dalmar disparando a un niño de nueve años.

GABE

ANTES

El sargento me da luz verde para publicar el retrato robot el viernes por la noche. El engranaje se pone en marcha. La gente empieza a llamar a la línea directa para decir que ha visto a nuestro fulano. Unos lo llaman Steve y otros Tom. Hay una señora que dice que cree que anoche coincidió con él en el metro, aunque no está del todo segura. (¿Iba acompañado de una mujer? No, iba solo). Hay un tipo que cree haber visto al fulano trabajando como conserje en su edificio de oficinas de la calle State, pero está convencido de que es hispano, y yo le aseguro que no lo es. Tengo a un par de novatos contestando al teléfono, intentando distinguir las pistas verdaderas de las que no llevan a ningún lado. Por la mañana, el resumen es este: o bien nadie tiene ni pajolera idea de quién es, o bien responde a tantos alias que podemos pasarnos el resto del año mandando a los novatos a seguir pistas falsas. Darme cuenta de ello me desanima. Puede que nuestro fulano tenga más experiencia de la que me gustaría.

Paso mucho tiempo pensando en él. Podría deducir un montón de cosas sobre él sin haberlo conocido, sin saber siquiera su nombre. No hay un único factor que haga que una persona tenga un comportamiento violento o antisocial. Es un cúmulo de cosas. Puedo deducir que, por su nivel socioeconómico, no cabe situarlo en el vecindario de los Dennett. Que no fue a la universidad, o que tiene problemas para encontrar un trabajo y mantenerlo. Que de niño no tuvo un vínculo sólido con ningún adulto. Puede que se sintiera excluido. Que hubiera una carencia de apego paterno. O problemas conyugales. Puede que lo maltrataran. Es probable que sus padres dieran poca importancia a la educación y que en su familia no abundara el afecto. Seguramente no lo arropaban por las noches, cuando se iba a la cama, ni le leían cuentos antes de dormir. Probablemente no frecuentaban la iglesia.

No necesariamente maltrataba a los animales de niño. Puede que fuera hiperactivo. Puede que le costara concentrarse. Puede que estuviera deprimido, que cometiera pequeños delitos o que mostrara una actitud antisocial.

Seguramente nunca tenía la sensación de estar al mando. No aprendió a ser flexible. No conoce la empatía. No sabe cómo resolver un conflicto sin lanzar un puñetazo o apuntar con la pistola.

He dado clases de sociología. Me he cruzado a lo largo de mi vida con muchos presidiarios cortados por el mismo patrón.

No necesariamente consumía drogas, pero puede que sí. No tiene por qué haber crecido en una barriada, pero cabe esa posibilidad. No tiene por qué haber formado parte de una banda, pero no me extrañaría que así fuera. Sus padres no necesariamente tenían una pistola.

Pero doy por sentado que no le prodigaban muchos abrazos. Su familia no rezaba antes de la cena. No iban de acampada, ni se sentaban juntos en el sofá a ver una película por las noches. Doy por hecho que nunca lo ayudaron a hacer los deberes de álgebra. Deduzco que, al menos una vez, alguien olvidó ir a recogerlo al colegio. Que, en algún momento de su vida, nadie prestaba atención a lo que veía en la tele. Y que se ha llevado más de una bofetada de alguien que debería habérselo pensado mejor. Alguien en quien confiaba.

Voy saltando de canal: los Bulls han tenido un mal día, los Badgers acaban de dar una paliza a Illinois. Hoy no voy a tener suerte con la tele. Antes de decidirme por *Es la gran calabaza, Charlie Brown*, hago una última pasada por los ciento y pico canales

(¿quién dice que el dinero no puede comprar la felicidad?) y da la casualidad de que me encuentro con la cara del juez Dennett, dando una conferencia de prensa en las noticias de las seis.

—¡Qué demonios..! —exclamo, subiendo el volumen para oírle.

Lo lógico sería que el detective a cargo de la investigación estuviera allí, en la conferencia de prensa, o al menos que estuviera al tanto de lo que iba a pasar. Pero en mi lugar está el sargento, que es amigo del juez Dennett desde que este trabajó en la oficina del fiscal del distrito, mucho antes de dedicarse al sector privado. Debe de ser agradable tener amigos en las altas esferas. La distinguida Eve aparece junto al juez, dándole la mano –estoy seguro de que lo han hablado de antemano, dado que nunca he visto ningún signo de cariño entre ellos–, con Grace a su lado, poniendo ojitos a la cámara como si este fuera su debut en la gran pantalla. El juez parece verdaderamente angustiado por la desaparición de su hija y no me cabe duda de que algún abogado o asesor político le habrá dicho lo que tiene que hacer y decir, hasta el más mínimo detalle: tomar de la mano a su esposa, por ejemplo, o hacer breves pausas y aparentar que se esfuerza por recobrar una compostura que yo, al menos, nunca le he visto perder. Es todo una farsa. Un periodista intenta hacer una pregunta, pero el portavoz de la familia lo ataja tomando la palabra mientras el juez y su familia son escoltados por la acera hasta el interior de su majestuosa casa. El sargento interviene lo justo para asegurar que tiene a sus mejores detectives trabajando en el caso, como si con eso fuera a aplacarme, y un instante después la imagen cambia a un estudio de Michigan Avenue donde un presentador resume brevemente el caso de Mia Dennett –el retrato robot de nuestro fulano aparece un momento en pantalla– antes de pasar al incendio de un rascacielos en South Side.

COLIN

ANTES

Odio hacer esto, pero no queda otro remedio. No me fío de ella.

Espero a que esté en el cuarto de baño y entonces entro con una cuerda. He pesando en la cinta aislante que compramos en Grand Marais, pero no hace falta. No hay nadie por estos contornos que vaya a oírla gritar.

—¿Qué haces?

Está de pie delante del lavabo, lavándose los dientes con el dedo. Se le llenan los ojos de terror con solo verme entrar sin su permiso en el baño, con la cuerda.

Intenta escapar, pero la agarro. Es fácil. Está muy frágil últimamente: ni siquiera intenta resistirse.

—No queda otro remedio —digo, y empieza a despotricar diciendo que soy un mentiroso y un gilipollas.

Le ato cada muñeca con la cuerda y luego ato la cuerda al pie del lavabo. Boy Scouts. Imposible que se desate.

Me aseguro de que la puerta de salida está bien cerrada antes de marcharme, y me voy.

Aprendí casi todo lo que sé sobre supervivencia en el monte cuando era pequeño. Mi profesor de cuarto curso era todo un líder, en una época en la que me importaba una mierda lo que los profesores pensaran de mí.

No sé cuántas insignias al mérito gané en los *scouts*: por tirar al arco, por hacer senderismo, por montar en canoa, por acampar, por pescar, por saber primeros auxilios... Aprendí a disparar con escopeta. A distinguir cuándo se acerca un frente frío. A sobrevivir en una ventisca. A hacer una fogata. Y también aprendí a hacer nudos: el de ocho doble, el de agua y el de seguridad. Nunca se sabe cuándo puedes necesitarlos.

Cuando tenía catorce años Jack Gorsky y yo intentamos escaparnos. Era un polaco que vivía en mi misma calle. Estuvimos fuera tres días. Llegamos hasta Kokomo antes de que nos encontrara la policía. Acampamos en un cementerio abandonado, junto a tumbas que debían de tener cien años. Nos encontraron borrachos: nos habíamos bebido la botella de vodka de la señora Gorsky que Jack había metido en la mochila antes de marcharse. Era marzo. Hicimos una fogata con unas maderas. Jack tropezó con una piedra y se desolló la rodilla. Yo, que llevaba un botiquín, se la vendé con las vendas y las gasas que había cogido de casa.

Una vez probé a ir de caza con Jack y su padre. Pasé la noche en su casa y me levanté a las cinco de la mañana. Nos vestimos con ropa de camuflaje y nos fuimos al bosque. Ellos iban muy profesionales, con todo el equipo: rifles y ballestas, prismáticos, gafas de visión nocturna, munición. Yo era el principiante, vestido con un chándal verde oscuro que compré en un Wal-Mart el día anterior. Jack y su padre llevaban ropa de combate, de cuando el señor Gorsky estuvo en la Guerra de Vietnam. El señor Gorsky vio un venado de cola blanca. Era precioso, el muy cabrón: un macho con una cornamenta de la que yo no podía apartar los ojos. Era la primera vez que iba de caza y el señor Gorsky pensó que me correspondía a mí pegar el primer tiro. Era lo más justo. Me agaché, me coloqué en posición, miré fijamente aquellos ojos negros que parecían desafiarme a que disparara.

—Tómate tu tiempo, Colin —me dijo el señor Gorsky. Yo estaba seguro de que veía cómo me temblaba el brazo, como una florecilla—. Tranquilo.

Fallé a propósito: asusté al ciervo para que se pusiera a salvo.

El señor Gorsky dijo que le pasaba a todo el mundo, que la próxima vez tendría más suerte. Jack me llamó nenaza. Entonces le tocó a él. Lo vi acertar a un cervatillo justo entre los ojos, delante de la madre, que vio morir a su cría.

La siguiente vez que me invitaron a acompañarlos les dije que estaba enfermo. Poco después a Jack lo mandaron a un correccional por amenazar a un profesor con la pistola de su padre.

Voy conduciendo por County Line Road, nada más pasar Trout Lake Road, cuando de pronto me doy cuenta de que podía seguir conduciendo y no parar. Dejar atrás Grand Marais, salir de Minnesota y llegar al río Grande. Tengo a la chica atada. Es imposible que salga de allí. No puede llamar a la policía y chivarse. Aunque consiguiera desatarse las manos, que no podrá, tardaría horas en llegar a pie a cualquier sitio habitado. Y para entonces yo ya estaría en Dakota del Sur o en Nebraska. La policía emitiría una orden de busca y captura, pero la chica solo sabe que me llamo Owen, así que, a no ser que se haya fijado muy bien en la matrícula de la camioneta, la jugada podría salirme bien. Barajo la idea, la posibilidad de abandonar esa cabaña de mierda y huir. Pero hay como un millón de cosas que podrían salir mal. Es posible que a estas alturas la policía ya sepa que tengo a la chica. Puede que hayan descubierto mi nombre. Puede que ya me hayan puesto en busca y captura. Puede que el propio Dalmar les haya ido con el chivatazo, por venganza, para tomarse la revancha.

Pero no es eso lo único que me impide seguir adelante. Veo a la chica atada al lavabo del baño, en medio del monte, en pleno invierno. Nadie la encontraría antes de que se muriera de hambre, antes de que llegara la primavera, cuando regresaran los turistas y se acercaran a la cabaña atraídos por el olor a carne putrefacta.

Esa es una de las cosas que hacen que no me aparte de mi plan. Uno de los muchos motivos que me impiden cortar por lo sano y huir, aunque quiera hacerlo. Aunque necesite hacerlo. Aunque sepa que cada día que me quedo es otro clavo en mi ataúd.

No sé cuánto tiempo paso fuera. Varias horas, como mínimo.

Cuando vuelvo, cierro de un portazo. Me presento en la puerta del baño con un cuchillo. Veo que la chica da un respingo, aterrorizada, pero no digo nada. Me agacho a su lado y corto la cuerda. Le tiendo una mano para ayudarla a levantarse. Pero me aparta de un empujón. Pierdo el equilibrio, me apoyo en la pared. Le flaquean las piernas. Se pasa los dedos por las marcas que le ha dejado la cuerda en las muñecas, rojas y despellejadas.

—¿Por qué has hecho esto? —pregunto, agarrándola de las manos para echarles un vistazo.

Ha estado todo el día sentada, intentando desatarse.

Me empuja todo lo fuerte que puede, que no es mucho. La agarro del brazo y paro el golpe. Noto que le duele cómo la agarro, pero no la suelto.

—¿Creías que iba a dejarte aquí? —pregunto. La aparto de mí de un empujón, alejándome de ella—. Tu cara no para de salir en la tele. No podía llevarte conmigo.

—La otra vez me llevaste.

—Ahora eres famosa.

—¿Y tú?

—Yo, a nadie le importa una mierda dónde esté.

—Mientes.

Me quedo en la cocina, sacando la compra. Las bolsas de papel vacías caen al suelo. Astillas para el fuego. Mira la nueva caña de pescar apoyada contra la puerta.

—¿Dónde has estado?

—Comprando toda esta mierda.

Estoy de mal humor. Empiezo a cabrearme. Meto de golpe las latas de comida en el armario, cierro de un portazo. Y entonces me paro. Dejo de guardar la compra el tiempo justo para mirarla. No pasa muy a menudo.

—Si quisiera matarte, ya estarías muerta. Ahí fuera hay un lago que está a punto de helarse. No te encontrarían hasta la primavera.

Mira por la ventana el lago gélido, en medio de la bruma de la tarde. Se estremece al pensar en su cuerpo sin vida sumergido bajo el agua.

Y entonces lo hago.

Meto la mano en el armario y saco la pistola. Se da la vuelta, dispuesta a huir. La agarro por el brazo y le pongo la pistola en las manos. A los dos nos sorprende. Sentir la pistola, notar su peso en las manos, la paraliza.

—Tómala —insisto. No la quiere—. ¡Coge la pistola! —grito.

La sujeta con manos temblorosas y casi se le cae al suelo. Le agarro las manos y la obligo a sostener la pistola. La obligo a poner el dedo en el gatillo.

—Ahí, justo ahí. ¿Lo notas? Así es como se dispara. Me apuntas y disparas. ¿Crees que te estoy mintiendo? ¿Crees que voy a hacerte daño? Está cargada. Solo tienes que apuntarme y disparar.

Se queda pasmada con la pistola en las manos, preguntándose qué demonios acaba de pasar. La levanta un segundo, pesa mucho más de lo que esperaba. Me apunta y me quedo mirándola, desafiante. «Dispara. Dispara el arma». Sus ojos se mueven asustados, sus manos tiemblan con el arma agarrada. No tiene valor para apretar el gatillo. Lo sé. Pero aun así no las tengo todas conmigo.

Estamos así veinte segundos, treinta, quizá más, hasta que por fin baja la pistola y sale de la habitación.

EVE

DESPUÉS

Me habla de su sueño. La Mia de antes no lo habría hecho. La Mia de antes nunca me contaba lo que le rondaba por la cabeza. Pero el sueño la inquieta de verdad, una pesadilla recurrente que, según cuenta, tiene noche tras noche desde hace no sé cuántos días y que siempre es igual, o eso dice Mia. Está sentada en una silla de jardín de plástico blanco, dentro del cuarto de estar diáfano de una cabañita. La silla está pegada a la pared, frente a la puerta que da al exterior, y ella está acurrucada, con las piernas envueltas en una manta rasposa. Está helada, tirita sin control y al mismo tiempo duerme profundamente. Su cuerpo agotado se inclina sobre el brazo de la silla. Lleva puesta una sudadera granate muy fea, con un somorgujo bordado en la pechera y las palabras *L'étoile du Nord* cosidas debajo.

En el sueño, se ve dormir. La oscuridad de la cabaña se cierra a su alrededor, asfixiándola. Siente congoja y otra cosa. Algo más. Miedo. Terror. Un mal presentimiento.

Cuando él le toca el brazo, da un respingo. Sus manos –me cuenta– están frías como el hielo. Nota la pistola en su regazo, pesándole sobre las piernas entumecidas por haber pasado toda la noche hecha un ovillo. Ha salido el sol: se cuela por las ventanas mugrientas, por las cortinas anticuadas, que siguen corridas. Agarra la pistola, le apunta con ella y echa hacia atrás el martillo. Tiene una expresión fría. No sabe nada de armas. Todo lo que sabe, dice, se lo ha enseñado él.

Nota la pistola pesada y aparatosa en las manos, que le tiemblan. Pero en el sueño siente también su determinación: podría dispararle. Podría hacerlo. Podría poner fin a su vida.

Está tranquilo, inmóvil. Parece descansado, aunque sus ojos muestran señales de sufrimiento: las cejas fruncidas, el pesimismo que denota su mirada fija. Está sin afeitar: con el paso de los días, el vello que empezaba a asomarle se ha convertido en un bigote y una barba. Acaba de levantarse de la cama. Tiene la cara cubierta de marcas de las sábanas, y el sueño aún se percibe en las comisuras de sus ojos. Tiene la ropa arrugada por haber dormido con ella puesta. Está de pie junto a la silla de jardín y hasta de lejos ella nota su mal aliento matutino.

—Chloe —dice con voz tranquilizadora.

Mia dice que su voz suena suave y sedante, y que aunque está segura de que los dos saben que podría arrancarle el arma de las manos trémulas y matarla, no lo intenta.

—He hecho huevos.

Y entonces Mia se despierta.

Me fijo enseguida en dos cosas: en las palabras *L'étoile du Nord* y en los huevos. Bueno, en eso y en el hecho de que Mia –apodada Chloe– es quien sujeta la pistola. Por la tarde, cuando está metida en su cuarto echando una de sus muchas siestas diarias, saco mi ordenador portátil. Abro un buscador y escribo esas palabras, que debería conocer de mis clases de francés en el instituto, hace un millón de años, y que sin embargo desconozco. Es uno de los primeros resultados que aparecen: la Estrella del Norte, el lema del estado de Minnesota. Naturalmente.

Si el sueño es un recuerdo y no un sueño, un vestigio del tiempo que pasó en *L'étoile du Nord*, entonces ¿por qué sostiene ella la pistola? Y lo que es quizá más importante, ¿por qué no la usó para disparar a Colin Thatcher? ¿Cómo acabó ese incidente? Quiero saberlo.

Pero, para tranquilizarme, me digo a mí misma que se trata solo de un sueño simbólico. Busco el significado de los sueños, concretamente de los huevos. Encuentro un diccionario de interpretación de los sueños y, al leer la definición, todo empieza a cobrar sentido. Me imagino a Mia en ese momento exacto, tendida en la cama, enroscada en posición fetal bajo las mantas. Ha dicho que no se encontraba bien cuando ha subido. No recuerdo cuántas veces la he oído decir lo mismo, y una y otra vez lo he achacado a la fatiga y el estrés. Ahora, en cambio, entiendo que quizá se trate de otra cosa. Se me paralizan los dedos sobre el teclado, empiezo a llorar. ¿Podría ser eso?

Dicen que los mareos matinales son hereditarios. Yo no paraba de vomitar en mis dos embarazos, sobre todo en el de Grace. He oído decir que con el primer hijo es peor, y es cierto. Pasé muchos días y muchas noches inclinada sobre el váter, vomitando hasta que solo me salía bilis. Estaba siempre cansada. Nunca había sentido un sopor como aquel. Me agotaba con solo abrir los ojos. James no lo entendía. Claro que no. ¿Cómo iba a entenderlo? Yo misma no lo entendí hasta que pasé por ello, y quise morirme una y mil veces.

Según el diccionario de interpretación de los sueños, soñar con huevos puede aludir a algo nuevo y frágil. A la vida en sus primeros estadios.

COLIN

ANTES

Me desperté temprano. Saqué la caña de pescar y me fui al lago con la caja de aparejos que había comprado en la tienda. Me había gastado una pequeña fortuna en utensilios de pesca: un barreno para abrir agujeros en el hielo y una espumadera para retirarlo, para cuando se hiele el lago. Aunque de todos modos no pienso estar tanto tiempo por aquí.

Ella se pone una sudadera. Sale al lago. Todavía tiene el pelo mojado del baño y el aire frío endurece las puntas. Hasta que llega ella, fuera todo está tranquilo. El sol está empezando a salir. Yo estoy distraído, intentando convencerme a mí mismo de que en casa todo va bien. Intentando calmar mi mala conciencia diciéndome que hay comida suficiente en la nevera y que no se ha caído y se ha roto una cadera. Y justo cuando empiezo a creerlo, me asalta un nuevo temor: haber olvidado poner la calefacción y que muera congelada, haber dejado la puerta de la calle abierta y que entre alguna alimaña. Entonces la razón interviene y aparecen las excusas: sí que encendí la calefacción. Claro que sí. Paso diez minutos viéndome a mí mismo programando la dichosa caldera a veinte grados centígrados.

Por lo menos el dinero debería haber llegado ya, dinero suficiente para que vaya tirando. Durante una temporada.

He traído una silla de jardín de la cabaña y estoy sentado, con una taza de café a mis pies. Miro la ropa que lleva la chica mientras se acerca al lago. Sus pantalones no impiden pasar el viento. No quedan hojas en los árboles que lo frenen. Agita su cabello helado alrededor de su cara. Se cuela por las perneras de sus pantalones chinos y por el cuello de su sudadera. Ya está tiritando.

Dejé puesta la calefacción. Claro que sí. A veinte grados.

—¿Qué haces aquí fuera? —pregunta—. Se te va a quedar el culo helado.

Y aun así se sienta sin que la invite en la orilla del lago. Podría decirle que vuelva a la casa, pero no lo hago.

El suelo está mojado. Recoge las piernas y se las rodea con los brazos para darse calor.

No hablamos. No hace falta. Está contenta de estar fuera.

La cabaña huele fatal, a moho o a humedad. Te perfora el olfato incluso después de tantos días, cuando ya deberíamos habernos acostumbrado. Dentro hace tanto frío como fuera. Tenemos que reservar toda la leña que podamos hasta el invierno. De momento solo encendemos la estufa por las noches. De día la temperatura en la cabaña debe de caer hasta los diez grados. Sé que ella nunca entra en calor aunque se forre de ropa. Aquí, tan al norte, el invierno es duro y cruel. No conocíamos un frío así. Dentro de unos días será noviembre, el último periodo de calma antes de la tormenta.

Un grupito de somorgujos comunes sobrevuela el lago rumbo al sur, los últimos que quedan tan al norte. A estas alturas del año son los polluelos los que se van, los que nacieron esta primavera y hasta ahora no habían cobrado suficientes fuerzas para el largo viaje. Los otros ya se marcharon.

Imagino que ella no ha pescado nunca, pero yo sí. Pesco desde que era niño. Sujeto la caña, con el cuerpo quieto. Observo la boya en la superficie del agua. Ella sabe al menos que debe mantener la boca cerrada. Sabe que el sonido de su voz ahuyentaría a los peces.

—Ten —le digo sujetando la caña entre las rodillas. Me quito la chaqueta, un gran impermeable con capucha, y se la paso—. Póntela, antes de que mueras congelada.

No sabe qué decir. Ni siquiera me da las gracias. No solemos hacerlo. Mete los brazos en las mangas, que le quedan enormes, y pasado un minuto deja de tiritar. Se sube la capucha y se resguarda del frío. Yo no tengo frío. Y si lo tuviera no lo reconocería.

Pica un pez. Me levanto y tiro del sedal para afianzar el anzuelo. Empiezo a enrollarlo, tirando del sedal para mantenerlo tenso. Ella se da la vuelta cuando un pez sale volando del agua, agitando la cola frenéticamente. Lo lanzo al suelo y observo cómo se retuerce hasta morir.

—Ya puedes mirar —digo—. Está muerto.

Pero no puede. No mira. No, hasta que mi cuerpo le tapa la escena. Me inclino sobre el pez y le saco el anzuelo de la boca. Luego pongo una lombriz en el anzuelo y le tiendo la caña a la chica.

—No, gracias —dice.

—¿Has pescado alguna vez?

—No.

—¿En tu ambiente no se enseñan esas cosas?

Sabe lo que pienso de ella. Que es una niña rica y mimada. Todavía no me ha demostrado lo contrario.

Me quita la caña de las manos. No está acostumbrada a que le digan lo que tiene que hacer.

—¿Sabes lo que tienes que hacer? —pregunto.

—Ya lo averiguaré —replica.

Pero no tiene ni idea, así que me veo obligado a ayudarla a lanzar el sedal. Se sienta en la orilla a esperar. Desea que los peces huyan. Yo me siento en mi silla y bebo café, frío ya.

Pasa el tiempo. No sé cuánto. Entro a por más café y a hacer pis. Cuando vuelvo, me dice que le sorprende que no la haya atado a un árbol. El sol ha salido y se esfuerza por caldear el día. Pero no sirve de nada.

—Considérate afortunada.

Un rato después, le pregunto por su padre.

Al principio se queda callada mirando el agua, completamente quieta. Se fija en las largas sombras de los árboles sobre el lago, en el gorjeo de los pájaros.

—¿Qué pasa con él? —pregunta.

—¿Cómo es? —digo yo, aunque en realidad ya lo sé. Solo quiero oírselo decir.

—No quiero hablar de eso.

Nos quedamos callados un momento. Entonces rompe el silencio.

—Mi padre creció siendo rico —dice—. Dinero añejo —añade, y entonces me lo cuenta: su familia paterna siempre ha tenido dinero. Desde hace generaciones. Tienen tanto que no saben qué hacer con él—. El suficiente para alimentar a un país pequeño —agrega. Pero no es eso lo que hacen: se lo quedan todo para ellos.

Me cuenta que su padre tiene una carrera prominente. Eso ya lo sé.

—La gente sabe quién es —dice—. Y a él se le ha subido a la cabeza. Su deseo insaciable de acumular más dinero lo ha convertido en un corrupto. No me extrañaría que aceptara sobornos, por ejemplo. Aunque nunca lo han pillado. La imagen lo es todo para él —explica, y luego me habla de su hermana, Grace. Dice que, al igual que su padre, es pretenciosa, superficial y hedonista.

Le lanzo una mirada. Grace no es la única a la que puede acusarse de eso. Ella también es hija de un cabrón muy rico. Le han servido la vida en bandeja de plata.

Sé más sobre ella de lo que le gustaría creer.

—Piensa lo que quieras —dice—. Pero mi padre y yo somos distintos.

Muy distintos, añade.

Me dice que nunca se han llevado bien. Ni cuando era pequeña, ni ahora.

—No hablamos mucho. De vez en cuando, pero es todo una farsa. Por si acaso alguien está pendiente de lo que pasa.

Grace, que es abogada, es la favorita de su padre.

—Es todo lo que yo nunca he sido —dice—. Su viva imagen. A mí mi padre no me pagó la carrera, pero a Grace sí: los cursos preparatorios y la facultad de Derecho. Le compró un piso en el

Loop, aunque podría habérselo pagado ella. Yo pago ochocientos cincuenta dólares al mes de alquiler y la mayoría de los meses acabo con la cuenta en descubierto. Le pedí a mi padre que hiciera una donación a la escuela en la que trabajo. Que creara una beca, quizá. Y él se rio. A Grace, en cambio, la puso a trabajar en un bufete de postín del centro. Les cobra a sus clientes más de trescientos dólares por hora de trabajo. Es probable que dentro de unos años la hagan socia. Es todo lo que mi padre siempre ha querido que fuera yo.

—¿Y tú?

—Yo soy *la otra*, la que comete errores que tiene que tapar.

Dice que a su padre nunca le ha interesado su vida. Ni siquiera cuando a los cinco años hacía una representación improvisada, o cuando a los diecinueve exhibieron por primera vez una obra suya en una galería de arte.

—En cambio, la sola presencia de Grace hace que cambie de humor. Es muy brillante, como él, y muy elocuente. Sus palabras están forjadas con eficiencia y no con ilusiones, como le gusta decir a mi padre. Como esas *grandes ilusiones* mías de llegar a ser una artista. O como la percepción *distorsionada* que mi madre tiene de la realidad.

Lo que me cabrea es que habla como si le hubiera tocado la china. Como si se hubiera llevado muchos palos en la vida. No tiene ni puta idea de lo que es tener mala suerte. Pienso en la caravana de color verde menta, de estar sentados fuera, en un refugio improvisado, en medio de una tormenta, viendo cómo nuestra casa salía volando.

—¿Se supone que tienes que darme lástima? —pregunto.

Un pájaro se pone a cantar. A lo lejos, otro le devuelve la llamada.

Su voz suena muy baja:

—No te he pedido que me tengas lástima. Me has hecho una pregunta. Te he dado una respuesta —afirma.

—Estás llena de autocompasión, ¿verdad?

—No, no es verdad.

—Siempre la víctima. —No le tengo compasión. Esta chica no tiene ni idea de lo que es la mala suerte.

—No —sisea, y me pone bruscamente la caña en las manos—. Tómala —dice. Se baja la cremallera de la chaqueta y se encoge al sentir el aire frío envolviéndola. Deja la chaqueta en el suelo, a mi lado. Yo la dejo ahí. No digo nada—. Me voy dentro.

Y pasa junto al pez muerto cuyos ojos la miran fijamente, con desdén, por haberlo dejado morir.

No ha avanzado ni seis metros cuando digo:

—¿Qué hay del rescate?

—¿Qué pasa con él? —replica. Se ha parado a la sombra de un árbol grande, con los brazos en jarras. El frío aire de octubre le arremolina el pelo alrededor de la cara.

—¿Tu padre lo habría pagado? —pregunto.

Si la odia tanto como ella cree, no habría pagado ni un centavo por recuperarla.

Se lo está pensando, lo sé. Es una pregunta condenadamente buena.

Si su padre no pagara el rescate, la habrían matado.

—Supongo que nunca lo sabremos —contesta, y se va.

Oigo sus pasos aplastando las hojas del suelo. Oigo el chirrido de la puerta mosquitera al abrirse a lo lejos. Y oigo su portazo. Sé que estoy solo.

GABE

ANTES

Conduzco por la calle bordeada de árboles más perfecta del mundo. Los arces rojos y los álamos amarillos cubren como un dosel la estrecha calle, esparciendo sobre ella sus hojas. Es demasiado temprano para que salgan los niños a pedir truco o trato: aún faltan una o dos horas para que esos pequeños malhechores salgan del colegio. Pero las casas millonarias los esperan refugiadas tras impecables jardines y praderas de césped a las que, a decir verdad, les vendría bien una pasada de la segadora, aunque por aquí nadie se atreva a cortar su propio césped. Están adornadas con balas de heno, mazorcas de maíz y calabazas perfectamente redondas, con el troncho intacto.

El cartero se está acercando al buzón de los Dennett cuando enfilo el camino de ladrillo. Aparco mi cochecito de mierda junto al sedán de la señora Dennett y lo saludo cordialmente con la mano, como si viviera aquí. Me acerco al buzón de ladrillo, más espacioso que mi cuarto de baño.

—Buenas tardes —digo sacando una mano para que me dé el correo de hoy.

—Buenas —contesta, y me pone un montón de cartas en la mano.

Hace frío aquí fuera. Y el cielo está gris. Siempre es así, cada día de Halloween que recuerdo. Las nubes grises descienden hasta que ya no puede uno distinguir entre cielo y tierra. Me meto el correo bajo el brazo y escondo las manos en los bolsillos mientras subo por el camino.

La señora Dennett tiene una forma peculiar de abrir la puerta cada vez que vengo. Lo hace con delectación, con la cara bañada en entusiasmo, hasta que me ve. Entonces la sonrisa desaparece. Sus ojos anchos se encogen. A veces suelta un suspiro.

No me lo tomo como algo personal.

—Ah —dice—, detective.

Cada vez que suena el timbre piensa que es Mia.

Lleva un delantal de color mostaza sobre un traje de yoga.

—¿Está cocinando? —pregunto, intentando contener las arcadas que me produce el olor. O está cocinando o un animalillo se ha colado en el sótano y se ha muerto.

—Lo estoy intentando. —Ya se ha alejado de mí, dejando la puerta abierta de par en par. Suelta una risa nerviosa mientras la sigo a la cocina—. Lasaña —dice mientras corta un taco de queso *mozzarella*—. ¿Alguna vez la ha hecho?

—Me especialidad son las *pizzas* congeladas —contesto dejando el correo sobre la isleta—. Se me ha ocurrido ahorrarle el viaje.

—Ah, gracias —dice, dejando el cortador de queso y cogiendo un «desglose de prestaciones» de su compañía aseguradora. Se aleja en busca de un abrecartas mientras, en la cocina, la salsa boloñesa empieza a quemarse.

Sé un par de cosas sobre la lasaña. De niño vi hacerla a mi madre un millón de veces. Se tropezaba conmigo en nuestra pequeña cocina mientras la acribillaba a preguntas («¿Ya está lista? ¿Ya está lista?») y jugaba con mis cochecitos Matchbox en el suelo de la cocina.

Encuentro una cuchara de madera en el cajón y remuevo la salsa.

—¿Qué estaba…? —pregunta distraídamente al volver a la cocina—. Ay, detective, no tiene por qué hacerlo —dice, pero le digo que no me importa.

Dejo la cuchara junto a la sartén. Ella sigue revisando el correo.

—¿Alguna vez ha visto tanta morralla? —me pregunta—. Catálogos. Facturas. Todo el mundo quiere nuestro dinero. ¿Había oído hablar alguna vez del... —Levanta el sobre para mirar más de cerca el nombre de la asociación benéfica— síndrome Mowat-Wilson?

—El síndrome Mowat-Wilson —repito—. No, creo que no.

—El síndrome Mowat-Wilson —dice dejando el sobre encima de un montón de correo que finalmente acaba en un organizador muy coquetón colgado de la pared.

Yo creía que los del síndrome Mowat-Wilson iban a acabar en el cubo del reciclaje. Pero no: resulta que quizá reciban un cheque.

—El juez Dennett debe de haber hecho algo especial para merecerse una lasaña —comento.

Mi madre hace lasaña constantemente. No hay nada de especial en ello. Pero supongo que para alguien como Eve Dennett una comida casera como esta debe de ser un raro manjar. Dependiendo, claro está, de que uno sobreviva a ella. Y, por la pinta que tiene, me alegro de que no me hayan invitado a quedarme. Soy un experto en estereotipos: seguro que la señora Dennett solo sabe preparar un plato. Probablemente, una receta de pollo. Y hasta puede que sepa poner a hervir agua. Nada más.

—No es para James —dice mientras se acerca a la cocina, detrás de mí.

La manga de una camiseta negra de licra me roza la espalda. Estoy seguro de que no lo nota. Pero yo sí. Todavía puedo sentirlo un segundo después de que se aleje. Echa un montón de cebolla en la sartén, que empieza a chisporrotear.

Sé que es el cumpleaños de Mia.

—Señora Dennett... —digo.

—No voy a hacerlo —promete, completamente absorta en remover la carne chamuscada, un verdadero vuelco de los acontecimientos teniendo en cuenta que dos segundos antes aparentaba que todo le daba igual—. No voy a llorar.

Y entonces me fijo en los globos: hay un montón por toda la

casa, de color verde lima y magenta. Por lo visto, son los favoritos de alguien.

—Es para *ella* —dice—. A Mia le encanta la lasaña. Cualquier tipo de pasta. Es la única que siempre se comía lo que yo cocinaba. No es que espere que aparezca. Sé que no va a pasar. Pero no he podido… —Deja que su voz se apague.

Desde atrás, veo temblar sus hombros, contemplo cómo la boloñesa absorbe sus lágrimas. Podría achacarlo a las cebollas, pero no lo hace. No la miro fijamente. Me distraigo con la *mozzarella*. Busca un diente de ajo y empieza a aplastarlo con la palma de la mano. No sabía que supiera hacer esas cosas. Por lo visto, resulta asombrosamente terapéutico. El ajo acaba en la sartén y ella empieza a sacar tarros de especias –albahaca e hinojo, sal y pimienta– de un armario y los deja de golpe sobre la encimera de granito. El salero acrílico roza el borde de la encimera y cae al suelo de tarima. No se rompe, pero la sal se derrama. Nos quedamos mirando el montoncillo de cristales blancos, pensando los dos lo mismo: mala suerte. ¿Son siete años? No lo sé. Aun así, insisto:

—El hombro izquierdo.

—¿Seguro que no es el derecho? —pregunta.

Hay una nota de pánico en su voz, como si el pequeño percance de la sal pudiera decidir que Mia vuelva o no a casa.

—El izquierdo —contesto, seguro de que tengo razón, pero para apaciguarla añado—: Qué demonios, ¿y si se echa un poco por los dos? Así se asegura de acertar.

Me hace caso y se limpia las manos con el delantal. Yo me agacho para recoger el salero, y ella para recoger los restos de la sal con la palma de la mano. Sucede en un instante: antes de que nos demos cuenta, nuestras cabezas han chocado. Se lleva una mano a la frente. Me descubro tendiéndole el brazo. Le pregunto si está bien y le digo que lo siento. Nos levantamos y por primera vez se echa a reír.

Dios mío, es preciosa, aunque se ría inquieta, como si pudiera romper a llorar en cualquier momento. Una vez salí con una chica que era bipolar. Tenía arrebatos de euforia durante los cuales le daban ganas de comerse el mundo, y un minuto después estaba tan deprimida que a duras penas conseguía levantarse de la cama.

Me pregunto si el juez Dennett habrá abrazado alguna vez a su mujer –una sola vez desde que ocurrió todo esto– y le habrá dicho que todo va a salir bien.

Cuando se calma le digo:

—¿Se imagina que Mia volviera a casa? Esta noche. Si se presentara en la puerta y no hubiera *nada* esperándola.

Sacude la cabeza. No se lo imagina.

—¿Por qué se hizo usted detective? —pregunta.

No hay ningún misterio en ello. Es casi embarazoso.

—Me nombraron para el puesto porque por lo visto soy un buen policía. Pero me hice policía porque tenía un amigo en la universidad que quería ir a la academia. Y, como no tenía nada mejor que hacer, seguí su ejemplo.

—Pero ¿le gusta su trabajo?

—Sí, me gusta mi trabajo.

—¿No es deprimente? Yo casi no puedo ver las noticias por la noche.

—Tiene sus días malos —contesto, pero me pongo a enumerar todas las cosas buenas que se me ocurren: cerrar un laboratorio de metanfetamina, encontrar a un perro perdido, pillar a un chaval que ha ido a clase con una navaja escondida en la mochila—. Encontrar a Mia —concluyo y, aunque no lo digo en voz alta, pienso para mis adentros que si consigo encontrarla y traerla a casa, si puedo despertar a la señora Dennett de esta horrible pesadilla en la que está atrapada, mi trabajo merecerá la pena. Eso compensaría todos los casos abiertos y sin resolver, todos los crímenes que suceden a diario en el mundo.

Vuelve a concentrarse en su lasaña. Le digo que quería hacerle unas preguntas sobre Mia. La veo extender la pasta, el queso y la carne en una fuente, y hablamos de la chica cuyas fotografías aparecen como por arte de magia dispersas por la casa, más abundantes cada vez que visito la casa.

Mia en su primer día de colegio, sonriendo sin la mitad de los dientes.

Mia con un enorme chichón en la cabeza.

Mia con unas piernecillas flacuchas asomando por el bañador y unos manguitos en los brazos.

Mia arreglándose para el baile de promoción del instituto.

Hace dos semanas, nadie habría adivinado que Grace Dennett tenía una hermana pequeña. Ahora es como si fuera la única presencia en esta casa.

COLIN

ANTES

Cuento con la ventaja de tener un reloj que indica la fecha. Sin él, estaríamos los dos perdidos.

No lo hago a primera hora de la mañana. Hace más de veinticuatro horas que ella no me habla. Está mosqueada porque le haya preguntado por su familia, y aún más por haberse ido de la lengua. No quiere que sepa nada de ella, aunque sé bastante.

Espero a que acabemos de desayunar. Espero a que comamos. Dejo que siga enfurruñada. Se pasea por la cabaña compadeciéndose a sí misma. Hace mohines. No se le pasa por la cabeza que a mí también me gustaría estar en un millón de sitios antes que aquí. Se cree que esto es una desgracia solo para ella.

No soy muy dado a hacer grandes gestos. Espero a que haya acabado de fregar los platos de la comida. Se está secando las manos con el paño de cocina cuando lo dejó caer, más o menos, sobre la encimera, a su lado.

—Eso es para ti.

Mira el cuaderno que hay en la encimera. Un cuaderno de dibujo. Y diez portaminas.

—No hay más minas, así que no los uses todos a la vez.

—¿Qué es esto? —pregunta tontamente. Sabe lo que es.

—Algo para que pases el rato.

—Pero... —empieza a decir. No acaba enseguida. Coge el cuaderno y pasa una mano por la portada. Hojea las páginas en blanco—. Pero... —balbucea. No sabe qué decir. Ojalá no diga nada. No hace falta que diga nada—. Pero... ¿por qué?

—Es Halloween —digo a falta de una respuesta mejor.

—Halloween —masculla en voz baja. Sabe que no se trata solo de eso. No todos los días cumple uno veinticinco años—. ¿Cómo lo sabes?

Le enseño mi secreto: el pequeño número 31 del reloj de pulsera que le robé a no sé qué imbécil.

—¿Cómo sabías que es mi cumpleaños?

Pasé un tiempo buscando información en Internet antes de llevármela, esa es la verdad. Pero no quiero decírselo. No hace falta que sepa que estuve siguiéndole la pista días antes del secuestro, siguiéndola al trabajo y de vuelta a casa, espiándola por la ventana de su dormitorio.

—Investigación.

—Investigación.

No me da las gracias. Ese tipo de expresiones *–por favor, gracias, lo siento–* son señales de paz y aún no estamos en ese punto. Puede que nunca lleguemos a él. Se abraza al cuaderno. No sé por qué lo he hecho. Estaba harto de verla mirar por la maldita ventana, así que me gasté cinco dólares en papel y lápices y por lo visto le he alegrado el día. No venden cuadernos de dibujo en las tiendas de por aquí, así que tuve que ir en coche a una librería de Grand Marais mientras estaba atada al lavabo del baño.

EVE

ANTES

Organizo una fiesta por su cumpleaños, por si acaso. Invito a James y a Grace y a mi familia política: los padres de James y sus hermanos, con sus esposas e hijos. Me acerco al centro comercial a comprar regalos que sé que le encantarían. Ropa, en su mayor parte: esas blusas anchas y vaporosas que le gustan, un jersey de cuello vuelto y algunas piezas de bisutería de esas grandes y aparatosas que llevan las chicas de hoy en día. Ahora que Mia ha salido en las noticias de la tele, casi no puedo salir de casa sin que la gente quiera saber qué pasa. En el supermercado, las mujeres me miran con curiosidad. Cuchichean a mis espaldas. Prefiero a los desconocidos antes que a los vecinos y los amigos, que quieren *hablar* de ello. No puedo hablar de Mia sin echarme a llorar. Cruzo a toda prisa el aparcamiento para evitar las unidades móviles de televisión que han empezado a seguirnos. En el centro comercial, la dependienta mira mi tarjeta de crédito y, al ver que me llamo Dennett, pregunta si tengo algo que ver con la chica que sale en la tele. Le miento y finjo no saber nada de ese asunto, porque no puedo explicarlo sin alterarme.

Envuelvo los regalos, los apilo y les pongo una gran cinta roja. Hago tres fuentes de lasaña y compro varias hogazas de pan italiano para hacer pan con ajo. Preparo una ensalada y compro en la pastelería una tarta recubierta de crema de mantequilla y chocolate. Su favorita. Compro veinticinco globos en el supermercado y los distribuyo por la casa. Coloco la infame pancarta de *Feliz Cumpleaños* que colgamos siempre desde que las niñas eran pequeñas y pongo *jazz* relajante en el equipo de música.

No viene nadie. Grace dice que tiene una cita con el hijo de un socio, pero no me lo creo. Aunque no se atreva a reconocerlo, últimamente está con el alma en vilo. Sabe que, aunque dijera que esto no es más que una estratagema para llamar la atención, seguramente se trata de otra cosa. Pero, como es propio de ella, se desentiende de la situación en lugar de reconocer lo que ocurre. Aparenta tranquilidad, como si no le afectara lo que le ha pasado a Mia, pero yo noto por el sonido de su voz cuando hablamos –cuando se le escapa el nombre de Mia y se detiene un instante para paladearlo– que está verdaderamente afligida por la desaparición de su hermana.

James se empeña en que no puedo organizar una fiesta si la invitada de honor está ausente. De modo que ha llamado a sus padres y a Brian y a Marty a mis espaldas para decirles que era todo una farsa, que no había fiesta. Pero no me lo ha dicho. No me lo dice hasta las ocho, como mínimo, cuando por fin llega del trabajo y pregunta mirando la comida desplegada sobre la isleta de la cocina:

—¿Por qué demonios hay tanta lasaña?

—Por la fiesta —contesto ingenuamente. Quizá solo lleguen tarde.

—No hay ninguna fiesta, Eve —responde.

Se sirve una copa como hace siempre, pero antes de retirarse a su despacho como todas las noches se para de repente y me mira. Es algo que no suele hacer: mirarme de verdad. Tiene una expresión inconfundible: la mirada culpable, los pliegues de la piel, la boca tirante. Se percibe en el timbre de su voz, en su forma de hablar, serena y cómplice.

—¿Te acuerdas de cuando cumplió seis años? —pregunta, y me acuerdo, en efecto.

Esta mañana me senté a mirar fotografías: todas esas fiestas de cumpleaños que pasaron en un abrir y cerrar de ojos.

Lo que me sorprende es que se acuerde él.

Asiento con la cabeza.

—Sí —digo—. Fue el año que quería un perro.

Un dogo del Tíbet, para ser exactos: un fiel perro guardián con un montón de pelo que por lo general pesa más de cuarenta y cinco kilos. No habría perro. James se lo dejó muy claro. Ni ese cumpleaños, ni nunca. Mia reaccionó llorando y poniéndose histérica, y James, que normalmente habría hecho caso omiso del berrinche, se gastó una fortuna en un dogo tibetano de peluche que hubo que encargar especialmente a una juguetería de Nueva York.

—Creo que nunca la he visto tan feliz —dice, recordando cómo se abrazó al peluche de noventa centímetros juntando las manos como un candado.

Entonces empiezo a entenderlo: está preocupado. Por primera vez, James está preocupado por nuestra hija.

—Todavía tiene ese perro —le recuerdo—. Arriba, en su cuarto —añado, y dice que lo sabe.

—Todavía puedo verla —reconoce—. Todavía veo su alborozo cuando entré con el perro escondido a la espalda.

—Le encantó —digo, y sin decir nada más entra en su despacho y cierra solemnemente la puerta.

Me he olvidado por completo de comprar golosinas de Halloween para los niños del vecindario. El timbre no para de sonar en toda la tarde y, confiando tontamente en que sean mis suegros o mis cuñados, abro cada vez. Al principio soy la loca que reparte calderilla sacada de una hucha, pero al final del día corto la tarta y voy repartiendo porciones. Los padres que no saben lo que pasa me miran mal, y los que sí están al tanto me examinan con lástima.

—¿Alguna noticia? —pregunta una vecina, Rosemary Southerland, que viene a pedir truco o trato con sus nietecitos, demasiado pequeños para llamar solos al timbre.

—No, ninguna —respondo con lágrimas en los ojos.

—Estamos rezando por vosotros —me dice mientras ayuda a Winnie de Puh y a Tiger a bajar los escalones.

—Gracias —contesto, aunque estoy pensando: «Para lo que sirve…».

COLIN

ANTES

Le digo que puede salir. Es la primera vez que la dejo salir sola.

—Quédate donde pueda verte —le digo.

Estoy tapando las ventanas con forro de plástico para el invierno. Llevo todo el día con ello. Ayer sellé todas las puertas y las ventanas con silicona. Anteayer aislé las cañerías. Me pregunta por qué lo hago, y la miro como si fuera idiota.

—Para que no revienten —contesto.

No es que piense quedarme aquí a pasar el invierno. Pero hasta que se me ocurra una alternativa mejor, no tenemos elección.

Se para delante de la puerta. Lleva agarrado el cuaderno de dibujo.

—¿Tú no vienes?

—Ya eres mayorcita —le digo.

Sale y va a sentarse en medio de los escalones. Miro por la ventana. Más le vale no tentar a la suerte.

Anoche nevó, solo un poco. El suelo está cubierto de pinochas pardas y champiñones que pronto se morirán. En el lago se han formado placas de hielo. Nada muy sólido. A mediodía se habrá derretido. Un indicio de que pronto llegará el invierno.

Ella sacude la nieve del escalón, se sienta y despliega el cuaderno de dibujo sobre sus rodillas. Ayer salimos juntos a sentarnos junto al lago. Pesqué una trucha mientras ella dibujaba una docena de árboles con líneas como andrajosos jirones que salían de la tierra.

No sé cuánto tiempo estoy mirándola por la ventana. No es que crea que vaya a escaparse: ya sabe que no le conviene intentarlo. Pero aun así la miro. Veo cómo su piel se enrojece con el frío. Cómo se agita su pelo movido por la brisa. Se lo sujeta detrás de la oreja, confiando en retenerlo, pero no sirve de nada. No a todas las cosas les gusta que las retengan. Veo moverse sus manos sobre la página. Rápidamente. Con soltura. Se siente con un lápiz y un papel igual que yo con una pistola: al mando de la situación. Solo en esas ocasiones se siente completamente segura de sí misma. Es esa seguridad lo que me mantiene pegado a la ventana, en guardia pero también hipnotizado. Me imagino su cara, la expresión que no veo cuando me da la espalda. Su mirada no es tan dura como de costumbre.

Abro la puerta y salgo. Se cierra de golpe y la asusta. Se vuelve para ver qué diablos quiero. En el papel, ante ella, hay un lago: sus olitas se deslizan por la superficie en un día ventoso. Hay varios gansos encaramados a una sutil placa de hielo.

Intenta hacer como que no estoy aquí, pero yo sé que mi presencia le impide hacer otra cosa que no sea respirar.

—¿Dónde aprendiste a hacer eso? —pregunto mientras echo un vistazo a las ventanas y las puertas exteriores, en busca de goteras.

—¿A hacer qué? —Pone las manos encima del dibujo para que no lo vea.

Dejo lo que estoy haciendo.

—A patinar sobre hielo —replico sarcásticamente—. ¿A qué cojones crees que me refiero?

—Aprendí sola —contesta.

—¿Así, porque sí?

—Sí, supongo.

—¿Por qué?

—¿Y por qué no?

Pero de todos modos me cuenta que hay dos personas a las que tiene que agradecerles su *talento artístico*: una profesora de instituto y Bob Ross. No sé quién es Bob Ross, así que me lo dice. Dice que solía colocar sus pinturas y su caballete delante de la tele para pintar con él. Su hermana le decía que no tenía vida. Que era una fracasada. Su madre fingía no oírlo. Dice que empezó a dibujar muy pronto, cuando podía esconderse en su cuarto con un libro de colorear y unas ceras.

—No está mal —digo. Pero no miro el dibujo, ni a ella. Estoy raspando la silicona roñosa de la ventana. Cae al porche, al lado de mis pies: trocitos de silicona blanca que se amontonan en el suelo.

—¿Cómo lo sabes? —pregunta—. No has mirado.

—Sí que he mirado.

—No —dice—. Sé reconocer la indiferencia cuando la tengo delante. Me he pasado toda la vida mirándola.

Suspiro y mascullo una maldición en voz baja. Sus manos siguen tapando el dibujo.

—¿Qué es, entonces? —pregunta.

—¿Qué demonios quieres decir?

—¿Qué he dibujado?

Dejo lo que estoy haciendo y miro a los gansos, a lo lejos. Se van, uno a uno.

—Eso —digo, y me deja en paz. Paso a otra ventana.

—¿A qué vino esto? —pregunta levantando el cuaderno.

Me detengo el tiempo justo para mirarla. Ataco la silicona con saña y sé lo que está pensando: «mejor la silicona que yo».

—¿Por qué cojones haces tantas preguntas? —gruño, y se queda callada.

Empieza a dibujar el cielo, nubes bajas en estratos que se deslizan justo por encima de la tierra. En algún momento digo:

—Para no tener que hacerte de niñera. Para que te callaras y me dejaras en paz.

—Ah —dice. Se levanta y entra en la cabaña.

Pero no es toda la verdad.

Si hubiera querido que me dejara tranquilo, habría comprado más cuerda para atarla al lavabo del baño. Si hubiera querido que se callara, habría usado cinta aislante.

En cambio, si hubiera querido expiar mi culpa, le habría comprado ese cuaderno de dibujo.

Cuando era pequeño, cualquiera podría haber adivinado que iba a acabar así. Siempre me estaba metiendo en líos. Por apalear a niños, por encararme con los adultos. Por suspender y hacer novillos. En el instituto, la orientadora le aconsejó a mi madre que me llevara al psicólogo. Dijo que tenía problemas para gestionar mi ira. Mi madre le contestó que, si ella hubiera pasado por lo que había pasado yo, también estaría enfadada.

Mi padre se largó cuando yo tenía seis años. Se quedó el tiempo suficiente para que me acuerde de él, pero no para cuidarnos a mí y a mi madre. Me acuerdo de las peleas. No solo había gritos, también se pegaban y se tiraban cosas. El ruido de los cristales rotos cuando fingía dormir por las noches. Los portazos y los insultos gritados a pleno pulmón. Me acuerdo de las botellas de cerveza vacías y de las chapas que seguían apareciendo en los bolsillos traseros de los pantalones de mi padre aunque dijera que hacía siglos que no bebía.

En el colegio me metía en peleas. Mandé a la mierda a mi profesor de matemáticas por decir que nunca llegaría a nada. Le dije a la profesora de biología del instituto que se fuera a tomar por culo porque creía que podía ayudarme a aprobar su asignatura.

No quería que nadie se preocupara por mí.

Di con esta vida por accidente. Estaba fregando platos en un restaurante pretencioso de la ciudad. Me manchaba las manos con las sobras de otros, me escaldaba con el agua caliente cuando apilaba los platos limpios recién salidos del lavavajillas. Me quemaba los dedos, el sudor me chorreaba de la frente. Y todo por el salario mínimo y una parte de las propinas de las camareras. Pregunté si podía hacer horas extra. Les dije que andaba justo de dinero. Mi jefe contestó:

—Igual que todos.

El negocio flojeaba, pero sabía dónde podían hacerme un préstamo. No se trataba de un banco. Pensé que podía arreglármelas. Que podía pedir un poco de dinero prestado y devolverlo con la próxima paga, pero las cosas no salieron así. Ni siquiera pude pagar los intereses. Hicimos un trato. No sé qué pez gordo debía diez veces más que yo. Si conseguía que pagara, estaríamos en paz. Así que me presenté en la casa de aquel tipo en Streeterville, até a su mujer y a su hija a las sillas antiguas de su comedor y, apuntando con una pistola prestada a la cabeza de la mujer, lo vi sacar los tiesos billetes de una caja fuerte escondida detrás de una reproducción de *Los nenúfares* de Monet.

Así fue como empecé.

Unas semanas después Dalmar dio conmigo. Yo nunca lo había visto en persona. Estaba en un bar, a lo mío, cuando entró. Yo era el chico nuevo del barrio, su juguete. Todo el mundo parecía tener algo contra mí. Así que, cuando Dalmar me dijo que un tío le había robado algo, no tuve más remedio que ir a recuperarlo. Me pagó generosamente. Podía pagar el alquiler. Cuidar de mamá. Comer.

Pero con cada dólar que ganaba tenía la certeza de que ya no era dueño de mí mismo: que pertenecía a otra persona.

Cada día se aleja un poco más de la cabaña. Un día baja al pie de los escalones. Otro, sus pies tocan la hierba. Hoy avanza por la tierra, sabiendo que estoy sentado junto a la ventana, vigilándola. Se sienta en el suelo frío y duro y se entumece mientras dibuja. Me imagino cómo la oprime el aire, lo rígidos que se le quedan los dedos. No veo qué está dibujando, pero me lo imagino: corteza y ramas, lo que queda de los árboles ahora que las hojas han desaparecido por completo. Dibuja árbol tras árbol. No malgasta ni una pulgada de su querido papel.

Cierra el cuaderno y echa a andar hacia el lago, donde se sienta en la orilla, sola. La veo buscar piedras y lanzarlas intentando que reboten en el agua. Todas se hunden. Deja que sus pies la lleven por la orilla del lago. No muy lejos. Unos metros más allá, hasta un lugar en el que no había estado hasta entonces.

No es que crea que vaya a marcharse. Es que de repente no quiero estar solo en la cabaña. Se vuelve al oír el crujido de las hojas a su espalda. Avanzo con paso firme hacia el lago, las manos metidas en los bolsillos de los vaqueros, el cuello hundido en la chaqueta astrosa.

—¿Vienes a vigilarme? —pregunta impasible antes de que llegue.

Me paro a su lado.

—¿Hace falta que lo haga?

Nos quedamos el uno junto al otro sin decir nada. Mi chaqueta roza su brazo y se aparta. Me pregunto si podría captar esto. Esta escena. En su cuaderno de dibujo. La forma del lago azul y las hojas esparcidas por el suelo. Los pinos de color verde oscuro y los abetos. El cielo inmenso. ¿Podría pintar el viento fustigando los esqueletos de los árboles? ¿Podría dibujar el aire frío que muerde nuestras manos y nuestras orejas hasta hacerlas arder?

Empiezo a alejarme.

—Quieres caminar, ¿no? —pregunto al ver que no me sigue. Sí—. Entonces, vamos —digo.

Voy siempre dos pasos por delante de ella. Entre nosotros no hay más que aire muerto.

No sé cómo es de grande este lago. Pero es grande. No sé qué profundidad tiene en su punto más hondo. No sé cómo se llama. La ribera es abrupta, con salientes rocosos que se asoman al agua. Los abetos llegan justo hasta la orilla. No hay playa. Rodean todo el perímetro del lago, apiñados, forcejeando entre sí por tener la mejor vista.

Las hojas crujen bajo nuestros pies como trocitos de corcho blanco. Ella se esfuerza por no perder el equilibrio al pisar el terreno escarpado. Yo no la espero. Seguimos así un rato largo, hasta que ya no vemos la cabaña entre los árboles. Estoy seguro de que la están matando los pies, calzada con esos zapatos absurdos, los que llevaba puestos cuando nos marchamos. Elegantes zapatos de trabajo. Pero el aire frío y el ejercicio sientan bien. Es un cambio, después de estar tanto tiempo en la cabaña, compadeciéndonos de nosotros mismos.

Pregunta algo pero no la oigo. Espero a que me alcance.

—¿Qué? —pregunto bruscamente. No me gusta charlar.

—¿Tienes hermanos?

—No.

—¿Y hermanas?

—¿Es que siempre tienes que *hablar*? —pregunto.

Pasa a mi lado y se adelanta.

—¿Y tú siempre tienes que ser tan borde? —pregunta.

No digo nada. Así son nuestras conversaciones.

Al día siguiente vuelve a salir, se pasea sin rumbo fijo por la explanada. No es tan tonta como para irse donde no la vea. Todavía no, porque sabe que perdería este privilegio.

La asusta lo desconocido. Dalmar, quizá, o lo que le haría yo si intentara escapar. Es el miedo lo que la mantiene dentro de mi campo de visión. Podría echar a correr, pero no tiene dónde ir.

Tiene la pistola. Podría dispararme. Claro que todavía no ha descubierto cómo disparar el maldito chisme. Por lo que a ella respecta, merece la pena tenerme cerca solo por eso.

Pero ahora que tiene la pistola, ya no tengo que oírla rezongar. De momento está contenta. Puede salir y quedarse congelada. Puede pasarse todo el santo día pintando vete tú a saber qué.

Vuelve antes de lo que esperaba. Lleva en los brazos un gato sucio. No es que yo odie los gatos. Es que tenemos poca comida. Y poca calefacción. Aquí no hay sitio para dos, y menos aún para tres. Además, no me gusta compartir.

Sus ojos me suplican «por favor».

—Si vuelvo a ver ese gato por aquí —le digo—, le pego un tiro.

No estoy de humor para hacer de buen samaritano.

GABE

ANTES

Después de esperar una eternidad, o eso me ha parecido –en realidad fueron unas tres semanas–, por fin tenemos una buena pista: una mujer india que vive en una torre de Kenmore está convencida de que nuestro fulano es vecino suyo. Por lo visto ha estado fuera un tiempo y es la primera vez que ve su cara en televisión.

Así que cojo refuerzos y me voy otra vez al centro. La torre está en Uptown. No es el mejor barrio de la ciudad, está claro, pero tampoco el peor. Nada de eso. Es una mezcla de gente que no puede permitirse vivir en las zonas más elegantes, como Lakeview o Lincoln Park, y un ecléctico batiburrillo de hombres y mujeres que acaban de bajarse del barco. Un vecindario muy diverso. Las calles están bordeadas de restaurantes étnicos, y no solo chinos o mexicanos, sino también marroquíes, vietnamitas y etíopes. A pesar de su diversidad, casi la mitad de la población de Uptown sigue siendo blanca. Es relativamente seguro pasear por la calle de noche. El barrio es famoso por su vida nocturna, sus bares y sus teatros históricos. Muchos nombres conocidos han viajado hasta Uptown para actuar delante de don nadies como yo.

Encuentro el edificio de apartamentos y aparco en doble fila: no pienso regalarle ni un centavo más al ayuntamiento de Chicago por aparcar el coche. La agente que me acompaña y yo entramos y tomamos el ascensor hasta el apartamento en cuestión. Nadie contesta y la puerta está cerrada con llave. Cómo no. Así que le pedimos a la casera que nos deje entrar. Es una señora mayor que camina renqueando a nuestro lado y se niega a dejarnos la llave.

—En estos tiempos no puede una fiarse de nadie —dice.

Nos comenta que el apartamento lo tiene alquilado una mujer llamada Celeste Monfredo. Ha tenido que mirarlo en sus archivos. No sabe nada de ella, aparte de que paga sin falta el alquiler.

—Pero puede que lo tenga subarrendado, claro.

—¿Cómo podemos averiguarlo? —pregunto.

Se encoge de hombros.

—No podemos. Los inquilinos tienen que pagar una penalización si quieren dejar el alquiler o, si no, subarrendar sus pisos.

—¿No hay papeleo? —Yo no puedo ni comprar una aspirina en la farmacia sin que me pidan la documentación.

—Yo no guardo ninguno. Los arrendatarios tienen que pagar el alquiler. Si pasa algo, es problema suyo. No mío.

Le cojo la llave de las manos y abro la puerta. La casera consigue abrirse paso para entrar a nuestro lado. Tengo que pedirle más de una vez que no toque nada.

No estoy seguro de qué es lo que me llama antes la atención, si una lámpara volcada, que la luz esté encendida en pleno día o que el contenido del bolso de una mujer esté esparcido por el suelo. Me saco del bolsillo un par de guantes de látex y recorro el apartamento. Hay una montón de correo en la encimera de la cocina, metido debajo de un libro de la biblioteca que ya deberían haber devuelto. Echo un vistazo a las direcciones: todas las cartas van dirigidas a un tal Michael Collins, a un apartado de correos de la ciudad. Mi compañera se enfunda unos guantes y se acerca al bolso. Se agacha y encuentra una cartera y, dentro, un permiso de conducir.

—Mia Dennett —dice en voz alta, aunque los dos sabemos, naturalmente, a quién pertenece.

—Quiero los registros de llamadas —digo—. Y las huellas

dactilares. Y hay que interrogar a los vecinos. De todos los pisos. ¿Hay cámaras de seguridad? —le pregunto a la casera. Dice que sí—. Necesito todo lo que tenga desde el uno de octubre.

Examino la pared: cemento. Nadie habrá oído lo que haya pasado dentro de esta habitación.

COLIN

ANTES

Quiere saber cuánto me han pagado por esto. Hace demasiadas preguntas.

—No me pagaron nada —le recuerdo—. Me pagan cuando termino un trabajo.

—¿Cuánto te ofrecieron?

—Eso no es asunto tuyo —contesto.

Estamos en el cuarto de baño, nada menos. Ella entra. Yo estoy a punto de salir. No me molesto en decirle que el agua está helada.

—¿Lo sabe mi padre?

—Ya te lo he dicho. No lo sé.

El rescate tenía que pagarlo su padre. Que yo sepa. Pero no tengo ni idea de qué hizo Dalmar cuando no me presenté con la chica.

Huele al mal aliento de por las mañanas, tiene el pelo como un laberinto amarillo y sucio.

Me cierra la puerta en las narices y oigo correr el agua. Intento imaginármela quitándose la ropa y metiéndose en el agua helada.

Cuando sale va secándose las puntas del pelo con una toalla. Yo estoy en la cocina, comiendo muesli y leche en polvo. He olvidado cómo sabe la comida de verdad. He extendido el dinero sobre la mesa y estoy contando cuánto nos queda. Ella lo mira. No estamos sin blanca. Todavía. Eso es bueno.

Me dice que siempre ha creído que a su padre iba a matarlo a tiros algún preso cabreado en la escalinata de los juzgados. Oigo en su voz una historia distinta. No *creía* que fuera a pasar: tenía esa esperanza.

Está de pie en el pasillo. La veo tiritar, pero no se queja de frío. Por lo menos, esta vez.

—Antes de convertirse en juez fue abogado procesalista. Trabajó en varias demandas colectivas relacionadas con casos de amianto. Nunca defendía a los buenos. La gente se moría de cosas horribles, mesotelioma, asbestosis, y él trataba de ahorrarles unos pavos a las grandes empresas. Nunca hablaba de su trabajo. Decía que no podía traicionar la confianza de sus clientes, pero yo sé que no quería hablar y punto. Una noche, cuando estaba durmiendo, me colé en su despacho. Al principio me puse a fisgonear porque quería demostrar que tenía una amante, con la esperanza de que mi madre lo abandonara. Era pequeña: tenía trece o catorce años. No sabía lo que era el mesotelioma. Pero sabía leer. Esputos con sangre, arritmias, bultos bajo la piel. Casi la mitad de los afectados no sobrevivieron ni un año después del diagnóstico. Ni siquiera hacía falta trabajar directamente con el amianto para verse afectado: las mujeres y los niños también se morían, porque los padres lo llevaban a casa en la ropa.

»Cuanto más éxito tenía mi padre, más nos amenazaban. Mi madre encontraba anónimos en el buzón. Sabían dónde vivíamos. Llamaban por teléfono. Nos deseaban que Grace, que mi madre y yo tuviéramos una muerte tan dolorosa como la que habían tenido sus mujeres y sus hijos.

»Entonces se hizo juez. Su cara aparecía continuamente en las noticias. Hubo un montón de titulares con su nombre. Recibía amenazas constantemente, pero pasado un tiempo dejó de prestarles atención porque eran infundadas. A él se le subió a la cabeza. Se sentía importante. Cuanta más gente hubiera cabreada con él, mejor creía que estaba haciendo su trabajo.

No hay nada que decir. No se me dan bien estos rollos. No tengo soltura para charlar, ni para demostrarle compasión a nadie, está claro. La verdad es que no sé nada del gilipollas al que le pareció conveniente amenazar a la hija de un cabrón. Pero así es como funciona este oficio. Los tíos como yo nos mantenemos en la sombra. Cumplimos encargos sin saber realmente por qué. Así no podemos señalar a nadie. Y no es que yo intente señalar a nadie. Sé lo que pasaría si lo hiciera. Dalmar me dijo que le llevara a la chica. No pregunté por qué. Así, cuando los polis me atrapen y esté en la sala de interrogatorio, no podré contestar a sus preguntas engañosas. No sé quién contrató a Dalmar. No sé por qué querían a la chica. Dalmar me dijo que la secuestrara. Y eso hice.

Y luego cambié de idea.

Levanto la vista de mi cuenco y la miro. Me suplica con los ojos que diga algo, que le haga alguna gran confesión que le explique lo sucedido. Que le aclare por qué está aquí. Por qué ella en vez de la arpía de su hermana. Por qué ella y no el caradura del juez. Está ansiosa por encontrar una respuesta. ¿Cómo es posible que todo pueda cambiar en un abrir y cerrar de ojos? Su familia. Su vida. Su existencia. Busca en vano, creyendo que sé la respuesta. Que una escoria como yo podría ayudarla a ver la luz.

—Cinco de los grandes —digo.

—¿Qué? —No es lo que esperaba oír.

Me levanto de la silla, que chirría al rozar el suelo de madera. Mis pasos retumban. Aclaro el cuenco con agua del grifo. Lo dejó caer en el fregadero y ella da un respingo. Me vuelvo hacia ella.

—Me ofrecieron cinco de los grandes.

EVE

ANTES

Malgasto los días.

A veces me cuesta levantarme de la cama y, cuando lo hago, lo primero que se me viene a la cabeza es el recuerdo de Mia. Me despierto sollozando de madrugada, noche tras noche, y corro abajo para no despertar a James. La pena me asalta a todas horas. En el supermercado, me parece ver a Mia comprando en el pasillo de los cereales, y me detengo cuando estoy a punto de abrazar a una perfecta desconocida. Después, en el coche, me vengo abajo y paso más de una hora sin poder salir del aparcamiento, viendo a las madres entrando en la tienda con sus hijos: cruzan el aparcamiento cogidos de la mano, las madres aúpan a los pequeños al asiento del carro de la compra.

He pasado semanas viendo en la pantalla de la tele su cara y un retrato robot de ese hombre. Ahora, en cambio, en el mundo están pasando cosas más importantes. Es al mismo tiempo una suerte y una desgracia, supongo. Los periodistas nos acosan menos últimamente. No me abordan en el camino de entrada a casa, ni me siguen cuando voy a hacer un recado. Las llamadas insistentes y las peticiones de entrevistas se han tomado un descanso. Ahora puedo abrir las cortinas sin ver a un montón de periodistas apostados en la acera, delante de nuestra casa. Pero también me preocupa su retirada. El nombre de Mia Dennett ya no les estimula, se han cansado de esperar un titular de primera plana que no acaba de llegar:

Mia Dennett regresa a casa, o quizá *Mia Dennett hallada muerta*. La idea de que quizá nunca llegue a saber qué ha sido de ella se cierne sobre mí como un negro nubarrón sobre un día de invierno. Pienso en esas familias que recuperan los restos mortales de sus seres queridos diez, a veces veinte años después, y me pregunto si a mí me pasará lo mismo.

Cuando me canso de llorar, dejo que la furia se apodere de mí y estrello copas de cristal italiano de importación contra la pared de la cocina y, cuando se acaban, la vajilla de la abuela de James. Grito a voz en cuello, un sonido salvaje que sin duda no me pertenece.

Barro los desperfectos antes de que llegue James, meto un millón de trozos de cristal roto en el cubo de la basura, escondidos debajo de un filodendro muerto para que no los vea.

Paso toda una tarde observando a los petirrojos en ruta hacia el sur, hacia Mississippi y sitios así, para pasar el invierno. Un día llegan a docenas a nuestro porche trasero, gordos y helados, y se atiborran con todo lo que encuentran para almacenar energías: aún les queda un largo camino por delante. Ese día llovió y había lombrices por todas partes. Estuve horas mirándolos, y me puse triste cuando se marcharon. Pasarán meses hasta que vuelvan, esas panzas rojas que atraen a la primavera.

Otro día llegan las mariquitas. Miles de ellas, disfrutando del sol en la puerta de atrás. Es un día del veranillo de noviembre, templado, con temperaturas que rondan los veinte grados y mucho sol. Uno de esos días que anhelamos en otoño, con el color de los árboles en su apogeo. Intento contarlas, pero se dispersan y vienen más, y es imposible llevar la cuenta. No sé cuánto tiempo estoy mirándolas. Me pregunto qué hacen las mariquitas en invierno. ¿Se mueren? Y entonces, unos días después, cuando una helada cubre la tierra, pienso en esas mariquitas y lloro.

Pienso en Mia cuando era niña. Pienso en todo lo que hacíamos. Voy al parque al que solía llevarla mientras Grace estaba en el colegio y me siento en los balancines. Paso los dedos por la tierra del arenero y me siento en un banco, con la mirada fija en los niños. En las madres afortunadas que todavía pueden abrazar a sus hijos.

Pero sobre todo pienso en las cosas que no hice. Pienso en las veces en que me quedé de brazos cruzados mientras James le decía que no bastaba con sacar un notable en química en el instituto, y en aquella vez en que trajo a casa un cuadro impresionista hermosísimo que había tardado más de un mes en pintar en el colegio y él le soltó:

—Si hubieras dedicado tanto tiempo a estudiar química, habrías sacado un sobresaliente.

Pienso en mí misma, mirando por el rabillo del ojo, incapaz de decir nada. Incapaz de hacerle ver la expresión apática de nuestra hija porque temía que se enfadara.

Cuando Mia informó a James de que no pensaba estudiar Derecho, él le dijo que no tenía elección. Tenía diecisiete años y las hormonas revolucionadas. «Mamá», me suplicó, desesperada, pidiéndome que interviniera solo por una vez. Yo estaba fregando los platos, haciendo lo posible por evitar la conversación. Recuerdo su cara de desesperación, el malestar de James. Elegí el menor de dos males.

—Mia —dije.

Nunca olvidaré ese día. El timbre del teléfono sonando de fondo, aunque nadie le prestó atención. El olor de algo que se quemaba en la cocina. El aire frío de la primavera entrando por la ventana que había abierto para que se fuera el olor. El sol se ponía más tarde: lo habríamos comentado si no hubiéramos estado tan ocupados haciendo infeliz a Mia.

—Significa mucho para tu padre —dije—. Quiere que seas como él.

Salió de la cocina hecha una furia y, al llegar arriba, cerró de un portazo.

Soñaba con estudiar en el Art Institute de Chicago. Quería ser pintora. Era lo único que le importaba. Pero James se negó.

Ese mismo día, Mia comenzó a contar los días que faltaban

para su dieciocho cumpleaños, y empezó a llenar una caja con cosas que se llevaría con ella cuando se marchara.

Los patos y los gansos pasan volando. Todo el mundo me abandona.

Me pregunto si, en algún lugar, Mia estará mirando el cielo y verá lo mismo.

COLIN

ANTES

Lo que tenemos es tiempo para pensar. Y a montones.

El dichoso gato sigue rondando por aquí ahora que la chica le da de comer sacrificando trocitos de su cena. Encontró una manta apolillada en el armario y, con una caja vacía que sacó de la trasera de mi camioneta, improvisó una cama para el bobo del gato. La ha puesto en el cobertizo de atrás. Todos los días le lleva unos cachitos de comida.

Hasta le ha puesto nombre: Canoa. No es que se haya molestado en decírmelo, pero la oí llamarlo así esta mañana, al ver que no estaba en su caja. Ahora está preocupada.

Me siento a pescar junto al lago. Estoy dispuesto a comer trucha todos los días de mi puñetera vida con tal de no tener que volver a probar la comida deshidratada.

Lo que pesco más a menudo son lucios. Y luego percas. A veces truchas. A los lucios los distingo por sus manchas. Por eso y porque los muy cabrones son siempre los primeros en llegar al cebo. Todos los años repueblan de peces el lago, casi siempre con alevines y juveniles, y a veces también con peces maduros. Las percas americanas son las que me dan más trabajo. Hasta que consigo sacarlas, apostaría mi vida a que son el doble de grandes de lo que resultan ser. Tienen fuerza, esas cabronas.

Paso la mayor parte del tiempo pensando en cómo vamos a salir de esta. En cómo voy a salir de esta. Se nos está acabando la comida, lo que significa que tendré que hacer otra visita a la tienda. Tengo dinero, pero no sé si me reconocerá alguien. ¿Y qué voy a hacer con la chica cuando me vaya? La desaparición de la hija de un juez: eso es noticia de primera plana. Me apostaría la cabeza a que es así. Cualquier dependiente la reconocería y llamaría a la policía.

Lo que hace que me pregunte si la poli habrá descubierto que estuve con ella la noche que desapareció. ¿Saldrá también mi cara, como la suya, en la puta tele? Puede que eso sea bueno, me digo. No para mí, si significa que me van a pillar. Pero si Valerie ve mi cara en la tele, si se da cuenta de que me buscan por la desaparición de una mujer en Chicago, sabrá qué hacer. Sabrá que no estoy allí para asegurarme de que hay comida en la mesa y de que las puertas están cerradas. Sabrá lo que hay que hacer.

Cuando la chica está distraída saco una foto de mi cartera. Se ha desgastado con el tiempo y tiene los bordes arrugados de tantas veces como la he sacado de mi cartera y he vuelto a guardarla. Me pregunto si habrá llegado el dinero que robé en aquella parada de camiones de Eau Claire, y cuándo. Me pregunto si sabía que se lo mandaba yo. Debió de darse cuenta de que estaba metido en un lío cuando llegó el dinero: quinientos dólares o más metidos en un sobre sin remite.

No soy nada sentimental. Lo que pasa es que necesito saber que está bien.

No es que esté sola. Por lo menos, eso es lo que me digo. La vecina se pasa una vez por semana, recoge el correo y le echa un ojo. Verán el dinero. Cuando pase el domingo y yo no aparezca, se darán cuenta. Si es que no han visto ya mi cara en la tele. Si Valerie no ha visto ya mi cara en la tele y ha ido a verla, a comprobar que está bien. Procuro convencerme de que Valerie está allí. De que todo va bien.

Casi me lo creo.

Esa noche, más tarde, estamos fuera. Yo estoy intentando asar el pescado para cenar pero, como no hay carbón, estoy viendo qué otra cosa puedo usar para encender el fuego. La chica está sentada en el porche, envuelta en una manta que ha sacado de dentro. Recorre con la mirada el suelo. Se está preguntando dónde estará el dichoso gato. Hace dos días que no lo ve y está preocupada. Hace cada vez más frío todo el tiempo. Tarde o temprano, el bicho acabará por morirse.

—Imagino que no eres cajero en un banco —dice.

—¿Tú qué crees?

Se lo toma como un no.

—¿A qué te dedicas, entonces? —pregunta—. ¿Trabajas?

—Sí, trabajo.

—¿En algo legal?

—Hago lo que sea necesario para sobrevivir. Igual que tú.

—No creo —contesta.

—¿Y eso por qué?

—Porque yo me gano la vida honradamente. Pago impuestos.

—¿Cómo sabes que yo no?

—¿Pagas impuestos? —pregunta.

—Trabajo —contesto—. Me gano la vida *honradamente.* Pago impuestos. He fregado los suelos de los aseos de una inmobiliaria. He lavado platos. He cargados cajas en camiones. ¿Sabes lo que te pagan ahora? El salario mínimo. ¿Tienes idea de lo que es sobrevivir con el puto salario mínimo? Tengo dos trabajos, trabajo trece o catorce horas diarias. Con eso pago el alquiler, compro algo de comida. La gente como tú trabaja… ¿cuánto? Ocho horas diarias, y tiene vacaciones de verano.

—Yo doy clases en la escuela de verano —dice.

Es una idiotez. Ella lo sabe: sabe que ha dicho una idiotez antes de que le lance una mirada.

No sabe lo que es. Ni siquiera se lo imagina.

Miro el cielo, las nubes negras que amagan nieve, no lluvia. Llegará pronto. Ella se arrebuja en la manta. Se estremece de frío.

Sabe que no voy a permitir que se marche. Tengo más que perder que ella.

—No es la primera vez que haces esto —dice.

—¿El qué?

—Secuestrar a alguien. Apuntar a una persona a la cabeza con una pistola.

No es una pregunta.

—Puede que sí. Puede que no.

—No me secuestraste como un novato.

He encendido el fuego. Pongo los peces en la parrilla y empiezan a chisporrotear.

—Nunca le he hecho daño a nadie que no se lo mereciera.

Pero hasta yo sé que eso no es cierto.

Doy la vuelta a los peces. Se están haciendo más deprisa de lo que querría. Los muevo hasta el borde de la parrilla para que no se quemen.

—Podría ser peor —le aseguro—. Podría ser mucho peor.

Comemos fuera. Ella, sentada en el suelo, con la espalda pegada a las planchas de madera de la barandilla del porche. Le ofrezco una silla. Dice que no, gracias. Estira las piernas y cruza los tobillos.

El viento sopla entre los árboles. Nos volvemos los dos para ver cómo las hojas se desprenden de las ramas y caen al suelo.

Y es entonces cuando lo oímos: pasos sobre las hojas marchitas que cubren la tierra. Es el gato, pienso al principio, pero entonces me doy cuenta de que los pasos parecen demasiado pesados, demasiado decididos, para ser del escuálido gatito. La chica y yo nos miramos, y yo me acerco un dedo a los labios y susurro «Shhh». Y entonces me levanto y me palpo la culera de los pantalones, buscando una pistola que no encuentro.

GABE

ANTES

Estaba esperando para hablar con los Dennett hasta que tuviera datos concretos, pero las cosas no salen como yo esperaba. Estoy comiéndome un grasiento sándwich de pastrami en mi mesa cuando Eve Dennett entra en comisaría y pregunta al recepcionista si puede hablar conmigo. Todavía me estoy limpiando la salsa de la boca con un montón de servilletas cuando se acerca a mi mesa.

Es la primera vez que se la ve en jefatura y, madre mía, qué fuera de lugar parece. Es tan distinta a los borrachines que solemos tener por aquí...

Noto su perfume antes de que llegue a mi sitio. Camina recatadamente mientras todos esos cabrones lujuriosos la miran desde el otro lado de la sala, rabiando de envidia cuando sus tacones de aguja se detienen delante de mí. Saben que estoy trabajando en el caso Dennett y han hecho una porra apostándose si la voy a cagar y cuándo. Hasta vi apostar al sargento. Dijo que iba a necesitar el dinero cuando nos quedáramos los dos sin empleo.

—Hola, detective.

—Señora Dennett.

—Hace unos días que no sé nada de usted —dice—. Quería saber si hay... novedades.

Lleva un paraguas que gotea agua sobre el suelo de linóleo. Tiene el pelo apelmazado y revuelto por el vendaval que hace fuera. Hace un día horrible, frío y ventoso. Un mal día para echarse a la calle.

—Podría haber llamado —digo.

—Estaba fuera, haciendo recados —contesta, pero yo sé que está mintiendo. Hoy nadie sale si puede evitarlo. Es un día de esos: un día para quedarse en casa, en pijama, viendo la tele.

La llevo a una sala de interrogatorio y le pido que se siente. Es un cuartucho mal alumbrado, con una mesa grande en el centro y un par de sillas plegables. Deja el paraguas en el suelo, pero agarra con fuerza su bolso. Me ofrezco a cogerle el abrigo, pero dice que no, gracias. Hace frío aquí, un frío de esos húmedos que te cala hasta los huesos.

Me siento delante de ella y dejo el expediente Dennett sobre la mesa. La veo mirar la carpeta marrón.

La miro, miro sus ojos de un azul delicado. Ya han empezado a llenarse de lágrimas. Con el paso de los días no paro de preguntarme «¿Y si nunca encuentro a Mia?». Salta a la vista que la señora Dennett se resquebraja un poco cada hora que pasa. Tiene los ojos cargados e hinchados, como si ya no durmiera. No me imagino qué será de ella si Mia no vuelve a casa. Pienso en la señora Dennett a todas horas del día y de la noche: la imagino perdida y sola dentro de esa mansión que tiene por casa, imaginando todas las cosas terroríficas que pueden haberle pasado a su hija. Siento una necesidad imperiosa de protegerla, de responder a esas preguntas abrasadoras que la mantienen en vela por las noches: quién, dónde y por qué.

—Iba a llamarla —digo en voz baja—. Solo estaba esperando alguna buena noticia.

—Ha pasado algo —responde la señora Dennett. No es una pregunta. Es como si supiera desde el principio que ha ocurrido algo, como si eso fuera lo que la ha traído hoy a comisaría—. Algo malo. —Deja el bolso sobre la mesa y hurga dentro en busca de un pañuelo.

—Hay novedades. Pero solo eso, de momento. Todavía no he averiguado qué significan. —Si el juez Dennett estuviera aquí, me arrancaría la piel a tiras por no haber despejado todas las incógnitas—.

Creemos saber con quién estuvo Mia la noche de su desaparición —digo—. Una persona identificó la fotografía que ha salido en las noticias, y cuando fuimos al apartamento del sujeto en cuestión encontramos algunos efectos personales de Mia: su bolso y un abrigo.

Abro el expediente y coloco unas fotos sobre la mesa: las que tomó en el apartamento la novata que me acompañó el otro día. La señora Dennett coge la foto del bolso, uno de esos bolsos de mensajero que se cuelgan en bandolera. Está tirado en el suelo, y hay unas gafas de sol y una cartera verde sobre el parqué. La señora Dennett se lleva un pañuelo de papel a los ojos.

—¿Reconoce algo? —pregunto.

—Ese bolso lo elegí yo. Se lo compré a Mia. ¿Quién es ese hombre? —pregunta sin hacer una pausa entre una idea y otra. Mira las otras fotografías, una por una, y luego las va dejando en fila. Cruza las manos sobre la mesa.

—Colin Thatcher —contesto.

Hemos cotejado las huellas dactilares que encontramos en el apartamento de Uptown y hemos dado con su verdadera identidad. Los demás nombres que hallamos en el apartamento –en el correo, en el teléfono móvil, etc.– son solo pseudónimos, pura ficción. Hemos buscado las fotografías policiales de detenciones anteriores y las hemos comparado con el retrato robot. Bingo.

Veo cómo tiemblan las manos de la señora Dennett delante de mí y cómo intenta, sin conseguirlo, controlar el temblor. Sin pensar en lo que hago, noto que mi mano se acerca y busca las suyas, unas manos frías como el hielo que se derriten en las mías. Lo hago antes de que pueda esconderlas en su regazo, confiando en ocultar el terror que siente.

—Tenemos grabaciones de las cámaras de seguridad. Colin y Mia entraron en el edificio de apartamentos en torno a las once de la noche y salieron algún tiempo después.

—Quiero verlo —dice para mi sorpresa.

Habla con firmeza, no con la indecisión a la que me tiene acostumbrado.

—No creo que sea buena idea —contesto.

Lo último que necesita Eve en estos momentos es ver cómo Colin Thatcher sacó a empujones a su hija del edificio y la mirada de angustia de la chica.

—Tan malo es —dice.

—No es concluyente —miento—. No quiero que se lleve usted una impresión equivocada.

Pero la actitud vigilante del hombre cuando sale rápidamente del ascensor, asegurándose de que no hay nadie mirando, o la mirada de miedo de la chica no dejan lugar a dudas. Mia va llorando. Él le dice algo que indudablemente contiene una palabra que empieza por pe. Dentro del apartamento ocurrió algo. La grabación anterior no podría ser más distinta. Dos tortolitos ansiosos por echar un polvo.

—Pero ¿estaba viva?

—Sí.

—¿Quién es él? —insiste—. Ese Colin...

—Colin Thatcher. —Le suelto la mano y busco dentro de la carpeta marrón. Saco la hoja de antecedentes policiales—. Ha sido detenido en diversas ocasiones por delitos menores: hurto, allanamiento de propiedad privada, posesión de marihuana. Cumplió condena por vender hachís y actualmente se le busca para ser interrogado por un caso de crimen organizado que sigue abierto. Según el funcionario que se encargó de su libertad condicional, desapareció del mapa hace un par de años y en la actualidad está, básicamente, en busca y captura.

No puedo describir el horror que veo en los ojos azules de la mujer. Como detective, estoy habituado a palabras como «allanamiento de propiedad privada», «crimen organizado» y «libertad condicional». Pero la señora Dennett solo ha oído esos términos en las reposiciones de *Ley y orden*. No entiende lo que significan: las palabras se le escapan, le cuesta aprehenderlas. Le espanta que un hombre como este tenga a su hija.

—¿Qué quería de Mia? —pregunta.

Yo me he preguntado lo mismo mil veces. Los crímenes al azar son relativamente infrecuentes. La mayoría de las víctimas conocen a sus agresores.

—No lo sé —respondo—. No tengo ni idea, pero le prometo que voy a averiguarlo.

COLIN

ANTES

La chica deja su plato en el suelo de madera, a su lado. Y luego se levanta junto a mí y los dos miramos, por encima de la barandilla, hacia el denso bosque del que sale una mujer. Una mujer de cincuenta y tantos años, con el pelo corto y moreno, vaqueros, camisa de franela, y gruesas botas de senderismo. Nos saluda con la mano como si nos conociera y de pronto se me cruza una idea: es una trampa.

—Ay, menos mal —dice al entrar sin ser invitada en nuestra propiedad.

Está cometiendo un allanamiento. Este es nuestro espacio. Aquí no tiene que entrar nadie. Siento que me ahogo, que me asfixio. Lleva una botella de agua en la mano. Da la impresión de haber caminado cien kilómetros.

—¿Podemos ayudarla? —Las palabras salen disparadas de mi boca antes de que entienda qué está pasando, qué voy a hacer.

Coger la pistola y dispararle: es lo primero que se me ocurre. Echar su cadáver al lago y huir. Ya no tengo la pistola y no sé dónde la guarda la chica, pero podría dejarla atada mientras registro la cabaña y encuentro su escondite. Debajo del colchón del dormitorio, o en alguna rendija de las paredes de madera.

—Se me ha pinchado una rueda. Más o menos a un kilómetro de aquí, carretera abajo —dice—. Esta es la primera cabaña que encuentro que no está desierta. Llevo andando… —dice, y luego se para a tomar aliento—. ¿Puedo sentarme? —pregunta, y cuando la chica consigue asentir con la cabeza se deja caer en el peldaño de abajo y bebe de la botella de agua como si llevara días perdida en el desierto.

Noto que extiendo la mano y que agarro la de la chica, siento que le aprieto los huesos hasta que deja escapar un gemido.

Nos olvidamos de la cena. Pero la mujer nos la recuerda.

—Siento interrumpir —dice, señalando los platos del suelo—. Solo quería saber si podéis ayudarme a arreglar la rueda. O llamar a alguien, quizá. Mi teléfono no tiene cobertura en esta zona —añade, y levanta el teléfono para que lo veamos. Repite que siente interrumpir. Qué poco sospecha dónde se ha metido. Nuestra cena no es lo único en lo que se ha inmiscuido.

Miro a la chica. Esta es su oportunidad, pienso. Podría contárselo a la mujer. Decirle que este loco la ha secuestrado, que la tiene prisionera en la cabaña. Contengo la respiración, esperando que las cosas se tuerzan de mil maneras distintas: que la chica se vaya de la lengua, que la mujer forme parte de un complot para atraparme. Puede que sea una policía de incógnito. O que trabaje para Dalmar. O puede que solo sea una señora que ve las noticias y que tarde o temprano va a darse cuenta de que *esta* chica es la que sale en la tele.

—No tenemos teléfono —le digo, acordándome de que tiré el móvil de la chica a un cubo de basura en Janesville y de que corté el cable del teléfono cuando llegamos a la cabaña. No puedo permitir que ponga un pie en la cabaña, que vea que llevamos semanas viviendo aquí, como dos presos huidos—. Pero puedo ayudarla —añado de mala gana.

—No quisiera ser molestia —dice, y al mismo tiempo la chica añade:

—Yo me quedo aquí, fregando los platos. —Y se agacha para recoger los platos del suelo.

Ni hablar, eso es imposible.

—Conviene que vengas —le digo—. A lo mejor necesitamos tu ayuda.

Pero la señora dice:

—Por favor, no quiero haceros salir a los dos de noche. —Y se ciñe la camisa de franela y dice que hace frío.

Pero, naturalmente, no puedo dejar a la chica sola, aunque la señora prometa ser una ayudante estupenda. Me suplica que no haga salir a mi *novia* en una noche así. Hace frío, insiste. Y pronto va a anochecer.

Pero no puedo dejar que se quede. Si la dejo aquí, podría escapar. Me la imagino corriendo entre los árboles con todas sus fuerzas, a dos kilómetros de distancia cuando yo consiga arreglar la rueda y volver. Para entonces sería de noche y no podría ponerme a buscarla por el bosque y dar con ella, sería imposible.

La mujer se disculpa por causarnos tantas molestias. Me imagino mis manos cerrándose alrededor de su cuello, oprimiendo la yugular hasta que el oxígeno deje de llegar al cerebro. Tal vez debería hacerlo.

—Solo voy a fregar los platos —contesta la chica en voz baja— para que no tengamos que preocuparnos por ellos después. —Y me lanza una mirada juguetona, como dando a entender que esta noche tenemos otros planes más íntimos.

—Creo que deberías venir —digo suavemente, poniéndole una mano en el brazo como si no soportara la idea de separarme de ella.

—¿Una escapada romántica? —pregunta la mujer.

—Sí —contesto—, algo así. —Y volviéndome hacia la chica le digo con un susurro áspero—: O vienes… —Me inclino más y añado—: O esta señora no sale viva de aquí esta noche.

Se queda muy quieta una fracción de segundo. Luego deja los platos en el suelo y nos dirigimos a la camioneta, montamos, la mujer y yo delante y ella detrás. Quito los restos de cuerda y cinta aislante del asiento del copiloto, confiando en que la mujer no se haya fijado en ellos. Los meto en la guantera y cierro de golpe la puerta. Me vuelvo hacia ella y sonrió.

—¿Por dónde es?

En la camioneta, nos cuenta que es del sur de Illinois. Que estaba alojada con unas amigas en un albergue y que han ido a montar en canoa a Boundary Water. Saca del bolso una cámara digital y nos enseña fotos de cuatro señoras: en la canoa, con los sombreros puestos, bebiendo vino alrededor de una fogata. Ya me siento mejor: no es una trampa, creo. Ahí está la prueba, las fotografías. Ha ido a montar en canoa con sus amigas a Boundary Water.

Pero ella, nos cuenta –como si a mí me importara–, decidió quedarse un par de días más. Se ha divorciado hace poco y no tiene prisa por volver a su casa desierta. Pasaría algún tiempo antes de que se denunciara su desaparición: varios días, como mínimo. Tiempo suficiente para que me largue, para que esté muy lejos de aquí cuando alguien se tropiece con su cadáver.

—Así que iba en el coche volviendo a la civilización cuando se me pinchó la rueda —explica—. Debí de pisar una piedra —añade—. O un clavo.

—Habrá sido eso —dice la chica, impasible.

Pero yo apenas las escucho. Paramos detrás de un coche compacto. Pero, antes de salir, escudriño la arboleda oscura que nos rodea. Miro entre la maraña de árboles en busca de policías, de prismáticos, de rifles. Me aseguro de que la rueda está pinchada. Lo está. Si fuera una emboscada, nadie se tomaría tantas molestias para atraparme. A estas alturas, nada más apearme de la camioneta y acercarme al coche, ya estaría boca abajo en el suelo con alguien encima poniéndome las esposas.

Veo a la mujer observándome mientras saco unas herramientas de la trasera de la camioneta, quito el tapacubos y aflojo las tuercas. Levanto el coche con el gato y cambio las ruedas. Las mujeres se han puesto a hablar sobre montar en canoa y sobre los bosques del norte de Minnesota. Sobre el vino tinto y un alce que ha visto la señora en una de sus excursiones, un macho con una cornamenta enorme, paseándose entre los árboles. Imagino que está esforzándose por sumar dos y dos, intentando recordar si nos ha visto o no en la tele. Pero me recuerdo a mí mismo que estaba en medio del monte con sus amigas. Que ha ido a montar en canoa, que estaba sentada en torno a una hoguera bebiendo vino, no viendo la tele.

Le pongo una linterna en las manos a la chica y le digo que la sujete. Está oscureciendo y no hay ni una sola farola por los alrededores. Mis ojos la amenazan cuando nos miramos, le recuerdan que debe evitar palabras como «pistola», «secuestro» o «socorro». Las mataré a las dos. Lo sé. Me pregunto si ella también lo sabe.

Cuando la señora pregunta por nuestro viaje, veo que la chica se queda petrificada.

—¿Cuánto tiempos vais a quedaros? —pregunta la mujer.

Como la chica no contesta, digo:

—Solo una semana más, más o menos.

—¿De dónde sois? —pregunta.

—De Green Bay —contesto.

—¿Ah, sí? —insiste—. Al ver la matrícula de Illinois he pensado que...

—Lo que pasa es que todavía no hemos tenido tiempo de cambiarla, nada más —respondo, maldiciéndome por haber cometido ese error.

—¿Sois de Illinois? —pregunta.

—Sí —contesto. Pero no le digo de dónde.

—Yo tengo un primo en Green Bay. Vive a las afueras, en realidad. En Suamico.

Nunca he oído a hablar de ese puto pueblo. Pero ella sigue hablando. Nos cuenta que su primo es director de un instituto. Tiene el pelo castaño y apagado, corto, como de mujer mayor. Se ríe cuando la conversación decae. Una risa nerviosa. Luego busca algo que decir. Cualquier cosa.

—¿Eres forofo de los Packers? —pregunta, y miento y le digo que sí.

Coloco la rueda de repuesto todo lo deprisa que puedo, luego quito el gato, aprieto las tuercas y me incorporo. Miro a la mujer preguntándome si puedo dejarla marchar de vuelta a la civilización, donde tal vez deduzca quiénes somos y llame a la policía, o si tengo que aplastarle la cabeza con la llave y dejarla en el bosque para siempre.

—No sabéis cuánto os lo agradezco —dice, y pienso en mi madre, tirada en los bosques desiertos para que se la coman los osos.

Asiento con la cabeza y le digo que no pasa nada. Está tan oscuro que casi no la veo, ni ella a mí. Agarro con fuerza la llave y me pregunto con cuánta fuerza tendría que golpearla para matarla. ¿Cuántas veces? Me pregunto si se resistiría o si se caería a plomo y se moriría.

—No sé qué habría hecho si no os hubiera encontrado. —Y se acerca para estrecharme la mano—. Creo que no me habéis dicho vuestros nombres —dice.

Aprieto con fuerza la llave. Noto cómo me tiembla en la mano. Es mucho mejor que matarla con mis propias manos. Mucho menos personal. No tendría que mirarla a los ojos cuando forcejeara. Un buen golpe y se acabó.

—Owen —digo, estrechándole la mano fría y venosa—. Y esta es Chloe.

Dice que se llama Beth. No sé cuánto tiempo nos quedamos allí, en la carretera a oscuras, en silencio. El corazón me late a toda prisa cuando veo un martillo en la caja de herramientas. Quizá sería mejor un martillo.

Pero entonces siento la mano de la chica en mi brazo, y me dice:

—Deberíamos irnos.

Me vuelvo hacia ella y comprendo que se ha dado cuenta de lo que estoy pensando, que ve cómo agarro la llave, listo para golpear.

—Vámonos —repite, clavándome las uñas en la piel.

Dejo la llave en la caja de herramientas y la guardo en la trasera de la camioneta. Veo a la mujer subir al coche y alejarse lentamente. Sus faros serpentean entre los árboles.

Siento que me ahogo. Me sudan las manos cuando abro la puerta de la camioneta y entro, intentando recuperar el aliento.

EVE

DESPUÉS

Estamos sentados en la sala de espera: James, Mia y yo, Mia apretujada entre los dos como el relleno de nata de una galleta Oreo. Permanezco sentada en silencio, con las piernas cruzadas y las manos sobre el regazo. Miro fijamente el cuadro de la pared de enfrente, una de las muchas láminas de Norman Rockwell que decoran la sala: un viejo acercando un estetoscopio a la muñeca de una niña pequeña. James también tiene las piernas cruzadas, el tobillo sobre la rodilla, y está hojeando un ejemplar de la revista *Padres*. Su respiración es audible, impaciente: le pido que por favor pare. Llevamos más de media hora esperando para ver a la doctora, esposa de un juez amigo suyo. Me pregunto si a Mia le parece raro que todas las revistas de la sala tengan bebés en la portada.

La gente la evalúa con la mirada. Se oyen murmullos y oímos escapar el nombre de Mia en un murmullo, de la boca de desconocidos. Le doy unas palmaditas en la mano y le digo que no se preocupe: que no haga caso, le digo. Pero a todos nos cuesta no hacer caso. James pregunta en recepción si no pueden acelerar un poco las cosas, y una mujer bajita y pelirroja va a ver por qué tardan tanto.

No le hemos contado a Mia la verdadera razón por la que está aquí. No hemos hablado de mis sospechas. Le dijimos que nos preocupaba que últimamente no se encontrara bien y James sugirió que fuéramos a ver una doctora, una con un nombre ruso casi imposible de pronunciar.

Mia nos dijo que ya tenía una doctora, una de la ciudad que llevaba unos seis años atendiéndola, pero James meneó la cabeza y dijo que no: que la doctora Wakhrukov era mejor. Mia no repara en que es tocoginecóloga.

La enfermera la llama, aunque naturalmente dice solo «Mia», y James tiene que darle un codazo para que preste atención. Deja la revista que estaba hojeando sobre la silla y yo la miro con indulgencia y le pregunto si quiere que la acompañe.

—Si quieres —dice, y espero a que James proteste, pero se queda callado.

La enfermera mira con curiosidad a Mia mientras la pesa y la mide. Observa a la pobre como si fuera una especie de celebridad, en vez de la víctima de un crimen horrible.

—Te vi en la tele —dice. Sus palabras suenan desinfladas, como si no supiera si las ha dicho en voz alta o si ha conseguido callárselas—. Leí sobre ti en el periódico.

Ni Mia ni yo sabemos qué decir. Mia ha visto la colección de artículos de periódico que recorté durante su ausencia. Intenté esconderlos en un sitio donde no los viera, pero los encontró cuando estaba buscando una aguja e hilo en mi cómoda para coser un botón que se le había caído de una blusa. No quería que los viera por miedo al efecto que podía causarle. Pero los vio: los leyó uno por uno, hasta que yo la interrumpí. Leyó sobre su propia desaparición, sobre el sospechoso al que señalaba la policía, sobre cómo, con el paso del tiempo, empezó a temerse que estuviera muerta.

La enfermera la manda al cuarto de baño para que orine en un vasito. Un momento después nos reunimos en la consulta, donde la enfermera le toma la tensión y el pulso y a continuación le pide que se desvista y se ponga una bata. Dice que la doctora Wakhrukov estará con nosotras dentro de unos minutos y yo me doy la vuelta mientras Mia se desnuda.

La doctora Wakhrukov es una mujer discreta y seria que debe

de rondar los sesenta años. Entra en la sala con bastante brusquedad y le dice a Mia:

—¿Cuándo tuviste el último periodo?

A Mia aquella pregunta debe de sonarle muy extraña.

—Yo… no tengo ni idea —contesta, y la doctora asiente, acordándose quizá de que Mia sufre amnesia.

Dice que va a hacerle una ecografía vaginal y cubre la sonda con un preservativo y una especie de gel. Le pide a Mia que meta los pies en los estribos y, sin más explicaciones, le introduce el aparato. Mia hace una mueca de dolor y le ruega que le explique lo que está haciendo. Se pregunta qué tiene esto que ver con su cansancio agobiante, con la flojera que le hace casi imposible levantarse por las mañanas.

Me quedo callada. Desearía estar en la sala de espera, junto a James, pero me recuerdo que Mia me necesita aquí y dejo que mis ojos vaguen por la sala, cualquier cosa con tal de contemplar el invasivo examen de la doctora y la evidente confusión y el malestar de Mia. En ese momento me doy cuenta de que debería haberle hablado a Mia de mis sospechas. Debería haberle explicado que el cansancio y los mareos matutinos no son síntomas de un síndrome de estrés postraumático agudo. Pero quizá no me habría creído.

La consulta me parece tan aséptica como la propia doctora. Hace el frío suficiente para que se mueran los gérmenes. Puede que de eso se trate: de matarlos. Mia tiene la piel de gallina. Estoy segura de que no ayuda que esté completamente desnuda, a excepción de la bata de papel. Los brillantes fluorescentes del techo ponen al descubierto cada cana de la cabeza de la doctora, ya entrada en años. No sonríe. Tiene pinta de rusa: pómulos altos, nariz fina.

Pero cuando habla no parece rusa.

—El embarazo está confirmado —afirma como si fuera de público conocimiento, como si Mia ya debiera saberlo.

Noto las piernas anestesiadas y me dejo caer en una silla colocada aquí para los hombres eufóricos que pronto serán padres.

No para mí, pienso. Esta silla no me estaba destinada.

—El corazón del feto comienza a latir veintidós días después de la concepción. No siempre se ve en una fase tan temprana, pero hay latido. Es muy suave, casi no se percibe. ¿Lo ve? —pregunta, volviendo el monitor hacia Mia—. ¿Ese movimiento muy leve? —pregunta al señalar con el dedo un pegote opaco que permanece prácticamente quieto.

—¿Qué? —pregunta Mia.

—Espere, voy a ver si consigo un enfoque mejor —dice la doctora, y mueve la sonda, que se hunde más adentro en la vagina de Mia.

Ella se retuerce, dolorida e incómoda, y la doctora le pide que se quede quieta.

Pero la pregunta de Mia no se refería a lo que cree la doctora. No es que viera lo que le estaba indicando. Veo que posa una mano sobre su tripa.

—No puede ser.

—Tenga —dice la ginecóloga al extraer la sonda, y le entrega un trocito de papel, una finísima hoja en blanco, negro y gris, como una hermosa obra de arte abstracto. Es una fotografía muy parecida a la que le hicieron a Mia mucho antes de convertirse en una niña. Agarro mi bolso con manos temblorosas, hurgo ansiosamente dentro en busca de un pañuelo de papel.

—¿Qué es esto? —pregunta Mia.

—Es el bebé. Una impresión de la ecografía.

Le dice a Mia que vaya a sentarse, se quita el guante de látex de la mano y lo tira a la papelera. Sus palabras suenan inertes, como si hubiera pronunciado aquel discurso mil veces: Mia tiene que volver cada cuatro semanas hasta que llegue a la semana treinta y dos. Luego, cada dos semanas y, unas semanas después, todas las semanas. Hay que hacerle varias pruebas: análisis de sangre y una amniocentesis, si quiere, el test de tolerancia a la glucosa y la prueba del estreptococo del grupo B.

A las veinte semanas –le dice la doctora Wakhrukov–, podrá saber el sexo del bebé si le interesa.

—¿Cree que querrá saberlo?

—No lo sé —es lo único que consigue responder Mia.

La doctora le pregunta si tiene alguna pregunta. Solo una, pero casi no le sale la voz. Lo intenta y luego, carraspeando, lo intenta otra vez. Su voz suena débil y sin fuerza, es poco más que un susurro.

—¿Estoy embarazada? —pregunta.

Es el sueño de toda niña. Empiezan a pensar en ello cuando son demasiado pequeñas para saber de dónde vienen los bebés. Llevan sus muñecas de un lado a otro, las miman como mamás y sueñan con nombres para sus bebés. Cuando Mia era pequeña, siempre eran nombres floridos y sonoros: Isabella, Samantha, Savannah… Luego pasó por una fase en la que parecía creer que todo tenía que acabar por i: Jenni, Dani y Lori. Jamás se le pasó por la cabeza que pudiera tener un niño.

—Sí. De unas cinco semanas.

Las cosas no deberían haber sido así.

Se frota la tripa con la mano, confiando en sentir algo: un latido o una patadita. Es demasiado pronto, claro, y aun así espera notar un aleteo, un destello de movimiento dentro. Pero no siente nada. Se lo noto en los ojos cuando se da la vuelta y me descubre llorando. Se siente vacía por dentro.

Me confiesa:

—No puede ser. No puedo estar embarazada.

La doctora Wakhrukov acerca un taburete giratorio y se sienta. Le tapa las piernas con la bata y dice con voz más suave:

—¿No recuerda cómo ha sido?

Mia niega con la cabeza.

—Jason —dice. Pero vuelve a menear la cabeza—. Hace meses que no estoy con Jason. —Los cuenta con los dedos. Septiembre. Octubre. Noviembre. Diciembre. Enero—. Cinco meses —concluye.

No le salen las cuentas.

Pero yo, naturalmente, sé que Jason no es el padre.

—Tiene tiempo para decidir lo que quiere hacer. Hay alternativas.

La doctora empieza a sacar folletos: aborto y adopción. Las palabras se precipitan tan deprisa sobre Mia que no consigue seguir el hilo.

La doctora manda a buscar a James y concede unos minutos a Mia para que se vista antes de que la enfermera lo haga entrar. Mientras esperamos, le pregunto a Mia si puedo ver la ecografía. Me la alcanza. Su voz apagada sigue repitiendo: «no puede ser». Es entonces, al coger la fotografía y posar los ojos en mi nieto, sangre de mi sangre, cuando empiezo a llorar de verdad. Cuando entra James, mi llanto se convierte en un gemido. Intento contener las lágrimas pero no puedo. Saco toallas de papel de un expendedor que hay en la pared y me seco los ojos. Cuando vuelve la doctora Wakhrukov, no puedo contenerme más y gimo:

—Te violó. Ese canalla te violó.

Pero Mia sigue sin sentir nada.

COLIN

ANTES

Ha llegado el invierno. Estaba nevando cuando nos despertamos y la temperatura en la cabaña ha caído hasta los cinco o seis grados bajo cero, o eso parece.

No hay agua caliente. Ella se forra con toda la ropa que consigue encontrar. Se pone dos pares de calzoncillos largos y esa sudadera granate tan larga. Se pone un par de calcetines quejándose de que odia llevar calcetines, pero sin ellos se le helarían los pies. Dice que siempre ha odiado los calcetines, hasta cuando era un bebé. Que se los arrancaba de los pies y los tiraba al suelo, junto a la cuna.

Yo hasta ahora no había reconocido que tuviera frío, pero la verdad es que hace un frío de cojones. He encendido el fuego nada más levantarme. Ya me he tomado tres cafés. Estoy sentado con un mapa de Estados Unidos viejo y roto extendido encima de la mesa. Lo encontré en la guantera, junto con un bolígrafo casi seco, y estoy marcando con un círculo las mejores rutas para salir de aquí pitando. Me he decidido por el desierto, por algún punto entre Las Vegas y Baker, California. Algún sitio cálido. Me pregunto cómo puedo desviarme hasta Gary, Indiana, sin que las patrullas de tráfico localicen la camioneta. Supongo que tendríamos que abandonar la camioneta y robar otra de alguna manera, y confiar en que no denuncien el robo. Eso, o saltar a un tren de mercancías. Suponiendo que nos estén buscando, podría haber controles de carretera en nuestro honor, sobre todo en los alrededores de Gary, por si acaso tengo el valor de pasarme por casa. Puede que la policía la esté usando como cebo. Puede que tengan un equipo de vigilancia rodeando la vieja casa de Gary, esperando a que aparezca por allí o alguna estupidez.

«Maldita sea».

—¿Vas a algún sitio? —pregunta la chica mirando el mapa mientras lo doblo y lo guardo.

No contesto a su pregunta.

—¿Quieres café? —le pregunto, consciente de que no podríamos pasar mucho tiempo en el desierto.

Esconderse allí anula cualquier posibilidad de llevar una vida medio normal. Sería cuestión de pura supervivencia. No podemos ir al desierto, decido en el acto. Nuestra única alternativa es marcharnos al extranjero. Ya no tenemos dinero para coger un avión, así que, tal y como lo veo yo, una de dos: o tiramos hacia arriba o hacia abajo. Norte o sur. Canadá o México.

Pero para salir del país necesitamos pasaportes, claro está.

Y entonces me doy cuenta de lo que tengo que hacer.

Ella niega con la cabeza.

—¿No tomas café?

—No.

—¿No te gusta?

—No tomo cafeína.

Me cuenta que antes sí tomaba, que la tomó durante mucho tiempo, pero que la ponía nerviosa, la alteraba. No podía estarse quieta. Al final, el efecto de la cafeína se pasaba, sustituido por un cansancio extremo. Así que tenía que tomar otra taza de café. Un círculo vicioso.

—Y cuando intentaba evitar la cafeína —explica—, tenía unas jaquecas horrorosas, que solo se calmaban si tomaba un refresco azucarado.

Le sirvo una taza, de todos modos. Coge la taza caliente con las dos manos y pega la cara al borde. El vaho sube a su encuentro. Sabe que no debe, pero de todos modos lo hace: se lleva la taza a los labios y la deja allí apoyada. Luego bebe un sorbo y el café le quema el esófago al bajar.

Se atraganta.

—Cuidado —digo demasiado tarde—. Está caliente.

No hay nada que hacer, excepto quedarnos sentados, mirándonos el uno al otro. Así que cuando dijo que quería dibujarme, le dije que sí. No hay nada más que hacer.

Si soy sincero, no quiero que me dibuje. Al principio no me importa mucho, pero luego empieza a pedirme que *me esté quieto*, que *mire de frente* y que *sonría*.

—Olvídalo —digo—. Estoy harto. —Me levanto. Ni loco voy a quedarme aquí sentado, sonriéndole, media hora más.

—Vale —concede ella—, no sonrías. Ni siquiera hace falta que me mires. Pero estate quieto.

Me coloca junto al fuego. Me pone las manos heladas sobre el pecho. Hace que me siente en el suelo. Casi toco la estufa con la espalda. El fuego casi me abre un agujero en el jersey y empiezo a sudar.

Pienso en la última vez que me tocó. El ansia de sus manos al intentar desvestirme. Y en la última vez que la toqué yo, cruzándole la cara de una bofetada.

La habitación está en penumbra, los oscuros troncos de pino de las paredes y el techo impiden que pase la luz. Cuento los troncos de las paredes: quince en total, apilados en vertical. No hay sol que pase por las pequeñas ventanas.

La miro. No es mal sitio al que mirar.

Estaba preciosa aquella primera noche, en mi apartamento. Me miraba con aquellos ojos azules y confiados, sin que se le pasara por la cabeza ni por un segundo que fuera capaz de algo así.

Está sentada en el suelo, apoyada contra el sofá. Recoge las piernas y apoya el cuaderno sobre las rodillas. Saca un portaminas del paquete, saca la punta. Ladea la cabeza y el pelo le cae desordenadamente por un lado. Sigue con los ojos el contorno de mi cara, la curva de mi nariz.

No sé por qué, pero siento el impulso de machacar al tipo que estuvo con ella antes que yo.

—Le pagué —confieso—. A tu novio. Le di cien pavos para que esa noche estuviera ocupado.

No preguntó por qué y yo no se lo dije. El muy cobarde se limitó a coger el dinero y se esfumó. A ella no le digo que me encaré con él en el servicio, con mi pistola.

Con cien pavos se consiguen muchas cosas en estos tiempos.

—Tenía que trabajar —dice.

—Eso fue lo que te dijo a ti.

—Jason suele quedarse trabajando hasta muy tarde.

—O eso dice.

—Es la verdad.

—A veces. Puede ser.

—Es muy bueno en lo suyo.

—Mintiendo, querrás decir.

—Así que le pagaste. ¿Y qué? —me suelta.

—¿Por qué viniste a casa conmigo? —pregunto.

—¿Qué?

—¿Por qué viniste a mi casa aquella noche?

Se obliga a tragar saliva y no responde. Finge que está enfrascada en su trabajo: dibuja furiosamente, trazando líneas frenéticas sobre la página.

—No sabía que era una pregunta tan difícil —comento.

Sus ojos se llenan de lágrimas. Una vena se le marca en la piel de la frente. Le suda la piel, sus manos tiemblan. Está enfadada.

—Estaba borracha.

—Borracha.

—Sí. Estaba borracha.

—Porque ese es el único motivo por el que alguien como tú se iría a casa con alguien como yo, ¿no?

—Porque ese es el único motivo con el que *yo* me iría a casa *contigo*.

Me está observando y me pregunto qué ve. Qué cree que ve. Cree que soy inmune a su indiferencia, pero se equivoca.

Me quito la sudadera y la dejo en el suelo, junto a mis botas llamativas. Llevo puesta una camiseta interior y unos vaqueros sin los cuales nunca me ha visto, seguramente. Esboza mi cara en la página: líneas y sombras delirantes para plasmar al demonio que ve ante el fuego.

Aquella noche se tomó unas copas, pero estaba lo bastante lúcida para saber lo que hacía, para aceptar de buen grado mis caricias. Pero eso, claro, fue mucho antes de que supiera quién era yo de verdad.

No sé cuánto tiempo pasamos callados. La oigo respirar, oigo el ruido de la mina al rascar la superficie del papel. Casi puedo oír sus pensamientos. La hostilidad y la furia.

—Es como el tabaco o como fumar marihuana —le digo por fin.

Se sobresalta al oírme e intenta contener la respiración.

—¿El qué?

No deja de dibujar. Finge, casi, que no está escuchando. Pero no es verdad.

—Mi vida. Lo que hago. Uno sabe que no es bueno para la salud la primera vez que lo prueba. El tabaco. La maría. Pero se convence de que no pasa nada, de que puede controlarlo. Una vez, nada más, solo para ver cómo es. Y luego, de repente, estás metido hasta el cuello: no puedes salir aunque quieras. No fue porque necesitara muchísimo el dinero, que lo necesitaba. Fue porque, si intentaba salir, me matarían. Alguien se chivaría y acabaría en prisión. No había alternativa: no podía decir que no.

Deja de dibujar. Me pregunto qué va a decir. Algún comentario de listilla, seguro. Pero no. No dice nada. Pero la vena de su frente se alisa, sus manos se quedan quietas. Sus ojos se ablandan. Y me mira y asiente.

EVE

DESPUÉS

Miro desde el pasillo cuando James irrumpe con ímpetu en el cuarto de Mia. El ruido de sus pasos acercándose rápidamente al otro lado de la puerta, alto y estruendoso, la despierta sobresaltada. Se incorpora en la cama con los ojos dilatados por el miedo y el corazón, seguramente, latiéndole a toda velocidad en el pecho, como cuando una está asustada. Tarda un segundo en cobrar conciencia de su entorno: los vestigios de su ropa del instituto que todavía cuelgan en el armario, la alfombra de yute, un póster de Leonardo Di Caprio que colgó cuando tenía catorce años. Y entonces se da cuenta. Se acuerda de dónde está. En casa. A salvo. Apoya la cabeza en las manos y se echa a llorar.

—Tienes que vestirte —le dice James—. Vamos a ver a la psiquiatra.

Entro en la habitación cuando él se va y ayudo a Mia a elegir un conjunto en el armario. Intento calmar sus miedos, recordarle que aquí, en casa, está perfectamente a salvo.

—Nadie puede hacerte daño —le prometo, pero ni siquiera yo estoy segura de eso.

Come en el coche, solo una rebanada de pan tostado que he traído para el trayecto. No quiere acompañarla con nada, pero me giro en el asiento del copiloto cada pocos minutos y le digo:

—Come otro bocado, Mia. —Como si tuviera otra vez cuatro años—. Solo un bocadito más.

Doy las gracias a la doctora Rhodes por hacernos hueco tan temprano, esta mañana. James se lleva a la doctora a un lado para hablar con ella en privado mientras yo ayudo a Mia a quitarse el abrigo, y luego la veo desaparecer con la doctora Rhodes detrás de las puertas cerradas.

La doctora Rhodes va a hablar con ella del bebé. Mia se niega a reconocer que dentro de su vientre está creciendo un feto, y supongo que a mí me pasa lo mismo. Casi no es capaz de decirlo en voz alta: *bebé*. Se le atasca en la garganta y cada vez que James o yo sacamos el tema, jura que no puede ser, que es imposible.

Pero hemos pensado que le ayudará hablar con la doctora Rhodes, no solo porque es una profesional, sino porque es imparcial: una tercera persona. Le hablará de las alternativas que tiene, y ya puedo imaginarme la respuesta de Mia. «¿Mis alternativas sobre qué?», preguntará, y la doctora Rhodes volverá a recordarle lo del bebé.

—Que esto te quede claro, Eve —me dice James en cuanto Mia y la doctora salen de la sala—. Lo último que nos hace falta es que Mia tenga un hijo ilegítimo de *ese hombre*. Va a abortar, y cuanto antes mejor. —Espera un momento, pensando en cuestiones logísticas—. Si la gente pregunta, diremos que tuvo un aborto espontáneo. Por el estrés de la *situación* —añade—. El feto no sobrevivió.

No digo nada. No puedo, sencillamente. Miro a James, que tiene una solicitud de exclusión de pruebas desplegada sobre las rodillas. Sus ojos escudriñan el documento con más preocupación de la que dedica a nuestra hija y a su hijo nonato.

Intento convencerme de que tiene el corazón donde debe. Pero me pregunto si es así.

No siempre ha sido así. No siempre ha demostrado ese desinterés por su vida familiar. Las tardes tranquilas, cuando James está trabajando y Mia echando la siesta, me descubro a menudo desempolvando recuerdos enternecedores de James y de las niñas: viejas fotografías en las que aparece cogiendo en brazos a Grace o a Mia cuando eran bebés, arrebujadas en sus mantitas. Veo vídeos de James con las niñas cuando eran pequeñas. Le escucho –no a él: a un James distinto– cantarles nanas. Rememoro primeros días de colegio y fiestas de cumpleaños, días especiales que James no quería perderse. Rescato fotografías en las que se le ve enseñando a Mia y a Grace a montar en bicicleta sin ruedines, o nadando juntos en la bonita piscina de un hotel, o viendo los peces del acuario por primera vez.

James procede de una familia muy rica. Su padre es abogado, igual que su abuelo y que su bisabuelo, quizá. La verdad es que no lo sé. Su hermano Marty es diputado del estado, y Brian es uno de los mejores anestesiólogos de la ciudad. Las hijas de Marty, Jennifer y Elizabeth, son abogadas: de empresa y de la propiedad intelectual, respectivamente. Brian tiene tres hijos varones: un abogado de empresa, un dentista y un neurólogo.

James tiene una imagen que mantener. Aunque no se atreva a decirlo en voz alta, siempre está compitiendo con sus hermanos: quién es el más rico, el más poderoso, el Dennett más afamado del país.

Para él, quedar segundo nunca ha sido una opción.

Por las tardes me meto en el sótano y revuelvo entre las viejas cajas de zapatos llenas de fotografías para demostrarme a mí misma que aquello fue real, esos momentos fulgurantes de amor paternal. Que no me lo imaginé. Encuentro un dibujo que hizo Mia con la torpeza propia de sus cinco años. Sus letras mayúsculas e infantiles adornan la ilustración: *TE QUIERO PAPI.* Hay una figura más alta y otra más baja, y parece que sus manos sin dedos están unidas. Unas enormes sonrisas adornan sus caras y a su alrededor, por los márgenes del papel, Mia pegó un montón de pegatinas: casi treinta corazones rojos y rosas. Se lo enseñé a James una noche, cuando volvió a casa del trabajo. Se quedó mirándolo no sé cuánto tiempo, un minuto o más, y luego se lo llevó a su despacho y lo puso en la cajonera negra, sujeto con un imán.

—Es por el bien de Mia —dice, rompiendo el silencio atronador—. Necesita tiempo para recuperarse.

Pero me pregunto si es así de verdad.

Quiero decirle que hay otras soluciones. La adopción, por ejemplo. Mia podría entregar el bebé a una familia que no pueda tener hijos. Podría hacer muy feliz a una pareja desgraciada. Pero James nunca lo aceptaría. Pensaría en las posibles consecuencias: ¿y si la adopción fracasa? ¿Y si los padres adoptivos no quieren quedarse con el niño? ¿Y si el bebé nace con un defecto congénito? O ¿y si, cuando se convierta en un joven, le da por buscar a Mia y vuelve a destrozarle la vida?

El aborto, en cambio, es fácil y rápido. Eso es lo que ha dicho James. Da igual que la culpa persiga a Mia el resto de su vida.

Cuando la doctora Rhodes acaba su sesión con Mia, entra en la sala de espera y, antes de que nos marchemos, pone una mano sobre el brazo de Mia y dice:

—No tienes que decidirlo hoy. Tienes tiempo suficiente.

Pero veo en los ojos de James que él ya ha tomado una decisión.

COLIN

ANTES

No puedo dormir, y no es la primera vez. He probado a contar ovejas, cerdos, cualquier cosa, y ahora estoy paseándome por la habitación. Las noches son duras. Por las noches pienso en ella. Pero lo de esta noche es peor porque la fecha del reloj me recuerda que es su cumpleaños. Y me la imagino completamente sola en casa.

Está oscuro como boca de lobo cuando de repente mis pasos no son los únicos que recorren la habitación.

—Me has dado un susto de muerte —digo.

Casi no distingo su contorno, mis ojos aún no se han acostumbrado a la oscuridad.

—Lo siento —dice, mintiendo—. ¿Qué estás haciendo? —pregunta.

Mi madre siempre me regañaba por el ruido que hacía al andar. Decía que podía despertar a un muerto.

No encendemos la luz. Chocamos a oscuras. Ninguno de los dos se disculpa. Nos apartamos y cada uno se va por su lado.

—No podía dormir —digo—. Intentaba despejar mi cabeza.

—¿De qué? —pregunta, y al principio me quedo callado. Al principio no voy a decírselo. No hace falta que lo sepa.

Pero luego se lo digo. La habitación están tan a oscuras que puedo hacer como que no está ahí. Pero no se trata solo de eso. Esa no es la razón. Es por su forma de decir «da igual» y porque sus pasos empiezan a alejarse: eso es lo que me da ganas de contárselo. Lo que me hace desear que se quede.

Le digo que mi padre se largó cuando yo era niño, pero que no importó gran cosa. De todos modos nunca estaba. Bebía. Iba a los bares y apostaba. Ya andábamos justos de dinero sin que él se lo gastara. Era un mujeriego y un embaucador, le digo. Le digo que aprendí por las malas lo dura que era la vida, cuando no había comida en la mesa ni agua caliente para bañarse. De todos modos, no había nadie que me diera un baño. Yo tenía tres o cuatro años, quizá.

Le digo que mi padre tenía mal genio. Que de niño me aterraba. A mí me gritaba mucho, pero nada más, o casi nada. Pero a mi madre le pegaba. Le pegó más de una vez.

Trabajaba a veces, pero normalmente estaba *buscando empleo*. Lo despedían siempre por no presentarse a trabajar. O por presentarse bebido. O por insultar al jefe.

Mi madre trabajaba constantemente. Nunca estaba en casa porque trabajaba doce horas en la panadería del supermercado, desde las cinco de la mañana, y luego trabajaba como camarera en un bar en el que los hombres intentaban ligar con ella o la tocaban o la llamaban cosas como «bonita» o «muñeca». Mi padre la llamaba zorra. Eso decía: «Zorra, que no vales para nada».

Le digo que mi madre me compraba la ropa en tiendas de saldo, que los días en que se recogía la basura salíamos a dar vueltas por la ciudad en coche y cargábamos la ranchera de mamá con todo lo que encontrábamos. Más de una vez nos echaron de casa y dormimos en el coche. Solíamos pasarnos por la gasolinera antes de ir al colegio para que entrara en el aseo y me lavara los dientes. Al final, los de la gasolinera se dieron cuenta y dijeron que iban a llamar a la policía.

Le cuento lo de todas esas veces en el supermercado, cuando mamá tenía veinte pavos y llenábamos la cesta con cosas que necesitábamos: leche y plátanos, una caja de cereales. Intentábamos llevar la cuenta de cabeza, pero al llegar a la caja siempre eran más de veinte pavos. Así que teníamos que elegir –¿los cereales o los plátanos?– mientras algún capullo de la cola suspiraba y nos decía que nos diéramos prisa. Recuerdo una vez que había un gilipollas detrás de nosotros, en la cola. Estuvo hablando del asunto dos semanas. Decían que la madre de Thatcher no tenía dinero ni para comprar unos putos plátanos.

Me quedo callado y ella no dice nada. Cualquier otra chica se compadecería de mí. Diría que *lo siente muchísimo.* Que debió de ser *muy duro.* Pero ella no. No porque no se compadezca de los demás, sino porque sabe que no es compasión lo que quiero, ni lo que necesito.

Nunca le he hablado a nadie de mi padre.

Ni de mi madre tampoco. Pero a ella sí. Puede que sea por aburrimiento, no sé. Se nos han acabado las cosas que decir. Pero, no sé por qué, creo que no se trata solo de eso, que esta chica tiene algo que hace que sea fácil hablar con ella, que me dan ganas de contárselo todo, de desahogarme. Porque así quizá podré dormir.

—Cuando yo tenía cinco o seis años, mi madre empezó a temblar —digo.

Primero las manos. Empezó a tener problemas en el trabajo. Se le caían las cosas, las vertía. Al cabo de un año arrastraba los pies. No podía caminar derecha. Casi no podía mover los pies, ni los brazos. La gente se le quedaba mirando, le decía que se diera prisa. Dejó de sonreír, dejó de pestañear. Se deprimió. No consiguió conservar un empleo. Era demasiado lenta, demasiado torpe.

—Parkinson —dice la chica, y yo digo que sí con la cabeza, aunque ella no me ve, claro.

Su voz suena tan cerca que podría tocarla, pero no veo la expresión de su cara. No distingo sus ojos azules, sensibles.

—Eso fue lo que dijo el médico.

Más o menos a los doce años, tenía que ayudarla a vestirse. Siempre llevaba chándal porque no podía subirse la cremallera. Cuando entré en el instituto, tenía que ayudarla a hacer pis. No podía cortarse la comida. No podía escribir su nombre.

Se medicaba para controlar los síntomas, pero los medicamentos tenían efectos secundarios. Náuseas, insomnio, pesadillas. Así que dejó de tomarlos. Yo me puse a trabajar cuando tenía catorce años. Ganaba todo el dinero que podía. Nunca era suficiente. Para entonces mi padre ya se había ido. Se largó en cuanto ella cayó enferma. Cumplí los dieciocho, dejé el instituto y me marché de casa. Pensé que podía ganar más dinero en la ciudad. Le mandaba todo lo que ganaba para que pagara las facturas del médico y comprara comida. Para que no acabara en la calle. Pero el dinero nunca alcanzaba.

Y luego, un día, estaba lavando platos en un restaurante. Pregunté si podía hacer unas horas extra, dije que andaba justo de dinero. Mi jefe me contestó: «Como todos». El negocio iba mal, pero conocía un sitio donde podían hacerme un préstamo.

Y el resto es historia.

GABE

ANTES

He localizado en Gary a la familiar más cercana: Kathryn Thatcher, la madre de Colin Thatcher. Encontramos un teléfono móvil guardado en un cajón de la cocina, registrado a nombre de Steve Moss, uno de los alias de Colin Thatcher, y hemos extraído el historial de llamadas. Hay muchas, casi diarias, a una mujer de edad madura residente en Gary, Indiana. Otra cosa que me ha llamado la atención es que hay tres llamadas hechas a un teléfono de prepago la noche en que desapareció Mia, así como unas diez llamadas perdidas del mismo número en las primeras horas de la mañana siguiente. Hago que los técnicos rescaten el buzón de voz y, cuando lo consiguen, nos apiñamos para escuchar los mensajes. Un tipo que quiere saber dónde narices estaba la chica, la hija del juez, y por qué Thatcher no la había entregado. No parece muy contento. De hecho parece muy, muy enfadado. Muy cabreado.

Es entonces cuando me doy cuenta de que Colin Thatcher trabaja para otra persona.

Pero ¿para quién?

Intento localizar al dueño del teléfono de prepago. Sé que compró el teléfono en una tienda de Hyde Park. Pero el propietario de la tienda, un indio que apenas dice tres palabras en inglés, no tiene ni idea de quién lo compró. Por lo visto lo pagaron en metálico. Mala suerte la mía.

Decido interrogar a la madre. El sargento quiere servirse de su influencia para que un tipo de Gary se encargue de ellos, pero le digo que ni pensarlo. Lo haré yo mismo.

En Chicago no tenemos muy buena opinión de Gary, Indiana. Nos gusta pensar que es un antro infernal. La mayoría de la población es pobre. Un porcentaje muy alto de la población es afroamericana y hay enormes acerías junto al lago Michigan que arrojan un humo tóxico a la atmósfera.

El sargento quiere acompañarme, pero lo disuado y voy solo. A fin de cuentas, no queremos que la pobre mujer se asuste y no suelte prenda. Cometí el error de decirle a la señora Dennett que hoy pensaba acercarme hasta allí. No pidió acompañarme, pero lo insinuó. Le puse una mano con cautela sobre el brazo y prometí llamarla a ella antes que a nadie.

Tardo dos horas en llegar. Son solo unos ochenta kilómetros, pero con la cantidad de camiones que circulan por la I-90 avanzo a cincuenta por hora. Cometo la idiotez de pararme a tomar un café en un bar de carretera, y cuando llego a Gary estoy a punto de orinarme en los pantalones. Corro a una gasolinera, y me alegro de llevar un arma escondida debajo de la ropa.

Kathryn Thatcher vive en una casa de color azul pálido. Parece salida directamente de los años cincuenta. El césped está descuidado, los arbustos crecen desordenadamente. Las plantas de las macetas están muertas.

Toco a la puerta mosquitera y espero en el umbral de cemento, que necesita una reparación urgente. Hace un día lúgubre, un típico día de noviembre en el Medio Oeste. Un día anodino. Los cuatro grados de temperatura parecen fríos, aunque sé que dentro de un mes o dos rezaremos para que algún día vuelva a hacer cuatro grados. Como nadie contesta, abro la mosquitera y toco a la puerta de madera, junto a una guirnalda que cuelga de un clavo oxidado. La puerta está abierta. Cede a una ligerísima presión de mi mano. «Maldita sea», pienso. Quizá debería haber traído al sargento. Echo mano de la pistola, entro de puntillas y grito:

—¿Señora Thatcher?

Entro en el cuarto de estar, tan anticuado que tengo que recordarme que no estoy en casa de mi abuela: alfombra de rizo, friso de madera en las paredes, papel pintado medio despegado y sillones que no combinan, uno de piel marrón oscuro, rajado, y otros con tapicería de flores.

El sonido amortiguado de alguien que canturrea desafinadamente en la cocina me tranquiliza. Guardo la pistola en su funda para no asustar a la señora. Y entonces mis ojos se posan en una fotografía de Colin Thatcher y de una mujer que imagino que es Kathryn, vestidos ambos de punta en blanco, colocada en un pequeño marco, sobre el televisor de 27 pulgadas. El televisor está encendido, con el volumen apagado, y una telecomedia ocupa la pantalla.

—Señora Thatcher —llamo otra vez, pero no hay respuesta.

Sigo el canturreo hasta la cocina y toco en el marco de la puerta abierta después de observarla un momento mientras sus dedos temblorosos intentan una, dos, tres veces retirar la tapa de plástico de una comida precocinada. Parece lo bastante mayor para ser la abuela de Colin Thatcher y me pregunto si nos hemos equivocado. Lleva puesta una bata y unas zapatillas de felpa en los pies. Tiene las piernas desnudas y procuro no pensar que quizá no lleve nada debajo de la bata.

—Señora —digo, pisando el suelo de vinilo.

Esta vez, cuando se vuelve, pegando un brinco al oír mi voz y descubrir a un desconocido dentro de su casa, le enseño mi placa para tranquilizarla y que comprenda que no me dispongo a matarla.

—Santo Dios —masculla, y se lleva una mano temblona al corazón—. ¿Colin?

—No, señora —digo, acercándome—. Si me permite. —Estiro el brazo por delante de su frágil cuerpecillo y retiro el plástico del plato precocinado. Tiro el envoltorio húmedo en el rebosante cubo de basura que hay junto a la puerta de atrás. Es una comida infantil para calentar en el microondas, con *nuggets* de pollo, maíz y un *brownie*.

Tiendo una mano para sujetar a la señora Thatcher. Para mi sorpresa, la acepta. Tiene muy poca estabilidad cuando camina y también cuando está parada. Se mueve penosamente, la cara desprovista de expresión. Está encorvada y arrastra los pies. No me cabe duda de que podría caerse en cualquier momento. Le cae saliva de la boca.

—Soy el detective Gabe Hoffman, trabajo en la policía de...

—¿Colin? —pregunta de nuevo, esta vez en tono suplicante.

—Señora Thatcher —digo—, señora, por favor, siéntese.

La ayudo a llegar al rincón del desayuno, donde se sienta. Le llevo la cena y saco un tenedor de un cajón, pero le tiembla tanto la mano que no consigue llevarse la comida a la boca. Coge un *nugget* con la mano.

Aparenta setenta años, pero si es la madre de Colin Thatcher es posible que no tenga más de cincuenta años. Su pelo es gris, aunque en la fotografía del cuarto de estar, que no es de hace tanto tiempo, lo tiene castaño oscuro. Parece haber bajado una o dos tallas de ropa, porque la bata le cuelga como un saco alrededor del cuerpo y la carne que alcanzo a ver se le pega a los huesos. Sobre la encimera hay un surtido de medicamentos, y fruta podrida en una cesta. Y, naturalmente, hay arañazos y hematomas distribuidos por la piel de la señora Thatcher, vestigios –deduzco– de recientes caídas.

Sé que hay un nombre para esto. Lo tengo en la punta de la lengua.

—¿Ha visto a Colin? —pregunto.

Dice que no. Le pregunto cuándo fue la última vez que lo vio. No lo sabe.

—¿Con cuánta frecuencia lo ve? —pregunto.

—Todas las semanas. Corta el césped.

Miro por la ventana de la cocina el jardín cubierto de hojas marchitas.

—¿Cuida de usted? —pregunto—. ¿Corta el césped, hace la compra?

Contesta que sí. Veo la fruta pudriéndose en la encimera, envuelta en una nube de moscas de la fruta. Me permito echar un vistazo a la nevera congelador y encuentro una bolsa de guisantes congelados, un cartón de leche caducada, un par de platos precocinados. La despensa está mal surtida: unas cuantas latas de sopa que probablemente la señora Thatcher no puede abrir por sus propios medios, y galletas saladas.

—¿Saca él la basura? —pregunto.

—Sí.

—¿Cuánto tiempo lleva ayudándola? ¿Un año? ¿Dos?

—Era un niño cuando enfermé. Su padre... —Su voz se apaga.

—Se marchó —concluyo.

Asiente con la cabeza.

—Y ahora Colin... ¿vive con usted?

Sacude la cabeza.

—Viene. De visita.

—Pero ¿esta semana no ha venido?

—No.

—¿Ni la anterior?

No lo sabe. Hay muy pocos platos en el fregadero, pero la basura está llena de platos de papel. Él la habrá animado a utilizarlos –así le es más fácil limpiar y recoger– y saca la basura a la acera todas las semanas, cuando viene.

—Pero hace la compra y la limpieza y...

—Todo.

—Lo hace todo. Pero hace un tiempo que no viene, ¿verdad, señora Thatcher?

El calendario de la pared muestra el mes de septiembre. La leche del frigorífico caducó el siete de octubre.

—¿Le importa que saque la basura? —pregunto—. Veo que está llena.

—De acuerdo —dice.

Cuesta verla temblar. Hace que me sienta incómodo, la verdad.

Agarro la dichosa bolsa de basura, la saco del cubo y salgo por la puerta de atrás. Apesta. Bajo deprisa los tres peldaños y meto la basura en el maletero de mi coche para ocuparme de ella después. Me aseguro de que no hay nadie mirando, echo un vistazo al buzón y recojo lo que hay, un montón tan alto que prácticamente rebosa sobre la acera. Dentro hay una hoja del Servicio de Correos pidiendo al titular de la casa que recoja el resto de su correo en la oficina postal. El cartero ha ido embutiendo a la fuerza lo que ha podido, hasta que ya no cabía más.

Cuando vuelvo a la casa, la señora Thatcher está luchando con el maíz. No puedo soportarlo. Nadie debería tener que esforzarse tanto para comerse una maldita cena precocinada. Me siento en el banco, enfrente de la enjuta mujer y digo:

—Permítame ayudarla.

Cojo el tenedor y le ofrezco un bocado de comida. Duda un momento. Sabe Dios que el día que tengan que darme de comer desearé estar muerto.

—¿Dónde está Colin? —pregunta.

Le doy la comida lentamente, unos pocos granos de maíz cada vez.

—No lo sé, señora. Me temo que Colin puede haberse metido en un lío. Necesitamos que nos ayude usted. —Saco una fotografía de Mia Dennett y se la enseño. Le pregunto si la ha visto alguna vez.

Cierra los ojos.

—En la tele —dice—. La he visto en la tele. Es la que… Ay, Dios, Colin. Colin… —Y empieza a sollozar.

Intento asegurarle que no sabemos nada. Que solo son especulaciones. Que puede que Mia Dennett esté con Colin o puede que no. Pero yo sé que está con él.

Le explico que necesito que me ayude a encontrar a Colin. Le digo que queremos asegurarnos de que Mia y él están bien, de que no está metido en un lío, pero no se lo traga.

Ha perdido el interés en la cena. Su cuerpo deformado se inclina sobre la mesa y repite una y otra vez «Colin, Colin», una respuesta inadecuada para cada pregunta que le hago.

—Señora Thatcher, ¿puede decirme si hay algún lugar al que pueda haber ido Colin si necesitaba esconderse?

Colin.

—¿Puede darme los datos de contactos de familiares o amigos? ¿De cualquier persona con la que pueda haberse puesto en contacto si tenía problemas? ¿Su padre, quizá? ¿Tiene usted una agenda?

Colin.

—Por favor, intente recordar cuándo fue la última vez que hablaron. ¿Ha hablado con él desde la última vez que estuvo aquí? ¿Por teléfono, quizá?

Colin.

No puedo soportarlo. Esto no conduce a nada.

—Señora, ¿le parece bien que eche un vistazo por la casa? Solo voy a ver si hay algo que pueda ayudarme a encontrar a su hijo.

Es como quitarle un caramelo a un niño. Otra madre llamaría a un abogado y exigiría una orden judicial. Pero no la señora Thatcher. Ella sabe lo que será de ella si Colin no vuelve a casa.

La dejo llorando sobre la mesa del desayuno y me disculpo.

Paso junto a un comedor, un aseo y un dormitorio de matrimonio y acabo en el cuarto de un Colin Thatcher de diecisiete años: paredes de color azul marino, banderines de los White Sox –cielo santo– y libros de texto del instituto que nunca fueron devueltos. En el armario todavía cuelga alguna ropa: una camiseta de fútbol americano y un par de vaqueros rajados, y, en el suelo, un par de zapatillas de tacos sucias. Hay carteles de atletas de los años ochenta clavados con chinchetas en las paredes y, colgada en el armario, donde su madre no pueda verlo, un discreto póster de Cindy Crawford. Doblada a los pies de la cama hay una manta que probablemente tejió Kathryn cuando todavía podía hacerlo, y un agujero en la pared donde, en un arrebato de rabia, Colin tal vez diera un puñetazo. Hay un radiador en la pared, bajo la ventana y, en un marquito junto a la cama, un Colin muy pequeño, una Kathryn muy guapa y un trocito de la cabeza de un hombre. El resto sin duda lo rasgaron y lo tiraron.

Al volver, me entretengo a contemplar las vistas. Me asomo al dormitorio de matrimonio, cuya cama deshecha apesta a sudor. Hay ropa sucia amontonada. Las persianas están cerradas, la habitación a oscuras. Enciendo la luz, pero está fundida. Tiro del cordel de la bombilla del armario y un rayito de luz entra en la habitación. Hay fotografías de Colin Thatcher en todas las fases de su vida. No parece muy distinto a mí. El típico bebé rollizo convertido en jugador de fútbol, convertido a su vez en el delincuente más buscado del país. Hay dientes de león prensados y enmarcados bajo un cristal: debió de recogerlos para ella cuando era niño. Hay un dibujo de palotes. ¿Suyo? Y un teléfono inalámbrico tirado en el suelo. Lo recojo y lo coloco en su soporte. No funciona. La batería tardará varias horas en cargarse.

Tomo nota de que debo pedir los registros del teléfono. Pienso en la posibilidad de pincharlo.

En el cuarto de estar, paso los dedos por las teclas de un piano polvoriento. Está desafinado, pero el sonido atrae a la señora Thatcher, que entra tambaleándose. Tiene maíz en la barbilla. Pierde pie y de alguna manera me las arreglo para sujetarla.

—Colin —dice por enésima vez cuando la hago sentarse en el sofá.

La animo a tumbarse y le pongo una almohada bajo la cabeza. Encuentro el mando a distancia y subo el volumen de la tele. Sabe Dios cuánto tiempo habrá estado viéndola sin sonido.

Hay álbumes de recortes en una estantería de roble, uno por cada año de la vida de Colin Thatcher, hasta que cumplió los trece. Cojo uno y me dejo caer en una butaca de piel. Echo una ojeada a sus páginas. Los *boy scouts*. Trabajos de clase y boletines de notas. Colecciones de hojas recogidas en paseos vespertinos y prensadas en las páginas de una gruesa enciclopedia. Recortes de periódico. Puntuaciones de minigolf. Una lista de regalos navideños. Una postal dirigida a la señora Kathryn Thatcher desde Grand Marais,

Minnesota, con un sello de quince centavos pegado, torcido, en la esquina. La fecha *1989* aparece impresa en la postal. La fotografía es de un bosque, un lago, naturaleza. El texto es muy sencillo: *Papá es un asco. Te echo de menos.*

Hay fotografías a porrillo, casi todas tan antiguas que amarillean y empiezan a doblarse.

Me quedo con Kathryn Thatcher todo el tiempo que puedo. Necesita compañía. Pero no es solo eso lo que necesita: necesita algo que yo no puedo darle. Me he despedido y le he prometido que estaríamos en contacto, pero no me marcho. Los platos precocinados tardarán poco en acabarse, y solo hace falta una caída para que una conmoción cerebral acabe con su vida.

—Señora, no puedo dejarla aquí —reconozco.

—Colin —susurra ella.

—Lo sé —digo—. Colin cuida de usted. Pero Colin no está ahora mismo, y usted no puede estar sola. ¿Tiene familia, señora Thatcher? ¿Alguien a quien pueda llamar?

Me tomo su silencio como una negativa.

Lo cual me hace dudar. Si Colin ha estado tanto tiempo ocupándose de su madre enferma, ¿por qué iba a dejarla ahora?

Saco un par de cosas del armario de la señora Thatcher y las meto en una bolsa. Recojo los medicamentos. Hay una residencia en Gary. Por ahora, tendrá que servir con eso.

Le digo a la señora Thatcher que vamos a ir a dar una vuelta.

—Por favor, no —me suplica mientras la conduzco al coche—. Por favor, quiero quedarme aquí. No quiero irme.

Le he echado un abrigo sobre la bata. En los pies sigue llevando las zapatillas de felpa.

Protesta con toda la vehemencia que puede, que no es mucha. Sé que no quiere irse. No quiere abandonar su casa, pero no puedo dejarla aquí.

Un vecino sale al porche de su casa para ver a qué viene tanto alboroto. Extiendo la mano y le digo:

—No pasa nada.

Le enseño mi insignia.

Ayudo a la señora Thatcher a subir al coche y le abrocho el cinturón de seguridad. Está llorando. Conduzco todo lo deprisa que puedo. Dentro de unos minutos esto habrá acabado.

Pienso en mi madre.

Un auxiliar sale a recibirme en el aparcamiento con una silla de ruedas y saca en vilo a la señora Thatcher del coche como un animal de peluche en brazos de un niño. Después de ver cómo lleva la silla de ruedas al interior del edificio, salgo del aparcamiento a toda pastilla.

Más tarde registro la bolsa de basura con un par de guantes de látex. No hay más que desperdicios inútiles, con excepción de un tique de gasolina con fecha 29 de septiembre –deduzco que a la señora Thatcher le han retirado el permiso de conducir– y otro de un supermercado con la misma fecha. Treinta y dos dólares en total. Suficiente para durar una semana. Colin Thatcher pensaba volver una semana después. No tenía previsto desaparecer.

Hurgo en el correo. Facturas, facturas y más facturas. Avisos pasados de fecha. Pero nada más.

Pienso en esa postal, en todos esos árboles. Pienso que tal vez Grand Marais sea un sitio fantástico para visitarlo en otoño.

COLIN

ANTES

Le digo que mi madre se llama Kathryn. Le enseño una foto que llevo en la cartera, por si acaso. Es una foto antigua, hecha hace una década, más o menos. Dice que tengo sus ojos, serios y misteriosos. Mi madre tiene una sonrisa forzada y enseña un diente torcido que la saca de quicio.

—Cuando hablas de ella —me dice—, sonríes.

Mi madre tiene el pelo oscuro, como yo. Liso como una flecha. Le digo que mi padre también. Mis rizos son un misterio, el resultado de un gen recesivo, supongo. No conocí a mis abuelos, así que no sé si tenían el pelo rizado.

No puedo ir a casa por diversos motivos, pero lo que nunca menciono es que la policía quiere verme entre rejas. Tenía veintitrés años cuando quebranté la ley por primera vez. Eso fue hace ocho años. Intenté vivir como es debido. Intenté cumplir las normas, pero se me torcieron las cosas. Robé en una gasolinera y le mandé a mi madre todo el dinero para pagar su medicación. Unos meses después hice lo mismo para pagar las facturas del médico. Calculé cuánto dinero podía ganar vendiendo maría y me dediqué un tiempo a eso, hasta que un policía secreta me pescó y tuve que pasar unos meses en la cárcel. Después, intenté hacer las cosas bien, pero cuando mi madre recibió un aviso de desahucio me entró la desesperación.

No sé por qué he tenido la suerte de mi lado. No me explico

por qué he pasado tanto tiempo sin que la policía me metiera un paquete, un paquete de verdad. En parte deseo que ocurra para no tener que seguir así, en fuga, escondiéndome detrás de nombres falsos.

—Entonces… —comienza ella.

Estamos fuera, caminando entre los árboles inmensos. Es un día templado de noviembre, las temperaturas casi rozan los diez grados y ella lleva mi chaqueta, se hunde en ella y lleva las manos metidas en los bolsillos. La capucha le envuelve la cabeza. No sé cuánto tiempo llevamos andando, pero ya no veo la cabaña. Pasamos por encima de árboles caídos y aparto las ramas de un abeto para que pase por su lado sin tener que luchar a brazo partido con un árbol de casi veinte metros de alto. Subimos por cuestas y casi nos caemos por barrancos. Apartamos a patadas las piñas y escuchamos la llamada de los pájaros. Nos apoyamos contra una tsuga del Pacífico, en medio de una docena de otros árboles parecidos, para recuperar el aliento.

—Entonces, no te llamas Owen.

—No.

—Y tampoco eres de Toledo.

—No.

Pero no le digo cómo me llamo.

Le digo que mi padre me trajo aquí una vez, a Minnesota, a la Gunflint Trail. Le digo que la cabaña es suya, que pertenece a su familia desde tiempo inmemorial. Que mi padre conoció a una señora.

—No me explico qué vio en él —le digo—, y tampoco sé si duró.

Hacía años que no hablábamos y yo prácticamente me había olvidado de él. Luego, un día, me invitó a ese viaje. Alquilamos una autocaravana. Fuimos desde la casa que él tenía en Gary, Indiana, hasta Minnesota. Eso fue mucho antes de que se mudara a Winona para trabajar en el Departamento de Transportes. Yo no quería ir, pero mi madre me dijo que tenía que hacerlo. Creía ingenuamente que mi padre quería arreglar las cosas conmigo, pero se equivocaba.

—Su novia tenía un hijo más o menos de mi edad que era un capullo. Así que mi padre planeó unas grandes vacaciones, como si fuera lo más normal del mundo. La señora, su hijo y yo. Quería impresionarla. Me prometió una bicicleta si no hacía nada para fastidiar las cosas. Mantuve la boca cerrada todo el tiempo. Y nunca vi la bici.

Le cuento que no he hablado con él desde entonces. Pero de todos modos le sigo la pista. Solo por si acaso.

Dice que no entiende cómo me oriento en el bosque. Le digo que estoy acostumbrado. Por los *boy scouts*, por una parte, y por una capacidad innata para saber dónde está el norte y dónde el sur. Además, de niño pasé mucho tiempo vagabundeando por los bosques: cualquier cosa con tal de escapar de las peleas de mis padres.

Me sigue el ritmo mientras camino entre los árboles. No se cansa.

¿Cómo es que una chica que creció en la ciudad conoce los nombres de todos los árboles? Me los va señalando –abeto balsámico, pino, picea– como si esto fuera una puta clase de biología. Sabe que las bellotas son de los robles y que esos absurdos helicópteros pequeñitos caen de los alces.

Supongo que no hace falta ser un genio para saberlo. Es solo que a mí nunca me ha interesado, hasta que vi cómo sus manos soltaban las semillas y observé sus ojos mientras miraba maravillada cómo caían girando al suelo.

Enseña sin intención de hacerlo. Me dice que esos helicópteros se llaman sámaras y que los cardenales rojos son los machos. Le ofende que todos los animales llamativos sean machos y que las hembras sean tan sosas. Los cardenales, los patos, los pavos reales, los leones. Nunca me había fijado en la diferencia. Si los hombres no se hubieran portado tan mal con ella, no estaría tan ofendida.

Dice que nunca ha sido capaz de expresar con palabras lo que la hace sentir su padre. Y que de todos modos yo no lo entendería porque nunca le ha pegado ni ha permitido que pasara una noche al raso. Nunca dejó que se fuera a la cama sin cenar.

Tiene un alumno llamado Romain, un chico negro que pasa casi todas las noches en un albergue para indigentes del lado norte de la ciudad. Va a la escuela porque quiere, aunque nadie lo obliga. Tiene dieciocho años e intenta sacarse el título de bachillerato porque no se conforma con el graduado escolar. Se pasa las mañanas empollando en el colegio y las tardes barriendo calles. Las noches las pasa pidiendo dinero en el metro. Ella trabajó como voluntaria en un albergue para indigentes, para ver cómo era.

—Estuve dos horas quitando lonchas de queso mohoso de sándwiches empaquetados —dice.

El resto de los sándwiches estaba en buen estado, y los residentes pudieron comérselos.

Quizá no sea tan egocéntrica como yo creía.

Conozco la mirada de unos ojos desdeñosos, de unos ojos que miran sin ver nada. Conozco el tono de desprecio de una voz. Conozco el sentimiento de traición y la desilusión que se sienten cuando alguien que podría darte el mundo entero se niega a darte aunque sea un pedacito minúsculo.

Puede que no seamos tan distintos, después de todo.

GABE

ANTES

Compruebo los registros telefónicos del número de Kathryn Thatcher. Ni una sola llamada sospechosa a la vista. La última vez que habló con su hijo fue cuando la llamó desde un móvil registrado a nombre de Steve Moss, a finales de septiembre. El resto son llamadas comerciales, agencias de cobro a morosos y recordatorios de citas con el médico a las que no acudió.

Llamo a la residencia de Gary. La persona que atiende el teléfono pregunta si soy un familiar. Le digo que no, y no me hacen ni caso. Oigo a un anciano gritar de fondo. Intento no imaginarme a la señora Thatcher oyendo esos berridos. Sé que la alteraría. Me recuerdo que está bien alimentada, aseada, atendida.

Me recuerdo que no soy su hijo. Que no es responsabilidad mía.

Pero aun así no puedo quitarme una imagen de la cabeza: la de mi propia madre sentada con su albornoz a los pies de una cama hundida, mirando distraídamente por la ventana sucia, sola y desanimada, mientras un anciano desdentado grita en el pasillo. Las enfermeras, mal pagadas, la ignoran. Lo único que espera ya es el día de su muerte.

El caso de Mia Dennett aparece cada noche en las noticias gracias a la presión que ejerce el juez, pero aun así no hay pistas.

He hecho averiguaciones en el Departamento de Tráfico y no hay ningún vehículo registrado a nombre de Colin Thatcher o

Steve Moss, ni tampoco a nombre de Kathryn Thatcher. Nos hemos puesto en contacto con todas las personas que conocían a Colin Thatcher que hemos podido encontrar. Los amigos son muy pocos: solo un par de compañeros de instituto que hace años que no hablan con él. Hay una exnovia en Chicago a la que quizá –no estoy del todo seguro– pagaba a cambio de sexo. No cuenta nada bueno de él. Es una mujer despechada. No me ofrece nada de valor, salvo un revolcón si me apetece, y no me apetece. Varios maestros aseguran que era un chico con muy mala suerte. Otros lo describen como un inadaptado. Los vecinos de la señora Thatcher no saben qué pasa dentro de la casa, pero sí pueden decirme que conduce una camioneta. ¿Color? ¿Marca? ¿Modelo? Nadie parece saberlo. Todas las respuestas se contradicen. No me molesto en preguntarles por la matrícula.

De vez en cuando, mi mente vaga de nuevo hacia la postal de Grand Marais. Me descubro informándome en Internet sobre la localidad portuaria y pidiendo folletos de viaje *online*. Busco cuántos kilómetros hay entre Chicago y Grand Marais y llego al punto de pedir las grabaciones de las cámaras de tráfico a lo largo de la ruta, aunque no tengo ni idea de qué estoy buscando.

Estoy en un callejón sin salida. No hay nada que hacer, salvo esperar.

COLIN

ANTES

Qué mala suerte la mía: la chica todavía está durmiendo cuando oigo arañar en la puerta delantera. Me llevo un susto de muerte. Me levanto de un salto del sofá andrajoso y me doy cuenta de que no tengo la pistola. Está amaneciendo, acaba de empezar a salir el sol. Aparto la cortina para echar un vistazo, pero no veo nada. Qué diablos, pienso. Abro la puerta y descubro que el dichoso gato nos ha traído un ratón muerto. Llevaba días desaparecido. Tiene mal aspecto, casi tan malo como el ratón medio decapitado que tiene junto a las zarpas manchadas de sangre.

Lo cojo en brazos. Ya me encargaré del ratón más tarde. De momento el maldito gato es mi rehén. Parece cosa del cielo, si creyera en esos rollos. Los armarios están vacíos. No queda comida. Si no voy pronto a la tienda, nos moriremos de hambre.

No espero a que se despierte. Entro en el dormitorio y digo:

—Me voy al pueblo.

Se incorpora al oír mi voz. Está atontada por el sueño y se frota los ojos.

—¿Qué hora es? —pregunta, pero no le hago caso.

—Este se viene conmigo.

El gato suelta un maullido. Eso llama su atención. Se pone en guardia. Le tiende las manos, pero yo retrocedo. El muy cabrón me araña el brazo.

—¿Cómo lo has…?

—Si todavía estás aquí cuando vuelva, no tendré que matarlo.
Y entonces me voy.

Corro al pueblo. Paso de los ciento diez en un tramo de noventa. Me jugaría la cabeza a que la chica no va a hacer ninguna tontería, pero tampoco puedo sacarme esa idea de la cabeza: la cabaña rodeada de policías esperándome cuando vuelva.

Paso por un par de tiendas de artículos de caza y pesca, camino de Grand Marais. Siempre intento jugar al despiste. Creo que no he estado dos veces en el mismo sitio. Lo último que me hace falta es que alguien me reconozca.

Pero ahora mismo solo pienso en conseguir comida.

Conozco a un tipo especializado en falsificar documentación, en fabricar identidades falsas y todo eso. Encuentro un teléfono público enfrente de la ferretería y me saco un par de monedas de veinticinco centavos del bolsillo. Rezo por no estar cometiendo un error. No hacen falta tres minutos, o lo que digan en televisión, para localizar una llamada. Las malditas operadoras pueden hacerlo en cuanto se produce la conexión. En cuanto marco el número. Lo único que hace falta es que Dan le diga a la poli que lo he llamado y mañana a estas horas estarán frente a la ferretería Sam, buscándome.

Es cuestión de arriesgarse. Podemos intentar sobrevivir el resto del invierno pero ¿y luego qué? Luego, estaremos jodidos. Si cuando llegue la primavera seguimos vivos, no tendremos dónde escondernos.

Así que meto las monedas y marco el número.

Cuando vuelvo, baja corriendo los escalones cubiertos de nieve para quitarme al puñetero gato de las manos.

Me grita que no se habría marchado. Me insulta por amenazar al gato.

—¿Cómo rayos querías que lo supiera? —pregunto.

Saco las bolsas de papel llenas de conservas del asiento trasero de la camioneta. Debe de haber una docena, repletas hasta arriba con diez o quince latas de comida. Ya está, me digo. Es mi último viaje al pueblo. Hasta que estén listos los pasaportes, iremos tirando con sopa concentrada, judías cocidas y tomate en conserva. Con eso, y con lo que pesque en el lago helado.

Me agarra por el brazo y me obliga a mirarla. Me aprieta con firmeza.

—No me habría marchado —repite.

Me aparto y le digo:

—No iba a arriesgarme.

Subo los escalones, dejándola sola con el gato, fuera.

Me convence para que deje entrar al gato. Cada día hace más frío. No sobrevivirá al invierno.

—Ni hablar —digo.

Pero ella insiste.

—El gato se queda —dice, así como así.

Algo está cambiando.

Le cuento que de niño trabajé con mi tío. Me cuesta hablar, pero uno no puede soportar tanto silencio.

Empecé a trabajar con el hermano de mi madre cuando tenía catorce años. Aquel vago barrigudo me enseñó a hacer toda clase de chapuzas de modo que, al final, era yo quien hacía todo el trabajo y él quien se llevaba el 90 por ciento de la paga.

En mi familia nadie fue a la universidad. Nadie. Puede que algún primo lejano sí, digo yo, pero nadie que yo conozca. Todos son obreros. La mayoría trabajan en las acerías de Gary. Crecí en un mundo en el que, como blanco, formaba parte de una minoría. Un mundo en el que casi un cuarto de la población vivía por debajo del umbral de la pobreza.

—La diferencia entre tú y yo —le digo— es que yo me crie sin nada. No esperaba nada más. Sabía que no lo conseguiría.

—Pero debías de soñar con llegar a ser *algo*, ¿no?

—Soñaba con mantener la situación tal y como estaba. Con no caer más bajo de lo que ya estaba. Pero no pudo ser.

Mi tío, Louis, me enseñó a arreglar grifos que goteaban y a instalar calentadores. A pintar habitaciones y a sacar un cepillo de dientes de un váter. A recortar los bordes de una pradera de césped, a arreglar una puerta de garaje y a cambiar la cerradura de una casa cuya propietaria había echado a patadas a su ex. Cobraba veinte dólares por hora. Al final de la jornada, me mandaba a casa con unos treinta dólares de mi propiedad. Yo sabía que me estaba estafando. Cuando cumplí los dieciséis ya trabajaba por mi cuenta. Pero era un trabajo precario. Y yo necesitaba algo más estable. En Gary hay mucho paro.

Me pregunta con qué frecuencia visito a mi madre. Me pongo tenso al oír hablar de ella y no contesto.

—Estás preocupado por ella —dice.

—No puedo ayudarla estando aquí.

Y entonces se da cuenta.

—El dinero —dice—. Los cinco mil dólares…

Suspiro. Le digo que eran para ella. Ya no se toma la medicación a no ser que yo la obligue. Dice que se le olvida. Pero la verdad es que no quiere sufrir los efectos secundarios. Le cuento que voy a Gary, a su casa, los domingos. Que organizo las medicinas, las coloco en un pastillero, la llevo a hacer la compra, limpio la casa. Pero mi madre necesita algo más. Necesita que alguien cuide de ella todo el tiempo, no solo los domingos.

—Una residencia —dice.

Yo quería llevar a mi madre a una residencia y tenía pensado usar esos cinco mil dólares para meterla en una. Pero ahora no hay dinero, claro, porque me dejé llevar por un impulso, preferí salvar a la chica y acabé haciéndole la pascua a mi madre y a mí mismo, de paso.

Pero en el fondo sé por qué lo hice. Y no fue por la chica. Si mi madre hubiera descubierto después, cuando hubiera saltado la noticia de que habían encontrado asesinada a la chica, que había sido yo quien la había secuestrado, se habría muerto de pena. Los cinco mil dólares ya no habrían importado. Mi madre estaría muerta. O, si no, desearía morirse. Ella no me educó para que me comportara así.

No se me ocurrió pensarlo hasta que la chica estuvo en mi camioneta, cuando dejé de ver signos de dólar y cobré conciencia de la realidad: la chica llorando a mi lado, la imagen de los matones de Dalmar sacándola a la fuerza de la camioneta, los treinta años en prisión. Cuando saliera en libertad, mi madre habría muerto. ¿De qué serviría, entonces?

Empiezo a pasearme por la habitación. Estoy enfadado. No con ella. Conmigo mismo.

Pregunto:

—¿Qué clase de persona quiere meter a su madre en una residencia porque está harto, porque está hasta los cojones de ocuparse de ella?

Es la primera vez que me permito bajar la guardia. Me recuesto contra la pared de pino y me llevo la mano a la frente. Me duele la cabeza. Miro sus ojos receptivos y pregunto otra vez:

—En serio, ¿qué clase de persona metería a su madre en una residencia porque no quiere seguir ocupándose de ella?

—Lo que uno puede hacer tiene un límite.

—Yo puedo hacer más —le espeto.

Está de pie delante de la puerta de la cabaña, viendo caer la nieve. El maldito gato da vueltas alrededor de sus pies, suplicándole que lo deje salir. Pero no va a dejarlo. Esta noche no.

—¿Sí?

Le digo que algunos domingos, cuando llego, me sorprende que todavía esté viva. La casa está patas arriba. No ha comido. Las comidas que le dejé en el frigorífico siguen ahí. A veces la puerta está abierta. Otras, el horno está encendido. Le pedí que viniera a vivir conmigo, pero me dijo que no. Que aquella era su casa. No quería marcharse de Gary. Lleva allí toda su vida. Creció allí.

—Hay vecinos —digo—. Una señora va a echarle un ojo una

vez a la semana, recoge la correspondencia, se asegura de que tiene comida suficiente. Tiene setenta y cinco años, pero se maneja mejor que mi madre. Pero cada cual tiene su vida. No puedo esperar que cuiden a una mujer mayor por hacerme un favor a mí.

Le cuento que tengo también una tía, Valerie, que vive cerca, en Griffith. Nos echa una mano de vez en cuando. Espero que se haya enterado de algún modo: que la haya llamado un vecino, que me haya visto en la tele. Espero que haya descubierto que mi madre está sola y que haga algo, lo que sea, para ayudarla.

Mi madre no sabía lo de la residencia, pero nunca ha querido ser un estorbo. Y era lo mejor que podía hacer por ella. Una solución de compromiso.

Pero yo sé que lo de la residencia es una solución de mierda. Nadie quiere vivir en una residencia. Pero no había una alternativa mejor.

Recojo mi chaqueta del brazo de una silla. Estoy enfadado conmigo mismo. He dejado a mi madre en la estacada. Me pongo los zapatos bruscamente, meto los brazos en la chaqueta. No quiero mirarla. Casi la atropello al llegar a la puerta.

—Está nevando —dice. No se apresura a apartarse. Me pone una mano en el brazo e intenta detenerme, pero me la sacudo de encima—. No deberías salir en una noche así.

—Me da igual. —Paso a su lado empujándola y abro la puerta. Coge al gato en brazos para que no se escape—. Joder, necesito tomar el aire —digo antes de dar un portazo.

EVE

ANTES

Unos días después de Acción de Gracias, una mujer mete en el microondas a su bebé de tres semanas y otra degüella a su hijo de tres años. No es justo. ¿Por qué a esas ingratas se les ha concedido el don de tener hijos cuando a mí me han arrebatado a la mía? ¿Tan mala madre he sido?

El día de Acción de Gracias hizo un tiempo de primavera: temperaturas de más de quince grados y mucho sol. El viernes, el sábado y el domingo, igual, aunque mientras nos comíamos las últimas sobras de puré de patatas y relleno, se estaba preparando un típico invierno en Chicago. El hombre del tiempo lleva días advirtiéndonos de que se acerca un temporal de nieve que llegará el jueves por la noche. En las tiendas se ha agotado el agua embotellada porque la gente se prepara para refugiarse en sus casas. Dios mío, pienso yo, es invierno, sucede todos los años, no es que vaya a estallar una bomba atómica.

Aprovecho los días buenos para decorar la casa. No estoy de un ánimo muy festivo, pero de todos modos lo hago, para ahuyentar el aburrimiento y los horribles pensamientos que llenan mi cabeza. Para alegrar la casa, aunque ni James ni yo vayamos a notarlo, pero por si acaso. Por si acaso Mia está aquí por Navidad para disfrutar del árbol, de las luces y de su viejo calcetín de cuando era niña, con el ángel bordado al que empieza a caérsele el pelo.

Llaman a la puerta. Doy un respingo, como me pasa siempre, y se me pasa por la cabeza una idea. ¿Será Mia?

Estoy enredada en lucecitas blancas, probándolas en el enchufe y tratando de desenredar doce meses de nudos. Nunca me explico cómo pueden formarse los nudos dentro de las cajas de plástico, en el desván, y sin embargo todos los años, con la misma certeza con que llega el implacable invierno de Chicago, las luces se enredan. En el estéreo suena música navideña celta: *Carol of the Bells*. Todavía estoy en pijama, un conjunto de seda a rayas: camisa abotonada y pantalones de los que se atan con cordel. Son casi las diez de la mañana y por tanto puede considerarse aceptable –a mi modo de ver– que esté en pijama, aunque mi café se ha quedado frío y la leche empieza a agriarse. La casa está hecha un desastre: hay cajas de almacenamiento de plástico, rojas y verdes, dispersas aquí y allá, con las tapas quitadas y tiradas a un lado para que no estorben. Hay ramas del árbol de Navidad artificial que montamos todos los años desde que James y yo alquilamos un apartamento en Evanston, mientras él acababa la carrera de Derecho. Están amontonadas en medio del cuarto de estar. He echado un vistazo a las cajas de adornos que hemos ido coleccionando con los años. Hay de todos, desde bolas que recuerdan la primera Navidad de nuestras hijas a esos bastones de caramelo que las niñas hicieron con cuentas en tercer curso. Pero esos son los adornos que rara vez llegan al árbol, obligados a permanecer en la caja, cogiendo polvo. Siempre me he empeñado en que nuestro árbol fuera espléndido, para que causara admiración entre los invitados a las fiestas navideñas. Odiaba los cachivaches horteras que llenaban otras casas en Navidad, los muñecos de nieve y las figuritas que la gente coleccionaba con los años.

Este año, en cambio, juro que los primeros que colgaré serán los adornos de las niñas.

Me levanto del suelo, dejando atrás las luces. Veo al detective Hoffman mirando por el cristal biselado. Abro la puerta y doy la bienvenida a una ráfaga de aire frío que me sale al paso.

—Buenos días, señora Dennett —dice mientras entra en mi casa sin necesidad de que lo invite.

—Buenos días, detective. —Me paso una mano por el pelo despeinado.

Echa un vistazo a la casa.

—Veo que está decorando —dice.

—Eso intento —respondo—, pero las luces están todas enredadas.

—Bien —empieza a decir, quitándose la chaqueta ligera y dejándola en el suelo, junto a sus zapatos—, soy un experto en desenredar luces de Navidad. ¿Le importa? —pregunta, y con un ademán le indico que está en su casa, agradecida de que haya alguien dispuesto a acabar una tarea tan pesada.

Le ofrezco un café sabiendo que va a aceptar porque siempre acepta. Sé también que lo toma con leche y montones de azúcar. Aclaro mi taza, vuelvo a llenarla y regreso al cuarto de estar con una taza en cada mano. Está arrodillado en el suelo, desenredando delicadamente la sarta de luces con la yema de los dedos. Dejo su café sobre un posavasos, en un extremo de la mesa, y me siento en el suelo para echarle una mano. Ha venido a hablar de Mia. Pregunta por un pueblo de Minnesota. ¿He estado alguna vez allí, o ha estado Mia? Le digo que no.

—¿Por qué? —pregunto, y se encoge de hombros.

—Simple curiosidad.

Dice que ha visto unas fotografías del pueblo. Y que parece precioso. Un pueblo portuario, a unos sesenta y cinco kilómetros de la frontera canadiense.

—¿Tiene algo que ver con Mia? —pregunto y, aunque intenta esquivar la pregunta, descubre que no puede—. ¿Qué ocurre? —insisto.

—Solo una corazonada —contesta, y luego reconoce—: No sé nada. Pero lo estoy comprobando. —Y, al ver que mis ojos le suplican desesperadamente más información, promete—: Será la primera en saberlo.

—Está bien —concedo tras dudar un momento, sabiendo que el detective Hoffman es el único a quien le importa mi hija casi tanto como a mí.

Hace casi dos meses que Gabe Hoffman empezó a presentarse en casa por sorpresa. Viene cada vez que tiene ese impulso: una pregunta rápida sobre Mia, alguna idea que se le ha ocurrido en plena noche. Odia que lo llame «detective» tanto como yo odio que me llame «señora Dennett», y sin embargo mantenemos esa apariencia de formalidad cuando, después de llevar semanas hablando en detalle de la vida privada de Mia, lo normal sería que nos tuteáramos. Es un maestro en el arte de la charla sin importancia, y en el de andarse por las ramas. James sigue sin estar convencido de que no sea un idiota. Pero a mí me parece encantador.

Deja un momento su tarea, coge la taza de café y toma un sorbo.

—Dicen que va a nevar un montón —responde, cambiando de tema.

Pero mi mente sigue perdida en ese pueblo portuario. Grand Marais.

—Treinta centímetros de nieve —digo—. Puede que más.

—Sería bonito que hubiera nieve en Navidad.

—Sí —contesto—, pero nunca pasa. Y quizá sea mejor así. Con todos los viajes y los recados que hay que hacer en las fiestas, puede que sea una suerte que no nieve.

—Seguro que usted ya tendrá todas las compras hechas mucho antes de Navidad.

—¿Eso cree? —pregunto, un poco sorprendida por su comentario, y añado—: No tengo mucha gente a la que comprarle regalos. Solo James y Grace y... —Vacilo—. Mia.

Se queda parado y dejamos pasar un momento de silencio en honor de Mia. Podría ser violento y sin embargo ha pasado casi un millón de veces estos últimos dos meses, cada vez que se menciona su nombre.

—No parece de las que dejan las cosas para más adelante —comenta pasado un momento.

Me río.

—Dispongo de demasiado tiempo libre para hacer eso —digo, y es cierto. Con James trabajando todo el día, ¿qué más tengo que hacer, aparte de ir a comprar regalos de Navidad?

—¿Siempre se ha dedicado a sus labores? —pregunta, y me siento más derecha, preguntándome, incómoda, cómo hemos pasado de la decoración navideña y el tiempo a esto.

Odio la expresión «sus labores». Es muy años cincuenta, muy antigua. Ahora tiene connotaciones negativas, algo que no siempre ocurría hace cincuenta y tantos años.

—¿Qué quiere decir con «sus labores»? —pregunto, y añado—: Tenemos una asistenta, ¿sabe? Y yo cocino a veces, pero normalmente James llega tarde a casa y yo acabo comiendo sola. Así que no creo que pueda decirse que me dedico a «mis labores». Si a lo que se refiere es a si nunca he tenido un empleo remunerado…

—No era mi intención ofenderla —me interrumpe.

Parece avergonzado, sentado a mi lado en el suelo, separando las luces. Está haciendo grandes progresos, muchos más que yo. Una sarta de luces yace casi completamente desenredada ante él y, cuando se inclina para probarlas en el enchufe, me asombra que funcionen todas.

—Bravo —digo, y luego miento—: No me ha ofendido.

Le doy unas palmaditas en la mano, que es algo que no había hecho hasta ahora: ningún gesto que perturbe los noventa centímetros de espacio físico que nos separan.

—Trabajé un tiempo como interiorista —digo.

Mira la habitación fijándose en los detalles. Decoré nuestra casa yo misma, una de las pocas cosas de las que estoy orgullosa, mucho más que de mi labor como madre. Hizo que me sintiera realizada, algo que no experimentaba desde hacía mucho, mucho tiempo, desde antes de que nacieran las niñas y de que mi vida se redujera a cambiar pañales empapados y limpiar el puré de patata que mis hijas tiraban al suelo.

—¿No le gustaba? —pregunta el detective Hoffman.

—No, qué va, me encantaba.

—¿Qué pasó? Si no le importa que se lo pregunte.

Pienso para mis adentros que tiene una sonrisa muy bonita. Es dulce, juvenil.

—Pasó que fui madre, detective —contesto despreocupadamente—. Y los hijos lo cambian todo.

—¿Siempre quiso tener hijos?

—Supongo que sí. Soñaba con tener niños desde que era pequeña. Es algo en lo que pensamos todas las mujeres.

—¿La maternidad es una vocación, como dicen? ¿Algo para lo que las mujeres están programadas por instinto?

—Mentiría si le dijera que no me puse loca de contento cuando descubrí que estaba embarazada de Grace. Me encantaba estar embarazada, sentirla moverse dentro de mí.

Se sonroja, avergonzado por esta confesión repentina.

—Cuando nació, fue como si saliera de un trance. Había soñado con acunar a mi niña hasta que se durmiera, con calmarla con el sonido de mi voz. Pero me enfrenté a noches sin pegar ojo, a un completo delirio por falta de sueño, a llantos que no había forma de calmar. Nos peleábamos por la comida, había berrinches, y durante años no tuve tiempo de limarme las uñas o maquillarme. James se quedaba hasta tarde en el despacho y cuando llegaba a casa no tenía muchas ganas de estar con Grace: respecto a la crianza, se lavaba las manos. Eso era trabajo mío: un trabajo de todo el día y toda la noche, agotador, ingrato. Y al final del día siempre parecía sorprendido cuando le decía que no había tenido tiempo de ir a recoger su ropa a la tintorería o de doblar la colada.

Se hace un silencio. Esta vez, un silencio incómodo. He hablado demasiado, he sido demasiado franca. Me levanto, empiezo a meter las ramas del árbol de Navidad en el poste central. El detective intenta hacer como que no ha oído mi confesión y va colocando las sartas de luces en filas paralelas. Hay de sobra para decorar el árbol, así que pregunta si quiero que me eche una mano y le digo que sí, claro.

Casi hemos acabado con el árbol cuando me dice:

—Pero entonces tuvo a Mia. En algún momento debió de cogerle el tranquillo a eso de la maternidad.

Sé que sus intenciones son buenas, que se trata de un cumplido, pero de pronto me doy cuenta de que lo que ha sacado en claro de mi confesión anterior no es que la maternidad es un trabajo muy duro, sino que yo no tenía madera para ser una buena madre.

—Tardamos años en tener a Grace. Estuvimos a punto de darnos por vencidos. Después, en fin, supongo que fuimos muy ingenuos. Pensamos que Grace era nuestra niña milagro. Que no volvería a pasar. Así que con Mia nos descuidamos. Y luego, un día, sucedió: los mareos, el cansancio. Supe enseguida que estaba embarazada, pero tardé varios días en decírselo a James. No sabía cómo iba a reaccionar.

—¿Cómo reaccionó?

Cojo la siguiente rama de la mano del detective y la meto en el árbol.

—Se negó a admitirlo, supongo. Creía que estaba equivocada, que interpretaba mal los síntomas.

—¿No quería tener más hijos?

—Creo que tampoco quería la primera vez —reconozco.

Gabe Hoffman está delante de mí, con una americana de pelo de camello que debe de haberle costado un ojo de la cara. Lleva un jersey debajo, y una camisa de vestir debajo del jersey, y no me explico cómo es que no está sudando.

—Hoy va muy arreglado —digo, de pie ante el árbol de Navidad, vestida con mi pijama de seda.

Noto en la lengua el sabor del aliento de por las mañanas. En ese momento, mientras el sol entra por las ventanas del cuarto de estar, deslumbrándome, parece muy elegante, muy apuesto.

—Tengo un juicio, esta tarde —es lo único que acierta a decir, y entonces nos miramos en silencio.

—Quiero a mi hija —le digo.

—Lo sé —responde—. ¿Y su marido? ¿También la quiere?

Su osadía me deja pasmada. Pero lo que debería ofenderme y hacer que le dé la espalda, tira de mí hacia él, en cambio. Me fascina este Gabe Hoffman tan franco, este que no se anda por las ramas.

Me mira fijamente y yo bajo los ojos al suelo.

—James quiere a James —reconozco.

En la pared del fondo hay una fotografía enmarcada: James y yo el día de nuestra boda. Nos casamos en una vieja catedral de la ciudad. Los padres de James pagaron la suma astronómica que costó la boda aunque, según la tradición, deberían haber sido mis padres quienes asumieran los gastos. Los Dennett no lo permitieron. No porque intentaran ser amables, sino porque creían que, de otro modo, la boda podía ser una ordinariez, una humillación delante de sus adinerados amigos.

—Esta no es la vida con la que fantaseaba de niña. —Dejo que las ramas del árbol de Navidad caigan al suelo—. ¿A quién quiero engañar? Este año no tendremos Navidad. James dirá que tiene que trabajar, aunque estoy segura de que no se dedicará a eso, y Grace irá a casa de los padres de ese hombre con el que por lo visto ha empezado a salir, aunque todavía no lo conocemos. Comeremos James y yo el día de Navidad como hacemos muchos otros días del año, y será todo tan prosaico como cabe esperar. Nos sentaremos en silencio y engulliremos la comida para poder retirarnos a nuestras respectivas habitaciones a pasar la noche. Yo llamaré a mis padres y James me meterá prisa porque las llamadas internacionales son muy caras. De todos modos da igual —concluyo—. Solo querrán saber qué está pasando con Mia, y yo tendré que recordarlo, como lo recuerdo cada minuto del día… —Intento recuperar el aliento. Levanto una mano: ya basta. Sacudo la cabeza, doy la espalda al hombre que me mira con tal lástima que siento vergüenza. No puedo seguir. No puedo acabar.

Noto que se me acelera el corazón. Tengo la piel pegajosa. Empiezan a sudarme los brazos. No puedo respirar. Siento una necesidad avasalladora de gritar.

¿Es un ataque de ansiedad?

Pero cuando los brazos del detective Hoffman me rodean, todo eso se disuelve. Me abraza por detrás, y el ritmo de mi corazón se frena hasta un galope firme y constante. Apoya la barbilla sobre mi cabeza y mi aliento rebota hacia mí, el oxígeno llena mis pulmones.

No dice que todo va a salir bien, porque puede que no sea así.

No me promete encontrar a Mia, porque quizá no la encuentre.

Pero me abraza tan fuerte que por un momento las emociones se mantienen a raya. La tristeza y el miedo, el arrepentimiento y el asco. Las contiene dentro de sus brazos para que, durante una fracción de segundo, no tenga que llevar su peso sobre mis hombros. Durante un instante, la carga es suya.

Me vuelvo hacia él y hundo la cabeza en su pecho. Sus brazos vacilan, y luego se cierran sobre mi pijama de seda. Huele a crema de afeitar.

Descubro que mis pies se ponen de puntillas y que mis brazos se alzan para acercar su cara hacia mí.

—Señora Dennett —protesta suavemente.

Me digo que no lo dice en serio mientras pego mis labios a los suyos. Es algo nuevo, excitante y desesperado, todo a la vez.

Agarra con una mano un puñado de mi pijama y me atrae hacia sí. Yo le rodeo el cuello con los brazos y paso los dedos por su cabello. Noto su sabor a café.

Por un momento, me besa. Solo por un momento.

—Señora Dennett —repite en voz baja mientras sus manos se deslizan hasta mi cintura y me apartan suavemente de él.

—Eve, por favor —digo, y al retroceder se limpia la boca con el dorso de la mano.

Hago un último intento inútil de atraerlo hacia mí tirando de los faldones de su americana.

Pero no quiere.

—Señora Dennett, no puedo.

El silencio dura toda una vida.

Mis ojos se extravían por el suelo.

—¿Qué he hecho? —susurro.

Yo no suelo comportarme así. Es la primera vez que hago algo así. Yo soy la íntegra, la virtuosa. Esto... esto es cosa de James, él es un experto.

Hubo un tiempo en mi vida en que los hombres me seguían con la mirada. En que pensaban que era preciosa. En que, cuando cruzaba una habitación del brazo de James Dennett, todos los hombres y sus codiciosas mujeres se volvían para mirarnos.

Siento todavía los brazos del detective rodeándome, su serenidad y su compasión, el calor de su cuerpo. Pero él está a unos pasos de mí y me descubro mirando fijamente el suelo.

Acerca la mano a mi barbilla. Me levanta la cara, me obliga a mirarlo.

—Señora Dennett —dice, y luego empieza otra vez, sabiendo que en realidad no lo estoy mirando. No puedo. Siento demasiada vergüenza para ver lo que hay en sus ojos—. Eve. —Miro y no hay ira, ni desdén—. No hay nada en el mundo que desee más. Es solo que... dadas las circunstancias...

Asiento con la cabeza. Lo sé.

—Eres un hombre de honor —digo—. O un buen embustero.

Pasa una mano por mi pelo. Cierro los ojos y me inclino hacia su mano. Me acurruco en él y sus brazos me rodean otra vez. Me abraza con fuerza. Besa mi coronilla y mi pelo y luego pasa la mano por él.

—Nadie me obliga a venir a verte dos, tres veces en semana. Lo hago yo, porque quiero verte. Podría llamar. Pero vengo *a verte.*

Nos quedamos así un minuto o más, y luego dice que tiene que irse al juzgado. Lo acompaño hasta la puerta y lo veo marchar. Después, me quedo allí parada, delante del frío cristal, mirando la calle bordeada de árboles hasta que ya no veo su coche.

COLIN

ANTES

Se conoce como *clíper de Alberta*. Es una zona de bajas presiones que se desplaza a gran velocidad cuando el aire cálido del océano Pacífico choca con las montañas de la Columbia Británica, produciendo una cosa llamada *chinook*, un viento fuerte, casi huracanado, que arrastra hacia el sur el aire del Ártico. Hace dos días, no tenía ni idea de lo que era. No lo supe hasta que la temperatura en la cabaña bajó tanto que decidimos poner la calefacción de la camioneta unos minutos. Lo necesitábamos para descongelarnos. Avanzamos con esfuerzo entre el aire gélido, hasta la camioneta. Ella caminaba pegada a mis talones, utilizándome como escudo contra el viento. Las puertas estaban prácticamente selladas por el hielo. En la camioneta, busqué una emisora de radio y el hombre del tiempo estaba hablando del clíper de Alberta. Acababa de llegar a la zona y nos estaba fustigando con nieve y un viento tan gélido que solo puedo describirlo como insoportable. La temperatura debe de haber descendido por debajo de los cinco grados bajo cero desde esta mañana.

Creía que la camioneta no iba a arrancar. Solté unos cuantos tacos mientras ella rezaba un par de avemarías, y al final dio resultado. El aire que salía por la rejilla tardó un rato en calentarse y, cuando se calentó, subimos a tope la calefacción y nos quedamos allí sentados. Creo que ella no dejó de tiritar en ningún momento.

—¿Cuánto tiempo hace que tienes esta camioneta? —pregunta. Dice que debe de tener más años que algunos de sus alumnos. Los altavoces delanteros no funcionan. El asiento de vinilo está rajado.

—Demasiado —contesto.

El informe del tiempo se interrumpe para dar paso a un anuncio. Giro el dial de la radio, pasando de música country al *Für Elise* de Beethoven. Ni hablar. Lo intento otra vez y encuentro una emisora de *rock* clásico. Lo dejo ahí y modulo el volumen, no muy alto. Fuera, el viento chilla. Menea la camioneta adelante y atrás. Debe de ir a casi cien kilómetros por hora.

Tengo tos y mocos. Ella dice que es porque la otra noche salí a dar un paseo, pero le digo que uno no se pone enfermo porque haga frío. Y entonces giro la cabeza y toso. Tengo los ojos cansados. Estoy hecho mierda.

Miramos por las ventanillas. El viento sacude los árboles. Una rama de un roble cercano se rompe y golpea la camioneta. Ella se sobresalta y me mira.

—No pasa nada —digo.

Pronto pasará.

Me pregunta qué planes tengo, cuánto tiempo tengo previsto que sigamos allí, escondidos en la cabaña. Le digo que no lo sé.

—Tengo que resolver varias cosas —digo— antes de que nos vayamos.

Soy consciente de que, cuando me vaya, ella tendrá que venir conmigo. Últimamente no pienso en otra cosa: en cuándo vamos a irnos, y adónde. Está clarísimo, por la caída de las temperaturas, que no podemos quedarnos aquí. Tengo a Dan trabajando en los pasaportes falsos, pero me dijo que tardaría un tiempo. ¿Cuánto?, le pregunté desde el teléfono público de enfrente de la ferretería Sam, y le dejé claro que no teníamos mucho tiempo. «Llámame dentro de un par de semanas», dijo. «Veré qué puedo hacer».

Así que de momento toca esperar. Pero eso no se lo digo. Por ahora, dejo que piense que no tengo ni idea.

Suenan los Beatles en la radio. Dice que le recuerdan a su madre.

—Solía escuchar sus discos cuando Grace y yo éramos pequeñas —dice—. Le gustaba la música, pero sobre todo era un vínculo con sus orígenes ingleses. Le encantaba todo lo inglés: el té y Shakespeare, y los Beatles.

—¿Por qué nunca hablas de tu madre? —pregunto.

Dice que está segura de haberla mencionado.

—Pero seguramente solo de pasada. Así es mi madre —me dice—. Nunca el centro de atención. Nunca nada que decir. Es callada, sumisa. Maleable.

Pongo las manos encima de la rejilla, intentando absorber todo el calor que puedo.

—¿Qué creerá que te ha pasado? —pregunto.

Noto el olor de la sopa pegado a su piel. A mí nunca me pasa. Es un olor sutil. Como a manzanas.

—No lo sé —contesta—. No lo he pensado.

—Pero sabe que no estás.

—Puede ser.

—Y estará preocupada.

—No lo sé —dice.

—¿Por qué?

Se lo piensa.

—Este último año me ha llamado. Una o dos veces, quizá. Pero yo no le devolvía las llamadas, y ella no quería molestar. Así que lo dejó pasar.

Pero dice que se lo pregunta. Que se le ha pasado por la cabeza un par de veces. Qué pensó la gente cuando fue su cumpleaños. Cuando no estuvo en la cena de Acción de Gracias. Se pregunta si la están buscando. Si saben que ha desaparecido.

—Me pregunto si está involucrada la policía o si solo se cuentan chismorreos. ¿He perdido mi trabajo, habrán contratado a otra maestra? ¿Me han quitado mi apartamento porque no estoy pagando el alquiler?

Le digo que no lo sé. Puede ser. Pero ¿qué más da, de todos modos? No puede volver a casa. Nunca regresará a ese empleo, a ese apartamento.

—Pero ella te quiere —digo—. Tu madre.

—Claro —responde—. Es mi madre. —Y entonces me habla de ella—. Se crio en Gloucestershire, en un pueblecito muy tranquilo, con viejas casitas de piedra, de esas con tejados empinados y hogares que tienen cientos de años. Allí es donde viven mis abuelos. Su casa no es nada del otro mundo, una casa de pueblo anticuada, con tantos cacharros que a mí siempre me sacaba de quicio. Mi abuela es como una urraca, y mi abuelo es de esos hombres que siguen bebiendo cerveza a los ciento dos años. Apesta a cerveza, pero lo digo con ternura: sus besos son un poco babosos y saben a cerveza. Son los típicos abuelos: ella hace unas tartas incomparables y él puede tirarse horas y horas contando historias fascinantes acerca de cómo luchó en *la guerra*. Mi abuela me escribe cartas, unas cartas largas en hojas de cuaderno, con una caligrafía perfecta, una cursiva fluida que baila sobre la página, y en verano mete en el sobre flores prensadas de una hortensia trepadora que a mí me encantaba, una enredadera increíble que trepaba por la pared de piedra y que ahora tapa el tejado de la casa.

Me cuenta que su madre solía cantarle *Lavender's Blue* cuando era pequeña. Le digo que nunca he oído esa canción.

Se acuerda de cuando era pequeña y jugaba al escondite con su hermana. Una vez su hermana cerró los ojos y contó hasta veinte, y ella se metió en su cuarto y se puso unos auriculares en las orejas.

—Estaba en un armario —me cuenta—. Un armario de ropa blanca, pequeño y atiborrado de cosas. Esperando a que me encontrara. —Dice que estuvo allí más de una hora. Tenía cuatro años.

Fue su madre quien por fin la encontró, quien registró la casa de arriba abajo cuando por fin se dio cuenta de que no estaba. Recuerda el chirrido de la puerta de aquel armario al abrirse, y ella en el suelo, medio dormida. Recuerda los ojos de su madre, su profunda expresión de disculpa, y cómo la acunó en el suelo, diciéndole una y otra vez: «Eres mi niña buena, Mia». Mientras tanto, ella se preguntaba qué era lo que se callaba, lo que no decía.

Su hermana se llevó una buena regañina.

—Tuvo que pedirme perdón —me cuenta—, y lo hizo. Aunque como una creída.

Recuerda, aunque tuviera cuatro años, haberse preguntado cuál era la ventaja de ser buena. Pero ella quería ser buena. Es lo que me dice. Que se esforzaba mucho por ser buena.

Dice que, cuando era la única que estaba en casa, mientras su hermana estaba en el colegio o jugando y su padre *fuera,* su madre y ella tomaban juntas el té de la tarde.

—Era nuestro secreto —dice—. Ella me calentaba zumo de manzana y se preparaba una taza de té que tenía escondida para esas ocasiones. Compartíamos un sándwich de mantequilla de cacahuete y mermelada que cortaba en tiritas y bebíamos con el meñique levantado, y nos llamábamos cosas como «querida» y «amorcito», y ella me hablaba de la vida en el mágico reino de Inglaterra, como si los príncipes y las princesas camparan a su aire por cada calle empedrada.

Pero dice que su padre odiaba Inglaterra. Que la había obligado a adaptarse. A convertirse en americana. A deshacerse de su cultura. Me cuenta que eso se llama imperialismo: una relación basada en el dominio y la subordinación.

Hace una mueca cuando dice el nombre de su padre. No creo que lo haga adrede. No creo que se dé cuenta, pero lo hace. Creo que la relación de sus padres no es la única imperialista.

Fuera, sin luna, está oscuro como boca de lobo. Las luces del interior de la camioneta nos ayudan a ver, pero aun así solo distingo el contorno de su piel, el reflejo de la luz en sus ojos. Dice:

—Lleva en Estados Unidos desde que era más joven que yo, y ya tiene poco de inglesa. Mi padre hizo que dejara de emplear palabras como *lorry*, *lift* y *flat* y que las sustituyera por *truck*, *elevator* y *apartment*. No sé cuándo sucedió, cuando las *chips* se convirtieron para ella en *French fries*, o cuándo dejó de usar la palabra *bloody* cuando se enfadaba, pero ocurrió en algún momento en el curso de mi infancia.

Le pregunto quién estará buscándola. Seguro que alguien tiene que haberse dado cuenta de que ha desaparecido.

—No lo sé —contesta. Pero puede imaginar algunas cosas—. Mis compañeros de trabajo estarán preocupados, y mis alumnos hechos un lío. Pero mi familia... La verdad es que no lo sé. ¿Y tú? —pregunta—. ¿Quién está buscándote?

Me encojo de hombros.

—A nadie le importa un comino que haya desaparecido.

—A tu madre sí —dice.

Me giro y la miro. No digo nada. Ninguno de los dos está seguro de que sea una pregunta o no. Lo que sé es que siento que algo cambia dentro de mí cada vez que me mira. Sus ojos ya no me traspasan como si no me vieran. Ahora, cuando habla, me mira. La ira y el odio han desaparecido.

Alargo el brazo y paso por su mejilla la mano calentada por la rejilla de la calefacción. Le pongo un mechón de pelo detrás de la oreja. Siento que su mejilla se aprieta contra mi mano y que se queda ahí un momento. No protesta.

Y entonces le digo:

—Deberíamos entrar. Cuanto más tiempo nos quedemos aquí, más nos va a costar.

No se apresura. Vacila. Creo que va a decir algo. Parece que quiere hacerlo, como si tuviera algo en la punta de la lengua.

Y entonces menciona a Dalmar.

—¿Qué pasa con él? —pregunto, pero no me lo dice.

Está callada, rumiando alguna idea. Pensando, quizá, en cómo es que ha acabado aquí. Por lo menos eso es lo que imagino. ¿Cómo acaba la hija de un juez millonario escondida en una cabañita de mierda, conmigo?

—Da igual —dice. Se lo ha pensado mejor. No quiere hablar de ello.

Podría intentar sacárselo, pero no lo hago. Lo último que me apetece ahora mismo es hablar de Dalmar.

—Vamos dentro —digo.

Asiente lentamente y dice:

—Vale. Vamos.

Y entonces abrimos las puertas empujándolas contra la fuerza del viento. Volvemos sobre nuestros pasos, hacia la cabaña oscura y fría, y una vez dentro escuchamos gemir al viento.

GABE

DESPUÉS

Estoy hojeando el cuaderno de dibujo, ansioso por encontrar pistas, cuando se me ocurre de pronto: el maldito gato. Personalmente, odio los gatos. Su elasticidad hace que me cague de miedo. Tienen tendencia a acurrucarse en mi regazo, seguramente porque saben que me jode. Cambian el pelo y hacen ese ronroneo tan extraño.

Mi jefe no deja de darme la lata para que dé carpetazo a este asunto. Me recuerda sin parar que hace semanas que la Dennett volvió a casa y que no estoy ni un paso más cerca de averiguar quién le hizo esto. Mi problema es muy sencillo: Mia es la única que puede ayudar. Y Mia casi no se acuerda de su propio nombre, cuanto más de los pormenores de los últimos meses. Necesito encontrar algo que dispare su memoria.

Y entonces me encuentro con el dibujo del gato. Mi madre le dice constantemente a mi padre que prefiere al schnauzer antes que a él. A mí, en concreto, me han dejado plantado por un loro. Veo a mi vecina besuqueando a su caniche todo el santo día. La gente tiene una relación muy curiosa con sus mascotas. Yo no. La última mascota que tuve acabó yéndose por el desagüe del váter.

Así que llamo a un tipo de Minnesota y le pido que me haga un favor. Le mando por fax el dibujo y le digo que estamos buscando un gato callejero, a manchas grises y blancas, de unos tres kilos. Manda a un agente de Grand Marais a la cabaña a echar un vistazo.

El gato no aparece, pero hay huellas en la nieve. Por sugerencia mía –por lo visto no es precisamente un genio– deja un cuenco de comida y un poco de agua que seguramente se helará por la noche. Algo es algo. Le pido que vuelva a echar un vistazo por la mañana, a ver si el gato se ha comido el pienso. En esta época del año no puede cazar gran cosa, y el dichoso bicho tendrá frío. Mi colega me da a entender que buscar gatos extraviados no es su única prioridad.

—¿Y cuál es? —pregunto—. ¿Detener a pescadores que superen su cuota de truchas diaria?

Le recuerdo que es un caso de secuestro que ha salido en las noticias nacionales.

—Vale, vale —me dice—. Te llamaré por la mañana.

COLIN

ANTES

Le digo que mi segundo nombre es Michael, por mi padre. Todavía no sabe cómo me llamo de verdad. Me llama Owen, cuando me llama. Yo, normalmente, no la llamo de ninguna manera. No hace falta. Tengo una cicatriz cerca del final de la espalda que ha visto cuando salía del cuarto de baño después de lavarme. Me pregunta por ella. Le digo que es de una vez que me mordió un perro, de pequeño. Pero de la cicatriz del hombro no le hablo. Le digo que me he roto tres huesos del cuerpo: la clavícula en un accidente de coche cuando era un niño; la muñeca jugando al fútbol; y la nariz en una pelea.

Cuando estoy pensando me froto la barba. Cuando estoy enfadado, me paseo de un lado a otro. Hago cualquier cosa con tal de mantenerme ocupado. No me gusta quedarme quieto más de un par de minutos, y cuando lo hago es con un propósito concreto: avivar el fuego, cenar o dormir.

Le cuento cómo empezó todo esto. Que un tipo me ofreció cinco de los grandes por localizarla y entregársela en Lower Wacker Drive. En aquel momento yo no sabía nada de ella. Había visto una foto y estuve siguiéndola varios días. No me apetecía hacerlo. No supe cuál era el plan hasta esa noche. Hasta que me llamaron por teléfono y me dijeron lo que tenía que hacer. Estas cosas son así: cuanto menos sepa uno, mejor. Esta vez no era como las otras. Pero nunca me habían ofrecido tanto dinero. La primera vez fue solo para pagar un préstamo, le digo.

—Para que no me dieran una paliza.

Después, eran unos cientos de dólares, a veces uno de los grandes. Le digo que Dalmar es solo un intermediario. Hay otros bien escondidos detrás de una pantalla de humo.

—No tengo ni puñetera idea de quién paga las facturas —digo.

—¿Y eso te molesta? —pregunta.

Me encojo de hombros.

—Así son las cosas.

Podría odiarme por haberle hecho esto. Podría odiarme por haberla traído aquí. Pero se está dando cuenta de que quizá le haya salvado la vida.

Mi primer encargo fue encontrar a un tal Thomas Ferguson. Se suponía que tenía que obligarlo a saldar una deuda sustanciosa. Era un ricachón excéntrico. Un genio de la tecnología que dio el pelotazo en los noventa. Tenía afición por el juego. Había pedido una hipoteca inversa y se había fundido apostando casi todo su patrimonio. Después, se gastó también el fondo que tenía reservado para la universidad de su hija. A continuación, se pulió el dinero que sus suegros les dejaron a su mujer y a él al morir. Cuando se enteró su mujer, amenazó con dejarlo. El tipo consiguió más dinero y se fue al casino de Joliet, a intentar recuperar todo lo que había perdido. Ironías de la vida, Thomas Ferguson ganó una pequeña fortuna en el casino. Pero no saldó su deuda.

Encontrarlo fue fácil.

Recuerdo cómo me temblaban las manos cuando subí los escalones de su casa en el barrio de Streeterville, en Chicago. No quería meterme en líos. Llamé al timbre. Cuando una adolescente asomó la cabeza, abrí de un empujón. Eran más de las ocho de una noche de otoño y recuerdo que hacía frío. La casa estaba en penumbra. La chica se puso a gritar. Su madre vino corriendo y, cuando saqué la pistola, se refugiaron debajo de una mesa antigua. Le dije a la mujer que llamara a su marido. El muy cobarde tardó cinco minutos en dar la cara. Estaba escondido en el piso de arriba. Se habían tomado todas las precauciones necesarias: la línea telefónica estaba cortada y la puerta trasera atrancada. No iba a escaparse. Y sin embargo Thomas Ferguson esperó tanto que me dio tiempo a atar a la madre y a la hija. Cuando por fin apareció, yo estaba de pie apuntando a la señora a la cabeza. Me dijo que no tenía dinero. Ni un centavo a su nombre. Pero eso no podía ser cierto, claro. Fuera había aparcado un Cadillac todoterreno nuevecito que acababa de regalarle a su mujer.

Le cuento que nunca he matado a nadie. Ni esa vez, ni nunca.

Charlamos un poco, para matar el tiempo.

Le digo que ronca cuando duerme.

Dice:

—No lo sabía. No recuerdo cuándo fue la última vez que alguien me vio dormir.

Yo siempre voy calzado, aunque sepamos que no hay ningún sitio al que ir. Hasta cuando las temperaturas caen por debajo de cero y los dos sabemos que no vamos a apartarnos ni un palmo del fuego.

Dejo que todos los grifos goteen. Le digo que no los cierre. Si el agua se congela, reventarán las tuberías. Me pregunta si vamos a morir congelados. Le digo que no, pero no estoy seguro.

Cuando estoy de verdad aburrido le pregunto si puede enseñarme a dibujar. Arranco mis dibujos, hoja a hoja, porque son una mierda. Los tiro al fuego. Intento dibujarla a ella. Me enseña que los ojos van hacia el centro.

—Los ojos suelen estar en línea con la parte de arriba de la oreja, y la nariz con la parte de abajo —me explica.

Luego me dice que la mire. Disecciona su cara con las manos. Es una buena profesora. Pienso en los chavales de su escuela. Debe de caerles bien. A mí nunca me cayeron bien mis profesores.

Lo intento otra vez. Cuando acabo, dice que es un retrato perfecto de la Señora Potato. Arranco la hoja del cuaderno de espiral, pero cuando intento lanzarla al fuego me la quita de las manos.

—Por si acaso algún día eres famoso —dice.

Más tarde, la esconde para que no la encuentre. Sabe que, si la encuentro, acabará siendo pasto de las llamas.

EVE

DESPUÉS

Se ha pasado todo el fin de semana insistiendo en ello, dejando caer sutiles insinuaciones aquí y allá sobre lo gorda que iba a ponerse y sobre el hijo pecaminoso que crecía en su vientre. Ha ignorado mis súplicas de que parara. Mia aún no se ha hecho a la idea de que hay una vida creciendo dentro de ella, aunque la he oído vomitar en el baño y sé que ha empezado a estar mareada por las mañanas. Llamé a la puerta para preguntarle si estaba bien. James me apartó de un empujón. Tuve que agarrarme al marco para no caerme, y lo miré consternada.

—¿No tienes ningún recado que hacer? —preguntó—. ¿No tienes que hacerte la manicura? ¿O la pedicura? ¿O *algo*?

Soy contraria al aborto. Para mí es un asesinato. Lo que Mia lleva dentro es un niño, al margen de que lo haya concebido un loco. Un niño con un corazón que late y brazos y piernas que empiezan a asomar, con sangre que corre por su cuerpecillo, por el cuerpecillo de mi nieto.

James no quiere dejarme a solas con Mia. La ha tenido confinada en su cuarto casi todo el fin de semana, llenándole la cabeza con literatura del movimiento pro derecho a elegir: panfletos que ha recogido en una clínica de la ciudad y artículos que ha sacado de Internet. Sabe lo que opino del aborto. Los dos tenemos, por lo general, opiniones conservadoras, pero ahora que nuestra hija lleva un hijo ilegítimo en su vientre James ha tirado la coherencia por la ventana. Solo importa una cosa: librarse del bebé. Ha prometido pagar el aborto. Me lo ha dicho él, o al menos lo ha mascullado en voz baja, como si hablara consigo mismo. Dijo que lo pagaría porque no quiere pasarle la factura a nuestra compañía de seguros: no quiere que quede ningún registro de este asunto.

—No puedes obligarla, James —dije el domingo por la noche.

Mia no se encontraba bien. James le había llevado unas galletas saladas a su cuarto. Ella no bajó a cenar con nosotros. No fue coincidencia. Estoy segura de que James la había encerrado en su habitación para que yo no pudiera influirla.

—Quiere hacerlo.

—Porque tú le has dicho que tiene que hacerlo.

—Es una *cría*, Eve. No tiene ningún recuerdo de cómo se concibió ese bastardo. Está enferma. Ya ha sufrido bastante. Ahora mismo no es capaz de decidir por sí sola.

—Entonces esperaremos —sugerí yo—, hasta que esté preparada. Hay tiempo.

Hay tiempo. Podría esperar semanas, incluso más. Pero James no está de acuerdo. Quiere hacerlo enseguida.

—Maldita sea, Eve —me espetó, retirando la silla de la mesa de la cocina y levantándose. Salió de la habitación. No se había terminado la sopa.

Esta mañana ha obligado a Mia a levantarse antes de que yo acabara de tomarme el café. Estoy sentada a la mesa de la cocina cuando prácticamente la hace bajar la escalera a empujones. Va vestida con prendas que no combinan. Estoy segura de que James las ha sacado de su armario al tuntún y la ha obligado a ponérselas.

—¿Qué haces? —pregunto mientras saca bruscamente el abrigo de Mia del armario de la entrada e insiste en que se lo ponga.

Corro al vestíbulo, mi taza de café resbala del borde de la mesa y se hace añicos en el suelo de madera.

—Ya lo hemos hablado —dice él—. Estamos de acuerdo. Todos. —Me mira fijamente, instándome a darle la razón.

Ha llamado a su amigo el juez y le ha pedido que su esposa, la doctora Wakhrukov, le haga ese favor. Le he oído hablar por teléfono esta mañana temprano, antes de las siete, y al oír la palabra «inhabilitación» me he parado en seco delante de la puerta de su despacho. Los abortos se practican en clínicas de toda la ciudad, no en consultas de reputadas ginecólogas. La doctora Wakhrukov está especializada en traer niños al mundo, no en hacerlos desaparecer. Pero lo último que quiere James es que alguien lo sorprenda entrando en una clínica abortista con su hija.

Sedarán a Mia hasta que esté tan tranquila y resignada que no pueda decirles que no aunque quiera. Le dilatarán el cérvix y le extraerán el feto del útero por succión, como con una aspiradora.

—Mia, cariño —digo, buscando su mano. La tiene helada.

Está aturdida, medio dormida todavía. Aún no es dueña de sí misma. No ha sido la misma desde antes de su desaparición. La Mia que yo conozco es abierta, franca y firme en sus convicciones. Sabe lo que quiere y consigue lo que quiere. Nunca escucha a su padre porque le parece frío e inmoral. Pero está atontada y abotargada y él se aprovecha. La tiene hipnotizada. Está bajo su hechizo. No se le puede permitir que tome esa decisión. Una decisión que acarreará el resto de su vida.

—Voy con vosotros —digo.

James me empuja contra la pared. Señalándome con un dedo, ordena:

—No, no vienes.

Lo aparto de un empujón y echo mano de mi abrigo.

—Sí que voy.

Pero no permite que me interponga.

Me arranca el abrigo de las manos y lo tira al suelo. Agarra a Mia con una mano, la saca a rastras por la puerta. El viento de Chicago entra en el vestíbulo y me agarra las piernas y los brazos desnudos, revolviendo mi camisón. Intento coger el abrigo, grito:

—¡No tienes por qué hacerlo! ¡Mia, no tienes por qué hacerlo! —Pero él intenta retenerme y, como no paro de gritar, me da un empujón tan fuerte que me caigo al suelo.

Cierra de un portazo, antes de que me dé tiempo a recuperar la respiración y levantarme. Saco fuerzas para ponerme en pie y miro por la ventana mientras el coche se aleja por el camino de entrada.

—No tienes por qué hacerlo, Mia —repito, aunque sé que ya no me oye.

Miro el perchero de hierro forjado en el que colgamos las llaves y veo que faltan las mías, que James se las ha llevado para intentar mantenerme a raya.

COLIN

ANTES

Solo hizo falta un día o dos para que pasara el maldito temporal. El primer día estaba hecho mierda. Pero más o menos cuando empezaba a sentir lástima de mí mismo, se me destaponó la nariz y pude volver a respirar. Pero eso es lo que me pasa a mí. A ella no le pasa lo mismo. Lo noto por la tos.

Empezó a toser poco después que yo. No una tos seca como la mía, sino mucho más agarrada. La estoy obligando a beber agua del grifo. No sé mucho –no soy médico–, pero puede que la ayude.

Se encuentra fatal. Se lo noto en la cara. Se le cierran los ojos. Le lagrimean. Tiene la nariz despellejada y roja de tanto sonarse con trozos de papel higiénico. Está siempre congelada. Se sienta delante del fuego con la cabeza apoyada en el brazo de una silla, y se retira a un lugar en el que no ha estado nunca antes.

Ni siquiera cuando le apunté a la cabeza con la pistola.

—¿Quieres irte a casa? —pregunto.

Intenta disimular, pero sé que ha estado llorando. Veo correr las lágrimas por sus mejillas. Caen al suelo.

Levanta la cabeza. Se limpia la cara con la manga.

—Es que no me encuentro bien —miente.

Claro que quiere irse a casa. El gato no se mueve de su regazo. No sé si es por la gruesa manta que tiene echada encima o porque se está cociendo delante del fuego. O puede que sea simple adoración. ¿Cómo demonios voy a saberlo?

Me imagino a mí mismo apuntándola a la cabeza con la pistola. Me la imagino tendida en el suelo pedregoso, rodeada de hojas. Estos últimos días no consigo quitarme esa idea de la cabeza.

Le acerco una mano a la cabeza y le digo que está caliente.

Dice que está muy cansada todo el tiempo. Casi no puede mantener los ojos abiertos y, cuando se espabila, allí estoy yo con un vaso de agua para que se lo beba.

Me dice que sueña con su madre, con tumbarse en el sofá del salón de la casa de sus padres como cuando era niña y estaba enferma. Sueña con estar acurrucada bajo una manta que llevaba siempre encima. A veces su madre metía la manta unos minutos en la secadora para que estuviera calentita. Le preparaba tostadas con canela. La cuidaba mientras veían dibujos animados y, cuando llegaba la hora de las telecomedias, las veían juntas. Siempre había un vaso de zumo que beber. Fluidos, le recordaba su madre. Tienes que hidratarte.

Me dice que está segura de estar viendo a su madre allí, en la cocina de la cabaña, con un camisón de seda y unas pantuflas con forma de zapatillas de bailarina. Suenan canciones navideñas, dice. Ella Fitzgerald. Su madre está canturreando. El olor a canela impregna el aire. Llama a su mamá a gritos, pero cuando se da la vuelta me ve y empieza a llorar.

—Mami —solloza. El corazón le late muy deprisa. Estaba segura de que su madre estaba allí.

Cruzo la habitación y le pongo una mano en la frente. Da un respingo. Mi mano está fría como el hielo.

—Estás caliente.

Y le doy un vaso de agua templada.

Me siento a su lado en el sofá.

Se lleva el vaso a los labios pero no bebe. Está tumbada de lado, con la cabeza apoyada en una almohada que he traído de la cama, fina como el papel. Me pregunto cuántas cabezas se habrán apoyado en ella antes que la suya. Cojo la manta, que se ha caído al suelo, y la tapo con ella. Es de lana áspera. Le raspa la piel.

—Si Grace era la favorita de mi padre, yo era la favorita de mi madre —dice de pronto. Como si acabara de darse cuenta: un momento de lucidez. Dice que ve a su madre entrando a toda prisa en su cuarto cuando tenía una pesadilla. Que nota cómo la abraza protegiéndola de lo desconocido. Que la ve columpiándola cuando su hermana estaba en el colegio—. La veo sonreír, la oigo reír. Me quería —dice—. Pero no sabía cómo demostrarlo.

Por la mañana se queja de que le duelen la cabeza y la garganta, y no puede parar de toser. No me da la lata con eso. Me lo cuenta porque yo se lo pregunto.

Le duele la espalda. En algún momento se traslada al sofá y se queda dormida boca abajo. Está muy caliente cuando la toco, aunque tirita como si en cualquier momento fuera a convertirse en un trozo de hielo. El gato intenta tumbarse sobre su espalda, pero lo echo. Entonces busca refugio detrás del sofá.

A mí nadie me ha querido nunca tanto.

Ella farfulla en sueños acerca de cosas que no están aquí: un hombre con una chaqueta de camuflaje y grafitis pintados ilegalmente con aerosol en una pared de ladrillo, al estilo salvaje, sin firma legible. Describe la pintada que ha visto en sueños. Negra y amarilla. Gruesas letras entrelazadas en 3D.

Dejo que se apropie del sofá. Duermo en una silla dos noches seguidas. Estaría más cómodo en la cama, pero no quiero estar tan lejos de ella. Su puta tos me tiene en vela la mitad de la noche, aunque ella se las arregla para dormir. Suele ser la nariz taponada lo que la despierta, esa aterradora incapacidad para respirar.

No sé qué hora es cuando dice que tiene que ir al baño. Se incorpora y, cuando cree que puede, se levanta. Noto por cómo se mueve que le duele todo el cuerpo.

Solo ha avanzado unos pasos cuando se tambalea.

—Owen —consigue murmurar. Tiende una mano hacia la pared, pero falla y empieza a caer al suelo.

Creo que nunca me he movido más deprisa. No la cogí, pero conseguí que no se golpeara la cabeza contra el suelo de madera.

No pasa mucho tiempo desmayada, solo un par de segundos, como máximo. Cuando vuelve en sí me llama Jason. Cree que soy él. Y yo podría enfadarme, pero la ayudo a levantarse y juntos entramos en el baño y le bajo los pantalones para ayudarla a mear. Luego la llevo otra vez al sofá y la arropo.

Una vez me preguntó si tenía novia. Le dije que no, que una vez lo intenté y descubrí que no era lo mío.

Le pregunté por ese novio suyo. Lo conocí en un aseo y me cayó gordo en cuanto le puse los ojos encima. Es el típico cabrón que va de duro. Se cree mejor que los demás, pero en el fondo es un cobarde. Del tipo de Thomas Ferguson, capaz de permitir que apunten a su novia con una pistola a la cabeza.

La veo dormir. Oigo el ruido que hacen sus pulmones. Escucho su respiración agitada y veo cómo sube y baja su pecho, irregularmente, cada vez que respira.

—¿Qué quieres saber? —me dijo cuando le pregunté por su novio.

Pero de pronto yo ya no quería hablar de eso.

—Nada —contesté—. Da igual.

—Porque creo lo que dijiste —dijo ella.

—¿El qué?

—Que le pagaste. Te creo.

—¿Sí?

—No me sorprende.

—¿Por qué lo dices?

Se encogió de hombros.

—No sé. Pero no me sorprende.

Sé que no puedo dejar que las cosas sigan así. Sé que empeora día a día. Sé que necesita antibióticos, que sin ellos podría morirse. Pero no sé qué hacer.

EVE

DESPUÉS

No puedo dejarla sola, eso desde luego. Me voy de casa en cuanto llega James sin Mia. No hay nada más importante que Mia. Estoy segura de que está sola en alguna esquina, abandonada por su propio padre, sin medios para volver a casa.

Me lío a gritos con James. ¿Cómo ha podido hacerle eso a nuestra hija?

Ha dejado que salga sola de la consulta de la doctora al frío día de enero, sabiendo perfectamente que no es capaz ni de prepararse el desayuno, cuanto más de volver a casa.

Y me ha dicho que la terca es *ella*. Que es Mia quien se niega a entrar en razón con lo del *maldito bebé*. Que se resiste a abortar, que se ha marchado de la consulta de la ginecóloga justo cuando la llamaba la enfermera.

Entra hecho una furia en su despacho y da un portazo, sin saber que he hecho la maleta y que bajo la escalera sin hacer ruido, dispuesta a marcharme.

No confío lo suficiente en Mia. Para cuando por fin consigo quitarle las llaves de mi coche a James y dar muchas, muchísimas vueltas por los alrededores de la consulta de la doctora, Mia ya está a salvo en su apartamento, calentándose una lata de sopa en la cocina para comer.

Abre la puerta y me lanzo hacia ella, la abrazo con todas mis fuerzas. Está de pie en el pequeño apartamento que antes era su hogar. Ha pasado mucho tiempo desde la última vez que estuvo aquí. Sus plantas se aferran a la vida por los pelos, y hay polvo por todas partes. Huele a casa desierta, ese olor que evidencia que hace tiempo que nadie vive aquí. El calendario de la nevera se quedó atascado en octubre: una fotografía de llameantes hojas rojas y anaranjadas. El contestador pita de vez en cuando: debe de tener mil mensajes esperándola.

Tiene frío, ha pasado mucho rato caminando y esperando un taxi, y está helada. Dice que no tenía ni un centavo encima para pagar el taxi. En el apartamento hace un frío que pela. Se ha puesto su sudadera preferida encima de una blusa fina.

—Lo siento muchísimo —le digo una y otra vez.

Pero se encuentra bien. Me aparta de sí y pregunta qué ha pasado, y le cuento lo de James. Soy yo quien está perdiendo los nervios, quien se está derrumbando. Me quita la maleta de las manos y la lleva a su dormitorio.

—Entonces te quedas aquí —afirma.

Hace que me siente en el sofá y me arropa con una manta, y luego entra en la cocina para acabar de calentar la sopa. De pollo con fideos, dice, porque le recuerda a casa.

Nos tomamos la sopa y luego me cuenta lo que ha pasado en la consulta de la ginecóloga. Se pasa una mano por la tripa y se hace un ovillo en la silla.

Todo iba conforme a lo previsto. Dice que se había convencido de que era lo que tenía que hacer, que solo era cuestión de tiempo que pasara por esa situación. James estaba allí sentado, leyendo una revista de jurisprudencia, esperando a que llegara la hora de su cita. Faltaban unos minutos para que la doctora rusa se deshiciera del bebé.

—Pero —me dice— había allí una madre con un niño pequeño. El niño tenía solo cuatro años.

Me habla de la mujer, con su vientre del tamaño de una pelota de baloncesto. El niño jugaba con sus cochecitos, haciéndolos subir y bajar por las patas de las rígidas sillas de la sala de espera. *Brum,*

brum, bruuuuum... Se le cayó uno a los pies de James y el muy cabrón tuvo la desfachatez de apartarlo con su zapato italiano sin levantar siquiera la nariz de la revista.

—Y entonces oí a su madre —dice Mia—. Iba vestida con un peto vaquero muy mono y parecía muy incómoda. Le dijo al niño «Ven aquí, Owen», y él corrió hacia ella y empezó a pasarle el cochecito por la tripa, se sentó sobre sus rodillas y le dijo hola al bebé.

Se detiene para tomar aliento, y luego reconoce:

—Owen... No sabía qué significaba aquello, pero algo significaba. No podía apartar los ojos del niño. «Owen», dije en voz alta, y el niño y la madre me miraron.

James le preguntó qué hacía y ella le dijo que estaba teniendo un *déjà vu*. Que era como si ya hubiera vivido aquella situación. Pero ¿qué significaba?

Dice que se inclinó hacia delante en la silla y que le dijo al niño que le gustaban sus cochecitos. Él se ofreció a enseñarle uno, pero su madre se rio y dijo:

—Vamos, Owen, no creo que quiera verlos.

Pero Mia sí quería. James puso mala cara y le dijo que le devolviera al niño sus juguetes. Pero ella quería hacer cualquier cosa por estar cerca del niño. Dice que cuando oía su nombre sentía que le costaba respirar. Owen.

—Cogí uno de los cochecitos, una furgoneta morada, y le dije que me gustaba muchísimo. Se la pasé por encima de la cabeza y se rio. Dijo que pronto iba a tener un hermanito. Oliver.

Y entonces apareció la enfermera en la puerta y la llamó. James se levantó y, como ella no se movió, le dijo que le tocaba a ella.

La enfermera volvió a llamarla. Miró directamente a Mia: sabía quién era. James la llamó más de una vez. Probó a tirarle del brazo y a llamarla al orden como solo él sabía. Le recordó de nuevo que era su turno.

—La madre llamó a Owen —me dice— y me vi alargando la mano y acariciando el pelo rizado del niño, y no sé quién estaba más alucinado, si la madre del niño o papá, pero al niño le gustó y sonrió, y yo le sonreí. Volví a ponerle los dos cochecitos en las manos y me levanté.

Me cuenta que James suspiró: «Menos mal, ya era hora». Pero se equivocaba. Ella agarró su abrigo y le dijo en voz baja:

—No puedo hacerlo.

Salió al pasillo. James corrió tras ella, claro, lanzando improperios, críticas y amenazas. La instó a reconsiderarlo, pero ella no quiso. No sabía qué significaba nada de aquello. Owen. No sabía por qué ese nombre significaba tanto para ella. Solo sabía que a su bebé no le había llegado su hora.

COLIN

ANTES

Son las dos de la mañana cuando me despiertan sus gritos. Me levanto de la silla y la veo señalando al otro lado de la habitación oscura como boca de lobo, a algo que no está allí.

—Mia —digo, pero no consigo que desvíe la mirada—. Mia —digo otra vez.

Mi voz es firme. Tengo que mirar cinco veces hacia aquel sitio, porque estoy acojonado. Sus ojos, llenos de lágrimas, están fijos en *algo*. Alargo la mano hacia la luz y la enciendo, solo para cerciorarme de que estamos solos. Entonces me arrodillo junto al sofá. La cojo por la cabeza y la obligo a mirarme.

—Mia —digo, y sale del trance.

Me dice que había un hombre en la puerta con un machete y un pañuelo rojo atado alrededor de la cabeza. Está histérica. Delira. Puede describirlo con pelos y señales, incluso dice que tenía un agujero en la pernera izquierda de los vaqueros, a la altura del muslo. Un negro con un cigarrillo sujeto entre los labios. Pero lo que más me preocupa es el calor que desprende su cara cuando la toco. La mirada vidriosa de sus ojos cuando por fin me mira y apoya la cabeza en mi hombro y se echa a llorar.

Abro el grifo de la bañera y dejo que se llene hasta arriba. No tengo medicinas. Nada para bajar la fiebre. Es la primera vez que agradezco que el agua no acabe de calentarse y siempre esté templada.

Lo bastante templada para impedir la hipotermia, y lo bastante fría para que no empiece a convulsionar.

La ayudo a ponerse en pie. Se apoya en mí y la llevó hasta el cuarto de baño. Se sienta en el váter y le quito los calcetines. Da un respingo cuando sus pies descalzos tocan el suelo frío.

—No —suplica.

—No pasa nada —le digo en tono tranquilizador. Pero es mentira.

Cierro el grifo y le digo que voy a dejarla sola para que tenga intimidad, pero alarga el brazo y me coge de la mano.

—No te vayas —me dice.

La miro mientras su mano temblorosa intenta desabrochar el botón de sus pantalones. Antes de acabar le fallan las fuerzas y se apoya en el lavabo para no caerse. Me acerco y le desabrocho el botón. La siento en el váter y tiro de los pantalones. Le quito los calzoncillos largos y le saco la sudadera por la cabeza.

Está llorando cuando se sumerge en la bañera. El agua le sube hasta las rodillas cuando las acerca al pecho. Apoya la cabeza en ellas y su pelo cae hacia un lado, sus puntas flotan en el agua. Me arrodillo junto a la bañera. Cojo agua con las manos y la vierto allí donde no llega por sí sola. Empapo una toallita, se la pongo en la nuca. No para de temblar.

Intento no mirarla. Intento no mirar más abajo de sus ojos cuando me suplica que siga hablando, cualquier cosa con tal de no pensar en el frío helador. Trato de no imaginarme lo que no veo. De no pensar en el color de su piel pálida ni en la curvatura de su columna. Trato de no mirar su pelo, que se mece sobre la superficie del agua.

Le hablo de una señora que vive en mi edificio, en mi mismo pasillo. Es una señora de setenta y tantos años que siempre se las arregla para dejarse las llaves dentro de su piso cuando saca la basura al montacargas del pasillo.

Le cuento que mi madre cortó todas las fotografías de mi infancia para que no saliera mi padre. Que metió todas las fotos de su boda en el triturador de papel. Que dejó que me guardara una foto suya pero que, cuando nos dejamos de hablar, la utilicé como diana.

Le cuento que cuando era niño quería jugar en la Liga Nacional de Fútbol Americano. De receptor, igual que Tommy Waddle.

Le digo que sé bailar el foxtrot porque me enseñó mi madre. Pero que nunca lo bailaría delante de desconocidos. Los domingos, cuando ella tiene un buen día, pone a Frank Sinatra en la radio y bailamos renqueando por la salita. Ahora yo bailo mucho mejor que ella. A ella la enseñaron sus padres. No había nada mejor que hacer en aquellos tiempos tan duros. Duros de verdad. Siempre me decía que yo no sabía lo que era ser pobre, incluso esas noches en las que tenía que dormir acurrucado en un saco de dormir, en el asiento trasero de nuestro coche.

Le digo que, si por mí fuera, viviría en algún sitio como este, en medio de la nada. La ciudad no está hecha para mí, todo ese puñetero gentío.

Lo que no le digo es lo preciosa que estaba aquella primera noche. Cómo la observé sentado solo en la barra, oculto por las luces tenues y el humo del tabaco. Estuve observándola más tiempo del necesario, por puro placer. No le digo cómo resplandecía su cara a la luz de la vela, ni que la fotografía que me habían dado no le hacía justicia. No le cuento nada de eso. No le digo cómo me hace sentir cuando me mira, ni que oigo su voz por las noches, en sueños, perdonándome. No le digo que lo siento, aunque es verdad. No le digo que creo que es preciosa, incluso cuando la veo mirarse a un espejo y aborrecer lo que ve.

Se cansa de temblar. Veo que se le cierran los ojos y que empieza a quedarse dormida. Le pongo una mano en la frente y me convenzo de que ha bajado la fiebre. La despierto. Y entonces la ayudo a levantarse en la bañera. La envuelvo en una toalla áspera y la ayudo a salir de la bañera. La ayudo a ponerse la ropa más abrigada que encuentro, y luego le seco el pelo con la toalla. Se tumba en el sofá, delante del fuego. Está empezando a apagarse, así que pongo una rama encima de los troncos. Antes de que pueda arroparla con una manta se queda dormida, pero sigue temblando. Me siento a su lado y trato de no quedarme dormido. Observo subir y bajar su pecho para asegurarme de que está viva.

Hay médicos en Grand Marais. Le digo que tenemos que ir. Intenta protestar. *No podemos*, dice. Pero le digo que es necesario.

Le recuerdo que se llama Chloe. Hago todo lo que puedo por disfrazarnos. Le digo que se recoja el pelo, cosa que no hace nunca. Por el camino, entro en un supermercado a comprar una gafas de leer. Le digo que se las ponga. No es perfecto, pero tendrá que valer. Yo llevo mi gorra de los Sox.

Le digo que vamos a pagar en efectivo. Nada de seguros. Que no hable más que lo justo. Que me deje hablar a mí.

Lo único que necesitamos es una receta.

Doy vueltas con el coche por Grand Marais media hora larga antes de decidirme por un médico. Lo decido por el nombre. Kenneth Levine suena demasiado formal. El muy cabrón seguramente se duerme todas las noches viendo las noticias. Hay una clínica, pero paso de largo: demasiada gente. Hay un dentista, un ginecólogo. Me decido por una tal Kayla Lee, una médica de familia con el aparcamiento vacío. Su pequeño deportivo está aparcado detrás. No es muy práctico habiendo nieve en la carretera. Le digo a Mia que no nos hace falta el mejor médico del pueblo, solo uno que sepa extender una receta.

La ayudo a cruzar el aparcamiento.

—Ten cuidado —le digo.

Hay una capa de hielo en el suelo. Patinamos por ella hasta llegar a la puerta. No consigue controlar la dichosa tos, aunque me ha mentido y me ha dicho que se encontraba mejor.

La consulta está en la primera planta, encima de una copistería. Entramos y subimos directamente por la estrecha escalera.

Dice que esto es el paraíso, estar en un sitio caliente. El paraíso... Me pregunto si de verdad cree en todo ese rollo.

Hay una señora sentada detrás de un mostrador. Está canturreando villancicos. Hago sentarse a Mia. Esconde la nariz en un pañuelo y se suena. La recepcionista levanta la mirada.

—Pobrecilla —dice.

Le cojo los impresos y me siento en una silla regulable. Observo a Mia rellenar los papeles. Consigue acordarse de que se llama Chloe, pero cuando llega al apellido se queda quieta.

—¿Lo hago yo? —pregunto.

Le quito el bolígrafo de la mano. Me ve escribir Romain. Me invento una dirección. Dejo en blanco el hueco para los datos del seguro. Llevo los impresos al mostrador y le digo a la señora que vamos a pagar en efectivo. Luego me siento a su lado y le pregunto si está bien. La cojo de la mano. Mis dedos se deslizan entre los suyos, los aprieto suavemente y le digo:

—Todo va a salir bien.

Ella piensa que es todo una treta para engañar a la recepcionista, pero no sabe que soy muy mal actor.

La señora nos lleva a una sala de la parte de atrás y le toma las constantes vitales. Es un cuarto pequeño, con un mural de animales pintado en las paredes.

—Tiene la tensión baja —comenta la señora. Respiración y pulso agitados, cuarenta de fiebre—. Pobrecilla —repite.

Dice que la doctora vendrá enseguida. No sé cuánto tiempo esperamos. Ella se sienta en el borde de la camilla, mirando los estrafalarios tigres y leones mientras yo me paseo por la habitación. Quiero salir de aquí cagando leches. Lo digo por lo menos tres veces.

La doctora Kayla Lee llama a la puerta y entra. Tiene un aspecto alegre. Es morena, no rubia, como yo esperaba. Un pimpollo rubio es justo lo que nos conviene.

Es muy extravertida y le habla a Mia como si tuviera tres años. Se sienta en un taburete giratorio y lo acerca a Mia. Ella intenta carraspear. Tose. Está hecha un asco. Pero puede que sentirse como una mierda ayude a disimular que está muerta de miedo.

La doctora pregunta si se han visto antes. A Mia no se le ocurre qué decir, así que yo intervengo. Estoy sorprendentemente tranquilo.

—No —digo—. Somos pacientes nuevos.

—Bueno, entonces, ¿qué te pasa… —Mira sus papeles—, Chloe?

Mia está agotada por el viaje. No puede sostenerle la mirada. Estoy segura de que la doctora huele el sudor de nuestra ropa, de una ropa que nos hemos puesto casi cada día, de modo que ya no notamos cómo apesta. Mia se pone a toser como si fuera a echar el bofe, con una tos perruna que suena como si una docena de terriers estuvieran peleando dentro de ella. Su voz suena ronca. Amenaza con desaparecer.

—Lleva unos cuatro días tosiendo así —le digo—. Fiebre. Escalofríos. Le dije que teníamos que venir al médico el viernes por la tarde. Pero me dijo que no, que no era más que un resfriado.

—¿Cansancio?

Mia asiente con un gesto. Le digo que está aletargada, que en casa se ha desmayado. Toma nota de ello.

—¿Vómitos?

—No.

—¿Diarrea?

—No.

—Voy a echar un vistazo —dice la doctora, y enseguida alumbra los ojos de Mia con una linterna, luego su nariz y sus oídos. Le dice que diga *ahhhh* y le palpa los ganglios. Y luego le ausculta los pulmones.

—Respira hondo —ordena.

Detrás de ella, yo sigo paseándome. Mueve el estetoscopio por la espalda y el pecho de Mia. La hace tumbarse. Luego le pide que se incorpore otra vez mientras le ausculta el pecho.

—Sospecho que tienes neumonía. ¿Fumas?

—No.

—¿Antecedentes de asma?

—No.

Me fijo en los cuadros: una jirafa con redondeles en vez de manchas, un león cuya melena es como una de esas campanas que les ponen a los perros para que no se laman, un elefante de color azul cielo que parece salido de una sala de dilatación.

—Hablando en plata, noto mucha porquería en tus pulmones. La neumonía es una inflamación de los pulmones causada por una infección. Las flemas taponan y estrechan tus vías respiratorias. Lo que empieza siendo un catarro puede decidir quedarse en tus pulmones por la razón que sea y lo que se obtiene es esto —dice, haciendo un ademán con la mano sobre el pecho de Mia.

La doctora apesta a perfume. No se calla cuando Mia tose, aunque todos sabemos que la oye toser.

—Se trata con antibióticos —continúa. Enumera las posibilidades. Limítese a darnos una receta—. Pero primero me gustaría confirmarlo con una radiografía de tórax…

Mia se pone pálida, aunque casi no le quedaba color en la cara. Ni hablar, no podemos ir a un hospital.

—Le agradezco su diligencia —interrumpo a la doctora.

Me acerco lo suficiente para tocarla. Soy más corpulento que ellas, pero no me sirvo de mi tamaño para que cambie de idea. En un hospital, nos encontraríamos con docenas de personas. Puede que con más, incluso.

Compongo una sonrisa y confieso que estoy en paro. No tenemos seguro. No podemos permitirnos los doscientos o trescientos dólares que costará una radiografía torácica.

Y entonces Mia empieza a toser tanto que pensamos que va a vomitar. La doctora llena de agua un vasito de plástico y se lo da. Luego se retira para ver cómo su paciente intenta recobrar el aliento.

—Muy bien —dice.

Nos extiende la maldita receta y sale de la sala.

Pasamos a su lado en el recibidor, al salir. Está inclinada sobre un mostrador, anotando algo en el historial de Chloe Romain. La bata le llega hasta muy abajo, hasta la parte de arriba de sus botas camperas de piel. Debajo lleva un vestido muy feo. El estetoscopio le cuelga del cuello.

Casi estamos en la puerta cuando se para y dice:

—¿Estáis seguros de que no nos hemos visto antes? Me suenan tanto vuestras caras…

Pero no mira a Mia. Me mira a mí.

—No —digo desdeñosamente. No hace falta ser amable. Ya tengo lo que necesito.

Nos dan una cita de revisión para Chloe Romain, una cita a la que no acudirá.

—Gracias por su ayuda —dice Mia mientras la empujo suavemente hacia la puerta.

En el aparcamiento le digo que todo ha ido perfectamente. Tenemos la receta. Era lo único que necesitábamos. Pasamos por una farmacia de regreso a la cabaña. Mia espera en la camioneta mientras yo entro deprisa en la farmacia. Me alegro de que el dependiente sea un porrero de dieciséis años y de que el farmacéutico esté en la trastienda y ni siquiera levante la cabeza. Le doy a Mia una pastilla antes de que salgamos del aparcamiento y veo por el rabillo del ojo que se queda dormida durante el trayecto. Me quito la chaqueta y la arropo con ella para que no coja frío.

GABE

ANTES

Paso muchos días visitando a Kathryn Thatcher en su nuevo hogar. La primera vez que me presenté en la residencia, dije que era su hijo.

—Ay, menos mal —dijo la recepcionista—. Habla de usted continuamente. —Y me llevó a la habitación de la mujer.

Noté en su mirada que se llevaba una desilusión al verme, pero que al mismo tiempo se alegraba tanto de tener compañía que no se molestó en decirles que había mentido. Ahora está bien medicada y puede desenvolverse mínimamente ella sola. Comparte habitación con una anciana de ochenta y dos años que recibe cuidados paliativos. Solo es cuestión de tiempo que fallezca. Está tan dopada con morfina que no tiene ni idea de dónde está, y cree que la señora Thatcher es una tal Rory McGuire. Nadie viene a visitarla. Nadie viene a visitar a la señora Thatcher, excepto yo.

Resulta que a la señora Thatcher le gustan las novelas policíacas. Voy a la librería y le compro todos los *best sellers* que encuentro. Me siento al borde de su cama y se los leo. Se me da fatal leer en voz alta. Se me da fatal leer, y punto. Creo que nunca llegué a dominar la lectura en primero de primaria. Resulta que a mí también me gustan las novelas policíacas.

Meto a escondidas *nuggets* de pollo en su habitación. Siempre que podemos, compartimos una caja de diez y un recipiente grande de patatas fritas.

Traigo conmigo un viejo reproductor de música y saco prestados de la biblioteca varios CD de música navideña. Dice que estando en la residencia no tiene la sensación de que sea Navidad. Ve la nieve por la ventana, pero dentro todo sigue igual. Cuando me marcho, por la noche, le pongo música para que no tenga que escuchar la agónica respiración de su compañera de cuarto.

Los días libres no los paso con Kathryn Thatcher, los paso con Eve. Siempre encuentro algún motivo absurdo para presentarme en su casa. Cuando llega diciembre y el invierno cae sobre nosotros, una neblina parece cubrirla. Ella lo achaca a que está siempre cansada. Está triste. Se queda sentada mirando por la ventana cómo cae la nieve.

Le transmito cualquier pequeño dato –real o imaginario– sobre el caso, que pueda darle la impresión de que no estoy en un callejón sin salida.

Le enseño a hacer la lasaña de mi madre. No es que intente convertirla en una cocinera experta. Es que no se me ocurre otra manera de hacerla comer.

Dice que su marido viene cada vez menos por casa. Que se queda trabajando hasta muy tarde, a veces hasta las diez o las once de la noche. Anoche no vino a dormir. Él asegura que ha pasado toda la noche trabajando, intentando ponerse al día de asuntos pendientes, cosa que, según Eve, no había hecho nunca.

—¿Tú qué opinas? —le pregunto.

—Esta mañana parecía cansado. Ha pasado por aquí para cambiarse de ropa.

Estoy intentando poner en juego todas mis dotes detectivescas para averiguar por qué no deja a su marido. De momento, no he tenido suerte.

—Entonces ha estado *trabajando* —concluyo.

Seguro que no es cierto, pero si así Eve se siente mejor, por mí no hay problema.

Nunca hablamos del beso. Pero cada vez que la veo me imagino sus labios pegados a los míos. Cuando cierro los ojos noto su sabor y lo huelo todo: desde su jabón de manos a su perfume.

Ella me llama Gabe y yo la llamo Eve. Nos acercamos más que antes.

Ahora, cuando abre la puerta de su casa, hay un destello de felicidad en su mirada y no solo una expresión de amargura porque no sea su hija desaparecida. Un destello de felicidad por *mí*.

Me suplica que la lleve a la residencia, pero sé que no podría soportarlo. Quiere hablar con la señora Thatcher, de madre a madre. Cree que tal vez pueda decirle algo que a mí no me cuenta. Pero aun así le digo que no. Pregunta cómo es Kathryn y le digo que es una mujer fuerte y batalladora. Me dice que antes ella también era fuerte. Que la porcelana china y la alta costura la han hecho débil.

En cuanto la señora Thatcher esté estabilizada por completo, se irá a vivir con su hermana, una señora que por lo visto lleva varios meses sin escuchar las noticias. La llamé el otro día a petición de Kathryn. No tenía ni idea de que su sobrino ha desaparecido y no había oído ni una palabra sobre la búsqueda de Mia Dennett.

Me han asignado otros casos. Un incendio en un edificio de apartamentos, posiblemente provocado. Y denuncias de numerosos quinceañeros contra un profesor de instituto.

Pero por las noches, cuando me retiro a mi apartamento, bebo para ayudarme a dormir y me duermo con la imagen de Mia Dennett en las cámaras de seguridad, saliendo del ascensor a la fuerza con el hosco Colin Thatcher. Me imagino a Eve, desolada, llorando hasta quedarse dormida. Y me recuerdo que soy el único que puede detener su llanto.

Estoy de visita en la residencia, un nevado martes por la tarde, cuando Kathryn Thatcher se vuelve hacia mí y me pregunta por su vecina, Ruth Baker.

—¿Ruthie sabe que estoy aquí? —pregunta, y me encojo de hombros y le digo que no lo sé.

Nunca he oído hablar de esa tal Ruth (o Ruthie) Baker. Pero Kathryn me cuenta que Ruthie va a verla todas las semanas, algún día de diario, cuando Colin no puede ir. Dice que recoge el correo todos los días y que se lo lleva a casa. Me acuerdo del correo que casi rebosaba del buzón, tan apretujado que era imposible cerrar la portezuela. Había tanto correo que tuve que pasarme por la oficina de correos de Gary con una orden judicial para recoger lo que el cartero no había podido embutir en el buzón. Hablé con los vecinos, pero no había ninguna Ruth ni Ruthie, ni ninguna señora Baker. La señora Thatcher me dice que Ruth vive en la casita blanca de estilo Cape Cod que hay enfrente, y entonces me acuerdo del cartel de *Se Vende* que hay delante. Nadie contestó a la puerta.

Hago averiguaciones y me topo con una esquela de la primera semana de octubre. Echo un vistazo al registro de defunciones y descubro que la señora Ruth Baker sufrió una ataque y murió a las 17:18 horas del día 7 de octubre. La señora Thatcher no lo sabe. Se suponía que la señora Baker tenía que echarle un ojo mientras Colin estaba ausente. Supongo que, esté donde esté, Colin no tiene ni idea de que la vecina de setenta y cinco años a la que dejó a cargo de su madre ha fallecido.

Vuelvo a pensar en el correo. Saco el montón de cartas que recogí del buzón de la señora Thatcher y de la oficina de correos y las ordeno según la fecha del matasellos. Efectivamente, hay una laguna entre la fecha de la desaparición de Mia hasta el momento en que empezaron a amontonarse las facturas y los avisos de recogida. De unos cinco días. Me pregunto quién demonios tiene el correo perdido de la señora Thatcher. Vuelvo a la casa de Ruthie Baker y llamo a la puerta. De nuevo no hay respuesta, así que busco a su pariente más cercano, una mujer más o menos de mi edad, hija de Ruthie, que vive en Hammond con su marido e hijos. Un día llamo a su puerta.

—¿Puedo ayudarlo? —pregunta, sorprendida al ver mi insignia.

—¿Su madre es Ruthie Baker? —pregunto antes de darle mi nombre.

Dice que sí. Cuando un policía se presenta en tu puerta, lo primero que te preguntas es «¿Qué ha pasado?».

Olvido darle el pésame. Voy derecho al grano, con una sola idea en la cabeza: encontrar a Mia.

—Creo que su madre pudo haber recogido el correo de una vecina suya, Kathryn Thatcher —digo, y una oleada de mala conciencia y bochorno embarga a la mujer.

Empieza a disculparse a diestro y siniestro. Sé que lo lamenta, pero también creo que le preocupaba haberse metido en un lío. A fin de cuentas, el hurto de correo es un delito menor y, aquí estoy yo, un policía, ante su puerta.

—Es que... he estado tan ocupada... —dice—. Con todos los trámites... El entierro y embalar las cosas de su casa...

Ha visto el correo. De hecho, ha pasado por delante un millón de veces, cada vez que entra o sale de casa de su madre, amontonado en una mesita de madera, junto a la puerta de la calle. Pero nunca ha tenido tiempo de devolvérselo a su legítima dueña.

Sigo a la señora en su furgoneta hasta la calle de Kathryn Thatcher. Paramos en el camino de entrada de la casa de Ruth Baker y la mujer entra para recoger el correo. Le doy las gracias y se lo quito de las manos y, allí mismo, en el camino de entrada, le echo una ojeada. Folletos de restaurantes chinos, una factura de agua, publicidad de un supermercado, más facturas y un grueso sobre con la dirección de Kathryn Thatcher y sin remitente. La letra es chapucera. Abro el sobre y encuentro dentro un montón de dinero. No hay ninguna nota, ni dirección de remite. Doy vueltas al sobre. Leo el matasellos. Eau Claire, Wisconsin. Dejo el correo en el asiento del copiloto de mi coche y me largo de allí a toda velocidad. De vuelta en jefatura abro un mapa *online.* Busco la ruta entre Chicago y Grand Marais. Efectivamente, justo donde la I-94 tuerce hacia el oeste en dirección a Saint Paul y Minneapolis y la H-53 se dirige hacia el norte y luego hacia el oeste adentrándose en el norte de Minnesota, se encuentra la localidad de Eau Claire, Wisconsin, a unas cinco horas de camino de Grand Marais.

Me pongo en contacto con un tal agente Roger no sé cuantos, del noroeste de Minnesota. Me asegura que voy desencaminado, pero dice que de todos modos lo comprobará. Le digo que voy a mandarle un retrato robot. La cara de Colin Thatcher solo ha aparecido en las noticias del área metropolitana de Chicago. Las cadenas de televisión de Minnesota y del resto del mundo no tienen ni idea de quién es. Pero pronto la tendrán.

COLIN

ANTES

El antibiótico hace efecto y ella empieza a sentirse mejor de la noche a la mañana. Sigue tosiendo mucho, pero la fiebre baja bruscamente. Ya no parece una zombi: parece viva.

Pero a medida que se recupera algo empieza a cambiar. Me digo a mí mismo que es por los antibióticos. Pero hasta yo sé que no es cierto. Está muy callada. Le pregunto si está bien y me dice que todavía no se siente del todo bien. No quiere comer. Intento convencerla para que coma algo, pero se queda sentada mirando por la ventana. El silencio llena la cabaña, un silencio incómodo, que nos devuelve a la situación anterior.

Trato de charlar con ella, pero contesta con monosílabos. *Sí, no, no sé.* Dice que vamos a morir congelados. Que odia la nieve, y que si tiene que comer sopa de pollo con fideos un día más vomitará.

Normalmente, me enfadaría. Le diría que cerrara la boca. Le recordaría que le he salvado la vida. Que se coma la maldita sopa o que se la haré tragar a la fuerza.

No le apetece dibujar. Le pregunto si quiere salir –hace tiempo que no teníamos un día tan bueno–, pero contesta que no. Yo salgo de todos modos y ella no se mueve ni un milímetro mientras estoy fuera.

Es incapaz de tomar una decisión. No quiere la sopa de pollo con fideos, lo sé. Así que le planteo las alternativas que hay para cenar. Enumero todo lo que hay en el armario. Me dice que le da igual. Que de todas formas no tiene hambre.

Dice que está cansada de tiritar constantemente. Cansada de la bazofia que comemos, de las latas de engrudo que pasan por ser comida. Solo su olor le da ganas de vomitar.

Está cansada del aburrimiento. Harta de no tener absolutamente nada que hacer durante horas y horas, día tras día, interminablemente. No quiere salir a dar ni un paseo más con aquel frío de mil demonios. No quiere hacer otro dibujo.

Tiene las uñas rotas y estropeadas y el cabello grasiento y tan enredado que parece imposible desenmarañarlo. No podemos huir de nuestro propio olor, aunque nos obligamos a lavarnos casi todos los días en la bañera mugrienta.

Le digo que me mandarán a la cárcel si me pillan. No sé por cuánto tiempo. ¿Treinta años? ¿De por vida? No por *esto*, le digo. Además, la cantidad de años importa poco. No significa nada. No viviría para contarlos. Todo delincuente conoce a alguien dentro de la trena. Si entro en prisión, puedo darme por muerto. Ellos se asegurarán de que muera.

No es una amenaza. No intento que se sienta culpable. Pero así son las cosas.

Yo tampoco quiero estar aquí. Paso cada segundo que estoy despierto preguntándome cuándo va a acabar Dan los pasaportes y cómo vamos a recogerlos sin que la policía me encuentre. La comida siempre escasea, las noches son cada vez más frías, y puede que una mañana no nos despertemos. Sé que tenemos que marcharnos *ya*. Antes de que se nos agote la comida, antes de que se nos acabe el dinero. Antes de que muramos congelados.

Ella deja que sea yo quien me preocupe. Dice que nunca ha tenido a nadie que se preocupara por ella.

Pienso en todas las cosas que podrían torcerse. Que nos muramos de hambre. O de frío. O que nos encuentre Dalmar. O la policía. Es peligroso volver a casa. Y es peligroso quedarse aquí. Lo sé. Ella también lo sabe. Pero ahora mi mayor preocupación es no tenerla conmigo.

GABE

DESPUÉS

Por increíble que parezca, encuentran al dichoso gato. El pobrecillo estaba escondido en un cobertizo, detrás de la cabaña, casi muerto de frío. No tenía nada que comer, así que le encantó el pienso para perros que llevaban los agentes. La jaula, en cambio, no le gustó tanto, o eso dijeron, y se defendió con uñas y dientes para salir de ella antes de que consiguieran cerrarla. El felino viajó en avioneta hasta Minneapolis y luego en vuelo comercial hasta el aeropuerto O'Hare. ¡Ese enano viaja más que yo! He ido a recogerlo esta mañana y, al llevarlo a casa de los Dennett, me he enterado –ver para creer– de que Eve y Mia ya no viven allí.

Me hago la excursión hasta Wrigleyville y sorprendo a las mujeres a las diez de la mañana con una docena de dónuts, café moca y un gato malnutrido. Están las dos en pijama, viendo la tele.

Llego al portal justo cuando sale una persona, así que no tengo que llamar al portero automático. Me apetece darles una sorpresa.

—Buenos días —digo cuando Mia abre la puerta.

No me esperaba. Eve se levanta del sofá y se atusa el pelo sucio.

—Gabe —dice. Se pone la bata para asegurarse de que no se le ve nada.

Intento dejar al gato en el pasillo, pero en cuanto le digo a Mia que he traído café y unos dónuts y me da las gracias, el gato se vuelve totalmente loco y empieza a arañar los barrotes de la jaula y a hacer unos ruidos que nunca le había oído hacer a un gato. Ya puedo despedirme de mi entrada triunfal.

Eve se pone blanca.

—¿Qué es ese ruido? —pregunta, y tengo que meter al enano en la casa y cerrar la puerta.

Según las investigaciones, las personas que conviven con animales sufren menos ansiedad y tienen la tensión más baja. Y también menos colesterol. Están más relajadas y menos estresadas y, en líneas generales, gozan de mejor salud. A menos, claro, que tengas un perro que se mea incontrolablemente donde le da la gana o te hace trizas los sillones.

—¿Qué haces tú con un gato? —pregunta Eve. Está claramente desconcertada y piensa que he perdido la cabeza.

—¿Este enano? —pregunto, haciéndome el tonto.

Me agacho, abro la jaula y cojo al gato en brazos. Me araña con las patas traseras. *¡Mierda!*

—Es de un amigo mío y se lo estoy cuidando. Espero que no os importe. ¿No seréis alérgicas a los gatos? —pregunto mientras lo dejo en el suelo y me levanto para mirar a Mia a los ojos.

La bola de pelo se acerca a ella y da como mil vueltas alrededor de sus piernas. No para de maullar. Ronronea.

Eve se ríe. Se pasa una mano por el pelo.

—Parece que tienes un nuevo amigo, Mia —dice.

La chica farfulla algo en voz baja, como si probara la resonancia de una palabra nueva antes de soltarla y dejarnos a todos pasmados. Deja que el gato se restriegue contra ella no sé cuánto tiempo mientras escuchamos a Eve hablar de lo mucho que parecen gustarle al minino los pies de su hija.

—¿Qué has dicho? —pregunto, acercándome a ella cuando se inclina y coge al gato en brazos.

A *ella* no la araña. Se frotan la nariz y el gato restriega la cabeza contra su cara.

—Siempre le dije que debía tener un gato —continúa parloteando Eve.

—¿Mia? —insisto yo.

Me mira con lágrimas en los ojos. Sabe que lo sé y que lo he hecho por un motivo.

—Canoa —susurra—. He dicho «Canoa».

—¿Canoa?

—Se llama así.

¿Qué ha sido de Max o de Fido? ¿Canoa? ¿Qué clase de nombre es ese?

—Mia, cariño... —Eve se acerca a ella, consciente por primera vez de que está pasando algo—. ¿Quién se llama Canoa? —pregunta. Ha dulcificado la voz como si estuviera hablando con un niño discapacitado. Está convencida de que su hija dice tonterías, un efecto secundario del síndrome de estrés postraumático. Pero en realidad es la primera vez que veo a Mia decir algo que tiene sentido.

—Eve —digo, apartándole con mucha suavidad la mano del brazo de Mia.

Me meto la mano en el bolsillo de la chaqueta, saco el fax que mandé a los agentes de Grand Marais y lo despliego para enseñarle el retrato del gatito, perfectamente dibujado—. Este —digo, tendiéndoselo— es Canoa.

—Entonces no está...

—Había un cobertizo —dice Mia.

No nos mira. Tiene los ojos fijos en el gato. Eve me quita el dibujo de la mano. Ahora se da cuenta. Ha visto el cuaderno de dibujo, todas sus ilustraciones, hasta el retrato de Colin Thatcher que, según me cuenta, la mantiene en vela por las noches. Pero se había olvidado del gato. Se deja caer en el sofá.

—Había un cobertizo detrás de la cabaña. Estaba viviendo allí. Lo encontré durmiendo en una vieja canoa oxidada. La primera vez se asustó. Abrí la puerta para echar un vistazo y se llevó un susto de muerte. Huyó por un agujerito que había en el cobertizo y echó a correr por el bosque como un loco. Creía que no iba a volver. Pero tenía hambre, y le había dejado comida. Dijo que no podía quedarse con nosotros. Que ni hablar.

—¿Quién dijo eso, Mia? —pregunto. Lo sé, *claro*. Debería haber sido psiquiatra. Pero su respuesta me sorprende.

—Owen —contesta, y entonces empieza a sollozar, apoyando una mano en la pared para sostenerse.

—Mia, cariño, ¿quién es Owen? No hay ningún Owen. ¿El hombre de la cabaña? ¿Ese hombre? ¿Ese tal Colin Thatcher?

—Eve —digo.

Mi autoestima aumenta por momentos. He logrado lo que no ha podido hacer toda una doctora. He conseguido situar a Mia en la cabaña con un hombre llamado Owen y un gato llamado Canoa.

—Tenía muchos sobrenombres. Seguramente Owen es otro más. ¿Recuerdas algo más? —le pregunto a Mia—. ¿Puedes decirme algo más sobre él?

—Deberíamos llamar a la doctora Rhodes —me interrumpe Eve.

Sé que tiene buena intención –quiere lo mejor para Mia–, pero no puedo permitir que llame a la psiquiatra. Digo su nombre al ver que mete la mano en su bolso. Han pasado suficientes cosas entre nosotros para que sepa que puede confiar en mí. No voy a permitir que a Mia le pase nada. Me mira y sacudo la cabeza. Ahora no. Esto está dando resultado.

—Dijo que odiaba a los gatos. Y que si lo veía en la cabaña le pegaría un tiro. No lo decía en serio. Claro que no, o no habría dejado entrar al gato.

—¿Tenía una pistola?

—Sí.

Claro que tenía una pistola. No me cabe duda.

—¿Le tenías miedo, Mia? ¿Creías que podía dispararte?

Asiente.

—Sí. —Pero luego se para—. No. —Niega con la cabeza—. No lo sé. Creo que no.

—Pues claro que le tenías miedo, cariño. Tenía una pistola. Te secuestró.

—¿Te amenazó con la pistola?

—Sí.

Está pensando. Despierta de un sueño e intenta recordar sus detalles. Recuerda fragmentos, retazos, pero nunca el cuadro completo. Todos conocemos esa sensación. En un sueño, tu casa es una casa pero no es tu casa. Hay una señora que no se parece a tu madre, pero que tú sabes que es tu madre. A la luz del día, todo tiene menos sentido que durante la noche.

—Me tiró al suelo y me sujetó, fuera, en el bosque. Me apuntó con la pistola. Estaba muy enfadado. Gritaba.

Sacude la cabeza vigorosamente. Las lágrimas le corren por las mejillas. Eve está hecha un manojo de nervios. Tengo que ponerme entre ellas para mantenerla a raya.

—¿Por qué? —pregunto con voz serena, apagada. Puede que haya sido psiquiatra en una vida anterior.

—Es culpa mía. Es todo culpa mía.

—¿Qué es culpa tuya, Mia?

—Intenté decírselo.

—¿Qué intentaste decirle?

—No quiso escucharme. Tenía la pistola. Me apuntaba con ella. Yo sabía que si algo salía mal iba a matarme.

—¿Te lo dijo él? —pregunto—. ¿Dijo que si algo salía mal te mataría?

No, no, sacude la cabeza. Me mira fijamente a los ojos.

—Se lo notaba en los ojos.

Dice que aquel día en el bar estaba asustada. Que intentó calmarse, pero que tenía miedo. Mi mente da un giro de ciento ochenta grados, hasta el bar de *jazz* de Uptown. El dueño calvo y aquella vela verde tan bonita. Allí fue donde Mia se encontró por primera vez con Colin Thatcher, alias Owen. Según el testimonio de la camarera, Mia se fue a toda prisa, por voluntad propia. Pienso en las palabras de la camarera: «Me dio la impresión de que no veía el momento de salir de aquí». No me parece que tuviera miedo.

—Y luego —solloza Mia—, todo salió mal. Intenté decírselo.

Debería habérselo dicho. Pero estaba asustada. Él tenía la pistola. Y yo sabía que si algo salía mal me mataría. Intenté...

—Colin Thatcher —la interrumpo—, Owen... ¿Owen te mataría si algo salía mal?

Asiente y luego niega rápidamente con la cabeza.

—Sí. No. —Se enfada consigo misma—. No lo sé —balbucea.

—¿Qué intentaste decirle? —pregunto, pero su mente hace un giro de 180 grados y sacude la cabeza, ofuscada, frustrada: ya no recuerda lo que iba a decir.

La gente piensa en su mayoría que hay dos respuestas naturales al miedo: huir o luchar. Pero hay una tercera reacción ante una situación peligrosa: quedarse paralizado. Como un ciervo ante los faros de un coche. Hacerse el muerto. Las palabras de Mia –«Tenía miedo. Intenté decírselo»– lo demuestran. No reaccionó huyendo o luchando. Se quedó paralizada. Allí estaba: en alerta roja, bombeando adrenalina, pero incapaz de hacer nada para salvar la vida.

—Es todo culpa mía —dice otra vez.

—¿Qué es culpa tuya? —pregunto, creyendo que la conversación va a ir por los mismos derroteros.

Pero esta vez dice:

—Intenté escapar.

—¿Y te cogió?

Asiente con la cabeza.

Recuerdo su confesión anterior.

—¿Fuera, en el bosque? —pregunto—. Y se enfadó contigo por intentar huir. Así que te apuntó con la pistola. Y te dijo que si lo volvías a intentar...

—Me mataría.

Eve ahoga un grito. Se tapa la boca abierta con la mano. Claro que amenazó con matarla. Siempre lo hacen. Estoy seguro de que ocurrió muchas veces.

—¿Qué más dijo? —inquiero yo—. ¿Qué recuerdas? —Sacude la cabeza: no se le ocurre nada—. Canoa —insisto—, has dicho que amenazó con disparar al gato si lo veía en la cabaña pero que no lo hizo. ¿Recuerdas que el gato estuviera en la cabaña?

Acaricia el pelo del gato. No me mira.

—Dijo que estuvo días acostado junto a mí. Que no se movía de mi lado.

—¿Quién? —pregunto.

—Dijo que a él nadie lo había querido así. Que nadie se había preocupado tanto por él.

—¿Como quién?

Me mira. *Bobo,* dicen sus ojos.

—Como Canoa.

Y entonces se me ocurre una idea: si ver al gato ha reavivado tantas cosas, ¿qué recuerdos saldrían a la luz si situáramos a Mia en la fea y destartalada cabaña de madera? Tengo que encontrar a la persona que le hizo esto. Hasta entonces, no tendré la certeza de que ella y Eve están a salvo.

COLIN

ANTES

Le digo que vamos a ir a dar un paseo. Fuera está oscuro, son más de las diez de la noche.

—¿Ahora? —pregunta, como si tuviéramos algo mejor que hacer.

—Sí, ahora.

Intenta protestar, pero no se lo permito. Ha llegado el momento.

La ayudo a ponerse mi chaqueta y salimos. Cae una nevada ligera y la temperatura ronda los cero grados. La nieve aún no está dura. Es perfecta para una batalla de bolas de nieve. Me recuerda al *camping* de las caravanas, cuando los otros niños que vivían allí y yo nos lanzábamos bolas de nieve, antes de que mi madre comprara una casa que no era móvil.

Baja detrás de mí los peldaños. Al llegar abajo, se detiene para echar un vistazo a su alrededor. El cielo está negro. El lago no se distingue. Estaría todo muy oscuro –demasiado oscuro– si no fuera por el resplandor de la nieve. La coge con las manos, y la nieve se prende a su pelo y a sus pestañas. Yo saco la lengua para saborearla.

Es una noche silenciosa.

Aquí fuera, la nieve hace que todo resplandezca. Hace fresco fuera, pero no frío. Es una de esas noches en que la nieve te arropa de alguna manera. Ella está de pie al pie de los escalones. La nieve le llega a los tobillos.

—Ven aquí —digo.

Caminamos entre la nieve, hacia el cobertizo cochambroso que hay detrás. Abro la puerta. La nieve se ha acumulado y tengo que forzarla para entrar. No es fácil.

Ella me ayuda a tirar y luego, cuando estamos dentro, dice:

—¿Qué estás buscando?

—Esto —contesto levantando un hacha.

Me parecía haber visto una allí dentro. Dos meses atrás, ella habría pensado que el hacha le estaba destinada.

—¿Para qué es? —pregunta. No está asustada.

Tengo un plan.

—Ya lo verás.

La nieve debe de tener un palmo de grosor, puede que más. Nuestros pies chapotean en ella y se nos empapan los bajos de los pantalones. Caminamos un rato, hasta que ya no se ve la cabaña. Tenemos una misión, y eso por sí solo es estimulante.

—¿Alguna vez has cortado un árbol de Navidad? —pregunto.

Me mira como si estuviera loco, como si solo a un palurdo chiflado pudiera ocurrírsele cortar un árbol de Navidad. Pero luego que sus dudas se disipan, me dice:

—Siempre he querido cortar uno. —Sus ojos se iluminan como los de una niña.

Dice que en su casa el árbol siempre es falso. Los árboles de verdad eran un engorro. Su madre nunca lo permitía. En su casa la Navidad no tenía nada de divertido. Era todo cuestión de apariencias. Decoraban el árbol con frágiles adornos de cristal. Le gritaban si se acercaba a menos de un metro de él.

Dejo que elija el árbol, el que ella quiera. Señala un abeto de casi veinte metros de alto.

—Prueba otra vez —le digo. Pero por un momento miro el árbol preguntándome si podría talarlo.

Me convenzo a mí mismo de que se está divirtiendo. No le importa el frío, ni que la nieve se le meta en los calcetines. Dice que tiene las manos congeladas. Me las acerca a las mejillas, pero yo no noto nada. Tengo la cara entumecida.

Le digo que, de pequeño, mi madre y yo nos olvidábamos de la Navidad. Ella me llevaba a rastras a misa, pero, en cuanto a regalos, árboles y todo ese rollo… En fin, no había dinero para esas cosas. Y nunca quise que mi madre se sintiera culpable por eso. Así que dejaba pasar el 25 de diciembre como si fuera cualquier otro día. En el colegio, los otros chavales presumían de lo que les habían regalado. Yo siempre me inventaba algo. No me compadecía de mí mismo. No era muy dado a la autocompasión.

Le digo que nunca creí en Santa Claus. Ni un solo día de mi vida.

—¿Qué querías? —pregunta.

Lo que quería era un padre. Alguien que cuidara de mi madre y de mí, para no tener que hacerlo yo. Pero a ella le digo que quería una videoconsola.

Encuentra un árbol. Tiene cerca de un metro y medio de alto.

—¿Quieres intentarlo? —pregunto, y le paso el hacha.

La agarra y se ríe. Es un sonido que yo no había oído nunca antes. Le da un hachazo al árbol.

Después de cuatro o cinco intentos, me devuelve el hacha. Examino la base del árbol. Ha abierto una grieta, pero nada más. No es fácil, de todos modos. Le digo que se aparte y empiezo a dar hachazos como un loco. Me mira con los ojos muy abiertos, como una niña de cinco años. Que me maten si no talo el árbol.

El mundo entero está en silencio. Todo está en paz. Estoy seguro de que nunca había conocido una noche tan perfecta como esta. Ella me dice que resulta imposible creer que en algún lugar del mundo haya una guerra. Que la gente se esté muriendo de hambre. Que haya niños maltratados. Estamos aislados de la civilización, dice.

—Dos monigotes minúsculos en un globo terráqueo al que un niño ha dado vueltas.

Me lo imagino: nosotros dos cruzando afanosamente montículos de cerámica mientras una nieve resplandeciente nos envuelve, encerrados en nuestra propia burbuja.

Estoy seguro de que oigo ulular a un búho a lo lejos. La detengo y digo:

—Shhh.

Y ella escucha un momento. Es aquí adonde migra el búho nival en invierno. Nosotros nos morimos de frío, pero él viene aquí a estar calentito. Escuchamos. No se oye nada. Ella mira el cielo y observa las nubes, que revientan por las costuras. Nos riegan con nieve.

El árbol pesa. Lo acarreamos entre los dos, ella delante, yo detrás. Lo arrastramos por la nieve y cuatro o cinco veces uno de nosotros –o los dos– resbala y se cae. Tenemos las manos tan frías que casi no podemos agarrar el tronco del árbol.

Cuando llegamos a la cabaña, lo cojo por la base. Retrocedo y lo subo por los escalones. Ella se queda abajo. Finge ayudar, pero los dos sabemos que no hace nada.

Lo metemos con esfuerzo por la puerta y lo apoyamos contra la pared. Me dejo caer al suelo. El árbol debe de pesar casi setenta kilos, empapado como está y cargado de nieve compacta.

Me quito los zapatos mojados y bebo agua directamente del grifo de la cocina. Ella pasa las manos por las hojas tiernas, todavía llenas de nieve. Huele a pino. Es la primera vez que ninguno de los dos se queja del frío. Tenemos las manos en carne viva, la nariz y las mejillas coloradas. Pero, debajo de todas las capas de ropa, estamos sudando. Me quedo mirándola. Su piel resplandece por el frío.

Entro en el cuarto de baño a asearme y cambiarme de ropa. Ella seca el agua del suelo, debajo del abeto, y los charcos que han dejado nuestros zapatos. Me huelen las manos a pino. Noto la sabia pegajosa. Respiro hondo, intentando recuperar el aliento. Me dejo caer en el sofá cuando vuelvo.

Ella entra en el baño a despegarse la ropa mojada de la piel. Se pone otros calzoncillos largos que se estaban secando en la barra de la cortina y, cuando sale, dice:

—Es la primera vez que me regalan un árbol.

Estoy avivando el fuego cuando cruza la habitación. Observa cómo mis manos manipulan la madera con aire calculador, lo justo para reanimar el fuego. Dice que lo hago todo así, con una habilidad que finjo que no existe. Yo no digo nada.

Me recuesto en el sofá y me arropo las piernas con una manta. Tengo los pies apoyados en la mesa baja. Todavía respiro agitadamente.

—Lo que daría por una cerveza —comento.

Me mira allí sentado durante no sé cuánto tiempo. Noto sus ojos fijos en mí.

—¿A ti también te apetece? —pregunto pasado un minuto.

—¿Una cerveza?

—Sí.

—Sí —contesta.

Me acuerdo de los dos sentados el uno junto al otro, bebiendo cerveza en aquel bar. Le pregunto si se acuerda y dice que sí. Dice que parece que fue hace un millón de años, mucho antes de que alguien nos pegara con pegamento a la tapa de un tarrito de papilla vacío y llenara nuestro mundo de brillantina.

—¿Qué hora es? —pregunta.

Mi reloj está sobre la mesa, junto a mis pies. Me inclino hacia delante para mirar la hora. Le digo que son las dos de la madrugada.

—¿Estás cansado? —pregunta.

—Casi, casi.

—Gracias por el árbol —dice—. Gracias por *conseguirnos* un árbol —añade. No quiere ser presuntuosa.

Me quedo mirando el abeto, apoyado contra la pared. Es deforme. Feo. Pero ella dice que es perfecto.

—No —digo yo—. Es para ti. Para que dejes de estar tan triste.

Prometo encontrar luces para adornarlo. No sé cómo, pero prometo que las encontraré. Me dice que no me preocupe por eso.

—Es perfecto tal y como está —dice. Pero yo digo que encontraré las luces.

Me pregunta si alguna vez he montado en el «L». La miro como si fuera tonta. Le digo que sí, que claro. Prácticamente no puede uno moverse por Chicago sin montar en el L, el sistema de transporte rápido de la ciudad. Dice que ella casi siempre toma la Línea Roja, *que vuela por debajo de la ciudad como si todo ese alboroto que hay arriba no existiera.*

—¿Nunca coges el autobús? —pregunta.

Me pregunto adónde quiere ir a parar.

—A veces.

—¿Sales por ahí? ¿A bares? ¿Cosas así?

—A veces. —Me encojo de hombros—. Pero la verdad es que no es lo que me va.

—Pero ¿sales?

—Sí, supongo. A veces.

—¿Alguna vez vas al lago?

—Conozco a un tipo que tiene un barco en Belmont Harbor. —Y con eso me refiero a una alimaña como yo. A un tipo que trabaja para Dalmar y vive en un barco, en un yate pequeño de segunda mano que tiene siempre bien abastecido de provisiones y combustible, por si tiene que huir. Lleva provisiones en el barco como para que le duren al menos un mes, navegando por los Grandes Lagos hasta Canadá. Así es como vive la gente como nosotros. Siempre listos para escapar.

Ella asiente. Belmont Harbor. Claro. Dice que pasa por allí constantemente.

—Podríamos habernos visto. Puede que nos hayamos cruzado por la calle, o que hayamos montado en el mismo autobús. O que hayamos esperado el mismo tren.

—En Chicago viven millones de personas.

—Pero ¿podría ser?

—Supongo que sí. Quizá. ¿Adónde quieres ir a parar?

—Es solo que me estaba preguntando… —Su voz se apaga.

—¿Qué? —pregunto.

—Si nos habríamos conocido. Si no fuera por…

—¿Esto? —Sacudo la cabeza. No es que quiera ponerme borde. Es la pura verdad—. Seguramente no.

—¿Crees que no?

—No nos habríamos conocido —repito.

—¿Cómo lo sabes?

—No nos habríamos conocido.

Desvío la mirada, me tapo con la manta hasta el cuello y me tumbo de lado.

Le pido que apague la luz y, como se queda remoloneando en la cocina, le pregunto:

—¿No te vas a la cama?

—¿Cómo puedes estar tan seguro? —pregunta.

No me gusta adónde conduce esta conversación.

—¿Qué más da eso? —digo.

—¿Me habrías hablado si nos hubiéramos conocido? Esa noche, ¿habrías hablado conmigo si no hubieras tenido que hacerlo?

—Para empezar, no habría estado en ese bar.

—Pero si hubieras estado…

—No.

—¿No?

—No habría hablado contigo.

El rechazo la golpea como una bofetada.

—Ah.

Cruza la habitación y apaga la luz. Pero no puedo dejarlo así. No puedo dejar que se vaya a la cama cabreada.

—No es lo que piensas —reconozco en la oscuridad.

Está a la defensiva. He herido sus sentimientos.

—¿Y qué es lo que pienso?

—No tiene nada que ver contigo.

—Claro que sí.

—Mia…

—¿Con qué tiene que ver entonces?

—Mia…

—*¿Qué?*

—No tiene nada que ver contigo. No tiene importancia.

Pero sí la tiene. La tiene para ella. Va hacia la cama cuando reconozco:

—La primera vez que te vi, estabas saliendo de tu apartamento. Estaba al otro lado de la calle, sentado en los escalones de un edificio, esperando. Había visto la foto. Llamé desde una cabina telefónica que hay en la esquina. Contestaste y colgué. Sabía que estabas allí. No sé cuánto tiempo estuve esperando, cuarenta y cinco minutos, puede que una hora. Tenía que ver en qué me había metido.

»Y entonces te vi por las ventanitas que hay al lado del portal. Te vi bajar corriendo la escalera con los auriculares puestos. Abriste la puerta y te agachaste en la calle para atarte un cordón. Se me quedó grabado en la memoria tu pelo, cómo te caía por los hombros, hasta que estiraste los brazos y te lo recogiste. Pasó una mujer con cuatro o cinco perros. Te dijo algo y le sonreíste y pensé que nunca había visto nada tan… No sé… Que nunca había visto nada tan *bonito*, en toda mi vida. Te fuiste corriendo por la calle y me quedé esperando. Veía pasar taxis y montones de gente que volvía a casa desde la parada de autobús de la esquina. Eran las seis de la tarde, puede que las siete. Empezaba a oscurecer. Había uno de esos cielos de otoño tan espectaculares. Cuando volviste, ibas andando. Pasaste justo por delante de mí y luego cruzaste la calle corriendo, y diste las gracias con la mano a un taxista que frenó para dejarte pasar. Estaba casi seguro de que me habías visto. Hurgaste dentro de tu zapatilla para sacar una llave y entraste, subiste los escalones y dejé de verte. Vi luz en tu ventana y tu silueta. Me imaginé lo que estarías haciendo dentro de casa. Me imaginé a mí mismo allí, contigo, cómo serían las cosas si no tuvieran que ser así.

Se queda callada. Y luego dice que se acuerda de esa noche. Dice que se acuerda del cielo, tan radiante, de la luz del sol, que se esparcía en partículas por el cielo. Dice que el cielo era del color de los persimones y la sangría, de unos tonos de rojo que solo puede pintar Dios.

—Me acuerdo de los perros —dice—: tres labradores negros y un golden retriever, y de la mujer, que pesaba como cuarenta kilos. Tiraban de ella, con las correas hechas un lío.

Dice que se acuerda de la llamada, aunque en aquel momento no le dio importancia. Que recuerda estar sentada en casa, sintiéndose sola, en parte porque aquel maldito novio suyo estaba trabajando pero sobre todo porque se alegraba de que así fuera.

—No te vi —susurra—. Si no, me acordaría.

Se tumba en el sofá, a mi lado. Aparto la manta y se desliza bajo ella. Aprieta la espalda contra mí, se hace el vacío. Noto el ritmo de su corazón pegado a mi cuerpo. Noto la sangre palpitándome en los oídos, tan fuerte que estoy seguro de que ella también la oye. La arropo con la manta. Estiro el brazo por encima de ella, busco su mano y nuestros dedos se entrelazan. Su mano apretando la mía me calma. Pasado un rato, mi mano deja de temblar. Paso el otro brazo bajo su cuello. Ella rellena todos los huecos, hasta que nos convertimos en un solo cuerpo. Apoyo la cabeza en un almohadón de pelo rubio y sucio, tan pegado a ella que puede sentir mi respiración sobre su piel, tranquilizándola, haciéndole comprender que estamos vivos aunque por dentro apenas podamos respirar.

Nos olvidamos de todo así, sumergidos en un mundo en el que nada importa. Nada, excepto nosotros.

Cuando me despierto se ha ido. Ya no la siento pegada a mí. Me falta algo, aunque hasta hace muy poco tiempo no tuviera nada que echar de menos.

La veo fuera, sentada en los escalones del porche. Se está quedando congelada. No parece que le importe.

Tiene la manta echada sobre los hombros y lleva puestos mis

zapatos. Le quedan enormes. Ha quitado la nieve del escalón, pero el borde de la manta roza el suelo y se moja.

No salgo enseguida.

Hago café. Busco mi chaqueta. Me tomo mi tiempo.

—Hola —digo cuando salgo descalzo. Le paso una taza de café—. He pensado que esto te ayudaría a entrar en calor.

—Ah. —Se ha asustado. Mira mis pies descalzos y dice—: Tus zapatos.

Pero antes de que pueda quitárselos la detengo. Le digo que no importa. Me gusta verla así, con mis zapatos puestos. Tumbada a mi lado en la cama. Podría acostumbrarme a ello.

—Aquí fuera hace frío —digo.

Hace un frío de cojones. Cinco grados bajo cero, quizá.

—¿Sí? —pregunta.

No respondo.

—Te dejo sola —digo.

Tengo la impresión de que si alguien decide arriesgarse a morir congelado en un día como hoy es porque quiere estar solo.

No es que haya pasado nada, pero he estado tumbado a su lado muchas horas porque sí, solo por estar cerca de ella, por sentir la suavidad de su piel y cómo sonaba su pecho cuando roncaba. Eso *sí* ha pasado.

—Debes de tener los pies helados.

Me los miro. Descansan sobre una fina capa de hielo y nieve.

—Sí —contesto. Me doy la vuelta para entrar.

—Gracias por el café.

No sé qué espero que diga, pero espero que diga algo.

—Sí —digo, y dejo que la puerta se cierre.

No sé cuánto tiempo pasa, el suficiente para que empiece a enfadarme. A enfadarme conmigo mismo por estar enfadado con ella. No debería importarme. No debería importarme una mierda.

Pero entonces aparece. Tiene las mejillas rojas como un tomate por el frío. El pelo le cae alrededor, desordenado.

—No quiero estar sola —dice.

Deja caer la manta junto a la puerta.

—No recuerdo la última vez que alguien me dijo que era bonita —dice.

«Bonita» no le hace justicia.

Nos miramos a través de la habitación, fijamente. Acordándonos de que tenemos que respirar.

Cuando se acerca a mí, se mueve humildemente. Me toca con cautela. La última vez la aparté de un empujón, pero eso fue distinto.

Ella era distinta.

Yo era distinto.

Paso la mano por su pelo. Mis manos se deslizan por sus brazos. Memorizan sus dedos y la forma de su espalda. Me mira con una mirada que no he visto nunca, ni en ella ni en ninguna otra mujer. Confianza. Respeto. Deseo. Me grabo en la memoria cada peca, cada imperfección de su cara. Me aprendo de memoria la forma de sus orejas y paso un dedo por el arco de sus labios.

Me coge de la mano y me lleva al dormitorio.

—No tienes por qué hacer esto —digo.

Bien sabe Dios que ya no es mi prisionera. Lo que quiero es que quiera estar aquí.

Nos paramos en la puerta. Sus labios buscan los míos, y tomo su cabeza entre las manos. Acaricio su pelo con los dedos. Sus brazos se juntan detrás de mi espalda. No se aparta.

Lo que cambia es cómo nos tocamos. Hay contacto, cosa que antes evitábamos. Nos rozamos al pasar cuando entramos en una habitación. Me pasa los dedos por el pelo. Yo apoyo la mano en su espalda. Sigue con los dedos las facciones de mi cara. Compartimos la misma cama.

Nuestras manos y dedos memorizan lo que no podrían memorizar nuestros ojos. Las irregularidades del cuero cabelludo. Los trozos de piel seca.

No hay nada de frívolo en ello. No coqueteamos. Hemos dejado eso atrás. No sacamos a relucir relaciones pasadas. No intentamos ponernos celosos el uno al otro. No inventamos motes cariñosos. No mencionamos la palabra «amor».

Matamos el tiempo. Hablamos. Enumeramos todas las cosas raras que se ven en la ciudad. Los indigentes empujando carritos de la compra. Los fanáticos cristianos caminando por la calle con crucifijos a la espalda. Las palomas.

Pregunta cuál es mi color favorito. Le digo que no tengo ninguno. Pregunta cuál es mi comida preferida. Dejó caer una cuchara llena de bazofia en un cuenco.

—Cualquiera menos esta —digo.

Pregunta qué habría sido de ella si no hubiéramos venido aquí. Si la hubiera entregado y hubiera cobrado mi recompensa.

—No lo sé —contesto.

—¿Estaría muerta?

Aprendemos cosas que antes no sabíamos. Que el contacto piel con piel ayuda a mantenernos calientes. Que los espaguetis de lata y las alubias cocidas pueden mezclarse. Que en la temblorosa butaca caben dos.

Estamos tomando una comida. No sé cuál. Comemos por necesidad. No hay desayuno, ni comida, ni cena. Es todo lo mismo. Todo sabe a mierda.

Ella mira con esos ojos suyos. Exigen una respuesta.

—No lo sé —repito.

Veo cómo la sacan a rastras de mi camioneta y la meten en la furgoneta. Con las manos atadas y los ojos vendados. La oigo llorar.

Aparto mi cuenco. No tengo hambre. He perdido el apetito.

Se levanta y coge mi cuenco. Dice que esta noche friega ella los platos, pero la agarro suavemente de la muñeca cuando se acerca y le digo:

—Déjalo.

Nos sentamos junto a la ventana a mirar la luna, una franja de cielo. Pasan las nubes, y a veces vemos la luna y a veces no.

—Mira todas esas estrellas —dice.

Conoce los nombres de las constelaciones. Aries. Fornax. Perseo. Dice que en Chicago solía pedir deseos cuando veía pasar un avión porque por las noches se veían muchos más aviones surcando el cielo que estrellas.

Hay veces en que está muy lejos, incluso cuando está en la misma habitación.

Me enseña a contar hasta cien en español. Yo le enseño a bailar el foxtrot. Cuando el lago se congela por completo, pescamos abriendo un agujero en el hielo. Nunca pasamos fuera mucho rato. No le gusta quedarse mirando. Así que camina por el lago como si Moisés hubiera separado las aguas para ella. Le gusta la nieve recién caída. A veces hay huellas de animales. A veces oímos motos de nieve a lo lejos. Cuando está congelada, entra. Y entonces me siento solo.

La llevo fuera. Traigo conmigo la pistola. Caminamos un rato por el bosque, hasta un lugar tan desolado que estoy seguro de que nadie oirá el ruido de una bala al salir del cañón.

Le digo que quiero que aprenda a disparar. Le ofrezco la pistola con las dos manos, como si fuera una joya. No quiere tocarla.

—Cógela —digo con aire despreocupado.

—¿Por qué? —pregunta.

—Por si acaso.

Quiero que aprenda a dispararla para que pueda defenderse.

—Para eso estás tú.

—¿Y si un día no estoy? —pregunto. Le pongo un mechón de pelo detrás de la oreja enrojecida. Veo cómo el viento vuelve a soltarlo—. No está cargada.

Mete el pulgar y el índice por el hueco del gatillo. Levanta la pistola. Pesa, el metal está muy frío con esta temperatura. El suelo está cubierto de nieve.

Le coloco el dedo en el gatillo, le hago agarrar la empuñadura.

Desplazo su pulgar hacia abajo. Tiro de su mano izquierda para que se junte con la derecha. Si nota mi mano sobre la suya, siente que no corre peligro. Que no va a pasar nada malo. Tiene las manos frías, igual que yo. Pero me deja que las toque sin reservas, no como antes, cuando las apartaba cada vez que nos rozábamos.

Le explico las partes de la pistola: el cañón, la boca y el seguro del gatillo. Me saco una bala del bolsillo de los vaqueros y le enseño a meterla en la pistola. Le hablo de los tipos de armas de fuego que hay: los rifles, las pistolas y las semiautomáticas. Esta es una semiautomática. Cuando se dispara una bala, se carga otra, pasando desde el cargador a la cámara. Todo eso con solo tirar del gatillo.

Le digo que no apunte nunca a nada ni a nadie si no tiene intención de matar.

—Yo lo aprendí por las malas —digo—, cuando tenía siete años. Puede que ocho. Un niño del barrio. Su viejo tenía una pistola. El chaval se pasaba todo el puto día presumiendo de ello. Yo le dije que era un mentiroso. Quería que me lo demostrara, así que fuimos a su casa después del colegio. No había nadie en casa. Su padre guardaba la pistola en la mesita de noche, sin cerrar, y cargada. Saqué la pistola del cajón como si fuera un juguete. Nos pusimos a jugar a policías y ladrones. Él era el poli, pero yo tenía la pistola. Dijo «Manos arriba» y yo me volví y le disparé.

Y luego nos quedamos allí, en medio del frío helador. Nos acordamos de las veces en que la he apuntado con la pistola. Hay culpa. Y remordimiento. Estoy seguro de que lo ve en mis ojos. De que lo nota en mi voz cuando le digo:

—No te habría matado.

Me agarro a ciegas a su mano.

—Pero podrías haberlo hecho —dice.

Los dos sabemos que es cierto.

—Sí —reconozco.

No soy de los que piden perdón. Pero estoy seguro de que mi cara lo dice todo.

—Pero eso era distinto —dice.

—¿Por qué? —pregunto.

Deja que me coloque detrás de ella. Le levanto los brazos y apuntamos juntos a un árbol cercano. Le separo las piernas y le enseño cómo tiene que colocarse. Luego amartillamos la pistola y apretamos el gatillo. El ruido es ensordecedor. La fuerza con que sale despedida la bala casi la tira al suelo. La corteza del árbol estalla.

—Porque, si hubiera tenido la oportunidad, yo también te habría matado —dice.

Así es como solventamos todas esas cosas que sucedieron entre nosotros esos primeros días. Así es como hacemos las paces por todas las mezquindades que nos dijimos, por las cosas horribles que se nos pasaron por la cabeza. Así es como anulamos la violencia y el odio de nuestros primeros días y semanas en la cabaña, dentro de las paredes de troncos que se han convertido en nuestro hogar.

—¿Y tu amigo? —pregunta.

Señalo con la cabeza la pistola que tiene en las manos. Esta vez quiero que lo intente ella sola.

—Por suerte para él, de pequeño tenía muy mala puntería. La bala le rozó el brazo. Un rasguño.

EVE

NOCHEBUENA

Gabe llamó a primera hora de la mañana para decirme que venía para acá. Eran poco más de las 5:30 cuando sonó mi móvil. A diferencia de James, que duerme como un bebé, yo llevaba despierta varias horas, acosada por otra noche de insomnio. No me molesto en despertarlo. Busco mi bata y mis zapatillas y salgo a la calle.

Hay noticias. Estoy de pie en el umbral, tiritando de frío, esperando a que el coche de Gabe aparezca por el camino de entrada cubierto de nieve. Son más de las seis y todavía es de noche. Las luces navideñas de los vecinos alumbran el cielo: los árboles decorados brillan a través de los ventanales, las luces que imitan carámbanos cuelgan de los canalones, titilan velas en todas las ventanas que dan a la calle. De las chimeneas salen nubes de humo que se arremolinan en el aire gélido.

Me ciño la bata y espero. Oigo un tren a lo lejos, traqueteando por la ciudad. Nadie espera junto a sus vías antes de que amanezca, un domingo, el día de Nochebuena.

—¿Qué pasa? —pregunto en cuanto aparca el coche y sale.

Viene derecho hacia mí. No cierra la puerta.

—Vamos dentro. —Me coge de las manos y me lleva dentro, al calor de la casa.

Nos sentamos en el mullido sofá blanco, muy apretados. Apenas nos damos cuenta de que nuestras piernas se tocan. La casa está a oscuras. Solo está encendido el piloto de la placa de la cocina. No quiero despertar a James. Hablamos en susurros.

Sus ojos tienen una expresión distinta. Nueva.

—Está muerta —digo.

—No —contesta, pero revisa su afirmación y, mirándose las manos, reconoce humildemente—: No lo sé. Hay una doctora en un pueblecito del noreste de Minnesota, una tal Kayla Lee. No quería hacerte concebir falsas esperanzas. Recibimos una llamada hace cosa de una semana. Vio la foto de Mia en las noticias y la reconoció: era una paciente suya. Hace varias semanas, puede que un mes, que Mia pasó por su consulta. Pero está segura de que es ella. Se hacía llamar por otro nombre: Chloe Romain.

—¿Una doctora?

—La doctora Lee dice que estaba con un hombre. Colin Thatcher. Dice que estaba enferma.

—¿Enferma?

—Neumonía.

—Neumonía.

Sin tratamiento, la neumonía puede conducir a una septicemia. A un colapso pulmonar que impida respirar. Sin tratamiento, se puede morir de neumonía.

—La doctora le dio una receta y la mandó a casa. Le pidió que volviera una semana después. Pero Mia no se presentó a la cita.

Gabe decía que tenía una corazonada sobre ese pueblo, Grand Marais. Que las tripas le decían que Mia podía estar allí.

—¿Qué te hizo pensar en Grand Marais? —pregunto, acordándome del día en que se presentó en mi casa y me preguntó si había oído hablar de aquel pueblo.

—Una postal que encontré en casa de la señora Thatcher. Colin se la mandó a su madre. Era un niño que rara vez salía de casa, y me fijé en ella. Era un buen sitio para esconderse. Pero hay algo más —añade.

—¿Qué? —contesto en tono suplicante.

La doctora le extendió una receta, pero eso no significa que compraran la medicina. No significa que Mia se tomara las pastillas.

—He estado hablando con Kathryn Thatcher y haciendo averiguaciones sobre la familia. Resulta que la familia del padre tiene una cabaña en Grand Marais desde hace muchos años. Kathryn dice que no sabe mucho de ella. Nunca ha estado allí. Pero su exmarido llevó a Colin de visita cuando era niño. Es una casa de veraneo, por llamarla de algún modo. Solo está habitada un par de meses al año. Mandé a un agente a echar un vistazo y ha visto una camioneta roja con matrícula de Illinois aparcada fuera.

—Una camioneta roja —repito.

Gabe me recuerda que los vecinos de la señora Thatcher afirmaban que Colin conducía una camioneta.

—¿Y? —pregunto, ansiosa.

Se pone en pie.

—Voy para allá. En coche. Esta misma mañana. Iba a ir en avión, pero no hay buena combinación, no hay vuelos directos, y entre escalas y esperas...

Me pongo de pie.

—Voy contigo. Deja que coja unas...

Intento pasar a su lado. Me agarra por los hombros.

—No puedes venir —dice con voz suave.

Dice que es solo una corazonada. Que no hay pruebas. La casa está vigilada ahora mismo. Ni siquiera está seguro de que Mia esté allí. Colin Thatcher es un hombre peligroso, no solo se le busca por esto.

—Puedo ir —gimo—. Es mi hija.

—Eve...

Se me quiebra la voz. Me tiemblan las manos. Llevo meses esperando este momento, y ahora que ha llegado no sé si estoy preparada. Hay tantas cosas que podrían salir mal...

—Ella me necesita. Soy su madre, Gabe. Es *mi* deber protegerla.

Me abraza: un abrazo brusco, de oso.

—Mi deber es protegerte *a ti* —dice—. Confía en mí. Si está allí, la traeré a casa.

—No puedo perderla ahora —sollozo.

Mis ojos se deslizan hasta una fotografía familiar que nos hicimos hace años: James, Grace, Mia y yo. Todos damos la impresión de estar allí por obligación: nuestras sonrisas parecen artificiales, tenemos el ceño fruncido o una mueca de fastidio. Incluso yo. Pero Mia parece sencillamente feliz. ¿Por qué?, me pregunto. Nunca le dimos razones para ser feliz.

Gabe me toca la frente con los labios y los deja allí, apretados contra la piel arrugada.

Estamos así cuando James baja renqueando los escalones, vestido con un pijama ajustado de cuadros escoceses.

—¿Se puede saber qué está pasando aquí? —pregunta.

Soy la primera en apartarme.

—James —digo, apresurándome a reunirme con él en el recibidor—, han encontrado a Mia.

Pero sus ojos pasan rozándome y esquiva mi saludo.

—¿Y así es cómo nos da la noticia? —pregunta a Gabe con desdén—. ¿Intentando ligarse a mi mujer?

—James —repito, y lo agarro de la mano para que lo entienda: nuestra hija va a volver a casa—, han encontrado a Mia.

Pero James contesta mirando a Gabe con condescendencia. A mí no me mira.

—Lo creeré cuando lo vea —dice, y sale de la habitación.

COLIN

ANTES

Hay luces en el árbol de Navidad. No quiero decirle de dónde las he sacado. Le he dicho que no le gustaría saberlo. Que alguien ha perdido para que nosotros salgamos ganando.

Dice que son una absoluta preciosidad cuando por la noche apagamos la luz y nos tumbamos juntos en la oscuridad, con solo las bombillitas del árbol y la luz del fuego.

—Esto es perfecto —dice.

—No es lo bastante bueno —digo yo.

—¿Qué quieres decir? —pregunta—. Es perfecto.

Pero los dos sabemos que no lo es, ni mucho menos.

Lo que es perfecto es cómo me mira y cómo dice mi nombre. Cómo me acaricia el pelo, aunque no creo que sepa que lo hace. Cómo nos acostamos juntos noche tras noche. Cómo me siento: completo. Lo que es perfecto es cómo sonríe a veces y cómo se ríe otras. Que podamos decir cualquier cosa que se nos pase por la cabeza, o estar horas sentados, juntos, en completo silencio.

El gato se tumba a nuestro lado durante el día. Duerme con nosotros por las noches, sobre la almohada de ella, al calorcito. Yo le digo que lo eche, pero no quiere. Así que se pega a mí. Comparte mi almohada. Alimenta al gato con sobras de la comida, que él devora. Pero los dos sabemos que, cuando se vayan vaciando los armarios, tendrá que decidir: o nosotros o él.

Hablamos de adónde iríamos si pudiéramos.

Yo enumero una lista de todos los lugares cálidos que se me ocurren.

—México, Costa Rica, Egipto, Sudán.

—*¿Sudán?*

—¿Por qué no? Hace calor.

—¿Tanto frío tienes? —pregunta.

La hago tumbarse encima de mí.

—Voy entrando en calor —respondo.

Le pregunto adónde iría ella si alguna vez conseguimos salir de *aquí*.

—Hay un pueblo en Italia —dice—. Un pueblo fantasma. Está prácticamente abandonado, perdido entre los olivos, un pueblecito casi inexistente, con solo un par de cientos de habitantes, un castillo medieval y una iglesia antigua.

—¿Ahí es donde quieres ir? —pregunto sorprendido. Esperaba que dijera Hawái o el Machu Pichu. Algo de ese estilo.

Pero noto que ha estado pensando en ello.

—En un sitio así podríamos vivir tranquilos. Está alejado de la televisión y la tecnología. Está en Liguria, una parte de Italia que linda con el sur de Francia. Solo estaríamos a unos kilómetros de la Riviera francesa. Podríamos vivir de la tierra, cultivar nuestra propia comida. No tendríamos que depender de nadie. No tendríamos que preocuparnos de que nos pillen o nos encuentren o… —La miro—. Te parece una estupidez —dice.

—Me parece que estaría muy bien cambiar el tomate de lata por hortalizas frescas.

—Odio el tomate de lata —reconoce.

Yo digo que también lo odio. Solo lo compré porque tenía prisa.

—Podríamos buscar una casa de campo vieja, una de esas casonas de granito, una que tenga, no sé, doscientos años, quizá. Tendríamos unas vistas increíbles de las montañas, y puede que hasta de la costa, con un poco de suerte. Podríamos criar animales, cultivar nuestra comida…

—¿Uvas?

—Podríamos tener un viñedo. Y cambiarnos el nombre, empezar de cero.

Me apoyo en los codos.

—¿Cuál elegirías tú?

—¿A qué te refieres?

—A tu nuevo nombre.

La respuesta parece obvia.

—Chloe.

—Chloe. Entonces te llamarás así —digo. Pienso en el nombre. Chloe. Me acuerdo del día, hace meses, en que fuimos en la camioneta a Grand Marais. La obligué a elegir un nombre y se le ocurrió Chloe—. ¿Por qué Chloe? —pregunto.

—¿Qué quieres decir?

—Aquel día, cuando te dije que no podías llamarte Mia. Y dijiste que Chloe.

—Ah —dice, y se incorpora.

Tiene las arrugas de mi camiseta marcadas en la cara y el pelo muy largo. Le llega a la mitad de la espalda. Más abajo, incluso. Estoy esperando una respuesta sencilla. *Es solo que me gusta, nada más*. Algo así. Pero no se limita a contestar eso:

—Es por una chica que vi en la tele.

—¿Qué chica?

Cierra los ojos. Noto que no quiere contármelo.

Pero me lo cuenta de todos modos.

—Yo tenía seis o siete años. Mi madre estaba en la cocina, pero la tele estaba encendida, era la hora del telediario. Yo estaba coloreando. Mi madre no sabía que estaba atenta a lo que decían. Dieron una noticia. Una excursión de un instituto de Oklahoma o Kansas, algo así. Un grupo de chavales iba en autobús a una competición o algo por el estilo, no sé. No me fijé mucho en eso. El autobús se salió de la carretera y cayó por un barranco. Murieron el conductor y una docena de niños.

»Entonces apareció una familia, una madre, un padre y dos chicos de dieciocho o diecinueve años. Todavía los veo: el padre muy delgado, con entradas, y los chicos altos y desgarbados como jugadores de baloncesto, con el pelo naranja. A la madre parecía que le había pasado por encima un camión. Estaban todos llorando delante de una casita blanca. Eso fue lo que me llamó la atención. Que lloraran. Estaban desconsolados. Destrozados. Me fijé sobre todo en el padre, pero también en los demás, en cómo lloraban abiertamente por su hija muerta. Por su hermana muerta. Había muerto en el accidente, se había precipitado por el barranco cuando el conductor se quedó dormido al volante. Tenía quince años, pero recuerdo que su padre hablaba con adoración de su niñita. Hablaba sin parar de lo maravillosa que era, aunque las cosas que contaba, que era muy simpática y que siempre estaba haciendo el indio, y que había nacido para tocar la flauta, no parecían maravillosas. Pero para él lo eran. Repetía sin parar «mi Chloe, mi Chloe». Se llamaba así. Chloe Frost.

»Yo no podía quitarme de la cabeza a Chloe Frost. Quería ser ella, que alguien me echara de menos como su familia la echaba de menos a ella. Lloré por Chloe días y días. Hablaba con ella cuando estaba sola. La dibujaba. Hice montones de dibujos, con su pelo naranja y sus ojos de color café.

Se pasa las manos por el pelo y aparta la mirada tímidamente. Avergonzada.

Luego reconoce:

—En realidad, le tenía envidia. Me daba envidia que estuviera muerta, que en alguna parte hubiera alguien que la quería más de lo que me querían a mí. —Titubea y luego añade—: Es una locura, lo sé.

Pero yo meneo la cabeza y digo:

—No.

Porque sé que es lo que quiere oír. Pero pienso en lo sola que debía de sentirse de pequeña, anhelando a una amiga muerta a la que ni siquiera conocía. A mi madre o a mí no nos iban muy bien las cosas, pero al menos no estábamos solos.

Cambia de tema. No quiere seguir hablando de Chloe Frost.

—¿Tú cómo te llamarías? —pregunta.

—¿John? —contesto, aunque no tengo mucha pinta de John.

—No —dice. La respuesta es casi tan obvia como «Chloe»—. Te llamarías Owen. Porque de todos modos no importa, ¿no? No es tu verdadero nombre.

—¿Quieres saber cuál es? —pregunto.

Apuesto a que lo ha pensado un millón de veces. Apuesto a que ha intentado adivinar cuál puede ser. No sé si alguna vez habrá pensado en preguntármelo.

—No —dice—, porque para mí eres este, el de ahora. Eres Owen.

Dice que no le importa cómo fuera antes.

—Y tú serás Chloe.

—Yo seré Chloe.

Y en ese momento Mia deja de existir.

EVE

DESPUÉS

Lo consulto con la doctora Rhodes. Se muestra de acuerdo, con una condición: que a ella también se le permita ir. Compro tres billetes de avión con la tarjeta de crédito que compartimos James y yo. El cuerpo de policía corre con los gastos de Gabe.

Vamos a visitar la cabaña en la que Mia estuvo prisionera todo ese tiempo. Confiamos en que estar allí reavive su memoria y le haga recordar algo acerca de su cautiverio. Si el gato por sí solo ha conseguido hacerle recordar a Colin Thatcher, me pregunto qué pasará en la cabaña.

Mia y yo hacemos una sola maleta. No tenemos gran cosa que llevar, entre las dos. A James no le digo dónde vamos. Mia le pide a Ayanna que cuide unos días de Canoa, y ella acepta sin reservas. Ronnie, su hijo de nueve años, está encantado de tener un gato para que le haga compañía. Pedimos al taxista que nos lleve a su apartamento antes de ir al aeropuerto. A Mia le cuesta mucho separarse de Canoa por segunda vez. Me pregunto qué pasó la primera vez que le dijo adiós.

El aeropuerto es un sitio atroz para una persona en el estado de Mia. El ruido es ensordecedor: miles de personas, altavoces, aviones despegando. Mia está asustada, todos lo notamos, aunque está sentada entre la doctora Rhodes y yo y la llevo cogida del brazo. La doctora Rhodes le propone que se tome una dosis de Valium. Lo lleva en la maleta, por si acaso.

Gabe echa una ojeada a la maleta.

—¿Qué más lleva ahí? —pregunta.

Estamos los cuatro sentados en fila, en nuestra terminal.

—Otros tranquilizantes —contesta la doctora—. Más fuertes.

Gabe se recuesta en su silla y coge un periódico que alguien ha abandonado.

—¿No le pasará nada? —pregunto yo—. ¿Al…?

—Al bebé —concluye Mia sin inmutarse.

Yo no me atrevo a decir la palabra.

—Sí —digo, avergonzada porque ella sí pueda.

—No, nada —nos asegura la doctora—, si es algo puntual. Pero nunca recomendaría tomarlo con frecuencia durante el embarazo.

Mia se toma la pastilla con un sorbo de agua y luego esperamos. Cuando anuncian nuestro vuelo está casi dormida.

Vamos a ir a Minneapolis-Saint Paul, donde tendremos que esperar tres cuartos de hora antes de seguir hasta Duluth, Minnesota. Allí, un presunto amigo de Gabe, el detective Roger Hammill, irá a recogernos para llevarnos a Grand Marais. Gabe se refiere a él como su amigo, pero hasta yo noto el desdén con que habla de él. Nuestro vuelo sale temprano, a las nueve de la mañana, y mientras el avión se eleva en el cielo espantosamente helado, todos intuimos que va a ser un día muy largo. La única ventaja es que Mia se ha dormido.

Mia y yo nos hemos sentado juntas, ella del lado de la ventana y yo junto al pasillo. Gabe está al otro lado del estrecho pasillo, y una o dos veces me roza el brazo con la mano y me pregunta si estoy bien. A su lado, la doctora Rhodes está absorta escuchando un audiolibro, con los auriculares puestos. El resto de los pasajeros ignoran nuestra situación. Charlan sin parar acerca del tiempo, de las condiciones para esquiar y de sus escalas. Una mujer se pone a rezar el Padre Nuestro cuando despega el avión y reza para que aterricemos de una pieza. Sostiene un rosario en las manos temblorosas. El piloto advierte de que habrá turbulencias y pide que permanezcamos en nuestros asientos.

Cuando aterrizamos en Minneapolis, Mia se ha despertado y está otra vez nerviosa por el ruido. Le pregunto a la doctora Rhodes cuándo puede tomarse otro tranquilizante, pero me asegura que debemos esperar: necesitamos que esté lucida esta tarde. Mientras esperamos nuestro siguiente vuelo, Gabe le ofrece un iPod a Mia y le busca la música menos ofensiva que puede para que deje de oír el ruido exterior.

Me pregunto qué pasará cuando lleguemos. Con solo pensarlo me pongo enferma. Pienso en cómo reaccionó Mia al ver al gato. ¿Cómo reaccionará cuando veamos el lugar donde estuvo prisionera tanto tiempo? Pienso en los progresos que hemos hecho desde que llegó a casa. ¿Se quedarán en nada?

Me disculpo para ir al aseo y la doctora Rhodes ocupa mi asiento al lado de Mia para que no esté sola. Cuando salgo del servicio, Gabe me está esperando. Me acerco él, me rodea con sus brazos y dice:

—Pronto todo esto habrá pasado. Confía en mí.

Sí, confío en él.

En Duluth un hombre que dice ser el detective Hammill nos escolta hasta un todoterreno de la policía. Gabe lo llama Roger. Mia dice que es un placer conocerlo, aunque Gabe me recuerda que no es la primera vez que se ven.

Es un individuo tripón, más o menos de mi edad aunque parece mucho mayor, y al verlo me doy cuenta de que estoy envejeciendo por momentos. Tiene una fotografía de su esposa pegada dentro del coche: una mujer rubia con sobrepeso, con un corro de niños apiñados a su alrededor. Son seis, a cual más fuerte y rollizo.

Mia, la doctora Rhodes y yo nos sentamos en el asiento trasero. Gabe ocupa el delantero. Me lo ha ofrecido a mí, pero he rehusado de mil amores: no soportaría tener que ponerme a charlar.

El trayecto dura más de dos horas. Gabe y el detective Hammill se ponen a hablar de su trabajo. Intentan sobrepasarse el uno al otro, y noto que a Gabe no le agrada Hammill. Su voz no suena del todo amable, y a veces suelta una respuesta cortante, aunque por respeto a nosotras guarda las formas. Hace más intentos de hablar con Mia y conmigo que nuestro conductor, y durante la mayor parte del camino permanecemos en silencio mientras el detective Hammill se explaya hablando de las dos victorias que esta temporada han conseguido los Timberwolves contra los Chicago Bulls. Yo no tengo ni idea de deportes.

Circulamos por la carretera 61 durante casi todo el viaje, siguiendo en parte las orillas del lago Superior. Mia tiene los ojos fijos en el agua. Me pregunto si lo habrá visto otras veces.

—¿Hay algo que te resulte familiar? —pregunta Gabe más de una vez.

Hace todas las preguntas que yo no me atrevo a hacer.

Anteriormente, la doctora Rhodes le había dejado claro que no debía presionar demasiado a Mia. Y Gabe le dejó claro a ella que tenía que hacer su trabajo; el de ella consistía en restaurar los daños, si los había.

—Teniendo en cuenta que la distancia más corta entre dos puntos es una línea recta —comenta el detective Hammill, mirando a Mia por el retrovisor—, lo lógico es que hubiera hecho usted este trayecto.

Atravesamos Grand Marais y tomamos una ruta conocida como Gunflint Trail. El detective Hammill es una mina de información, aunque casi nada de lo que cuenta es una novedad para mí, que en mis noches de insomnio, desde que volvió Mia, he memorizado cada detalle de esta ruta turística. Viajamos por una carretera de dos carriles, atravesando el Parque Nacional Superior, rodeados por un bosque tan espeso que creo que no había visto tanta vegetación en toda mi vida. La mayor parte de las plantas están muertas y enterradas bajo montículos de nieve. No volverán a brotar hasta la primavera. Los árboles de hoja perenne tienen las agujas cargadas de nieve y combadas por el peso.

Mientras proseguimos nuestro viaje, veo que Mia se sienta más derecha, que se fija más en el paisaje. Su mirada ya no parece empañada, como antes, sino atenta y llena de interés.

La doctora Rhodes la instruye para que utilice la visualización y repita afirmaciones como «Puedo hacerlo». De pronto oigo a James burlándose de ella por sus técnicas irracionales.

—¿Reconoces algo? —pregunta Gabe.

Se ha girado en el asiento, pero Mia dice que no con la cabeza. Son las tres o las cuatro de la tarde y el cielo empieza a oscurecerse. Está nublado y, aunque está puesta la calefacción, empiezan a entumecérseme las manos y los dedos de los pies. El calor del interior del coche no puede competir con las temperaturas bajo cero del exterior.

—Fue una suerte que saliera de allí cuando salió —le dice el detective Hammill—. Si no, no habría sobrevivido al invierno.

Me da un escalofrío al pensarlo. Si no la mataba Colin Thatcher, la habría matado la Madre Naturaleza.

—Bueno… —dice Gabe para quitarle importancia al asunto. Ve en mi expresión algo que no le gusta—. Te sorprenderías. Mia es toda una luchadora. ¿Verdad que sí? —pregunta guiñando un ojo.

Y luego dice moviendo los labios sin emitir sonido, para que solo yo lo vea: *puedes hacerlo*. De pronto, las ruedas del todoterreno chocan con un montículo de nieve y todos nos volvemos y nos topamos de frente con una lúgubre cabaña de madera.

Mia ha visto las fotografías. La he sorprendido muchas veces sentada en estado letárgico, mirando fijamente las fotos de esta misma cabaña, o escudriñando los ojos inexpresivos de Colin Thatcher sin ver nada. Ahora, en cambio, ve algo. El detective Hammill abre la puerta y, como arrastrada por una fuerza magnética, Mia sale del coche y tengo que pararla.

—Mia, tu gorro —le digo—, tu bufanda. —Porque hace tanto frío fuera que el aire bastaría para congelarle la piel.

Pero parece completamente ajena al frío y tengo que ponerle los guantes como si fuera una niña de cinco años. Tiene los ojos fijos en la cabaña, en los pocos escalones que llevan del camino nevado a la puerta, acordonada con cinta amarilla. Los peldaños están cubiertos de nieve pero sigue habiendo pisadas, y las marcas de neumáticos en el camino dan a entender que ha pasado alguien por aquí desde la última nevada. Hay nieve por todas partes: en el tejado, en el porche, en el mundo deshabitado que rodea la casa. Me pregunto cómo se sintió Mia al llegar por primera vez a esta casa tan remota que se diría que es el último lugar habitado de la Tierra. Me estremezco al pensarlo.

Ahí está el lago que he visto en los dibujos de Mia, helado una y mil veces. Probablemente no se descongelará hasta la primavera.

Me asaltan tales sentimientos de soledad y abatimiento que no veo que Mia se acerca a los escalones tranquilamente, con familiaridad. Gabe es el primero en llegar a su lado y se ofrece a ayudarla. Los escalones resbalan y Mia patina más de una vez.

Al llegar arriba, esperan a que el detective Hammill abra la puerta. La doctora Rhodes y yo los seguimos de cerca.

El detective abre la puerta, que chirría. Los demás nos esforzamos por echar un vistazo al interior, pero es Gabe, con su decoro de siempre, quien le dice a Mia:

—Las damas primero.

Y sin embargo entra justo detrás de ella.

GABE

NOCHEBUENA

En algún punto de Minnesota empieza a nevar. Conduzco todo lo rápido que puedo, que no es mucho. Me cuesta ver por el cristal, aunque los limpiaparabrisas van a toda velocidad. Es el sueño de todo niño de seis años: que nieve en Nochebuena. Esta noche vendrá Papá Noel con el trineo cargado de regalos para todos los niños y niñas.

Me llama el detective Hammill. Tiene a un par de agentes vigilando la cabaña. Me lo ha contado todo al respecto: es una cabañita perdida en el bosque. Pero no han visto entrar ni salir a nadie, ni han distinguido a nadie en el interior.

Cree que tendrá reunido un equipo para cuando yo llegue: unos diez hombres, escogidos entre sus mejores agentes. Este es un asunto muy gordo para esta zona. No todos los días pasa algo así.

Pienso en Eve. Lo repaso de cabeza una y mil veces: lo que le diré, las palabras que emplearé para darle la buena noticia. Y luego pienso en la posibilidad de que no haya ninguna buena noticia que darle: que Mia no esté en la cabaña, o que no sobreviva al rescate. Hay un millón de cosas que podrían salir mal.

Cuando empiezo a subir por la costa del lago Superior, los hombres de Roger se están poniendo nerviosos. Tiene a media docena desplegados en el bosque. Han establecido un perímetro de seguridad. Van armados con lo mejor del arsenal del departamento.

El detective Hammill está obsesionado con el asunto. Parece que tiene algo que demostrar.

—Que nadie pegue un tiro hasta que yo llegue —digo mientras piso el acelerador por una carretera estrecha y cubierta de nieve.

Las ruedas patinan y me esfuerzo por recuperar el control. Me pego un susto de muerte. Pero lo que más me preocupa es la soberbia con que habla el detective. Es, incluso más que yo, uno de esos tipos que se hacen policías por la perspectiva de llevar una pistola.

—Es Nochebuena, Hoffman. Mis chicos tienen que ver a sus familias.

—Hago lo que puedo.

Se pone el sol y está todo oscuro. Piso el acelerador. Conduzco a toda velocidad por la estrecha calzada, y tengo la sensación de que las ramas bajas, cargadas de nieve, van a decapitarme. No sé cuántas veces me quedo clavado, con las ruedas patinando y levantando nieve sin llegar a ninguna parte. Esta mierda de coche va a conseguir que me mate.

Voy todo lo rápido que puedo, consciente de que tengo que llegar a Thatcher antes que el detective Hammill. Cualquiera sabe lo que es capaz de hacer ese tipo.

COLIN

NOCHEBUENA

Esta tarde volví al pueblo y llamé a Dan. Está todo listo. Dice que nos veremos el día 26 en Milwaukee. No puede hacer más. No va a hacerse todo el camino hasta Grand Marais, eso lo ha dejado claro.

Es mi regalo de Navidad para ella, una sorpresa para mañana. Nos iremos cuando se ponga el sol y viajaremos toda la noche. Es la forma más segura de hacerlo. He propuesto que nos veamos en el zoo. Un sitio público y agradable. Abierto en Navidad. Le he dado mil vueltas al plan: dejaremos el coche en el aparcamiento, ella se quedará escondida en la casa de los primates. Yo iré a reunirme con Dan junto a la zona de los lobos. Cuando él se marche y me asegure de que no nos están siguiendo, iré a buscarla. Desde allí, el modo más rápido de llegar a Canadá es pasar por Windsor, Ontario. Llegaremos hasta Windsor y luego seguiremos adelante mientras nos dure la gasolina. Tengo dinero suficiente para llegar hasta allí. Después, se acabará. Tendremos que usar nombres falsos. Me buscaré un trabajo.

Le he dicho a Dan que prepare también documentación falsa para mi madre. Cuando pueda, no sé cómo, pero iré a buscarla. Ya se me ocurrirá cómo.

Yo sé que esta es mi última noche en esta cabaña de mierda. Ella, no. Me estoy despidiendo en secreto.

Mañana es Navidad. Recuerdo que cuando era niño salía de

casa temprano el día de Navidad. Sacaba un dólar y dos centavos de un bote con calderilla que teníamos. Me iba a la panadería de la esquina, que en Navidad estaba abierta hasta mediodía. Hacíamos como que era una sorpresa, aunque nunca lo era. Mama se quedaba en la cama hasta que me oía salir a hurtadillas por la puerta.

Nunca iba derecho a la panadería. Era un mirón: espiaba a los otros del barrio por las ventanas abiertas, para ver qué les habían regalado. Me quedaba mirando un rato sus caras felices y sonrientes. Luego pensaba «que les den» y seguía caminando a trompicones por la nieve.

Las campanillas de la puerta de la panadería anunciaban mi llegada a la señora que llevaba un siglo trabajando allí. En Navidad se ponía un gorro de Papá Noel y decía *Jo, jo, jo*. Yo pedía dos pepitos de chocolate de cincuenta y un centavos cada uno y ella los metía en una bolsa de papel blanco. Cuando volvía a casa, mamá me estaba esperando con dos tazas de chocolate caliente. Desayunábamos juntos y fingíamos que no era Navidad.

Ahora estoy mirando por la ventana. Estoy pensando en mi madre. Me pregunto si estará bien. Mañana será el primer día desde hace treinta y tantos años que no compartimos un pepito de chocolate por Navidad.

Cuando consiga papel y un boli, le escribiré una nota y la echaré al correo en Milwaukee. Le diré que estoy bien. Y que Chloe también está bien, para que los inútiles de sus padres tengan un poco de tranquilidad, si es que les importa una mierda. Cuando le llegue la carta, ya habremos salido del país. Y en cuanto encuentre el modo de hacerlo, también sacaré a mamá.

Chloe se acerca a mí por la espalda y me abraza. Me pregunta si estoy esperando a Papá Noel.

Pienso en lo que cambiaría si pudiera, pero no cambiaría nada. Lo único que lamento es que mamá no esté aquí. Pero eso no puedo arreglarlo sin estropear *esto*. Algún día todo se arreglará. Así es como calmo mi mala conciencia. No sé cómo ni cuándo. No sé cómo voy a hacerle llegar la documentación falsa a mamá sin que se descubra, ni cómo voy a enviarle dinero suficiente para un billete de avión. Pero algún día…

Me giro y la rodeo con los brazos, apretando sus cuarenta y tantos kilos. Ha adelgazado. Los pantalones se le bajan. Siempre está tirando de ellos para que no se le caigan. Tiene las mejillas hundidas. Han empezado a hundírsele los ojos. Esto no puede seguir así.

—¿Sabes qué quiero este año por Navidad? —pregunto.

—¿Qué?

—Una maquinilla de afeitar —digo.

Me peino el bigote y la barba con los dedos. Los odio. Me dan asco. Pienso en todas las cosas que mejorarán cuando salgamos del país. No pasaremos tanto frío. Podremos ducharnos con jabón de verdad. Yo podré afeitarme esta maraña de pelo que tengo en la cara. Podremos ir juntos por la calle. No tendremos que escondernos, aunque pasará una eternidad hasta que nos sintamos seguros.

—A mí me gusta —bromea, sonriendo.

Cuando sonríe, veo cómo encajan todas las piezas.

—Mentirosa —digo.

—Entonces pediremos dos cuchillas de afeitar —dice, y me deja tocar el vello suave de sus piernas.

—¿Qué le pedirías tú a Papá Noel? —pregunto.

—Nada —dice sin pensárselo—. Tengo todo lo que quiero.

Apoya la cabeza sobre mi pecho.

—Mentirosa —repito.

Se separa y me mira. Lo que quiere, dice, es estar guapa. Para mí. Darse una ducha. Ponerse perfume.

—Estás preciosa —le digo, y es cierto.

Pero repite en un susurro:

—Mentiroso.

Dice que nunca se había dado tanto asco, en toda su vida.

Pongo las manos a los lados de su cara. Le da vergüenza e intenta desviar los ojos, pero la obligo a mirarme.

—Estás preciosa —repito.

Asiente.

—Vale, vale —dice. Luego me toca la barba y añade—: Y a mí me gusta tu barba.

Nos miramos un momento antes de llegar a una tregua.

—Algún día —le prometo—, llevarás perfume y todo eso.

—Vale.

Enumeramos las cosas que haremos *algún día*. Salir a cenar. Ver una película. Cosas que el resto de la gente hace todos los putos días.

Dice que está cansada y se mete en el dormitorio. Sé que está triste. Hablamos del futuro, pero en el fondo está convencida de que eso no existe.

Recojo nuestras cosas intentando que no se dé cuenta. Las dejo a un lado, en la encimera: su cuaderno de dibujo y sus portaminas, lo que queda del dinero. Solo tardaremos dos minutos en recoger todo lo importante. Ella es lo único que necesito.

Luego, por puro aburrimiento, grabo en la encimera con un cuchillo afilado las palabras *Nosotros estuvimos aquí*. Las letras me salen desiguales, no son precisamente una obra de arte. Pongo mi chaqueta encima para que no lo vea hasta que sea hora de marcharse.

Me acuerdo de la primera noche en la cabaña. Del miedo de su mirada. Estuvimos aquí, pienso, pero son otros los que se marchan.

Veo ponerse el sol. La temperatura baja dentro de la cabaña. Añado leña al fuego. Veo pasar los minutos en mi reloj. Cuando pienso que voy a morirme de aburrimiento, me pongo a hacer la cena. Sopa de pollo con fideos. Es la última vez en mi vida que como sopa de pollo con fideos, me digo.

Y entonces lo oigo.

EVE

DESPUÉS

Mia ha estado aquí antes. Se da cuenta enseguida.

Dice que antes había un árbol de Navidad, pero ya no está. Antes siempre había un fuego rugiendo en la estufa. Ahora, en cambio, está callada. Había un olor muy distinto. Ahora solo huele intensamente a lejía.

Dice que ve fragmentos de lo que puede que ocurriera: latas de sopa en la encimera, aunque ya no están ahí. Oye el ruido del agua saliendo de un grifo, y el estruendo de unos pasos en el suelo de madera, aunque los demás permanecemos inmóviles, observándola como halcones, con las espaldas pegadas a la pared de troncos.

—Oigo la lluvia en el tejado de la cabaña —dice— y veo a Canoa yendo de una habitación a otra.

Sus ojos siguen un camino imaginario entre el cuarto de estar y el dormitorio, como si en ese momento viera de verdad al gato, aunque todos sabemos que está a buen recaudo con Ayanna y su hijo.

Y entonces dice que oye el sonido de su nombre.

—¿Mia? —pregunto con voz apenas audible, pero sacude la cabeza. No.

—Chloe —me recuerda llevándose la mano al lóbulo de la oreja.

Su cuerpo parece en paz por primera vez en mucho tiempo, y sonríe.

Pero la sonrisa no dura mucho.

COLIN

NOCHEBUENA

Mamá siempre me decía que tengo orejas de murciélago. Lo oigo todo. No sé qué es ese ruido, pero hace que me levante de mi asiento. Apago la luz y la cabaña queda a oscuras. Chloe empieza a removerse en el dormitorio. Se esfuerza por ver en la oscuridad. Me llama. Como no contesto enseguida, vuelve a llamarme. Esta vez está asustada.

Retiro la cortina de la ventana. El suave resplandor de la luna me ayuda a ver. Debe de haber media docena: coches patrulla, con otros tantos policías.

—Mierda.

Dejo caer la cortina. Atravieso corriendo la cabaña.

—Chloe, Chloe —la llamo bruscamente.

Se levanta de un salto. La adrenalina empieza a correr por su cuerpo mientras trata de espabilarse. La saco del dormitorio y la llevo a una zona sin ventanas.

Ya está despierta. Me agarra de la mano, sus uñas se me clavan en la piel. Siento temblar sus manos.

—¿Qué pasa? —pregunta. Le tiembla la voz. Se le saltan las lágrimas. Sabe lo que pasa.

—Están ahí —digo.

—Ay, Dios mío —gime—. ¡Tenemos que huir! —Se aparta de mí y entra en el cuarto de baño.

Piensa que podemos salir por la ventana y escapar de algún modo. Cree que podemos huir.

—No funcionará —le digo.

La ventana está atascada. No se abrirá. Lo intenta de todos modos. La toco, la aparto de la ventana. Mi voz suena tranquila.

—No hay donde ir. No podemos huir.

—Entones lucharemos —dice.

Pasa a mí lado empujándome. Intento evitar las ventanas, aunque estoy seguro de que la oscuridad de la cabaña nos hace invisibles. Pero aun así las evito.

Ella se pone a llorar, dice que no quiere morir. Intento decirle que es la policía. La puta policía, me dan ganas de decir, pero ella no oye ni una palabra de lo que digo. Repite una y otra vez que no quiere morir. Las lágrimas le resbalan de los ojos.

Cree que es Dalmar.

No puedo pensar con claridad. Miro por la ventana y le digo que no tenemos donde ir. No podemos resistirnos. Son demasiados. No serviría de nada. Solo empeoraría las cosas.

Pero encuentra la pistola en el cajón. Sabe disparar. La agarra con manos temblorosas. Coloca el cargador.

—Chloe —digo suavemente, en un susurro—. No servirá de nada.

Pero de todos modos pone el dedo en el gatillo. Junta las manos. Sujeta la pistola con firmeza, como le he enseñado. Sin dejar espacio entre sus manos y la culata.

—Chloe —repito—, se acabó.

—*Por favor* —solloza—. Tenemos que luchar. No podemos permitir que acabe así.

Está como loca, furiosa y fuera de sí. Histérica. Pero por alguna extraña razón yo estoy tranquilo.

Quizá porque sabía desde el principio que tarde o temprano llegaría este momento.

Pasa un instante. Miro sus ojos. Están derrotados, vencidos. Llora. Le gotea la nariz. No sé cuánto tiempo pasa. Diez segundos. Diez minutos.

—Voy a hacerlo yo misma —dice entonces con furia.

Está cabreada conmigo porque no lo haga yo. Veo cómo le tiembla la pistola en las manos. No puede hacerlo. Y, si lo intenta, la matarán. Entonces dice en voz baja:

—Pero tu puntería…

Deja las palabras colgando en el aire. Lo veo en su expresión: impotencia. Desesperación.

—Da igual —dice pasado un rato—. Lo haré yo.

Pero no se lo permito. Asiento.

—Está bien —digo.

Estiro el brazo y le quito la pistola.

No puedo permitir que acabe así: ella pidiéndome que le salve la vida y yo negándome.

Los focos inundan la cabaña. Nos deslumbran. Estamos de pie delante de la ventana, completamente expuestos. Tengo la pistola en las manos. Mi mirada es firme, pero sus ojos están dilatados por el miedo. La luz la hace dar un brinco y acercarse a mí. Me pongo delante de ella para que no la vean. Levanto una mano para tapar la luz.

La mano de la pistola.

GABE

NOCHEBUENA

Hammill llama para contarme que los han descubierto.

—¿Qué quieres decir? —pregunto.

—Que nos ha oído.

—¿Habéis podido verlo bien?

—Es él, está claro —contesta—. Es Thatcher.

—Que nadie dispare —digo—. Que nadie se mueva hasta que llegue yo. ¿Entendido?

Dice que sí, pero en el fondo sé que le importa una mierda.

—Lo necesito vivo —digo, pero no me escucha.

Hay mucho ruido al otro lado de la línea. Hammill parece hablar desde un kilómetro de distancia. Dice que tiene allí a su mejor francotirador. *¿Francotirador?*

—Que nadie dispare —digo una y otra vez. Echarle el guante a Thatcher es solo la mitad de mi tarea. La otra mitad es averiguar quién lo contrató—. No abráis fuego. Dile a tus hombres que no abran fuego.

Pero Hammill está tan ocupado escuchándose a sí mismo que no me oye. Dice que allí está todo muy oscuro. Pero que tienen gafas de visión nocturna. Que han visto a la chica. Que parece aterrorizada. Hay un silencio. Luego dice:

—Tiene una pistola.

Y me da un vuelco el corazón.

—Que nadie dispare —digo al mismo tiempo que distingo la cabaña, escondida en medio de los árboles.

Hay un millón de coches patrulla aparcados fuera. No me extraña que Thatcher los haya oído.

—Tiene a la chica.

Subo a toda velocidad por el camino y me paro cuando queda claro que con tanta nieve no voy a llegar más allá.

—¡Estoy aquí! —grito al teléfono.

Mis pies resbalan en la nieve.

—Tiene una pistola.

Suelto el teléfono y echo a correr. Los veo en fila detrás de sus vehículos, esperando un disparo.

—¡No abran fuego! —grito, y me paro en seco al oír el ruido de un disparo.

EVE

DESPUÉS

No sé qué esperaba que ocurriera cuando llegáramos a la cabaña. En el aeropuerto, había enumerado para Gabe todo lo que podía salir mal, los peores escenarios que se me pasaban por la cabeza: que Mia no se acordara de nada, que semanas y semanas de terapia quedaran en nada, que *aquello* hiciera perder la cabeza a mi hija.

Estamos todos mirándola mientras observa el interior de la minúscula cabaña, una choza en mitad de los bosques de Minnesota. La recorre de un solo vistazo. Los recuerdos no tardan mucho en afluir y, cuando Gabe le pregunta por enésima vez «Mia, ¿te acuerdas de algo?», nos damos cuenta de que deberíamos tener cuidado con lo que preguntamos.

El sonido que sale de la garganta de mi hija es un sonido que yo no había oído nunca antes, parecido al gemido de un animal moribundo. Cae de rodillas en medio de la habitación. Grita en un lengua incomprensible que nunca he oído. Solloza: un estallido salvaje del que no sabía que fuera capaz. Y yo también empiezo a llorar.

—Mia, cariño —murmuro, deseando rodearla con mis brazos y apretarla.

Pero la doctora Rhodes me advierte que tenga cuidado. Alarga una mano, impidiéndome que consuele a Mia. Gabe se inclina hacia nosotras y nos dice en voz baja que allí, en ese lugar del suelo donde Mia se ha derrumbado, histérica, hace menos de un mes yacía un cadáver ensangrentado.

Mia se vuelve hacia él con sus preciosos ojos azules llenos de angustia y dice con voz ronca:

—Usted lo mató. Usted lo mató.

Una y otra vez. Está llorando, enloquecida, dice que ve la sangre que mana de su cuerpo sin vida y empapa las grietas del suelo. Ve huir al gato, dejando huellas ensangrentadas al atravesar la habitación.

Oye el disparo que cruza la habitación en silencio y se sobresalta al revivir aquel instante aquí y ahora, al oír romperse el cristal y caer al suelo hecho añicos.

Dice que lo ve caer. Ve sus miembros fláccidos, lo ve desplomarse. Recuerda que se le cerraron los párpados, que su cuerpo se convulsionó sin control. Ella tenía sangre en las manos, en la ropa.

—Hay sangre por todas partes —solloza desesperada, palpando el suelo.

La doctora Rhodes dice que Mia está sufriendo un brote psicótico. Aparto sus manos de mí. Solo quiero tranquilizar a mi hija. Me estoy acercando a ella, a Mia, cuando Gabe me agarra del brazo y me detiene.

—Por todas partes. Sangre roja por todas partes. ¡Despierta! —Mia golpea con las manos el suelo, luego encoge las rodillas y empieza a balancearse furiosamente—. ¡Despierta! Dios mío, por favor, despierta. *No me dejes.*

GABE

NOCHEBUENA

No soy el primero en entrar en la cabaña. Localizo la gorda cara de Hammill entre el tumulto. Lo agarro por el cuello de la camisa y le preguntó qué cojones ha pasado. Cualquier otro día, podría darme una patada en el culo si quisiera. Pero hoy no es un día cualquiera. Hoy soy un hombre poseído por una obsesión.

—Iba a matarla.

Asegura que Thatcher no les ha dejado elección.

—O eso dices tú.

—No estás en tu jurisdicción, gilipollas.

Un trepa que no parece tener más de diecinueve o veinte años sale de la cabaña y dice:

—Ese cabrón está muerto.

Y Hammill responde levantando el pulgar. Alguien aplaude. Por lo visto es el francotirador, un chaval tan estúpido que no sabe lo que hace. Recuerdo cuando yo tenía diecinueve años. Lo único que quería en esta vida era agarrar una pistola. Ahora la sola idea de utilizarla me aterra.

—¿Qué problema tienes, Hoffman?

—Lo necesitaba *vivo*.

Están entrando todos. Una ambulancia se abre camino entre la nieve con la sirena encendida. Veo las luces rojas y azules, rojas y azules, chillando en medio de la oscura noche. El personal sanitario se baja, hace lo imposible por llevar una camilla a través de la nieve.

Hammill entra en la cabaña detrás de sus chicos. Suben todos los escalones y entran. Hay un foco iluminando el interior, hasta que alguien tiene el sentido común de encender una lámpara. Contengo la respiración.

Nunca he visto en persona a Mia Dennett. Dudo que haya oído mi nombre alguna vez. No tiene ni idea de que, desde hace tres meses, es lo único que tengo en la cabeza, la cara que veo cuando me despierto por la mañana y cuando me voy a la cama.

Sale de la cabaña acompañada por Hammill, que la agarra tan fuerte como si la llevara esposada. Está cubierta de sangre, las manos y la ropa, incluso el pelo. Tiene los mechones rubios manchados de rojo. Su piel es un blanco espeluznante, traslúcida al horrible resplandor del foco, que nadie ha tenido la delicadeza de apagar. Es un fantasma, una aparición, con una expresión vacua en la cara. Como si la luz estuviera encendida pero no hubiera nadie en casa. Las lágrimas se le congelan en las mejillas cuando resbala por los escalones y Hammill tira de ella para que se levante.

—Yo primero —dice, alejándola de mí.

Mia me mira de pasada. Veo en ella a Eve hace treinta años, antes de James Dennett, antes de Grace y de Mia, antes de mí.

Hijo de puta.

Lo pondría en su sitio si no me preocupara tanto asustar a Mia. No me gusta cómo la toca.

Dentro encuentro el cadáver de Colin Thatcher tendido de cualquier manera en el suelo. Una o dos veces, cuando trabajaba en las calles, ayudé a retirar un fiambre. No hay nada parecido en el mundo. La sensación de la carne muerta, dura y fría en cuanto la abandona el alma. Los ojos, abiertos o cerrados, pierden su vida. Los de Colin están abiertos. Tiene la piel fría. Nunca había visto tanta sangre. Le cierro los párpados y digo:

—Me alegro de conocerte por fin, Colin Thatcher.

Pienso en Kathryn Thatcher, en aquella asquerosa residencia. Veo la expresión de su rostro demacrado cuando le dé la noticia.

Los chicos de Hammill ya se han puesto manos a la obra:

fotografías del lugar de los hechos, huellas dactilares, recogida de pruebas.

No sé qué pensar de este sitio. Es una infravivienda, como mucho. Apesta. No sé qué esperaba. ¿Un aplastacabezas medieval, instrumentos de tortura para romper rodillas? ¿Cadenas y látigos? ¿Esposas, como mínimo? Lo que veo es una casucha fea, con un árbol de Navidad destartalado. Mi apartamento da más miedo que esto.

—Echad un vistazo a esto —dice alguien, tirando una parca al suelo.

Me levanto con las piernas acalambradas. Alguien ha grabado en la formica las palabras *Nosotros estuvimos aquí*.

—¿Qué le parece?

Paso los dedos por las letras.

—No sé.

Hammill entra en la cabaña. Habla tan alto como para despertar a un muerto.

—Toda tuya —me dice mientras le da una patadita a Thatcher, por si acaso.

—¿Qué ha dicho? —pregunto por cumplir. En realidad me importa una mierda lo que le haya dicho *a él*.

—Ve a verlo tú mismo —contesta.

Hay algo en su tono que suscita mi interés. Me enseña su sonrisa arrogante –«Yo sé algo que tú no sabes»– y añade:

—Es genial.

Me inclino sobre Colin Thatcher para echarle una última mirada. Yace sobre el suelo, muerto del todo.

—¿Qué has hecho? —le pregunto discretamente antes de salir.

Ella está sentada en la parte de atrás de la ambulancia abierta. La está atendiendo un sanitario. La han arropado con una manta de lana. Están intentando comprobar que la sangre no es suya. La ambulancia se ha callado, las luces y la sirena están apagadas. Se oye hablar a la gente, alguien se ríe.

Me acerco a ella despacio. Tiene la mirada perdida, deja que el enfermero la examine pero da un respingo cada vez que la toca.

—Hace frío aquí fuera —digo para llamar su atención.

Tiene el pelo largo. Le cae sobre la cara y le tapa los ojos. Tiene una expresión indescifrable. No sé qué significa. La sangre seca –¿o helada?– se le pega a la piel. Le gotea la nariz. Me saco un pañuelo del bolsillo y se lo pongo en la mano.

Nunca me ha importado tanto alguien a quien no conozco.

—Debes de estar agotada. Esto ha sido un calvario. Vamos a llevarte a casa. Muy pronto, te lo prometo. Conozco a una persona que está deseando oír tu voz. Soy el detective Gabe Hoffman. Hemos estado buscándote.

Me resulta imposible creer que es la primera vez que nos vemos. Tengo la impresión de que la conozco mejor que a la mitad de mis amigos.

Levanta los ojos y me mira una fracción de segundo. Luego mira la bolsa para cadáveres vacía que están metiendo en la casa.

—No hace falta que mires —digo.

Pero no es la bolsa lo que mira. Es el espacio. Tiene la mirada perdida en el espacio. Los alrededores están llenos de gente que viene y va. Son casi todos hombres, solo hay una mujer. Hablan de sus planes navideños al pasar: ir a la iglesia y a cenar con sus suegros; quedarse levantados hasta tarde para montar un juguete que su esposa ha comprado por Internet. Todo sea por el cumplimiento del deber.

En cualquier otro caso, estaría felicitándolos por su buen trabajo. Pero este no es cualquier otro caso.

—El detective Hammill te ha hecho algunas preguntas. Yo también tengo algunas preguntas que hacerte, pero pueden esperar. Sé que esto no ha sido... fácil... para ti.

Se me pasa por la cabeza acariciarle el pelo o darle unas palmaditas en la mano, algún gesto sencillo que la haga volver en sí. Tiene la mirada perdida. Apoya la cabeza en las rodillas flexionadas y no dice ni una palabra. No llora. Nada de ello me sorprende: está conmocionada.

—Sé que esto ha sido una pesadilla para ti. Y para tu familia.

Había tanta gente preocupada... Te llevaremos a casa a tiempo para Navidad, te lo prometo —digo—. Te llevaré yo mismo.

En cuanto me den luz verde, haremos juntos en coche el largo camino de regreso, y Eve nos estará esperando con los brazos abiertos delante de su casa. Pero primero tendremos que pasar por el hospital local para que la examinen como es debido. Confío en que los periodistas no se hayan enterado de esto, en que no se planten en el aparcamiento del hospital con las cámaras y los micrófonos preparados y un montón de preguntas.

Ella no dice una palabra.

Pienso en llamar a Eve desde mi móvil y dejar que sea Mia quien le dé la buena noticia. Me meto las manos en los bolsillos. ¿Dónde diablos está mi teléfono? En fin... Seguramente es demasiado pronto. No está preparada. Pero Eve está en vilo esperando mi llamada. Pronto hablaré con ella.

—¿Qué ha pasado? —pregunta ella por fin en voz baja.

Claro, pienso. Ha sido todo muy rápido. Está intentando entender lo ocurrido.

—Le han cogido —digo—. Se acabó.

—Se acabó. —Deja que las palabras resbalen de su lengua y caigan en la nieve.

Sus ojos describen un ángulo de 360 grados. Se fija en su entorno como si fuera la primera vez que lo ve. ¿Es posible que sea la primera vez que sale de la cabaña?

—¿Dónde estoy? —susurra.

Cruzo una mirada con el enfermero, que se encoge de hombros. Pues vaya, pienso, este es más tu campo que el mío. Yo me encargo de atrapar a los malos. Tú, de cuidar a los buenos.

—Mia —digo. Oigo sonar a lo lejos un teléfono móvil. Suena igual que el mío—. Mia —empiezo otra vez.

Parece desconcertada la segunda vez que digo su nombre. Lo digo una tercera vez porque no se me ocurre nada que añadir. ¿Qué ha pasado? ¿Dónde estoy? Son las preguntas que pensaba hacerle *yo*.

—No me llamo así —dice en voz baja.

El enfermero está recogiendo sus cosas. Quiere llevarla a que la vea un médico, pero por ahora está bien. Tiene síntomas de desnutrición. Heridas que curar. Pero nada que requiera atención inmediata.

Trago saliva.

—Claro que sí. Te llamas Mia Dennett. ¿No te acuerdas?

—No. —Menea la cabeza. No es que no se acuerde: es que está segura de que me equivoco. Se inclina hacia mí como si fuera a contarme un secreto y me dice—: Me llamo Chloe.

El detective Hammill pasa por nuestro lado y deja escapar un ruido grosero.

—Ya te dije que era genial. —Resopla y les grita a sus chicos—: ¡Daos prisa, a ver si acabamos pronto!

GABE

DESPUÉS

En el pueblo de Grand Marais nos alojamos en un hotel, una pequeña posada tradicional en el lago Superior, con un letrero anunciando *Desayuno continental gratis* que atrae mi atención. Nuestro vuelo de regreso no sale hasta mañana por la mañana.

La doctora Rhodes le ha dado a Mia un tranquilizante que la ha dejado k.o. La he llevado en brazos a la cama doble de la habitación que comparte con Eve. Los demás estamos en el pasillo, hablando.

Eve está hecha un manojo de nervios. Sabía que esto era un error. Casi llega al punto de culparme, pero se para a tiempo.

—Tarde o temprano tenía que salir a la luz —decide, pero no sé si lo cree de verdad o si solo intenta aplacarme.

Más tarde le recordaré el caso: que Colin Thatcher no fue quien encargó el secuestro de Mia. Hay alguien por ahí que está buscándola, y necesitamos que Mia esté todo lo lúcida y consciente que sea posible para encontrar a esa persona. Él debió de decirle algo. Colin tuvo que decirle de qué iba todo esto.

Eve se apoya contra la pared del pasillo cubierta con papel pintado de un tono pastel. La doctora se ha puesto unos pantalones cómodos y unas pantuflas. Llevaba el pelo recogido en un moño muy apretado que hace que su frente parezca enorme. Tiene los brazos cruzados y nos dice:

—Se llama «síndrome de Estocolmo». Se da cuando las víctimas se vinculan emocionalmente a sus secuestradores. Crean un lazo con ellos durante su cautiverio y, al final, acaban defendiéndolos y tienen miedo de la policía que acude en su auxilio. No es infrecuente. Lo vemos constantemente. En situaciones de maltrato doméstico, niños que han sufrido abusos, incesto… Estoy segura de que usted sabe de qué estoy hablando, detective. Una mujer llama a la policía para decir que su marido le está dando una paliza, pero cuando llegan a su casa se vuelve contra ellos y sale en defensa de su marido.

»Hay una serie de factores que contribuyen al desarrollo del síndrome de Estocolmo. Mia habrá tenido que sentirse amenazada por su agresor, como sabemos que ha ocurrido. Habrá tenido que sentirse aislada de los demás, excepto de su agresor. Sabemos que también ha sido así. Habrá tenido que sentirse incapaz de escapar de la situación. Eso huelga decirlo. Y, por último, el señor Thatcher habrá tenido que mostrarle un mínimo de compasión, por ejemplo no…

—No permitiendo que se muriera de hambre —concluyo yo.

—Exacto.

—Darle ropa para que se abrigara, y refugio… —Podría seguir y seguir. Para mí tiene perfecto sentido.

Pero para Eve no. Espera a que la doctora Rhodes nos dé las buenas noches y se aleje por el pasillo hasta que ya no puede oírnos y entonces dice en ese tono de «una madre sabe mejor que nadie lo que le pasa a su hija»:

—Lo quería.

—Eve, creo que…

—Lo quería.

Nunca la he visto tan segura de nada. Se queda en la puerta, mirando a Mia dormida en la cama. La vigila como una madre primeriza vigila a su recién nacido.

Duerme en la cama, al lado de Mia. Yo duermo en la otra cama doble, aunque tengo mi propia habitación. Eve me suplica que no me vaya.

Quién soy yo para hablar, pienso mientras me meto entre las sábanas. No sé nada de estar enamorado.

Ninguno de los dos duerme.

—Yo no lo maté —le recuerdo a Eve, pero da igual, porque alguien lo mató.

EVE

DESPUÉS

Pasa todo el vuelo de regreso encerrada en sí misma. Se sienta junto a la ventanilla y pega la frente al cristal frío. No reacciona cuando intento hablar con ella, y a veces la oigo llorar. Veo resbalar las lágrimas por sus mejillas y caer sobre sus manos. Intento consolarla, pero me rechaza.

Yo estuve enamorada una vez, hace tanto tiempo que casi no me acuerdo. Estaba hechizada por ese hombre tan guapo al que conocí en un restaurante de la ciudad. Era tan atractivo que hacía que me sintiera como si caminara por el aire. Ahora ha desaparecido y lo único que queda entre nosotros son sentimientos heridos y palabras de desdén. No me lo arrebataron. Me fui alejando yo, hasta un punto tan lejano que ya no veo esa cara juvenil ni esa sonrisa persuasiva. Y aun así duele.

La doctora Rhodes se despide de nosotros en el aeropuerto. Quiere ver a Mia por la mañana. Decidimos entre las dos que a partir de ahora irá a verla dos veces por semana. El síndrome de estrés agudo es una cosa. La pena, otra.

—Es muy difícil manejar algo así —me dice, y las dos miramos a Mia, que tiene las manos sobre la tripa.

El bebé ya no es una carga, sino un último vestigio de él, algo a lo que aferrarse.

Me pregunto qué habría sido de Mia si hubiera abortado. Habría perdido la cabeza.

El coche de Gabe está en el aparcamiento de larga estancia. Se ha ofrecido a llevarnos a casa. Intenta llevar todas las maletas él solo, pero le cuesta. No me deja que lo ayude. Mia camina más deprisa que nosotros y tenemos que apretar el paso para alcanzarla. Lo hace para no ver mi expresión de inquietud, o para no tener que mirar a los ojos al hombre que cree que disparó a su novio.

Hace todo el trayecto en silencio, en el asiento de atrás.

Gabe le pregunta si tiene hambre. No responde.

Yo le pregunto si tiene frío. Me ignora.

Hay poco tráfico. Es un domingo gélido, de esos que dan ganas de pasarlos en la cama. La radio está encendida, el volumen bajo. Mia se tumba en el asiento y, pasado un rato, se queda dormida. Veo cómo su pelo despeinado le cae sobre las mejillas sonrosadas, entumecidas aún por el aire invernal. Sus párpados tiemblan, su cuerpo está dormido pero su mente se llena de imágenes. Yo intento dar sentido a todo esto: cómo es posible que alguien como Mia se haya enamorado de alguien como Colin Thatcher.

Y entonces mis ojos se posan en el hombre sentado a mi lado, un hombre tan distinto de James que resulta casi cómico pensarlo.

—Voy a dejar a mi marido —digo sin apartar los ojos de la carretera.

Gabe no dice nada. Pero, cuando su mano aprieta la mía, dice todo lo que es necesario decir.

Nos deja en la puerta de casa. Se ofrece a ayudarnos a subir, pero me niego diciéndole que podemos apañárnoslas.

Mia está entrando en el edificio sin mí. En silencio, la vemos marchar. Gabe dice que volverá por la mañana. Tiene algo para ella.

Y entonces, cuando se cierra la pesada puerta del portal y dejamos de verla, se inclina para besarme sin hacer caso de los peatones que regresan a casa por la acera abarrotada, de los taxis que pasan por la calle ruidosa. Pongo las manos sobre su pecho para detenerlo.

—No puedo —digo.

Me duele más que a él, y veo que me observa buscando una explicación. Sus ojos se preguntan por qué. Luego, poco a poco, empieza a asentir con la cabeza. No tiene nada que ver con él. Pero es hora de que ponga orden en mis prioridades. Las he tenido confundidas muchísimo tiempo.

Mia me dice que oye romperse el cristal. Lo ve luchar por respirar. Hay sangre por todas partes, él extiende las manos y ella no puede hacer nada, salvo verlo caer.

Se despierta en su cama, gritando. Cuando llego, se ha caído de la cama y está en el suelo, inclinada sobre alguien que no está ahí. Susurra su nombre.

—Por favor, no me dejes —dice, y deshace violentamente la cama, buscándolo. Tira a un lado la manta y arranca las sábanas—. ¡Owen! —solloza.

Estoy en la puerta, observando la espantosa escena. Pasa a mi lado empujándome y casi no le da tiempo a llegar al váter antes de vomitar.

Es así todos los días.

Algunas mañanas, los mareos no son tan fuertes. Pero esos días, dice Mia, son los peores. Cuando no tiene náuseas constantes, se acuerda todo el tiempo de que Owen ha muerto.

Yo me quedo rondando por la puerta.

—Mia —digo. Estoy dispuesta a hacer cualquier cosa para disipar el dolor. Pero no puedo hacer nada.

Cuando se siente preparada, me habla de esos últimos momentos en la cabaña: el ruido como de fuegos artificiales de los disparos, cómo se rompió la ventana, los cristales cayendo al suelo, el aire frío entrando a raudales.

—El ruido me aterrorizó, miré fuera antes de oír que a Owen le costaba respirar. Susurró mi nombre. *Chloe.* No tenía suficiente aire. Empezaron a fallarle las piernas. Yo no sabía qué había pasado —solloza sacudiendo la cabeza mientras revive ese momento como hace cien veces al día dentro de su cabeza, y yo le pongo una mano sobre la pierna para detenerla. No es necesario que siga. Pero ella sigue. Sigue porque tiene que hacerlo, porque su mente ya no puede contener los recuerdos desbordados. Yacían aletargados en su memoria, como un volcán a punto de estallar.

—*¿Owen?* —pregunta en voz alta, atrapada en un momento que no forma parte del presente—. La pistola se le cayó de las manos. Dejó una marca en el suelo. Me tendió las manos. Había sangre por todas partes. Le habían disparado. Empezaron a fallarle las piernas. Intenté sujetarlo, lo intenté, pero pesaba demasiado. Se cayó al suelo. Yo caí con él. *¡Owen! ¡Ay, Dios mío! ¡Owen!* —solloza.

Dice que se imaginó la escarpada costa de la Riviera italiana. En ese último momento, eso fue lo que vio. Los barcos flotando perezosamente en el mar de Liguria, y los picos aserrados de los Alpes Marítimos y los Apeninos. Veía una casita de piedra rústica cobijada en la falda de una colina, donde trabajaban en el campo verde y frondoso hasta dejarse la piel. Ella y el hombre al que conoce por Owen. Se imaginó que ya no estaban huyendo. Que estaban en casa. En ese último momento, vio niños corriendo entre la hierba espesa, esquivando hileras de parras. Tenían el pelo y los ojos oscuros, como él, e intercalaban palabras en italiano entre su inglés chapurreado. *Bambino*, *allegro* y *vero amore.*

Me cuenta cómo manaba la sangre de su cuerpo. Cómo se extendió por el suelo, cómo salió huyendo el gato de la habitación. Sus pequeñas zarpas dejaron huellas de sangre por el suelo. Y de nuevo sus ojos recorren la habitación frenéticamente, como si estuviera sucediendo aquí, en este momento, a pesar de que el gato están sentado en el alféizar de la ventana como una figura de porcelana.

Dice que respiraba despacio, que le costaba mucho tomar aire. Que había sangre por todas partes.

—Sus ojos se quedaron quietos. Su pecho se quedó quieto. «Despierta. Despierta». Lo zarandeé. «Dios mío, por favor, despierta. Por favor, no me dejes» —solloza con la cara pegada a las sábanas de la cama.

Me cuenta que sus miembros dejaron de debatirse cuando la puerta se abrió de golpe. Vio una luz cegadora y una voz de hombre le ordenó que se apartara del cuerpo.

—*Por favor, no me dejes* —gime.

Todas las mañanas se despierta gritando su nombre.

Duerme en la habitación. Yo abro el futón y duermo en el cuarto de estar. Se niega a descorrer las cortinas y a dejar que la vida de fuera entre en su habitación. Le gusta estar a oscuras, donde puede creer que es de noche veinticuatro horas al día y sucumbir a su depresión. Apenas consigo que coma.

—Si no lo haces por ti —le digo—, hazlo por el bebé.

Dice que es el único motivo que le queda para vivir.

Me dice en confianza que no puede seguir. No lo dice cuando está lúcida, sino cuando llora, hundida en su desesperación. Piensa en la muerte, en todas las formas en que podría matarse. Me las enumera. Yo me digo que nunca la dejaré sola.

El lunes por la mañana, Gabe se presentó con una caja de cosas que había traído de la cabaña. Las tenía guardadas como pruebas.

—Pensaba devolvérselas a la madre de Colin —dijo—, pero he pensado que quizá quieras echarles un vistazo.

Confiaba en conseguir un alto el fuego. Pero lo que obtuvo fue una mirada cargada de reproche mientras Mia masculla en voz baja:

—*Owen.*

Cuando consigo sacarla casi a rastras de la habitación, se sienta a mirar distraídamente la televisión. Debo tener cuidado con lo que ve. Las noticias de la noche la dejan destrozada. Palabras como *muerte, asesinato* o *recluso.*

Le digo a Mia que no fue Gabe quien disparó a Owen, pero dice que no importa. Que no importa nada. Que Owen está muerto. No odia a Gabe por ello. No siente nada. Un enorme vacío llena su alma. Yo justifico lo que hizo Gabe: lo que hicimos *todos*. Intento hacerla entender que la policía estaba allí para protegerla. Que solo vieron a un delincuente armado y a su víctima.

Mia se culpa a sí misma, sobre todo. Dice que fue ella quien le puso la pistola en las manos. Por las noches dice entre sollozos que lo siente. La doctora Rhodes habla con ella sobre las fases del duelo: la negación y la ira. Algún día, le promete, llegará a aceptar la pérdida.

Mia abrió la caja de cartón que le trajo Gabe y sacó de ella una sudadera gris con capucha. Se la acercó a la cara, cerró los ojos y olió la tela. Estaba claro que pensaba quedársela.

—Mia, cielo —dije yo—, déjame que la lave.

Olía fatal, pero no permitió que se la quitara de las manos.

—No —insistía.

Duerme con ella todas las noches, fingiendo que son los brazos de él los que la aprietan con fuerza.

Lo ve por todas partes: en sueños y despierta. Ayer me empeñé en que saliéramos a dar un paseo. Era un día de enero soportable. Necesitábamos tomar el aire. Llevábamos días encerradas en el apartamento. Lo limpié de arriba abajo, restregué la bañera, que llevaba meses sin usarse. Podé las plantas con unas tijeras de recortar y tiré las hojas muertas al cubo de la basura. Ayanna se ofreció a ir a comprar algunas cosas al supermercado: leche y zumo de naranja y, porque yo se lo pedí, flores frescas, algo que le recordara a Mia todas las cosas que están *vivas.*

Ayer, Mia se hundió entre las anchas mangas de una chaqueta que sacó de la misma caja de cartón, y salimos. Al llegar al final de los escalones del portal se detuvo y se quedó mirando un lugar imaginario, al otro lado de la calle. No sé qué estaba mirando. Al final, la tiré suavemente del brazo y dije:

—Vamos.

No conseguí adivinar qué miraba tan fijamente. Allí no había nada, solo un edificio de ladrillo con un andamio en la fachada.

El invierno es duro en Chicago, pero de vez en cuando Dios nos concede un día con temperaturas por encima de cero para recordarnos que las desgracias vienen y van. Debe de hacer tres o cuatro grados cuando salimos a dar un paseo, uno de esos días en los que los adolescentes se echan atolondradamente a la calle en pantalón corto y camiseta, olvidándose de que en octubre nos horrorizaban estas temperaturas.

Nos quedamos en las calles residenciales porque pensé que habría menos ruido. Oíamos la ciudad no muy lejos. Era pleno día. Ella arrastraba los pies. Al doblar la esquina de Waveland, se choca con un joven. Yo podría haberlo impedido si no hubiera estado mirando los caducos adornos navideños de un balcón cercano, tan fuera de lugar junto a los charcos de nieve que se derriten en la acera, trayéndome el recuerdo de la primavera. Era un chico guapo, con una gorra de béisbol bien calada y los ojos fijos en el suelo. Mia no le prestó atención. Casi se dobló sobre sí misma, atónita.

Él no entendía por qué lloraba.

—Lo siento. Lo siento mucho —dijo.

Le rogué que no se preocupara.

Es la misma gorra de béisbol que Mia sacó de la caja, la que tiene al lado de la cama.

La pena y los mareos de por las mañanas hacen que salga corriendo al baño tres o cuatro veces al día.

Gabe vino esta tarde, dispuesto a llegar al fondo de este asunto. Hasta hoy se contentaba con visitas cortas, con el único fin de reconciliarse con Mia. Pero me recuerda que ahí fuera sigue habiendo un peligro, y que los policías que montan guardia frente al edificio no estarán siempre ahí. Hace a Mia sentarse en el futón.

—Hábleme de su madre —dice ella.

Toma y daca, se llama esto.

El apartamento de Mia es un rectángulo de unos cuarenta metros cuadrados. Está el cuarto de estar, con el futón y el pequeño televisor. Mia abre el futón cuando alguien se queda a dormir. He limpiado el baño muchas veces, y sigue sin parecerme limpio. La bañera se llena de agua cada vez que me ducho. En la cocina solo cabe una persona: si alguien abre la nevera, no puedes quedarte detrás de la puerta porque te chocas con la placa. No hay lavaplatos. El radiador pocas veces caldea la habitación y, cuando lo hace, la temperatura sube por encima de treinta grados. Cenamos en el futón, que rara vez cerramos porque todas las noches me acuesto en él.

—Kathryn —contesta Gabe.

Está sentado, incómodo, al borde del futón. Mia lleva unos días preguntando por la madre de Colin. Yo no sabía qué decirle, aparte de que Gabe sabe más de ella que yo. Nunca la he visto, a pesar de que dentro de unos meses tendremos un nieto en común.

—Está enferma —dice Gabe—. Tiene Parkinson en fase avanzada.

Yo desaparezco en la cocina y finjo fregar los platos.

—Lo sé.

—Está todo lo bien que cabe esperar. Lleva un tiempo viviendo en una residencia. No estaba en condiciones de vivir sola.

Mia pregunta cómo es que llegó a la residencia. Colin –Owen– creía que seguía en casa.

—La llevé yo.

—¿La llevaste tú? —pregunta.

—Sí —confiesa Gabe—. Necesitaba cuidados constantes.

Esto le hace ganar puntos a ojos de Mia.

—Estaba preocupado por ella.

—Y tenía motivos para estarlo, pero se encuentra bien —le asegura Gabe—. Llevé a la señora Thatcher al entierro.

Se detiene el tiempo justo para que Mia asimile la noticia. Gabe me habló del entierro. Fue solo unos días después de que Mia regresara a casa. Nosotros estábamos inmersos en sus primeras citas con la doctora Rhodes y empezábamos a descubrir que el zumbido de la nevera aterrorizaba a nuestra hija. Gabe recordó una esquela de un diario de Gary y me la trajo. También me trajo un programa del funeral, con una fotografía satinada en la portada, en blanco y negro sobre papel de color marfil. En aquel momento me indignó que Colin Thatcher hubiera tenido un entierro tan respetuoso. Tiré el programa a la chimenea y vi cómo ardía su cara. Recé para que a él le pasara lo mismo: para que se quemara en el infierno.

Dejo lo que estoy haciendo y espero un segundo a oír el llanto. Pero no llega. Mia está callada.

—¿Estuviste en el entierro?

—Sí. Fue bonito. Tan bonito como podía esperarse.

Su opinión de Gabe está mejorando a pasos agigantados. Noto un cambio en su voz, que ya no rezuma repulsión. Se ha vuelto más suave, y ha perdido un poco de hostilidad. Yo, por mi parte, me quedo en la cocina con un plato de cerámica en la mano imaginándome a Colin ardiendo en el infierno, y trato desesperadamente de retractarme.

—¿El ataúd estaba...?

—Cerrado. Pero había fotografías. Y mucha gente. La gente lo quería más de lo que él imaginaba.

—Lo sé —susurra Mia.

Se hace un silencio. Un silencio insoportable para mí. Me seco las manos en la culera de los pantalones. Cuando me asomo al cuarto de estar, veo que Gabe se ha sentado más cerca de Mia, está justo a su lado, y que ella ha apoyado la cabeza sobre su hombro. Gabe le ha pasado un brazo por los hombros y ella llora.

Quiero inmiscuirme, ser yo el hombro sobre el que llore mi hija, pero no me atrevo.

—La señora Thatcher se ha ido a vivir con su hermana Valerie. Se está medicando y su *enfermedad* está más controlada.

Me escondo en la cocina, fingiendo no escuchar.

—La última vez que la vi —añade Gabe—, tenía... esperanza. Cuéntame cómo acabasteis en esa cabaña —le pide.

Ella dice que eso es fácil de explicar.

Yo contengo la respiración. No sé si quiero oírlo. Le cuenta a Gabe lo que sabe: que a Colin lo contrataron para buscarla y entregársela a un hombre del que nunca había oído hablar. Pero él no fue capaz de hacerlo, así que la llevó a un lugar en el que creía que estarían a salvo. Yo respiro hondo. La llevó a un lugar en el que creía que estaría a salvo. Quizá no fuera un loco, después de todo.

Ella dice algo sobre un rescate. Dice que tiene algo que ver con James.

Entro en el cuarto de estar, donde puedo escuchar. Al oír el nombre de James, Gabe se levanta bruscamente del futón y empieza a pasearse por la habitación.

—Lo sabía —dice una y otra vez.

Veo a mi niña sentada en el futón y pienso que su padre tenía poder para protegerla de esto. Salgo del apartamento, buscando consuelo en el gélido día invernal. Gabe me ve marchar, consciente de que no puede reconfortarnos a las dos al mismo tiempo.

Por la noche, cuando Mia se va a la cama, la oigo dar vueltas. La oigo llorar y llamar a Owen. Me quedo de pie junto a la puerta de su cuarto, deseando ser capaz de acabar con esto y sabiendo que no puedo. Gabe dice que no puedo hacer nada. *Solo estar ahí, a su lado*, dice.

Mia dice que podría ahogarse en la bañera.

Que podría cortarse las venas con un cuchillo de cocina.

Que podría meter la cabeza en el horno.

Que podría tirarse por la salida de incendios.

Que podría arrojarse a las vías del L cualquier noche.

GABE

DESPUÉS

Consigo una orden judicial y dirijo el registro de los despachos del juez. Está fuera de sí. El sargento hace acto de presencia y trata de calmar los ánimos, pero al juez Dennett le trae sin cuidado. Dice que vamos a salir con las manos vacías y que en cuanto se demuestre vamos a encontrarnos los dos de patitas en la calle.

Pero no salimos con la manos vacías. Resulta que encontramos tres cartas amenazadoras escondidas entre los archivos personales, cerrados con llave, del juez Dennett. Peticiones de rescate. Las cartas dicen que tienen a Mia. A cambio de su liberación, exigen un montón de pasta o revelarán que el juez Dennett aceptó 350.000 dólares en sobornos en 2001 a cambio de una sentencia favorable en un caso de crimen organizado. Chantaje.

Hacen falta tiempo, varias entrevistas y mis grandes dotes detectivescas para identificar por fin a los actores clave en el complot de secuestro frustrado, entre ellos Dalmar Osoma, un somalí que ayudó a llevar a cabo el plan. Un equipo designado especialmente a tal efecto está siguiéndole la pista.

Me daría palmaditas en la espalda a mí mismo si me llegara el brazo. Pero no me llega. Así que dejo que me las dé el sargento.

En cuanto al juez Dennett, es él quien se queda sin trabajo. Lo han inhabilitado. Pero esa es la menor de sus preocupaciones. Mientras espera su juicio, tiene que pensar en las pruebas de obstrucción a la justicia y prevaricación que pesan contra él. Están investigando si las acusaciones de cohecho tienen algún fundamento. Me apostaría la cabeza a que sí. ¿Por qué, si no, iba el juez Dennett a meter las cartas entre sus archivos, sin imaginar que alguien llegaría a verlas?

Lo interrogo antes de que lo manden a prisión.

—Usted lo sabía —digo, completamente perplejo—. Lo sabía desde el principio. Sabía que la habían secuestrado.

¿Qué clase de hombre le haría eso a su propia hija?

Su voz sigue rebosando soberbia, pero por primera vez tiene un matiz de vergüenza.

—Al principio, no —dice.

Está en una celda de detención, en la comisaría. El juez Dennett entre rejas: una estampa con la que he soñado desde que nuestros caminos se cruzaron por primera vez. Está sentado al borde del camastro, mirando el váter, consciente de que tarde o temprano tendrá que orinar delante de todos.

Es la primera vez que me parece sincero.

Asegura que al principio estaba seguro de que Mia había hecho alguna estupidez. Era propio de ella.

—Se había escapado otras veces.

Después empezaron a llegar las cartas. Él no quería que nadie se enterara de sus tejemanejes, de que había aceptado sobornos años atrás. Lo habrían inhabilitado. Pero reconoce, y por un segundo le creo, que no quería que le pasara nada a Mia. Iba a pagar el rescate para liberarla, pero también para que tuvieran la boca cerrada. Exigió pruebas de que estaba viva, y no pudieron dárselas.

—Porque *ellos* no la tenían —digo yo.

La tenía Colin Thatcher, que le había salvado presuntamente la vida.

—Supuse que estaba muerta —dice el juez.

—¿Y?

—Si estaba muerta, nadie tenía por qué saber lo que yo había hecho —reconoce con una modestia que no esperaba de él.

¿Modestia y mala conciencia? ¿Lamentaba lo que había hecho?

Pienso en todos esos días que estuvo sentado en la misma habitación que Eve, en todas las noches que compartió con ella la cama, convencido de que su hija estaba muerta.

Eve ha pedido el divorcio. Cuando se lo concedan, se quedará con la mitad de todo lo que tiene el juez. Dinero suficiente para empezar una nueva vida, para ella y para Mia.

EPÍLOGO

MIA

DESPUÉS

Me siento en el oscuro despacho, enfrente de la doctora Rhodes, y le hablo de aquella noche. Arreciaba la lluvia, densa y pesada, y Owen y yo estábamos sentados en la habitación, a oscuras, escuchando cómo repiqueteaba en el tejado de la cabaña. Le digo a la doctora que habíamos estado fuera, recogiendo leña, y que la lluvia nos empapó antes de que nos diera tiempo a entrar.

—Esa —le digo— fue la noche en que algo cambió entre Owen y yo. Fue la noche en que entendí por qué estaba allí, en aquella cabaña, con él. No intentaba hacerme daño —explico, recordando cómo me miró con aquellos ojos oscuros y serios y me dijo: «Nadie sabe que estamos aquí. Si lo supieran, nos matarían. A ti y a mí». Y de pronto yo formaba parte de algo, ya no estaba sola, como había estado toda mi vida—. Me estaba *protegiendo* —digo.

Y fue entonces cuando cambió todo.

Fue entonces cuando dejé de estar asustada. Cuando comprendí.

Hay cosas que le cuento a la doctora Rhodes sobre la cabaña, sobre nuestra vida allí, sobre Owen.

—¿Lo querías? —pregunta, y le digo que sí.

Mis ojos se llenan de tristeza y la doctora me alcanza un pañuelo de papel por encima de la mesa baja que nos separa. Yo me lo acerco a la cara y lloro.

—Dime lo que sientes, Mia —insiste, y le digo que lo echo de menos, que preferiría no haber recuperado la memoria, haber permanecido en la oscuridad, ignorar que Owen ha muerto.

Pero, naturalmente, no se trata solo de eso: hay mucho más.

Puedo decirle que la pena me acosa día tras día, pero no puedo hablarle de la culpa. De la certeza de que fui yo quien llevó a Owen a aquella cabaña, quien le puso la pistola en las manos. Si le hubiera dicho la verdad, podríamos haber dado con un plan. Podríamos haber encontrado juntos una solución. Pero durante aquellos primeros minutos, aquellos primeros días, estaba demasiado aterrorizada para decirle la verdad, por miedo a lo que podía hacerme. Y luego, más adelante, no me sentí capaz de contárselo por temor a que cambiaran las cosas entre nosotros. A que no fuera él quien me protegiera de mi padre y de Dalmar, aunque fuera todo una estratagema, todo una farsa.

Llevaba toda la vida ansiando que alguien cuidara de mí. Y allí estaba él.

No iba a renunciar a eso.

Me froto la tripa, que no para de crecer, y noto que el bebé da una patada. Más allá de las ventanas empañadas ha llegado el verano, el calor y la humedad que hacen difícil respirar. Pronto llegará también el bebé, un vestigio de Owen, y ya no estaré sola.

Hay una imagen que tengo grabada. Estoy en el instituto y llevo a casa, llena de orgullo, una redacción en la que me han puesto un sobresaliente. Mi madre la cuelga en la nevera con el imán con una abeja dibujada que le regalé el año anterior por Navidad. Mi padre llega a casa y ve la redacción. Le echa un vistazo por encima y le dice a mi madre:

—A esa profesora de inglés deberían despedirla. Mia ya tiene edad suficiente para saber la diferencia entre *hay* y *ay*, ¿no te parece, Eve?

Utiliza la redacción como posavasos y, antes de escapar de la cocina, veo cómo el agua empieza a empapar el papel.

Tenía doce años.

Pienso en aquel día de septiembre, cuando entré en el bar en penumbra. Era un día precioso del veranillo de San Miguel, pero el bar estaba oscuro y casi desierto, como es normal a las dos de la tarde. Solo había un puñado de clientes sentados en silencio, cada uno en su mesa, ahogando sus penas en *bourbon* a palo seco y chupitos de whisky. El local es un cuchitril en la esquina de un edificio de ladrillo, con una pintada a un lado. Sonaba música de fondo. Johnny Cash. No estaba en mi barrio, sino más al sur y al oeste, en Lawndale, y al echar un vistazo alrededor vi que la única blanca era yo. Había taburetes de madera pegados a la barra, algunos con el asiento rajado o los travesaños rotos. La pared del fondo estaba ocupada por estantes de cristal llenos de botellas. El aire estaba cargado de un humo que llegaba hasta el techo, llenando el local de una neblina opaca. La puerta de la calle estaba abierta y sujeta con una silla, pero incluso el aire fresco del día otoñal –el sol y la brisa cálida– se resistía a entrar. El barman, un tipo calvo con perilla, me saludó con una inclinación de cabeza y preguntó qué quería tomar.

Pedí una cerveza y me dirigí al fondo del bar, a la mesa más cercana al aseo de caballeros, donde me había dicho que estaría. Al verlo, se me cerró la garganta y noté que me costaba respirar. Tenía los ojos negros como carbones y la piel oscura y gomosa como un neumático. Estaba hundido en una silla con respaldo de lamas, inclinado sobre una cerveza. Llevaba una chaqueta de camuflaje que no era necesaria en un día como aquel (yo me había quitado la mía y la llevaba atada a la cintura).

Le pregunté si era Dalmar y estuvo observándome un momento. Aquellos ojos de antracita recorrieron mi pelo despeinado, observaron mi mirada decidida. Se pasearon por mi cuerpo, desde la camisa oxford a los pantalones vaqueros. Calcularon el valor del bolso negro que llevaba colgado en bandolera y de la chaqueta atada a mi cintura.

Nunca había estado tan segura de nada como lo estaba de aquello.

No me dijo si era o no era Dalmar, pero preguntó qué tenía para él. Tenía una voz baja y grave que parecía aferrarse a su acento africano con uñas y dientes. Me senté frente a él sin que me invitara a hacerlo y me di cuenta de que era muy corpulento, mucho más corpulento que yo. Sus manos, el doble de grandes que las mías, palparon el sobre que yo había sacado del bolso y lo dejaron sobre la mesa. Era negro como el más negro de los osos negros, como la piel grasienta de una orca, un depredador sin depredadores a los que temer. Sabía, mientras estaba sentado delante de mí a aquella humilde mesa, que ocupaba la cúspide de la cadena trófica y que yo no era más que un alga.

Me preguntó por qué debía confiar en mí, cómo podía estar seguro de que no lo estaba tomando por tonto. Reuní todo mi coraje y contesté sin pestañear:

—¿Cómo sé que no vas a tomarte *tú* por tonta?

Se rio audazmente y, con cierto aire de desquiciamiento, dijo:

—Ah, sí. Pero, verás, eso es distinto. A Dalmar nadie lo toma por tonto.

Y supe entonces que, si algo salía mal, acabaría con mi vida.

Sacó los papeles del sobre: la prueba que, antes de saber qué hacer con ella, yo había tenido en mi poder un mes y medio o más. Decírselo a mi madre o acudir a la policía parecía demasiado fácil, demasiado prosaico. Tenía que haber algo más, un castigo repugnante para un delito repugnante. La inhabilitación no me parecía castigo suficiente por haber sido un padre de mierda, pero la pérdida de una importante suma de dinero y el hundimiento de su espléndida reputación sí. O casi.

No fue fácil encontrar pruebas, desde luego. Me topé con unos papeles en una cajonera cerrada con llave, una noche en que llevó a mi madre a rastras a una cena benéfica en Navy Pier: quinientos dólares por cubierto para apoyar a una organización sin ánimo de lucro cuya misión consiste en mejorar las oportunidades educativas de niños que viven en la pobreza, lo cual me parecía completamente absurdo –risible, incluso–, teniendo en cuenta lo que opinaba de la profesión que había elegido yo.

Fui a casa de mis padres esa noche: tomé la Línea Morada hasta Linden y, desde allí, un taxi. Puse como excusa que se me había averiado el ordenador. Mi madre me ofreció el suyo, que era viejo y lento, y me sugirió que llevara una bolsa con mis cosas y me quedara a dormir. Le dije que sí, pero no pensaba quedarme, naturalmente. Llevé una bolsa de viaje de todos modos, para disimular. Fue perfecta para ocultar las pruebas horas después, cuando acabé de registrar palmo a palmo el despacho de mi padre. Entonces llamé a un taxi y regresé a mi apartamento, donde busqué en mi ordenador –que funcionaba perfectamente– agencias de detectives privados con intención de que convirtieran mis sospechas en pruebas materiales.

No era pruebas de extorsión lo que buscaba. No exactamente. Buscaba cualquier cosa. Evasión de impuestos, falsificación, perjurio, acoso, lo que fuese. Pero lo que encontré fueron pruebas de extorsión. Pruebas documentales de una transferencia de 350.000 dólares a una cuenta en un paraíso fiscal que mi padre guardaba en un sobre cerrado, en una cajonera también cerrada cuya llave encontré, por pura chiripa, metida en una lata antigua de té que un empresario chino le había regalado a mi padre hacía más de diez años, metida entre las hojas de té sueltas. Pequeña, plateada y sublime.

—¿Cómo funciona esto? —le pregunté al hombre sentado frente a mí.

Dalmar. No sabía exactamente cómo llamarlo. Un matón. Un asesino a sueldo. A eso se dedica, a fin de cuentas. Su nombre me lo dio un vecino de aspecto sospechoso que ha tenido más de un roce con la ley: la policía se presentaba en su apartamento en plena noche. Es un fanfarrón, uno de esos hombres a los que les encanta jactarse de sus peripecias mientras suben la escalera hasta el tercer piso. La primera vez que hablé con Dalmar por teléfono –una llamada breve desde la cabina de la esquina para acordar este encuentro–, me preguntó cómo quería matar a mi padre. Le dije que no, que no íbamos a matarlo. Que lo que tenía planeado para él era mucho peor. Ver arrastrada por el fango su reputación, saberse vilipendiado, desacreditado, vivir entre la chusma a la que condenaba a prisión: para mi padre eso sería peor que la muerte. Como el purgatorio: el infierno en la Tierra.

Dalmar se quedaría con el sesenta por ciento. Yo, con el cuarenta. Asentí, porque no estaba en situación de negociar. Y el cuarenta por ciento del rescate era mucho dinero. Ochenta mil dólares, para ser exactos. Una donación anónima a mi escuela: eso era lo que tenía pensado, lo que planeaba hacer con mi parte del dinero. Lo tenía todo pensado, había hecho los preparativos de antemano. Para dar veracidad al asunto, no me limitaría a desaparecer. Tenía que haber pruebas, por si acaso había una investigación: testigos, huellas dactilares, cintas de vídeo y esas cosas. No preguntaría quién, ni cómo, ni cuándo. Tenía que haber un elemento sorpresa para que, llegado el momento, mi conducta no resultara sospechosa: una mujer aterrorizada, víctima de un complot de secuestro. Encontré un estudio cochambroso en el lado noroeste de la ciudad, en Albany Park. Me escondería allí mientras los profesionales –Dalmar y sus socios– se encargaban del resto. Ese era el plan, al menos. Pagué por adelantado tres meses de alquiler, con un anticipo en metálico que recibí de Dalmar, y llevé discretamente botellas de agua, fruta en conserva y carne y pan congelados para no tener que salir. Compré papel higiénico y de cocina, y material de dibujo en cantidad para no arriesgarme a que me vieran. Una vez se pagara el rescate y –aun así– se hicieran públicos los tejemanejes de mi padre, sería allí, en aquel desangelado pisito de Albany Park, donde se llevaría a cabo el rescate, donde me encontraría la policía, atada y amordazada, y con mi secuestrado en fuga.

Dalmar quiso saber por quién iba a pedir rescate, a quién tenía que secuestrar. Miré sus negros ojos de serpiente, la cabeza afeitada y la cicatriz de siete centímetros o más que le cruzaba en vertical la mejilla, un costurón en la piel donde sin duda una hoja –una navaja automática o un machete– había cortado de un tajo el exterior vulnerable, creando a un hombre inconmovible por dentro.

Recorrí el bar con la mirada para asegurarme de que estábamos solos. Casi todos los presentes, excepto una camarera de veintitantos años, con vaqueros y una camiseta demasiado ajustada, eran hombres. Todos, aparte de mí, eran negros. Un tipo sentado a la barra resbaló torpemente del taburete, borracho, y se dirigió haciendo eses al aseo de caballeros. Lo vi pasar, vi cómo cruzaba la gruesa puerta de madera y luego volví a fijar la mirada en los ojos serios, negros y crueles de Dalmar.

Y dije:

—A mí.

AGRADECIMIENTOS

En primer lugar y antes que nada, un enorme gracias a mi prodigiosa agente literaria, Rachael Dillon Fried, que tuvo fe en *Una buena chica* de sobra para las dos. Nunca podré darte suficientemente las gracias, Rachael, por tu esfuerzo y tu apoyo infinito, pero, sobre todo, por tu firme convicción en que *Una buena chica* no sería solo un archivo más en mi ordenador. ¡De no ser por ti, nada de esto habría pasado!

Mi editora, Erika Imranyi, ha estado absolutamente maravillosa durante todo este proceso. No podría pedir una editora más perfecta. Erika, tus brillantes ideas convirtieron *Una buena chica* en lo que es ahora, y me siento muy orgullosa del producto acabado. Gracias por esta oportunidad asombrosa, y por animarme a dar lo mejor de mí misma.

Gracias a todos los miembros de Greenburger Associates y de Harlequin Mira por ayudarme en este camino.

Gracias a mi familia y amigos, especialmente a quienes no tenían ni idea de que había escrito una novela y reaccionaron con orgullo y ofreciéndome su apoyo. Sobre todo a mis padres, a las familias Shemanek, Kahlenberg y Kyrychenko, y a Beth Schillen por su opinión sincera.

Y, por último, gracias a mi marido, Pete, por brindarme la oportunidad de vivir este sueño, y a mis hijas, que son quizá las más entusiasmadas porque su mamá haya escrito un libro.